SLEEPING DEVIL

眠れる森の悪魔

転生少女×倫理欠落天才一族

1

Author
鹿条シキ Rokujo Siki
Illustration 呉々 Kuregure

セルジオ・ベリアルド
ディオール・
ベリアルド

ディディエ・
ベリアルド
シェリエル

SLEEPING DEVIL

CONTENTS 1

プロローグ
002

おはようございます、眠り姫
016

ベリアルド家
041

ディオールの後遺症
095

シェリエルの秘密
151

洗礼の儀
194

灰桃髪の神官
240

魔法の先生
285

悪魔の祝福
349

エピローグ
382

眠れる森の悪魔

SLEEPING DEVIL

転生少女
×
倫理欠落天才一族

1

Author
鹿条シキ
Rokujo Shiki

Illustration
呉々 Kuregure

プロローグ

「それでは本日の目玉商品をご覧にいれましょう！」

昼も夜も分からない地下に広がる大講堂。

暗闇の中心で、ステージだけがポッと灯《あか》りの魔導具に照らされている。

「世にも珍しい白髪《はくはつ》の娘でございます。まだ三つと幼い商品ですが、特別なのは髪色だけではありません！　泣きもせず躾《しつけ》は完璧。しかも薬は使っていないという一級品でございます！」

――やっぱりわたし〝奴隷〟として売られるのか……。

現在、闇オークション真《ま》っ只中《ただなか》。

競りにかけられたその幼女は、大人みたいに冷めた目で、ガラクタみたいにちんまり座っていた。

彼女には前世の記憶があったのだ。

今となってはどうでも良いことだが、今になっても忘れられない最期の記憶。

強烈に焼き付いて離れないその記憶は「二十六歳・独身女性・職業フリーランスのプログラマ」という人生があっけなく幕を閉じた瞬間であった。

リモートワークという名の引きこもり生活を始めて約三年。あまりに快適で、気が緩んでいたのかもしれない。

元々インドア派のひとりっ子だったし、ほとんど人に会わない生活も苦ではなかったし、友達はＳＮＳで繋《つな》がっていたし、最悪なストーカー被害に遭ってから三年ほど経《た》っていたし、そのストーカーにも法を駆使してできる限りのことはしたし、最終的には相場以上の慰謝料も回収したし。

が、それがよくなかったのだろう。

太陽が真上から照りつける、よく晴れた午後のこと。彼女は数ヶ月ぶりに外に出たのだが。

大通り沿いのマンションから徒歩二分のコンビニへ行く途中、フッとノイズみたいに、社会を捨てた男が立っていた。

間違っても「どうもお久しぶりです」なんて会話ができる相手ではない。

彼女は咄嗟《とっさ》に身体《からだ》を反転させたが、それは無防備な体勢でもあった。

横からドンッ、と突き飛ばされた。

迫り来るクラクションと鉄の塊。ゆっくり流れる街の景色に、およそ正気とは思えない男の血走った目。

これは死ぬなと思った瞬間、母の顔、コミット前のソースコード、楽しみにしていたアニメの最新話に、積んでいた海外ドラマ、Netflix のマイリストに並んだ映画のサムネ、殺意にも似た怒り、恐怖、後悔、その他諸々《もろもろ》が駆け巡って頭が爆発しそうだった。

もしかしたら、本当に頭が弾《はじ》け飛んでいたのかもしれないが。


で、気づいたら知らない世界で生まれ直していたというわけである。

所謂《いわゆる》、異世界転生。残念ながら多くの知識はないが、彼女はここがどんな世界で、自分がどんな人生を歩むのか知っていた。

前世の記憶を取り戻すまでの数ヶ月間――まだ何者でもない新生児であった頃、ひたすら〝未来の夢〟を見ていたから。

「では小金貨一枚から始めます。刻みは大銀貨でいきましょう。一枚、二枚、三枚。飛ばします、五枚……では、位《くらい》上げまして小金貨！　小金貨二枚！　さすが分かっていらっしゃる！　まだいけますね、小金貨五枚でいかがですか！」

真っ暗な会場に、入札を示す青白い光がチカチカと灯《とも》っていた。まるで夜光虫のようである。

しかし不思議と客の姿は闇に溶けてしまったみたいにシルエットすら見えなかった。幼女の人権は無視しても客のプライバシーには配慮しているらしい。

司会の男が一度ゴクリと喉を鳴らしてから、

「中金貨に移ります！」と声を張り上げた。

彼女は暗い海を眺めるように目を半分にしてから、今度は〝最初の記憶〟を遡る。まだ終わりそうにないなと思って。

†

「シェリエル・ベリアルド、貴様との婚約は今日をもって破棄する」

貴族学院の大講堂。見るからに王子様然とした男が、ウェーブがかった金色の髪を掻《か》き上げながら声を張り上げている。

彼こそがこの王国の第二王子であり、わたしの婚約者アルフォンス王太子殿下だ。

大きな声を出せばすべて思い通りになると信じている彼は、この日も壇上からよく通る声を響かせていた。

「諸君らも知っての通り、俺は王国のため、この女と婚約関係にあった。しかし、この女は怠惰で無能なだけではなかったのだ。ここにいるマリアに数々の嫌がらせをしていたことは皆も承知のことだろう」

ざわざわと揺れる講堂内。驚愕《きょうがく》というより、獲物を待ち構えていたハイエナの期待感である。

——嫌がらせ、ですか。嫌がらせをしていたのはそこでニヤついているご令嬢方ですのに……

マリアが気に入らないからと地道に嫌がらせを繰り返し、ついでに目障りなわたしに全て押しつけていたのを知っている。

けれど。

「やはり、シェリエル嬢は悪魔の一族だったか」

「悪魔は悪魔でも無能で気性だけが悪魔だなんて。役に立たないただの呪いですわね」

「奴隷という噂《うわさ》もありましたよね」

「ではやはり、ただの性悪だったというわけだ」

巷《ちまた》では悪魔と呼ばれるベリアルド侯爵家の私生児、それがわたしシェリエル・ベリアルドだった。

無気力で無感情。元奴隷であることは一応隠しているが、欠陥品であることには違いない。

才もなければ情もない。〝色〟を持たないわたしの髪は真っ白で、平民ほどの魔力もなかった。

出されたものを食べ、決められたことを学び、言われたことだけをした。辛《つら》いことも苦しいこともない。楽しいことも嬉《うれ》しいことも分からない。

異形で、無能。

当然、人々には忌み嫌われ、家族からはそれ以上に恨まれていた。

そうやって人形のように生きてきたわたしは、この国の第二王子の婚約者、いや道具となったのだ。

――それも今日までの話だけれど。

「ッ」

王宮の騎士たちに組み敷かれ、脱臼した肩の痛みに耐えながら彼らを見上げた。

嘲笑《あざわら》うように自身を見下ろすアルフォンスと、その隣で憐憫《れんびん》の瞳を濡《ぬ》らすマリア・バルカンを。

「アルフォンス殿下、きっとシェリエルさまも話せば分かってくれます。でも、その、わたしの存在が彼女を追い詰めたのよね……」

「マリアは悪くない！　自分の立場を勘違いしたバカな女が悪いのだ。欠陥品の悪魔などと婚約したこと自体が間違いだった」

そのわりには地味で目立たない調べ物や演説の準備、他にもありとあらゆる執務を押し付けられていたが。

「それだけではない！　この女は婚約者の立場を利用して国家機密を逆賊共に流していたのだ。よって、国王陛下から正式に処罰されることになるだろう。死刑は確実だろうな！」

悪を成敗してやったと正義に酔うそのお顔……まあ、逆賊云々《うんぬん》は本当のことなのですけれど。

「なんだその目は！　な、生意気な」

「……」

家門が少し特殊なため、わたし一人が逆賊として処罰されようが、連座や家門のお取り潰しなどは有り得ない。

その家族というのも、両親はわたしが引き取られて数年で死に、残ったのは腹違いの兄ディディエ一人だった。

しかし、その麗しき兄殿は王太子アルフォンスの隣で薄い笑みを浮かべ、

「アハハ、ベリアルド家の癖に何の才もないお前がこんな派手な最期を迎えられるなんてね！　良かったじゃないか」

と、まるで祝福するように笑っていた。

そういう人だ。わたしが死のうがどうしようが、彼にとっては退屈か面白いかのどちらかでしかないのだから。

もし彼がわたしを妹だと認めてくれていたなら、王太子は明日にでも名もなき水死体になっているだろう。

「……」

わたしが信頼するのはこの世でたった一人。

こんなわたしを必要としてくれる、わたしが仕えるべき存在。孤独で鬱屈とした人生で、唯一わたしを認めてくれた人。

彼の為《ため》ならば死刑になったとて悔いはない。

けれど、わたしは……

――嗚呼、そうか。今日なのね。

「キャァァア！」

引き絞ったようなご令嬢の悲鳴が響いた。がっちりと床に押さえ付けられているせいで、振り向くことができない。

それでも、近づいてくる足音と微《かす》かな気配だけで確信した。

「先生……」

決して人に姿を見せることのない彼が、この講堂へやって来たのだと。

それで「まさか助けに来てくれたのでは……」と、矛盾した心臓がドクドクと鳴った。

そんなはず、あるわけないのに。

「き、貴様がなぜここにいる！」

アルフォンスがマリアを庇《かば》って三歩下がると、いっせいに騎士たちが彼らの前に壁を作った。

講堂内には言い様のない緊張が走っている。

「これはこれは……私のために素敵な歓迎会をありがとう。なに、違う？　もしやお邪魔だったかな？」

彼の声は相変わらず静かで心地良く、どこまでも澄んでいた。邪気のない毒のようで、人を惑わす媚薬《びやく》のようでもある。

故に人は、その囁《ささや》きひとつで脳天から押さえつけられたように首《こうべ》を垂れるのだ。

土色に染まった貴族たちの顔がよく見えた。爽快だった。これが〝高揚〟というものだと初めて知った。

「ここまでかな？」

瞬間、「ッ」と息が止まる。

一拍遅れて身体の中心が燃えるように熱くなり、目の前に広がる赤い液体が自分のものだと理解した。

「ッせ、先生……」

身体の中心を剣で縫い留められては顔を上げることすら叶《かな》わない。

何かが自分の中から失われていく感覚。溺れるような苦しさで、貴族らしからぬほどに顔が歪《ゆが》んでしまう。

そう、わたしは今日ここで死ぬ。

それを知っていたからわたしはずっと、生きる意味が分からな……せめて先生の役に立てれば、それだけで……良いと。

薄れ行く意識の中、彼がなにを話しているのかさえ聞き取れなくなって。

――やがて〝わたし〟は目を覚ます。

†

「ふぎゃぁぁ！」

彼女は目が覚めると不自由な身体でめいっぱい声を張り上げる。

すると女性がミルクをくれ、下の世話をしてくれるのだ。他はなにもしてくれないが、赤子にはそれで充分だった。

　視力も聴力もおぼつかないなか、同じシーン、同じセリフ、同じ結末の〝夢〟を、ただ繰り返す日々。

　その夢のなかではまるでその人生を生きてきたみたいに、すべてを理解していた。

　なぜあれほど嫌われていたのか。なぜ義両親は死んでしまったのか。この世界がどういうもので、自分がどういう存在なのか。

　目が覚めれば何もかも朧《おぼろ》げであるが、夢の光景だけは焼き付いている。夢だけがすべての日々を過ごし、言葉を覚え、世界を知った。

　けれど深く考えようとすればジジジ……と頭が熱くなりすぐに眠ってしまう。

　そうして強制的に人生のエンドロールを繰り返すうち、彼女は生後数ヶ月で大人の思考力を手に入れ、そして――

「……奴隷出身と蔑まれていたようだし、きっとここも奴隷を隠しておく場所なのでしょうね。それでわたし、あんなふうに死ぬのね」

　運命を受け入れた。

　自分は人形のように生き、蔑まれ、道具のように捨てられるシェリエルだと。

　義母に恨まれ、父に放置され、義兄に死刑を祝福されて、信じた人に殺される人生が始まったのだと。

　そういうものだと理解した。

　そうして彼女は至極冷静に暗い人生のはじまりを迎えたのだが。


「！」

それは、夏の白雨《はくう》よりも突然にやってきた。

――あれ？　わたし死んだはずでは？　夢？　死んだけど、生まれた？　転生？　それなら前世の記憶があるのおかしくない？　初期化ミス？　バグ？　どういうこと？　そんなことある？

　鮮明な記憶の洪水。

　バチンとブレーカーを上げるように前世の人生

が蘇《よみがえ》った。曖昧な夢などではなく、ついさっき死にましたくらいの感覚で。

親の顔も、死因の顔も、その日の朝方まで格闘していた意味不明なソースコードもまるっきり覚えている。覚えているからこそ混乱している。

自身の手は小さく、舌はもつれてあらゆる感覚が鈍い。見慣れない石壁に藁《わら》。ささくれた木箱。古びた麻布。夜中の霊安室より生気のない人の気配。

可動域の少ない首を必死に動かせば、木板の隙間から子どもたちが虚《うつ》ろな目でジッと座っているのが見えた。

どう見ても自分の知る世界ではない。だから「え、なに?」と思って。なぜだか馴染《なじ》みのある寝心地にハッとした。

——違う、わたしはシェリエル・ベリアルド。毎日十六歳で死ぬ夢を見る、ちょっと変わった赤ちゃんだ。

そうして自分を思い出した。

わたしを。彼女を。シェリエル・ベリアルドを。

「…………」

となると当然、話は変わってくる。

——いやいやいや、〝それで良い〟わけなくない!? なにがベリアルドだ。なにが欠陥品だ。時代遅れの差別推進国家め……たしかに魔力がないとか神々の加護が云々とかありますけれど。まあ、分からんでもないけども! それでもよ。ちょっとあんまりじゃありませんこと? なにも殺すことないじゃない。酷《ひど》いわ、先生……

と、このように、まったくもって納得いかないわけだ。普通に死にたくないし、当たり前に魔法世界を満喫したいので。

けれどもまあ、数々の不遇も理解はしている。

『六神六色六属性』

魔力には属性ごとに色があり、貴族や魔獣といった魔力量の多い生き物は頭髪や獣毛、羽に加護のある属性の色が表れる。

たとえば火の加護があれば赤色に。空の加護があれば青色に。魔力量が多いほど彩度が高くなり、魔力量が少なくなるにつれ茶色に近くなっていく。魔法が使えない（微量の魔力しか持たない）平民であっても、茶系の色を持っている。

つまり〝白髪《はくはつ》〟は、透明な血肉に青い肌を纏《まと》って生まれてくるようなものなのだ。それは、家畜以下のイレギュラー。

「ま、でもそう生まれてしまったわけだし……」

ならばもう、開き直るしかない。嘆いても未来は変わらないのだから。

それまでどちらが現実か分からなくなるほど繰り返されていた死の夢は、その日を境に見なくなった。

さて、前世を思い出してからのシェリエルはと言うと。

「ぷぁ……（眠すぎ）」

起きていられるのは日に一、二時間というくらい。だが、それでよかった。

ここは洗濯やお風呂の概念がないのかと思うほど不衛生で、ベッドは木箱に藁を敷いて古布をかけただけ。頭は痒《かゆ》いし起きていても基本的に不快である。

世話係の大人は話しかけてくることもなければ、笑顔を見せることもない。彼女たちは家畜を世話するみたいに、黙々と作業して出て行った。

子どもたちに感情移入しないよう努めているのだろう。夢の通りならば、ここは奴隷を育てるための小屋なのだから。

それに、この劣悪な環境を抜きにしても、赤ちゃんにできることは限られている。

「ふん、んぐぐ……」

――あれ？　こんなに身体って動かないものだっけ？

起き上がろうと試みたが、手足をバタバタさせるだけだった。

それから「あ、寝返りが先か」と閃《ひらめ》いてグイッと身を捩《よじ》ると、血液が全身を巡るように腹の底から熱くなる。寝返り成功。

が、調子に乗ってゴロンゴロンとしていれば、今度はドドドド……と心臓を盛大に鳴らしながら、半ば気絶するようにプツンと意識を失っていた。

どう考えても身体に異常をきたしているが、シェリエルはこれを繰り返した。こうした小さな達成感を積み重ねるくらいしかやることがないのだ。

そんなわけで、彼女なりに順調な赤ちゃんライフを過ごしていたのだが。


「!?」

それは、冬の時雨《しぐれ》よりも冷たい記憶だった。

前世の記憶よりは曖昧で、未来の死の夢に近い感覚――此処《ここ》とも前世とも違う魔法も科学もない世界で、〝私〟は男で、騎士だった。

民衆が集まる広場で数人の兵士たちに押さえ付けられていた。目の前には小さな山を作るように石が積まれ、我が主《あるじ》が古びた蠟燭《ろうそく》の如《ごと》く磔《はりつけ》にされている。

終わりを予期した心臓が痛い。耳に響く怒号が脳を揺らしている。目眩《めまい》がした。頭が真っ白になって、自然と涙が溢《あふ》れていた。

私は孤児だった。主《あるじ》は身分も教養もない自分に剣の才を見出《みいだ》し、育ててくれた。

その主《あるじ》が今、目の前で〝異端者〟として処刑されようとしている。

「……!」

兵士が火を投げ入れた。世界が間延びしたようにゆっくりと弧を描いて主《あるじ》の足元に向かっていく。

その瞬間、何かが爆発したように身体が動いていた。燃え盛る火に飛び込み、積まれた石を駆け上がる。

我が主《あるじ》は困ったように眉をハの字にしてほろりと笑っていた。

「お前まで死ぬ必要はないんだぞ」

「……お守りできず、申し訳ありません」

やっとのことで振り絞った声は、案の定震えていた。

けれど主《あるじ》はハッキリと、しかし柔らかく言うのである。

「あの世まで、護衛を頼む」

「……喜んで」

やさしい人だった。

なぜ殺されなくてはならないのか。なぜ自分はこの方を守りきれなかったのか。

積もる後悔はパチパチと炎に焼かれ、魂までも焦げ付くようだった。心臓だけが冷たかった。

「……」

でも、嬉しかった。一緒に連れて行ってもらえることが。最期の一瞬まで自分を騎士だと認めてくれているような気がして、嬉しかったのだ。

優しく気高い主君を苦しませるわけにはいかない。こんな、信仰で脳を腐らせた愚かな民衆に殺させるわけにはいかない。

——せめて自分の手で……

自身の培ってきた最高の剣技で、一瞬でも苦痛を感じないよう全神経を集中させ、剣を振る。

「安らかな眠りを……」

腕に転がり込んできた主《あるじ》の頭は穏やかに微笑《ほほえ》んでいた。少しばかり安心した私は、一気に自分の首を掻き切った——

夢から醒《さ》めたシェリエルは、胸が凍りつくような苦痛で、声も出さずに泣いていた。またも知らない人生の終わりを夢に見たのだ。

私は騎士だった。主君を守りきれなかった無力な騎士だった。

二度寝したときに見る夢くらい、鮮明な記憶だった。前世や未来の死とは比べ物にならないほど、後悔と苦しみに満ちていた。怒りを、絶望を、どうすることもできない無力感を思い出した。

……あれは、前々世の記憶。

もしかしたら間に何世かあるかもしれないが、たしかにこの魂が経験した〝人生〟だと本能で理解してしまっている。

何度も深呼吸しながら感情を噛《か》み殺し、自傷行為のように反芻《はんすう》した。前世と未来と前々世。三つの人生がゆっくりとひとつになっていく。

そして、数日かけてようやくその記憶を飲み込んだ。


ヨチヨチとひとり歩きができるようになった頃、シェリエルはピョコと木箱から顔を出し、改めて周囲を観察していた。

これまで関心のなかった周りの子どもたちが気になり始めたのだ。

騎士であった記憶は前世ほど詳細を覚えているわけではないが、それでも多少は人格に影響しているらしい。

「お」

相変わらずだ。部屋というより小屋である。子どもたちは皆、平民の髪色（茶系）で、忘れ去られた骨董品《こっとうひん》みたいに簡素な棚に詰め込まれている。

幾人かは壁際に積まれた藁のブロックに座らされていて、虚ろな目で涎《よだれ》を垂らしていた。発育のためか日ごと順番に棚から下ろされるらしい。

まるで奴隷の棚卸しである。

「こんにちはー」

「……」

「おーい」

「……」

やはりと言うべきか、話しかけても反応はない。この不運な同期生たちは、四六時中壁にもたれかかってボーッとしていた。

人形のようだった。否、廃人のようだった。夢のなかで死んでいった自分を見ているようだった。

「よかった、前世の記憶があって……」

シェリエルは素直にそう思い、次に「ん？」と首を捻《ひね》った。なんとなく今のは違う気がする、と。

それから、自分が彼らに対して何とも思っていないことに気がついた。助けなくちゃとか、なんとかしなくちゃとか、思わないのだ。全然。

ただ、自分のなかの騎士が「それは違う」と思っている。彼は孤児だった。だからこの環境やこの状況を「良くない」と感じているのだろう。

しかし彼女自身、まだ無力で非力な三歳児である。どこでどうなったのかは知らないが、悪い人間に捕まったか攫《さら》われたかしてこんなところにいる。

下手に動いて失敗すれば、証拠隠滅がてら小屋ごと焼き払われるかもしれない。ここから逃げても、髪色や孤児であることが変わるわけではない。出荷日が変わってロリコン糞《くそ》野郎に飼われるだとか、三歳にして見世物小屋に就職が決まるだとか、怪しい魔術の実験材料にされる可能性だってある。

それは今以上の最悪で、あの夢以上の地獄である。無謀な賭けに出ても最悪を更新するだけだろう。

つまり、命を賭けた大博打《おおばくち》に出るのは今じゃない。

故に、シェリエルはこの三年間、お利口な赤ちゃん奴隷に徹していたのである。

「では大金貨一枚……まだ大勢いらっしゃいます！」

シェリエルが自身の半生を振り返り終わっても、競りはまだ続いていた。

はじめはコンサート会場かと思うほどの大群だった光の粒も、今では半分くらいに減っている。けれどそれに反して客はどんどん静かになっていった。

「刻みますよ、大金貨一と小金貨一、二……十、二十！　ああ、なんて日だ。こんな夜はもう一生ないでしょう！　大金貨で刻みます、二……三……ええ、では五……」

大金貨というのは結構な大金だったような気がする。

数字はこのオークションのなかで覚えてしまったが、前世の記憶とは違って細かい知識は曖昧だった。

と、その時。

「おおおおー！」

頑《かたく》なに沈黙を守っていた暗闇が大きくどよめいた。マナーの良い映画館で思わず笑い声が揃《そろ》ったときのような、謎の一体感である。

どうやら激戦らしい。青い光がふたつになり、男が緊迫したように細かく数字を刻み始めたのだ。

——いや、待って。なにかおかしい。これ、大丈夫そう？　変態ロリコン糞野郎だけは嫌だし、実験材料になるのも絶対に嫌！

ま、違法な闇オークションで奇妙な幼女を買う人間がまともなはずがないのだが。

「おお神よ……素晴らしい夜をありがとうございます。私はこの日を一生涯忘れられないでしょう」

男の声は上擦っていて、鈍《にぶ》い汗をダラダラと垂らしていた。

そしてついに、男は一度黙ってからごくりと喉を鳴らし、切りの良い数字を発した。

「……」

片方が、消える。

「他いませんか！　他いませんね!?」

——カーン！

おはようございます、眠り姫

ガタン……

身体《からだ》が跳ねて目が覚めた。移動時に入れられた木箱とは違う、仄暗《ほのぐら》いオレンジの密室だった。

シェリエルは革張りの椅子に寝かされており、向かい側で男が薄《う》っすらと笑みを浮かべて窓の外を眺めていた。

月明かりのない真っ暗な夜である。

ふと、男が笑みを深めてこちらを見た。

動くはずのない人形がぐるりと首を回したような、不気味で、泣きたくなるほど恐ろしい動きだった。

「おはようございます、眠り姫」

整ったパーツは完璧な笑みを作っているが、革のエプロンをした快楽殺人鬼と同じ笑い方だった。

普通の三歳児なら恐怖で泣き喚《わめ》いていたところだ。

「おはよう、ございます……？」

けれどもまあ、彼女はその辺の三歳児とは違うので、ヨイショと身体を起こして「はじめまして、シェリエルともうします」と、できるだけ丁寧に挨拶をした。

すると男がグワッと目を見開き、覗《のぞ》き込むみたいにヌッと顔を斜めにして迫ってくる。

「どこでその名を？　今までどこにいたんです？」

「なまえは……いつのまにかそうよばれていました。いままでいたところはわかりません。ドレイをそだてる小屋のようでした」

「ふむ……」

男は考え込むように首を捻《ひね》りながらも、目だけはジッとこちらに向けたままだった。

正直ものすごく怖い。異常者《サイコキラー》……というよりもはや怪異である。そういう雰囲気が彼にはあった。

「教育は受けていました？」

「いいえ、とくには」

「言葉はどこで？」

「生まれてから、すこししておぼえました」

彼は目を丸くして「ほぅ……」と細長い指で顎を触る。

奴隷がどうやって育てられるか知っているのだろう。生まれたての乳幼児が声掛けもなく言語を習得することはまず不可能だ。だからまともに会話できるシェリエルを訝《いぶか》しんでいる。

いや、何かを確かめているようにも見えるし、何も考えていないようにも思える。

けれど、夢の通りならば彼にはこれで通じるはずだった。

「なるほど、ベリアルド家の人間に間違いなさそうですね」

「ベリアルド家……」

——良かった夢の通りだ……良かったのか？

「僕はベリアルド家当主、セルジオ・ベリアルドと言います。あなたの父親ですよ。それで、あなたの母親はもう居ません。出産後に死んでしまったんです。でもこれから行く屋敷には僕の妻と息子がいるので、きっと寂しくないですよ。僕と、ディオールお母さん、ディディエお兄ちゃんが今日から貴女《あなた》の家族です」

と、楽しげに話す男——セルジオは完全に信用ならない大人の顔をしていた。

彼は心の底からこれを「よかったね」と思っているし、だからまるで祝福するみたいに笑うのだ。

「おふたりは、わたしを受け入れてくださるでしょうか」

「無理でしょうね。彼女はとっても嫉妬深いですから。それにディディエは少し育ち過ぎていますし」

「そうですか」

妾《めかけ》の子として引き取られたシェリエルが本妻とその息子に受け入れられるはずがない。

特にベリアルドという一族はその血筋の特性上、家族への執着が特別強く、反面、他者にはどこまでも無慈悲で無関心である。

家族として受け入れられない以上、自宅に侵入した異物として疎まれるのは仕方のないことだろう。

シェリエルは物分かりの良い子どもの顔をして「ハァ……」と苦労人のため息を吐《つ》いた。

†

「ほら、着きましたよ。立派なものでしょう？　先祖が民から巻き上げた税収で建てたベリアルド自慢の城です」

ガチャン、と開いた小さな扉の向こう。

なるほどたしかに、世界遺産になりそうなほど立派な城である。真っ暗な夜に、巨大な城が煌々《こうこう》と光を灯《とも》していた。

すでに城門は抜けていて、目の前には正面玄関らしき扉が大きな口を開けている。

「お……かえりなさいませ、セルジオ様。ディオール様とディディエ坊っちゃまがお待ちです」

執事然とした男は一瞬シェリエルの髪色を見て言葉に詰まったが、すぐに軽く頭を下げると平坦《へいたん》な声で自分の仕事をした。

セルジオはそんな従者の反応を気にするでもなく、スッとシェリエルを抱えて馬車を降りていく。

夜に溶け込むような暗い色のローブは一級品らしく、血の気が引くほど肌触りが良い。

「ヒッ、え。キタナイ、ですよ？　あるけます、わたし」

「そうですか？　僕は血やウジや腐乱死体に慣れてるのでべつに気になりませんよ？」

「は？」

「ン？」

シェリエルは「なに？」と思ったが、彼も「なんですか？」という顔をしていた。

その間もコツコツと軽快な足音は止まらない。

濃い鮮やかなブルーの髪がふわりと揺れ、その向こうに輝く文明の光に目が眩《くら》む。

「ワ……」

豪勢なシャンデリアが、巨星のように光を放っていた。

つやりとした大理石の床。紺色の織物に金の刺繍《ししゅう》。ネイビーのカーテンにゴールドのタッセル。エントランスの真ん中を濃いブルーの絨毯《じゅうたん》が走り、正面の巨大な大階段まで続いている。

とんでもなく豪華であるのに派手すぎないシックな内装だ。視界の端でチラチラと揺れるセルジオのブルーがよく馴染《なじ》んでいた。

「んふふ、一応子どもらしいところもあるんですね」

キョロキョロとあたりを見回していたシェリエルは、少し恥ずかしくなって俯《うつむ》いた。

途方もなく思えた巨大な階段をセルジオはあっという間に上りきり、長い廊下を進んで何度か角を曲がる。

ある扉の前で立ち止まると、補佐官がセルジオに目配せをして静かに扉を開けた。

「やあやあ、遅くなってしまいました。ただいま戻りましたよ」

中にはソファーとテーブル。そして、美しい顔を恐ろしいまでに歪《ゆが》めた女性と、十歳くらいの男の子が座っている。

女はスッと立ち上がると「おかえりなさいませ、セルジオ様。それで……」と、殺意に満ちた視線でシェリエルを睨《にら》みつけた。

紅蓮《ぐれん》の髪に、真っ赤な唇。生気のない白い顔で、熾火《おきび》のように殺意を燃やす、魔女のような女だった。――つまり、彼女がディオールお母さんだ。

セルジオは「おやおや」と役立たずみたいに彼女の怒りを受け流すが、当たり前に彼女の怒りは膨れ上がるばかりである。

「どういうことですの？　奴隷を買ってくるなんて。しかもこんな髪の……これは一体何なのですか」

「奴隷ではありませんよ。僕の子ですから」

「なんですって!?　そんな色の子をいったい、いつどこで作って来たのです！　相手の女はどうしたのですか！　殺してやるわ……」

「この子の母はこの子を産んですぐに亡くなったので大丈夫ですよ。この子は三年前、乳母と共に我が家へ来る途中に賊に襲われ行方不明になってたんです。ね？　可哀想《かわいそう》でしょう？　ですから、必死に探してやっと買い戻したという訳です」

何も大丈夫ではない。

さすがにドン引きしていたシェリエルだったが、一方では「そういうことだったのか……」とひとつ謎が解けて頭をスッキリさせていた。あれほど夢を繰り返しても、自我が芽生えるまでのことはなにひとつ分からなかったから。

「……この子をどうするのです」

「僕たちの子としてここで育てますが……？」

「わたくしは絶対に認めません！」

キン、と刺すような痛みが胸を貫き、息が詰まる。

——勘弁して欲しい。普通に死ぬのでは？　夢だとあと十三年は生きられるはずなんだけど……

「まぁまぁ落ち着いてくださいよ。ディオールも女の子が欲しいと言ってたじゃありませんか」

「こんなのあんまりです！　他所《よそ》の女が産んだ子など、わたくしは……」

「困りましたねぇ。この髪色で本当に奴隷にでもなったら、きっと酷《ひど》い扱いを受けますよ？　可哀想じゃありませんか。一般的に」

「では楽に死なせてあげればよろしいでしょう」

「ディオール、この子はベリアルドですよ？　きっといつかディオールも愛着が湧くはずです」

「……」

そして沈黙。男と女が作る重たい空気である。

女はどれだけ言葉を尽くしても自分の怒りや悲しみを理解されないことに絶望し、男は彼女の怒りを鎮める方法が見つからなくて言葉を発することを恐れている。

シェリエルは彼女を少し不憫《ふびん》に思ってしまった。

こんなのわたしだって怒るわ、と。

「母上、べつに良いじゃありませんか。領主に妾の一人や二人、珍しい話ではないでしょう？　我が一族としては珍しいことだとしても」

重苦しい沈黙に割って入ったのは、まだ声変わりもしていない鈴のような声音だった。

セミロングの藤色の髪はクルクルとカールしており、とろりと目尻を下げるように笑う、なんとも見目麗しい美少年である。

その愛らしい少年はこの状況すら楽しんでいるように見えた。純真無垢《じゅんしんむく》とはかけ離れた邪悪な笑みで、ニコニコと笑っている。

つまり彼がディディエお兄ちゃん——彼はベリアルド家だからこそこんなことが許されないと、分かっている。分かっていながら、怒りと絶望で真っ黒になった母の顔を見つめて「どうしました？」と愛らしく小首を傾《かたむ》けてみせるのだ。

フランス映画に出てくる美少年のようだった。

ホラー映画に出てくる人を誑《たぶら》かす悪魔のようだった。

——これはマズイ……

「あ、あの……ごあいさつ、させてください」

シェリエルは意を決して、というよりほとんど反射的に声を発していた。ただ見ているだけでは今夜四度目の死を経験することになる。このままでは命がないと、彼女は無我夢中だった。

「はじめまして、シェリエルともうします。そ、その……邪魔にならないようにしますので、どうかよろしくおねがいします」

これに、ディディエはますます目を輝かせ、ディオールは憎悪を募らせた。

——うわ、ヤバい。失敗した！

「へぇ～、一族の子というのは間違いなさそうだね。今の状況をよく分かってるみたいだ。それに、しっかり呪われてるね」

ディディエはドス黒い瞳に悦《よろこ》びを一等星みたいに光らせて、新しい玩具《おもちゃ》を見つけた子どもみたいにケラケラと笑いはじめた。

これまでの邪悪な笑みでさえ、彼なりに猫を被《かぶ》っていたのだろう。何もかも見透かしたような彼の視線に底冷えがする。

そして、本来なら息子がこのような悪魔憑《つ》きめいた笑みを浮かべていれば親はゾッとして言葉を失いそうなものだが、彼らはやはり〝ベリアルド〟であった。

セルジオはまたも「よかったですね」という顔でニコニコしているし、ディオールは城が吹き飛びそうなくらい怒りを爆発させた。

「お黙りなさい！　わたくしは絶対に認めないわ！」

「こわ……え、すみません。そんなに怒るとは思いませんでした。僕まだ十歳なので」

セルジオはその瞬間に「ディディエ、今のはいけませんよ」という親の顔をする。

つまり、おしまいである。

彼らにまともな家族会議などできないのだ。地雷原をスキップしながら手榴弾《しゅりゅうだん》でお手玉するような人たちだから。

――わたし、明日まで生きてられるの……

†

シェリエルはメイドに抱っこされ、ひたすら暗い廊下を移動していた。

生活感のない寂れた場所に来たなと思えば今度は細い螺旋《らせん》階段をぐるぐると上っていく。しばらくすると階段の幅が広い場所があり、無骨な石壁に小さな木の扉が埋まっていた。そこが彼女の部屋だった。

「お嬢様、申し訳ありませんがしばらくはここをお使いくださいませ」

「すてきなおへやです！　ふかふかのお布団なんて久……はじめて……」

部屋は綺麗《きれい》に掃除されており、まるで彼女が来ることを知っていたかのように、小さめのベッドとテーブルセットが置かれている。

趣のある石壁に小さな窓。部屋の隅には木箱がいくつか積み上げられていた。簡素なベッドに、ハギレを継ぎ合わせたキルトの掛け布団。

中世の牢獄《ろうごく》のようだが、アンティークな家具が入ることでヨーロッパの片田舎にある古城を改装したホテル、と言えなくもない。

木箱で寝ていたこの三年を思えば、天国のような部屋である。

シェリエルが顔をピカピカさせながら大はしゃぎしていると、メイドは彼女をベッドに下ろしてサッと顔を背けた。目は赤く、僅かに震えている。

「お嬢様……失礼ですが、今までどのようなところでお過ごしになっていたのですか？　これからお世話させていただく身として、ある程度のことは知っておきたく……」

「？　このお部屋の半分くらいのとこで子どもたちとくらしてました。十人くらい、でしょうか。お布団はなくて、木箱とわらと古布だけだったので、こんなにふかふかのお布団、うれしいです……」

メイドは堪《たま》らずというように声を詰まらせ、片手で口元を覆って上半身ごと後ろを向いた。

「だ、だいじょうぶですか？」

「すみません、お辛《つら》いのはお嬢様ですのに……」

「わ、わたしはだいじょうぶです！　世話をしてくれるひとも親切でしたし、それに、子どもだから寝ているくらいしかすることもなかったですから！」

「お嬢様はご聡明《そうめい》でいらっしゃいますね」

親切にされた覚えはなかったが、大人に泣かれるという居心地の悪さから咄嗟《とっさ》にフォローしていた。

そうしてシェリエルがあわあわしていると、メイドは目尻を拭いながらスンと鼻を啜《すす》ってクスリと笑った。

「わたくしはお嬢様に仕える身ですから、どうぞ楽にお話しになってください」

「あ、はい……うん」

「では、お休みの準備をいたしましょうか。お身体を拭きますね」

「ありがとうございます。よろしくおねがいします」

幸い、出荷前に全身を何度も洗われたのでそれほど汚れてはいなかった。家畜のように丸洗いされた甲斐《かい》があったというものだ。

しかし服がゴミ同然の汚さであったため、ポイと脱ぎ捨ててお湯で濡《ぬ》らした柔らかい布で身体を拭いてもらう。肌触りの良い服に着替えさせてもらえば、先ほどの修羅場も怒りも忘れてすっかりご機嫌になっていた。

至れり尽くせり、最高だ。願わくは一生このまま人にお世話されながらなんの責任も負わずにのんべんだらりと過ごしていたい。

「……」

しかし、初めて鏡に映る自分の姿を見てまた胸が重くなる。

綿《わた》のような艶のない白い髪はボサボサと伸びっぱなしで、前髪の隙間からは白い睫毛《まつげ》に縁取られた青い瞳がギョロと覗いている。青白い肌に、血色の悪いカサカサの唇。手足は枯れ木のように痩せ細っている。

――せっかく良い服に着替えさせてもらったのに、なんてみすぼらしいんだろう。

それが自分に対する第一印象だった。

†

「お目覚めですか、お嬢様」

「おはよ……ございます」

――しっかり眠れてしまった。

ぼんやりする頭で目を擦《こす》ると、昨日と同じメイドが湯桶《ゆおけ》を持ってベッドのそばまでやってきた。

「あの、おなまえは？　きのう聞くの忘れちゃって」

「わ、わたくしを名前で呼んでくださるのですか」

メイドはピタと動きを止めて目をまん丸にした。

そこには驚きと困惑が含まれている。

シェリエルは何か不味《まず》いことでも言ったのかと不安になり、「名前が分からないとこまるでしょう?」と窺《うかが》うように彼女の潤んだ瞳を覗き込んだ。

「……メアリ。メアリと申します、シェリエルお嬢様」

「メアリ……よろしくおねがいします」

シェリエルが身体を起こしてペコリと頭を下げれば、メアリは感激したようにコクコクと何度も頷《うなず》いた。まん丸だった目に朱を差して、顔にギュッと皺《しわ》を寄せている。

大袈裟《おおげさ》すぎやしないかと思いながらも、なんだか染み入るようなくすぐったさがあった。

「お顔を拭きましょうね」

「あったかい」

「次はこちらでお口を漱《ゆす》ぎましょうか。飲み込まないように……そうです。お上手です! はい、そのままここにペッしてください」

コップで渡された甘い液体はミントとは違う不思議な味がした。桶に吐き出したあとは驚くほどに口の中がスッキリしている。

それからメアリは「お召し替えの前に少し髪を整えさせていただいてもよろしいでしょうか」とやけに丁寧に言った。この浮浪児のような見た目をどうにかしようというのだろう。

シェリエルも申し訳ない気持ちでコクと頷き、姿見の前に置かれた椅子に座って小さくなった。

「大丈夫ですよ、シェリエル様。これからわたくしが責任をもってお手入れさせていただきます。シェリエル様の髪は癖もないので、軽く整えるだけでも充分可愛《かわい》らしくなるかと」

「うん。ありがとう……」

「前髪を揃《そろ》えると可愛いらしくなるかと思います。いかがでしょう」

「あ、前髪は作らず耳にかけられるようにリップラインくらいにして、全体は傷んだところを全部切って鎖骨のあたりで揃えてください。サイドは前髪と馴染むように角を取ってもらえると……」

「え？」

「……おまかせします」

メアリは今のはなんだったのかしらという顔で目を丸くしたままハサミを入れた。

「わ！」

「マァ！」

「え、わたし可愛すぎない？」

「はい！　はいっ！　本当に……」

劇的な変身を目の当たりにした女がふたり、鏡に齧《かじ》り付く勢いで大はしゃぎである。スラム街に居そうな浮浪児が、つるりと輝く美幼女になってしまったのだ。

ただ切り揃えただけのセミロングであるが、ブラシを通した純白の髪色のせいか、野暮ったい重みを感じさせない。前髪は斜めに流して小さなリボンの飾りを付けた。

メアリは木箱からフリルの付いた水色のワンピースを取り出し、「ジャーン！」と言いたげに広げて見せてくれた。

しかし、着てみると裾を踏みそうなくらいぶかぶかで、どう見てもサイズが合っていない。平均的な上位貴族の三歳児に比べ、シェリエルは栄養が足りていなかったらしい。

「少し、大きいですね……これからたくさん美味《おい》しいものを食べましょうね」

「このリボンを腰のあたりでむすべば大丈夫だとおもう」

「っ！　さすがお嬢様です。きっともっと可愛らしくなります！」

泣きそうになっていたメアリは途端に顔をパッと明るくして、リボンを結び終えるとニコニコになっていた。

そんなわけで、いざ行かん。

今世初めての家族の食卓というやつである。

案内された食堂は、朝食や団欒《だんらん》に使う家族の場所だという。

四角い部屋にドンと構えた縦長のテーブル。

すでに父セルジオと養母ディオールが向かい合って座っていたが、貴族の食卓と言われて想像するような、やたら距離のある座り方ではない。広々と使いつつも遠すぎない団欒の場であった。

庭に面した壁には天井近くまである大きな窓が等間隔で並んでおり、陽射《ひざ》しがディオールの座る椅子の手前でピタと線を引いている。

壁を背にする形で座るセルジオはニコニコと笑っているが、ディオールはそんな彼を無言で睨み付けていた。彼女はシェリエルを視界に入れようともせず、真っ黒な顔で微動だにしない。

陰影のハッキリした食卓だ。貴族らしく、家族らしい。自分が居て良い場所ではないと、肌身で感じる美しい食卓である。

「……おはようございます」

「おはようございます、シェリエル」

「……」

席についてみれば、明るすぎず暗すぎず、食事をするのにちょうど良い自然光の柔らかさがある。

正午より少し前のブランチに近い朝食。作法はそれほど厳しくないらしい。

大きさの違う皿を三枚重ね、その上に刺繍の入ったナプキンと、キレイに磨かれたシルバーのカトラリー。メアリが準備をしている間に知らないメイドがグラスに水を注《つ》いでくれた。

「……ッ、すみま、せん」

「だいじょうぶです」

メイドの手はカタカタと震えており、案の定水をこぼしてしまった。忌避や嫌悪ではなく、怯《おび》えや緊張である。

シェリエルは夢で下位の貴族にまで蔑まれバカにされていたため、このように怯えられる覚えがなかった。それで「ん？」とうしろを振り返って「ああ……」と納得した。

他のメイドたちが同情と緊張を含んだ顔で粗相をしたメイドを見ていて、チラとディオールの表情を確認してからパッと各々自分の仕事に戻っていったのだ。ディオールの殺気が彼女たちの緊張を煽《あお》っているのだろう。シェリエルにどう接するのが正解なのか分からず、全員がピリピリしている。

何かミスをすれば呪われるか燃やされるか、みたいな緊迫した空気だった。

「おはようございます、父上、母上」

そんな最悪の食堂に、またも場違いに明るい声が響いた。ディディエは軽快に歩きながらシェリエルをジッと見つめ、しかし彼女にだけ声をかけない。

見事な無視。普通の三歳児なら意地悪されたと悲しくなっていたところだ。

しかしシェリエルはニコリと笑って「おはようございます、ディディエお兄様」と自分から挨拶する。彼女はそのへんの三歳児とは違うので。

「お前に兄と呼ぶことを許した覚えはないよ？」

辛辣な言葉とは裏腹に、彼の声は愉《たの》しそうで、瞳が隠れるくらい目を細めて笑っていた。

露骨な拒絶でありながら、子どもの純粋な反発心ではない。要するに、クソガキだった。

ママ、シェリエルも彼をクソガキと思える程度には人生経験があるため、しおらしく眉を下げて「失礼しました、ディディエ様」と謝ってみせる。

するとディディエはニヤついた笑みを引っ込め、今度こそ純真無垢な子どものように目を輝かせた。

彼はこの瞬間、子どもっぽい意地悪に動じないシェリエルの精神力と、それを隠してしょんぼりしてみせる思考力を見抜き、もう少しハードルを上げてみようとワクワクしたのだろう。

幼さゆえの意地悪をする兄だったらやりようもあるが、彼にはそういう可愛らしさが一切ない。

つまり、クソガキである。

「……いただきます」

目の前に並べられた朝食はこれまでの硬いパンやお湯のようなスープに比べると格段に豪華なものだった。

「わ、おいし」

柔らかくてふわふわの丸パン。コクのある塩気の利いたバター。よく冷えたミルクは濃厚な甘味があり、蒸した芋を潰したマッシュポテトのようなものは塩と胡椒《こしょう》のシンプルな味付けでも芋自体の味が濃く、大変な贅沢《ぜいたく》をしているような気分になる。

大人たちは芋の代わりに卵や肉を焼いたものを食べていた。野菜がないのが気になるが、誰かが静かにフォークを置けば、メイドがスッとテーブルの中央を彩るフルーツの盛り合わせからいくつか皿に取り分けていて、それに合わせて別のメイドが紅茶のカップを取り替えて爽やかな香りの紅茶を注いでいる。

そうやってたまに口直しをしながらゆっくり食事を楽しんでいるようだった。会話はないし、雰囲気は最悪であるが。

シェリエルはほかほかのパンをモソモソ食べ、マッシュポテトをスプーンいっぱいに掬《すく》ってモキュと口に入れながら、彼らをこっそり観察していた。

「お口に合いました？」

シェリエルが「え？」と隣を見ると、セルジオが片肘をついてこちらを覗き込んでいた。向かいのディオールとディディエも食事をしながら視線はシェリエルに固定されている。

彼女はすでにマッシュポテトのおかわりを二回もしていて、メアリが新しいパンを取り分けてくれているところだった。

「あ、え。はい……おいしいです……」

彼女が消え入りそうな声で言うと、セルジオは「それはよかったです」と、目を細めた。

†

このような生きた心地のしない食事が朝と夜の日に二回。

食事中はディオールから凄《すさ》まじい殺意と嫌悪の視線を向けられるが、どういうわけか、危害を加えられるようなことはなかった。

　メアリ以外のメイドがシェリエルを遠巻きにしているのも、彼女たちが自然と忌避しているからで、ヒソヒソ言われはしてもあえて関わってこようとはしない。

　そんなわけで、シェリエルは食事の時間以外は自室でのんびり過ごしていた。今も窓辺に椅子を運んでもらい、すぐそばの木にやってくるリスや、端の方に見切れた庭園を窓から眺めて異世界を堪能している。

　自分だけの部屋に引きこもり、移動は抱っこで食事は美味しい。ある意味では軟禁であるが、ある意味では快適ニートライフである。

　メアリは玩具を用意できなくて申し訳ないとまた顔を曇らせていたが、それには曖昧に笑っておいた。

「何をご覧になっていたのですか？」

「あ、すごいお庭だなと思って。こんなに広いお庭、どうやって整えるの？　魔法を使うの？」

「庭師は平民ですから、魔法は使えませんよ。数人で毎日少しずつ整えているんです」

「へぇ、大量の奴隷を使ってるわけでもないんだ……すごい」

「え？」

　ここからはほんの少ししか見えないが、それでも見事なものだった。いまだ城全体を把握していないくらいなので、とんでもない規模の庭園なのだろう。

　だからシェリエルは魔法を使うのかなと少しドキドキしながら聞いた。芝刈り機やスプリンクラーのない世界でまさか手作業で整えているとは思わなかったのだ。

　それ以外にもシェリエルはこの異世界の城に興味津々だった。城にたくさんある彫刻の美しい柱はどうやって削り出したのか。どうやって運んだのか。あんなに高い天井にどうやってあれほど精巧な絵を描けるのか。巨大な鉄の扉をどうやって作るのか。どういう仕組みでどう作るのか……

これは前世から引き継いだ思考の癖のようなものだった。故に玩具がなくても退屈しない。

「あ、見て、近くの木にリスが！」

「ふふ、かわいいですね。早くお庭に出られるようになれば良いのですが……」

「あ、猫ちゃん」

「鼠取《ねずみと》りの猫ちゃんでしょうかね？」

「うん、お利口そうな黒猫だよ」

窓のすぐそばにある大きな木の下で、黒猫がジッと彼女を見つめていた。

どこの世界でも猫は鼠取りに重宝するのだなと少し笑いそうになったシェリエルだったが、少し離れたところでリネンを畳んでいたメアリの返事には妙な間があった。

「……黒猫ですか？　見間違いでは……この世界に黒い動物はおりませんよ。もしかしたら、煤《すす》で汚れてしまったのかもしれませんね」

「そうなの？」

言われて、そういえばと思い出す。白と同じく黒い生き物も存在しないのだと。

メアリが手を止めて不審者を確認するような顔つきで窓のそばまでやってきたので、シェリエルは「ほら、そこ」と黒猫のいた場所を指差した。

「？」

しかし、芝生は木漏れ日がまだら模様を作るだけで、黒猫の姿はどこにもなかった。

†

その日もシェリエルは夕食のためにメアリに抱っこされて食堂に向かっていた。すると。

「ッ……」

「？」

メアリがビクと足を止めたので、シェリエルも思わず彼女の顔を見上げる。メアリは森で獣に出《で》会《くわ》したみたいに緊張した面持ちで息を殺していた。

——まさか刺客!?

貴族ならそういうこともあるだろう。そもそもこの一族が物騒なので、シェリエルもついに来たかと覚悟を決め、ジッと廊下の奥に目を凝らした。

「やぁ、奇遇だね」

「ヒェ」

刺客の方がマシだった。ディディエが天使のごとく可愛らしい笑みを浮かべてピョコと廊下の角から顔を出したのだ。

「なんだい、人をバケモノみたいに」

「し、失礼しました」

すぐさまシェリエルは頭を下げた。けれどディディエは彼女を無視し、メアリに向かって少し眉を下げて言った。

「ねぇ、そこのお前。僕、部屋に忘れ物をしたんだ。部屋付きのメイドに聞けば分かるから取ってきてくれない？」

「……あ、いえ。わたくしは」

「ねぇ」

「申し訳ありません、ディディエ様」

ディディエは深い笑みを作り、黙ってメアリを見つめている。脳が萎縮するような重たい無音である。

「メアリ……わたしは大丈夫だから。取りに行こう？」

「は、はい。申し訳ありません。では、失礼しま——」

「その子は置いて行ったら？　子どもを抱えて僕の部屋まで行ってたら夕食に間に合わないでしょ」

「っ……」

「君、待てるよね？　賢いもの」

シェリエルはすぐに理解した。あ、これは校舎裏の呼び出しみたいなアレだ。このあと大人の目を盗んで「お前調子に乗るなよ」とか言われてイジメられるんだクソガキめ……と。

「分かりました。ここで待ちます」

メアリにコクリと頷いて「お留守番してるから行ってきて？」と安心させるつもりで笑って見せた。

が、メアリは「え？」という顔をしたあと、そろりとシェリエルをおろして、「では……」と気まずそうに早歩きでその場を離れた。シェリエルの笑みは「来るなら来い、大人（の精神力）を舐《な》めるなよ」の顔だったので。

「ふぅん？」

「えと……それで、ご用件は……」

「は？　べつにないけど？」

「え？」

「じゃあね」

そう言ってディディエはスタスタとひとりで歩いて行ってしまった。肩透かしにも程がある。

後を追おうとするが、三歳児の足では追いつけるわけもない。ひとつ角を曲がるとすでにディディエの姿はなく、記憶を頼りに歩こうにもこの身体では食堂まで辿《たど》り着ける気がしない。

このままでは迷子になると、元の場所にトコトコ戻って壁に寄りかかるように腰をおろした。

「何なの……」

意味不明過ぎる。

しかし、五分もすれば嫌でも意味が分かった。この広い城のなかでひとり取り残される孤独感が、無駄に彼女を不安にさせるのだ。

もしかしたらメアリはどこかで殺されていてもう戻ってこないかもしれない。誰も助けてくれないかも。このまま餓死するかも、と。

そんなわけあるはずがない、と言えないのがベリアルドの城である。

「あのクソガキめ……」

いくら待ってもメアリは戻ってこなかった。

ひっそりとした夜の廊下はどうしようもなく寂しくて。大人の頭で悪態をつき、子どもの心で少しだけ泣いた。

それから一時間ほどしてメアリは戻ってきた。汗だくになり、肩で息をしていた。主《あるじ》のために必死に走ってきたのだろう。

遅れて食堂に入ると、意外にも全員が食事をせずに待っていた。

それが余計に心臓をキリリと締め付ける。自分が悪いわけではないのに、待たせことを申し訳なく思ってしまうのだ。

そういう空気を作り込まれていたと言う方が正しいかもしれない。

「アハハ、遅かったね」

「もうしわけありません」

「ディディエ様、こちらでよろしかったでしょうか」

「ああ、そこに置いといて」

メアリが彼の忘れ物――白いシンプルなハンカチを差し出すと、ディディエはそれを見もせずにテーブルをトントンと指で叩《たた》いた。

それから彼は一度もそのハンカチを使わなかった。ただ、シェリエルをひとりにするためだけに言いつけたのだろう。

けれどシェリエルはメアリが無事に戻って来てくれただけで良かったのだと自分に言い聞かせた。

それくらい、メアリを待つあの時間が怖かった。

――今日のところはこれでいい。もう絶対にあの人には関わりたくない。どうせ大人に言いつけても何もしてくれないだろうし……

「いやあ、シェリエルはよく一時間も我慢できましたねぇ」

「え？」

「ディディエにメイドを取りあげられたのでしょう？」

「それ、知って……」

驚いたことにセルジオもディオールもどういう状況か知っていたらしい。

まさかと思ってディオールの表情を確認するも、彼女は相変わらず不機嫌だが「これ以上待てないわ」みたいな顔で食事を始めていた。

つまり、ディオールが指示した嫌がらせでもなく、大人が知らない悪戯《いたずら》でもないということだ。

――どういうこと？

「いえね、僕は貴女が怒って自室に籠もるのではと言ったんですが、ディディエは必ず来ると言い張るので。うふふ」

「ね？　僕の言った通りでしょう？　父上はずいぶん食い意地の張った子を拾ってきたようで……あ、作ってきたのか。ワハハ」

「ディディエ？」

すかさず地を這《は》うようなディオールの声が響くと、ディディエもノータイム・ノールックで「すみません、今のは間違いました」と心にもない謝罪をする。

セルジオはそれを気まずく思う様子もなくご機嫌である。

「ンフフ、僕の勘が外れるなんて。やっぱりシェリエルは面白いですねぇ」

「アハハ、じゃあ父上を殺せる唯一の人間かもしれないですね」

正気とは思えない。

シェリエルが「なんて不謹慎な……」と思っていると、ディオールは「いっそメイドを吊《つる》すくらいすれば良いものを……」と呆《あき》れたようにため息をついていた。

正気とは思えない。

つまりだ。この嫌がらせは「シェリエルって食いしん坊なんだね」というオチをつけたちょっとしたイベントであったらしい。

やはり、何をどう考えても正気とは思えないし、真面目に考えるだけ無駄のような気もするし、一瞬でも気を抜いたら何かの手違いで死んでしまいそうな気もする。

――もうヤだ。もう無理。絶対死ぬ。

彼女は怒って良いのか怯えて良いのか分からないまま、とにかく「最悪」という気持ちだけで夜を迎えるのだった。

明日が人生の大一番だとも知らずに。

†

「今日は執務まで時間があります。少し話をしましょう」

朝食を終えるとセルジオから声がかかった。

メアリに連れられリビングのような一室に入ると、相変わらず目も合わせようとしないメイドたちが全員分のお茶を手際良く用意していた。

話というのはもちろん、〝シェリエル〟のことだろう。

シェリエルは冤罪《えんざい》で捕まった死刑囚のような気持ちで大人しく長椅子に座っていることしかできなかった。

彼女はまだ何者でもない非力な幼児なのだ。

前々世で異端審問会にかけられた主《あるじ》はこんな気持ちだったのだろうか。それより、ベリアルドにまともな話し合いなどできるのだろうか。

などと不安に思っていると、唐突にセルジオが家族会議の火蓋を切った。

「あれからディオールとも話し合いましたが、シェリエルは僕の妾の子としてこの家で育てることになりました。ディディエ、貴方《あなた》にとっては腹違いの妹です、余計なことはしないようにお願いしますよ？」

「余計なこととは失礼な。妹として可愛がりますよ」

にっこりと良い笑みのディディエお兄ちゃん。これは玩具として遊び倒して飽きたら捨てるという顔である。

十歳でそんな悪い顔しないで欲しい。あと、普通に無視して欲しい。

「その代わり、ここでの衣食住、教育に関してはディオールに一任します」

ディオールは貴族らしい感情の見えない顔で、シェリエルを見ていた。憎悪がしっかり肌に突き刺さるような、冷たい視線だった。

……なるほど、わたしは十七歳まで生きられない、と。

しかし、それでもやはり、シェリエルは彼女に嫌な感情を持つことはできなかった。誰かに嫌われるのは気分の良いものではないし、自分はそこまで心の広い人間ではない。

ではなぜ、彼女に同情心のようなものが芽生えてしまうのか。

繰り返して見ていた夢のなかで、シェリエルには彼らに対する負い目のようなものがあったのだ。

目が覚めたら顔も朧《おぼろ》げで、どういう人生だったかしか覚えていないのに、今こうして彼らを前にするとその後ろ向きな感情が拭えない。

「あの……」

「どうしました？　何か気になることでも？」

自分のせいでこの家族を壊してしまった。彼らの〝最愛〟を奪い、彼らを狂気に沈めてしまった。そういう自覚があるのだろう。

死にたくない。誰かの死因にもなりたくない。

つまり、ここが人生の大一番。

命を賭けた大博打《おおばくち》に出る時が来たのである。

「あの、わたしはお父様の子ではありません……よね？」

シェリエルがやっとのことで言葉を絞り出すと、目を丸くしたセルジオが微《かす》かにティーカップを鳴らした。

「セルジオ様どういうことです！　あなたの子でないならいったい誰の子なのよ！」

「シェリエル、どうしてそれを？」

セルジオはディオールの悲鳴に似た問いには応じず、ゆっくりと覗き込んでくる。

「どうして、というのは説明できません。ただ知っているんです。わたしはお父様の――」

「そこまでです」

最後まで言い終わらないうちにセルジオが言葉を切った。その真剣な顔には驚きと諦め、それからわずかに納得の色が滲《にじ》んでいる。

やはり言ってはいけないことなのだろう。心臓が汗を吹き出すくらいけたたましく鼓動している。

セルジオが何か合図したかと思うと、使用人たちが一斉に部屋を出ていった。人払いしたのだ。

その上で小さな木箱を取り出し、セルジオがそっと手をかざした。

「防音結界の魔導具です。この話は本来、僕以外知るべきではないですから」

あのディディエでさえ真面目な顔をして聞く姿勢になっている。

「はぁ……困りましたね。もう隠せそうもないので話しますが、シェリエルは、クロードの子です」

「なんですって！　あの子は今どこにいるのです、無事なのですか？」

「クロードはいまレシスト王国にいますよ。この子の母は、レシストの巫女《みこ》なんです」

静まり返る室内。シェリエルだけが状況を把握できていないみたいに目を丸くして固まっている。

――クロード、誰……？

「クロードは僕の弟ですよ。そして、レシストの巫女というのは巫女を降りるまで男に触れてはならないんです。神力が落ちるとされる禁忌を犯したものは関係者諸共《もろとも》処刑され、子を宿したならばこの国と戦争にもなりかねません」

「戦争……それで、両親はわたしをここへ送ったんですね」

「そうです。クロードがレシストに行ってからも僕たちは密《ひそ》かに連絡を取っていました。僕も援助して出産までは上手《うま》く隠せたんですが、貴女を育てるにはレシストは危険すぎた……僕としては戦争も大歓迎なんですがね、ベリアルド家の子は特殊な教育が必要ですから」

だんだん調子を上げてくるセルジオに対し、ディオールの顔色は悪い。汗ばんだ額を手で押さえて必死に状況を飲み込もうとしている。

「クロードの子であれば……育てるしかないではありませんか」

「ええ、僕たちが守らなければ」

「クロードはわたくしにとっても大切な弟なのです……守るべき家族です。無事だと分かって喜んで良いのやら、今まで黙っていた貴方たちに怒れば良いのやら……」

「ディオール、すみませんでした」

「……いいでしょう。この子はわたくしの実子として育てます。それと、本当に貴方に愛人がいたわけではないのですね？」

「ええ、もちろん！　僕の人生で愛する女性は後にも先にも貴女だけですよ」

ディオールはキンキンと声を尖《とが》らせながらも、少し赤い目元からは憎悪が消えていた。

「だったら最初からそう言ってくださいまし！　わたくしは貴方に裏切られたと思ってここ数日ろくに眠れもしなかったのです。もう少しで殺してしまうところでした」

――誰を？　わたし？　頼むから夫であってくれ……

「家族を危険に巻き込むわけには行かなかったんです、分かってください。今日は執務を休むのでそれで許してくれますか？」

セルジオは砂糖菓子のように甘い笑みでディオールにデレデレしていた。それにシェリエルは「それで済むの？」と目を丸くするのだが。

ふと視界の端にディディエの毒々しい笑みが掠《かす》めた。一瞬だったが、たしかに捕食者の目をしていた。

シェリエルが「え」と思って彼の方を見ると、ディディエは愛らしい笑みを浮かべており、目が合うとお騒がせな両親に呆れるみたいに肩を竦《すく》めて見せた。

「父上、母上、子どもの前では程々にしてください」

「あら、子に夫婦仲の良さを示すのはベリアルド家では大切なことよ？」

上機嫌なディオールを連れてセルジオが部屋を出ると、ディディエは今度こそハッキリとあの目で笑っていた。

「これからよろしく、僕の妹」

ベリアルド家

「こうしてふたりで話すのは初めてだよね？　楽しみにしてたんだよ。とてもね」

「わたしもです……」

「ふふ、思ってもないくせに」

色彩の乏しいシェリエルの部屋で、藤色の髪が春みたいに揺れている。

というのも今朝、朝食の席でディディエが突然「お茶会でもしようよ。お前の部屋で」と言いだしたのだ。

当たり前にシェリエルは「まだ作法も習ってませんし」とやんわり断ったが、彼はウンウンと分別のありそうな顔で聞いてから、丸っと無視して「じゃ、あとでね」と言った。

だからシェリエルも「今日はちょっと……」「部屋も散らかってるので」「故郷の祖母が危篤で……」と困った顔をしたのだが、結果はこの通り。

そのディディエは小さなテーブルの小さな椅子に座って、当然の如《ごと》くお茶が用意されるのを眺めている。

彼に「妹」と呼ばれてから数日が経《た》っていた。

その間、不気味に思えるほど何もなかったことが、より緊張を高めている。

彼は自らの辞書において、〝親睦〟の項目に「実験」「拷問」「耐久性」などの文字を並べるタイプなので、今この瞬間も嫌な予感しかない。

何しに来たの……一刻も早く帰ってほしい。

そう思いながらシェリエルはティーカップに口を付けた。渋みのない華やかな紅茶の香りが鼻を抜け、フッと身体《からだ》から緊張が逃げていく。

「お前、何者なの？」

「ッ!?」

シェリエルは信じられない気持ちで顔を斜めに逸《そ》らして「ケホッ」と、軽く咽《む》せた。

いきなりはやめてほしい。もうちょっとお互いの様子を見て心の距離を縮めてからにしましょうよ、と。

「ど、どういう意味ですか?」

「そのままだよ。お前、奴隷の子が集められた小屋で育ったんだろ? 他の子と自分が違うって理解してたんじゃない?」

「他の子はあまり喋《しゃべ》らなくて。会話らしい会話はなかったんです」

これは嘘《うそ》ではない。境遇なのか何なのか、他の子はただ無気力に座っているだけで、世話係の大人に返事をすることもなかった。

「じゃあお前はどうして喋れるの? どうやって言葉を覚えた?」

「そ、それは、世話をしてくれていた人たちが話すのを聞いて……」

「それにしてはちゃんと貴族らしい言葉だ」

あー、うーん、そうねーそうかぁ……

それまで〝ベリアルド家は天才の家系だから〟で納得してもらえると思っていたが、天才にだって学びは必要だ。

現にベリアルド一族は学習を始めるのが他より早く、それを理解できてこその天才なのである。

前世の記憶があると言っても言語は違っているし。この世界で十七年間過ごしたという実感はあっても、夢で見たのは約数十分のクライマックスだけ。

セルジオがすんなり納得したので完全に油断していた。

適当な相手になら「ハハ、わたし実は転生者で。転生チートですかね?」と言えたが、好奇心を隠そうともしないディディエ相手に不用意なことは言えない。

人体実験とかされそうだし。サクッと殺して「また生まれ変わって会いに来て。そしたら信じてあげる」とか言いそうだし。

となれば、当たり障りのない範囲で本当のことを言うしかないではないか。

「わたしはまだまだです。馬車で少しお父様とお話しして、ここに来てから学んだ言葉もあります」

「ふーん。で、ベリアルドについてどれくらい知ってる？」

「ほとんど、何も知りません」

「ベリアルド家にはね、人が持つべき情や罪悪感を持たない代わりに、ひとつの強い執着から特別な才を発揮する人間が生まれるんだ。執着のないものでも大抵のことは人より秀でている。天才というやつだね。でもそれは祝福じゃない、呪いだよ」

やはり……

夢の認識と擦り合わせ、そういう家系なのだと確信する。前世の知識を合わせると「呪い」というより「遺伝」だろう。

「お前もきっとその呪いを受け継いでいる。だから人より賢く、頭も身体も成長が早い。でも不思議なんだ。どうしてお前はそんなに人間らしいの？」

「！」

心臓が嫌に鼓動する。

……人間らしい？

てっきりまともな教育を受けていない三歳児がしっかり受け答えしているから怪しんでいるのだと思っていた。そしてそれは呪いという設定で誤魔化せると思っていた。

――そうか、天才という設定で行くなら、わたしも悪魔でなければいけなかったんだ。

「人間らしいってよくわかりません」

するとディディエはにこりと微笑《ほほえ》んでティーカップを手に持ち……

「！　何するんですか！」

ディディエはあろうことか湯気の立つそれをメアリに投げつけた。とんでもないクソガキである。

「メアリ、火傷《やけど》し……」

「ほら、それだよ。僕たちはいちいち他人の心配なんてしない。彼女がお前にとって身内と言える大切な存在なら話は別だけど、たった数日でそこまで愛着が湧くわけないよね？」

メアリは顔色ひとつ変えず、黙って床に零《こぼ》れた紅茶を拭いていた。シェリエルはクソ悪魔めと内心毒づき、深呼吸をしてどうにか真顔を保った。

「メアリは大事な人です。ここに来てからずっと親切にしてくれました」

「それだけ？　やっぱ変わってるね。でも本当にそれが理由？」

ディディエはクスクスと肩を揺らしながら、クリスマスの日の子どもみたいに無邪気に笑っている。

彼は何が知りたいのか。どうすれば満足するのか。

「ディディエ様はどう思ってるんですか？　わたしのこと……」

「そうだね、正直さっぱり分からない。僕を超える天才で、環境や教育を必要としない生まれ持った擬態能力があるのか。それとも、この呪い自体が僕が習ったものよりもっと複雑な何かなのか。それともギフトか……」

――たぶん、わたし呪われてないですね……いや、本当に？

夢ではたしかに先生以外に関心はなかったし、国家反逆の罪悪感もなかった。そう考えるとベリアルド一族らしいけれど、特別な才や執着みたいなものはなかったはず。

あれ？　わたしってどうなってるんだろう？

と、シェリエルは思わず首を傾《かし》げてしまう。

「不思議ですね……」

「アハハハハッ！　やっぱお前、最高に面白いね。いまの話を理解して、自分で自分が不可解な存在に思えたんだろ？」

いつまでも笑っているディディエが、単に目の前の謎を解きたいだけの年相応の子どもに見えてくる。

「ディディエ様はわたしに興味があるんですか？」

「うーん、今のところはね。本当は人の感情の揺れみたいなものに興味があるんだけど、最近は誰も遊んでくれないし」

「わたしを泣かせたいとか、苦しめたいとか思いますか？」

「それもよく分からないかな。最初はそういうつもりだったけど、正直それどころじゃない」

ふむ、どうしたものか。

夢のシェリエルは死ぬ頃には何の興味も持たれていなかった。しかしどういう人間か認識していたということは、少なからず何かされたことがあったのだろう。

ディディエに興味を持たれるのが正解なのか、それとも無関心でいてもらうのが正解なのか。

正直なところ自分の仕様が気になるし、彼の好奇心は自分を知る手助けになってくれる気がしないでもない。

「ディディエ様と仲良くなれたら、その時わたしの秘密を話します」

「ほら、やっぱり秘密があるんだ！　でも仲良くって？　僕はいまも仲良くしてるつもりだけど？」

心底分からないと言いたげに小首を傾げる様は、天使かと思うほどに愛らしい。顔だけは。

「ディディエ様はわたしに秘密を話せますか？　わたしと居て安心できますか？　仲良くというのは表面上ではありません。相手を信頼し、思いやったり、大切にしたり、危害を加えず楽しく過ごせるようになったらということです」

「急に本性出すじゃん。まぁ、うーん……僕は楽しく過ごしてるけど、信頼や思いやりか。危害の範囲も少し勉強不足かな。ザリス、僕ってどの程度だと思う？」

壁際に控える男――ザリスはセルジオの筆頭補佐官である。この度ディディエがシェリエルを壊してしまわないようにお目付役を言い渡されたのだ。

その彼は突然話を振られたにもかかわらず、「まだまだです」と即答した。しかも少し食い気味で。

「酷《ひど》いな、そんなハッキリ言わないでよ。でもちょうどいいかもね。実はさ、人心や擬態の授業って座学だけじゃ限界があると思ってたんだ。お前と遊びながら学ぶよ。それでいいでしょ？」

——いいでしょ、じゃあないんですよ。

けれども、彼には早急に危害の範囲を学んでもらいたいと思うわけで。

「ちなみに、その、〝人心〟とか〝擬態〟ってなんですか？」

「ああ、人心っていうのは倫理とか道徳とか共感力みたいな？　一般的な情操教育をベリアルド仕様に掘り下げたものだよ」

「……？」

「ほら、僕らって他人がどうして傷つくのか理解しづらいところがあるじゃない？　怒りは分かりやすいけどさ、悲しいとか辛《つら》いってよく分からないんだ」

「バケモノ？」

「いやさすがに目の前で我が子を殺されるのが辛いことだってのはわかるよ？　事実としてね。でもそれを見たり聞いたりした人が悲しむ理由が分からないんだよね」

「たとえが物騒……」

「まあつまり、僕らは他人に起こった出来事で感情が揺れないわけ。事実として観測するだけで、感情での理解ができないんだよ。だからどうしたら他人が傷付くのかを学問として学ばないといけないんだって」

「加害のために……？」

「そうそう……って、オイ。相手を尊重するとか無闇に危害を加えないとか、社会的な言動を反射的に選択できるように訓練をするんだよ。ちなみにそれが〝擬態〟ね」

「ディディエ様はまだその訓練を受けていないんですね」

「ねえ、あのさあ。お前さっきから失礼過ぎない？」

たしかにそういったことは普通の子でも他者と関わりながら学んでいくものだ。

座学だけでは難しいというなら、身をもって学んでもらうべきか……

「ちなみに、その訓練が上手《うま》くいかないとどうなるんですか?」

「反射的に自分の本能を優先する」

「なるほど反社……」

「で、洗礼までに社会の害になると判断されたら処分される。親に」

「は……?」

「矯正不可と判断されたベリアルドの七歳児なら簡単に人を殺すからね。被害者を出さないために親が責任を持って処分するんだよ」

「それは……大変なことじゃないですか」

「うん。ほとんど一家心中だよね」

血筋が途絶えていないところを見ると、ディディエの言うとおり彼らは根が反社会的であるだけで、人道的振る舞いを学ぶことは可能ということになる。

それならばと、シェリエルはこの小さな悪魔の手を取ることにした。

「じゃあ、よろしくお願いします……?」

ディディエはすぐさまニコリと整った笑みを作って言った。

「これからよろしくね、シェリエル」

†

さて、この悪魔っ子ことディディエ・ベリアルドであるが。

彼はシェリエルの部屋を出ると真《ま》っ直《す》ぐ父の執務室に向かっていた。

「ザリス、仲良くなるにはどうすればいいかな?相手が望む物を与え、また与え過ぎてもいけない。自分の価値を示し、また知られ過ぎてもいけない……だっけ?」

「ディディエ様、お嬢様はご家族ですから、セルジオ様やディオール様と同じように接すればいいのですよ」

「同じようにか……でも父上と母上は最初から僕を愛してるよね？　わざわざ仲良くなろうなんて思ったことないんだけど」

仲良くって抽象的すぎやしないか。あいつ、適当なこと言って秘密を話さないつもりかも。

そんな疑念を持つ程度には警戒している。けれど、自分が警戒しなければならない人間など久しぶりなので、ワクワクしているのも事実。

「そうですね、まずは相手が喜ぶことをしてさしあげるのはいかがでしょうか？」

「アレが喜ぶことってなんだろう。あいつ、他の奴《やつ》と違って難しいんだよ。優しくしてやっても警戒するし、多少意地悪言っても動じなかったりする。まぁ、そこが面白いんだけど」

「相手が何を望んでいるのか、どうすれば嬉《うれ》しいのか、そういったことを一緒に過ごしながら知って行く時間が大事なのですよ」

「ふーん……」

ザリスの助言を踏まえてあれこれ考えながら歩いていると、すぐにセルジオの執務室に着いていた。

「――というわけで、シェリエルの秘密を教えてもらう為《ため》に仲良くなることにしました」

「んふふ、シェリエルの秘密ですか。僕も気になりますねぇ。ぜひディディエには頑張ってもらわないと」

セルジオは引き出しから数枚の紙を取り出し、パラパラと目を通している。見ているだけで何も考えていない顔だ。

「父上、これから毎日シェリエルと過ごそうと思いますが、本当にザリスをお借りして良いのですか？」

「ええ、数時間ほどなら問題ないですよ。ザリスは優秀ですから、休憩がてら子守でもしてもらいましょう」

「その分の執務はセルジオ様にやっていただきますよ」

「そんな……まあ仕方ないですね。それより、ディオールに教育は一任すると言いましたが、そうも言ってられないかもしれません」

「それは教師候補ですか？」

ディディエは先ほどから気になっていた書類に向けて言った。

するとセルジオは書類から目を離し、深く息を吐いて眉間を揉《も》む。

「ディディエが何人か壊したせいであの子に付ける教師が足りないんですよ」

「それは申し訳ありません」

「家族とは言え、もう少しそれっぽい顔をしてください。まったく申し訳なさそうじゃないんですが？」

父親の困っている姿はどうしても面白くなってしまう。父ならばどうにかできるだろうという信頼でもあるが、親を困らせたいお年頃なのだ。

「僕はシェリエルと仲良くなれるでしょうか？」

「ディディエが仲良くなりたいと思って、そう努力すればきっとなれますよ。僕たちは家族ですから」

「父上はシェリエルを家族だと思っているのですか？」

セルジオはしばらく紙の向こうのどこでもない空間をぼんやり見て何やら考え込んでいる。

「うーん、僕もまだ良く分からないんですよねぇ。一目見た瞬間、守るべき存在だと感じました。目元がクロードにそっくりですから。でもまだ会ったばかりで謎だらけです。気にかけている、くらいでしょうかね。今のところ」

その回答はディディエにとって意外だった。あの母を敵に回す覚悟で連れて来たのだから、相応の情があると思っていたのだ。

やはりこの人はよく分からないな、とディディエは早々に諦める。

「では、この家で最初にシェリエルと家族になるのは僕かもしれませんね」

「んふふ、期待してますよ」

†

翌日、ディディエは宣言通りシェリエルの部屋を訪れた。

今日は手土産にふかした芋を持って。

「お招きありがとう、シェリエル」

「ようこそおいでくださいました、ディディエ様」

シェリエルは簡単な挨拶で出迎えてくれた。まだ礼儀作法の授業は受けていないはずだがメイドにでも聞いたのだろう。

「今日はお土産を持って来たんだ。まだ夕食には時間があるだろう？」

そう言ってメイドにカゴに入った蒸し芋を渡すよう合図する。

「芋……？」

「お前、これが好きなんだよね？」

「特別好きという訳では」

「あんなに嬉しそうに食べてたじゃないか」

「あれは、わたしだけの為にわざわざふかして潰してという手間をかけてくれたのが嬉しくて。わたしが好きだと思って持って来てくれたんですか？」

……はぁ、これだからこいつは。

まったく意味の分からない理由だった。料理人が料理するのは当たり前で、しかも彼女が芋を食べていたのは、母の嫌がらせだ。

「本当に変わったやつだね、お前は。仕方ない、持って帰るよ」

しかし、困惑していたはずのシェリエルの頬は、いつの間にかふわっと花開くようにやわらいでいた。ほんの微《かす》かな変化。僕でなきゃ見逃しちゃうねと言いたくなるくらいの些細《ささい》な表情だった。

「いえ、ありがとうございます。わたしの為に色々考えてくれたんですね、嬉しいです」

期待から絶望、安堵《あんど》から恐怖のようなハッキリとした感情の揺れではない。けれどたしかにこの奇妙な幼な子は揺れていて、胸の奥で快感に似た何かが疼《うず》いた気がした。

「そんなので嬉しいの？　これはお前の欲しいものじゃないいんだろ？」

「わたしを喜ばせようと思ってくれたことが嬉しいんです」

シェリエルは昨日よりも警戒心が薄れたように思う。

それから、昨日と同じようにテーブルにお茶の用意がされ、二度目のお茶会が始まった。

「それで、お前が欲しいものは何なの？」

「欲しいものですか……とりあえず、本ですかね」

「本？　勉強したいの？」

「いえ？　おとぎ話とか、恋愛物語とか、英雄譚《えいゆうたん》とか、そういうのです」

「わざわざそんなもの本にするわけないだろう」

「……ッ！」

「は？　なに、そこなの？　意味分からないんだけど」

彼女は顔面蒼白《そうはく》と言っても過言ではないほどただでさえ色味のない顔を真っ白にしている。

ディディエはもう笑いを堪《こら》える気もなく、アハアハと思い切り笑っていた。

もっと他に絶望するところあったよね？　さすがに面白すぎる。何をどうしたらそんなもの欲しがるんだって。と。

「え？　ないんですか？　存在しない？　でも……メアリはたまにおとぎ話とか聞かせてくれますよ？」

「そんなの口伝じゃない？　貴族の乳母はそれ用の話をいくつも覚えるし、平民でも吟遊詩人の話を簡単に略して子どもに聞かせたりはするさ」

……え、なに？

シェリエルは放心したように、白いまつ毛に縁取られたサファイアの瞳を虚《うつ》ろにしている。まったくもって理解不能。

というのも、貴族の子女——特にベリアルドのような上位貴族ならば必ず乳母やメイドが付くため、暇になれば彼女たちに話させれば良い。

大人になれば劇場に演劇を観《み》に行くし、とにかく物語とは見聞きするものであって、読むものではないのである。

それに、座学が始まると嫌でも頭の痛くなる文章を読まされるため、そもそも娯楽として文字を読むという発想がないのだ。

「え……あぁ……そう、ですか。ないんですね、へぇ……」

「メイドに言えばいくつか話してくれると思うけど？」

「はい……ただ暇なときに時間を潰せればなと思っただけなので……Netflix はさすがに諦めていましたけど。いえ。はい、だいじょうぶです」

「なに？　ねっとりっくす？」

「なんでもないです」

「？　退屈なのは分かるけどさ、もうすぐ授業が始まると思うよ。そうだ、面白くはないけど神殿の教典なら御伽話《おとぎばなし》に近いかもね。読んでみる？」

「教典……読みたいです」


ディディエは自分で提案しながら、なぜ最初に欲しがるものが教典なんだと眉を寄せ、次の瞬間にはハッと閃《ひらめ》いた。

この子は知識に対する執着を持つのではないか。ベリアルドは早ければこの年頃に執着が出てくる。ディディエ自身も三歳のころ自身が怪我《けが》をした際に、メイドがザッと青ざめたのを見てどうしようもなく嬉しくなってしまった。

それからあらゆることを試すうち、〝心の揺れ〟に執着があると気づいたのだ。

その過程で幾人もの心を壊したため今ではディディエに関われる人は限られているのだが。

「シェリエルはどんな話に興味があるの？」

「メアリが話してくれた妖精の話は面白かったです」

「じゃあ悪魔の森の話とかは？」

「悪魔の森？」

ン？　とディディエは首を傾げ、珍しく次の言葉を見失う。

悪魔の森の御伽話は子どもの躾《しつけ》にも使われるくらい、誰でも知っている一番有名な話である。

「良い子にしてないと悪魔の森に連れていかれて魔物に変えられるぞって話なんだけどね。そこには見たこともない魔獣や植物、妖精たちが棲《す》んでるって言われてるんだ」

「へぇ～！　本当にいるんですか？　会ってみたいです」

「いるんじゃない？　妖精や魔獣はこのあたりでもたまに見かけるし。でもね、森には悪魔もいて、その悪魔が人も魔獣も〝魔物〟に変えるんだ」

「魔物……？」

「うん。魔物になると、その魂は消滅するまで負の感情だけになって、さらに穢《けが》れを求めて彷徨《さまよ》い、人を喰《く》らうんだよ」

「……穢れ」

シェリエルは魔獣と聞いてピカピカと目を輝かせ、魔物と聞いて「?」とアホの子みたいな顔をした。穢れの恐ろしさを知らないのだろう。

つまり、ふつう子どもが怖がる話では怯《おび》えない。喜んではいるようだが、それほど興奮している様子でもない。

ディディエは心の揺れに執着があるからこそ、その機微を感じとるのは誰よりも上手かった。たった十歳。されどベリアルドの十歳は並の成人を凌《しの》ぐ天才である。

そのディディエが難解なシェリエルの精神構造に興味を持ち始めていた。

「明日、庭へ出てみる？」

「いいんですか!?」

ここへ来て一番の笑顔だった。

たしかにシェリエルから聞く日々の生活は死ぬほど退屈そうで、ディディエなら三人は壊すか殺すかしていると思えるものだ。

それをのほほんと語るシェリエルはやはりどこか不可思議……。

〝呪い〟を持たないただの子どもであれば納得がいく。けれどこれほどの理解力とある程度の知識を持ちながら、こうして誰かに許可されるまで退屈を我慢できるこの落ち着きは、どうにも辻褄《つじつま》が合わないのである。

「お前さ……」

「はい」

「いや、なんでもない」

ディディエは察してしまった。シェリエルは〝ベリアルド〟でも説明できない何かがある、と。

そして、だからこそ慎重に距離を詰めようと、良い兄に〝擬態〟した。

あの小さな頭にも義兄を警戒する知能が備わっていると認め、好奇心を抑えて「仲良くするって言ったし付き合ってやるか」というような呆《あき》れ顔《がお》を作る。

本気でかからなければきっと彼女のことは分からないと思って。

「母上に聞いてみるよ。授業が始まればゆっくり遊んでいられないしね」

「ありがとうございます。ディディエ様はどんな授業を受けてるんですか？」

「うーん、歴史、語学、算術、剣術、魔術、社交、政治学、あと人心、擬態かな。お前は女の子だから刺繍《ししゅう》もやるんじゃない？」

「そんなに……やっぱりわたしは暇でいいです」

「アハハッ、大丈夫。少しずつだよ。ああ、魔術は七歳の洗礼の儀が終わらないと習えないけどね」

……ふむ、知識に執着があるわけでもないのか。先ほどの推測は外れてしまったらしい。

知れば知るほど謎が増え、これほど面白いと思える人間は初めてだった。

「じゃあ、明日は庭で教典を読もう。どう？　僕、少しは兄らしくない？」

「はい、研究対象にされている気がしますけど、楽しかったです」

「なんだ、バレてたのか。まあ無関心よりはいいでしょ」

「そうですね、お手柔らかにお願いします」

手加減なんてできるわけがない。

その辺の教師すら騙《だま》せる「善い人間のフリ」は通じなかった。しかもシェリエルはそれを分かった上で大人みたいに軽く流す。

部屋を後にしてからもシェリエルのことばかり考えていた。自分と対等に話すかと思えば、見た目通り小さな子みたいな反応もする。上手く誘導されていると感じる時もある。

早く明日にならないかな、と思うのは洗礼の儀の前日以来、人生で二度目のことだった。

†

「本当に可愛《かわい》らしいです、シェリエルお嬢様」

メアリがパァと顔を綻ばせて手を握り合わせた。

この日初めて袖を通したお出かけ服は、普段のワンピースより何もかもが厚手で、貧相に痩せこけたシェリエルがぷっくりして見えるほどである。長靴下には膝のあたりに当て布がされているし、絶対に怪我をさせないぞという気概が見て取れた。

そんな折、タイミングを見計らったように扉がコンコンと鳴る。

メアリが弛《ゆる》んだ頬を引き締めながら扉を開けると、そこには優等生みたいにニコニコと微笑むディディエの姿があった。

「迎えに来たよ、シェリエル」

先日からシェリエルと呼ばれるようになった。無視されることもなく、好意的な笑顔でよく話しかけてくれる。

それを素直に信じられるほどまっさらな脳みそは持っていないが、この日ばかりはシェリエルも浮かれずにはいられなかった。

「本日はよろしくお願いします！」

新入社員の初日の挨拶よろしくぺこりと頭を下げ、ガバッと勢いよく顔を上げる。

「やけに気合い入ってるじゃん」

「わたし、まだ子どもなので……」

「あっそ」

「え、ま、待って」

ディディエは部屋に入ることもなく、そのまま背を向けて行ってしまった。数秒前の優等生スマイルは何だったのか。情緒が忙しすぎやしないか。

しかしシェリエルはひとりで庭に出ることは許されていないため、慌てて彼の後を追う。


「ディディエさま、ディディエさま、妖精はいますか?」

「庭にはいないよ」

「恐竜は?」

「いるわけないだろ」

「じゃあ、じゃあ、えっと」

ヨチヨチ、トコトコと後方を歩くシェリエルに、ディディエはパッと振り返って「逸《はぐ》れないようにね。城での迷子は遭難と同じだよ」と、空の色を教えるように言った。

「え、ならあの時、本当にわたしを殺すつもりで……?」


「アハハ、そんなわけないじゃん。嘘嘘。アッハハ、というかまだ根に持ってる?」

「いえ……(当たり前に根に持っている)」

「アレね、僕が使用人に近付かないようにしてただけだから。普通は適当に歩いてたら誰かしら見つかるよ。ふは、アハハ」

「……」

ディディエは何故《なぜ》か機嫌を取り戻し、覚えたての親切を披露するみたいにこう付け加えた。

「ま、それでも人が近寄らない場所はあるけどね。だから普段は行かないような所に呼び出されたら気を付けなね?」

「? それは、予告ですか?」

「忠告だけど?」

「え?」

「なに?」

シェリエルが「そんな悪趣味な人間ディディエ様くらいでは?」という言葉をグッと飲み込み目を半分にしていると、ディディエはスッと笑みを消して視線を一周させる。

その一瞬だけ周囲に僅かな緊張が走った。つまり、いてもおかしくないということだ。

「お前歩くの遅すぎ」

「あ、ごめんなさい」

シェリエルはやっと自分が幼児の身体であることを思い出してすぐにメアリを見た。

メアリは嬉しそうに床に膝をつくと「失礼します」と言ってシェリエルを抱きあげる。

それからディディエを先頭に塔の階段を降り、連絡通路を進み、別の棟に入ると何度か角を曲がり、それからまた階段を降りて……と、しばらく歩いたのち、唐突に明るい空間に出た。

ダンスホールのような広い空間であるが、正面玄関ではないらしい。

そして、

「ふぁー、太陽だ！」

しっかり地を踏みしめたシェリエルは、両手を広げて全身で柔らかい陽《ひ》の光を浴びた。

濃いグリーンの生け垣に、真っ赤な薔薇《ばら》のアーチ。奥には大きな噴水があり、そこから色鮮やかな迷路が広がっている。

どこか馴染《なじ》みがあるのは、前世でも似たような庭園があったからか。それとも夢の余韻なのか。

とにかく、シェリエルの心臓はしっかりときめいている。それくらい見事な庭園だったのだ。

すると、スタスタと前を歩いていたディディエが立ち止まり、「ン？」と振り返った。

「外は初めて？」

「はい。小屋からは出られなくて……移動も夜だったので」

「そっか。怖くないの？」

「変なものがいなければ」

ディディエは「変なものってなに？」と片眉を上げながら首を傾げ、また前を向いて歩き始めた。

「わ、待ってください」

遭難の二文字が頭に浮かび、メアリを振り返ると、彼女は目を赤くして声を詰まらせながら目元にエプロンを当てていた。

「お嬢様……これからはきっと、たくさんお庭で遊べますよ」

「え。えと……」

周りの使用人たちも鼻を啜《すす》り、サッと目尻を拭っている。

シェリエルは同情の眼差《まなざ》しと無関心な背中を見比べ、居心地の悪さからトトト……とディディエのあとを追った。

すると意外にもすぐに追いついた。ディディエが歩調を合わせてくれたらしい。

じゃあということでシェリエルはめいっぱい背伸びをし、コソコソと小さな声でディディエに聞いてみる。

「あの。どうしてみんな、あんなに同情的なんでしょう」

「さぁ？　暇なんじゃない？」

「ディディエ様にも分かりませんか」

これにディディエはカチンと来たのか、後ろで手を組んだままグイッとシェリエルの顔を覗《のぞ》きこんだ。

「あのね、奴隷小屋ってのはこの世で一番人権のない場所なの」

「はい……」

「この城に勤める使用人は全員曲がりなりにも貴族でそれなりの教育を受けてるし、僕らと直接関わる人間は生粋の善人で固められてる。要するに暗い密室で世界を知らないまま物のように扱われて貧相に痩せこけたガキを見て心を痛めるような奴ばかり雇われてるってわけ」

「あ。ちなみに、ディディエ様は……」

「？　効率悪いなって思うけど」

「効率？」

「だってさぁ、せっかく奴隷として育てるなら知識は邪魔になるとしても体力は必要じゃない？　小さいうちから働かせてそれが自分の人生だって刷り込めば薬だって必要ないし。下手くそだよね」

「ぉ、おぉお……」

「なんだい、人を外道みたいに」

質問を間違えたようだ。

しかしシェリエルは気を取り直し、美しく咲く花々を見て回ることにした。

「近くで見るとすごい……それに、いい匂い」

「はい、ベリアルド侯爵家の庭園は王宮に次ぐ美しさだそうですよ」

「へぇー、ここの庭師は凄《すご》いんだね。この花はなんて名前？」

シェリエルはやたら立派なタンポポを見つけ、子どもみたいにメアリに振り向いて言った。

メアリがそういえば何だったかしらというように斜め上を見ていると、すぐ隣でポソリとディディエの声がする。

「コレオプシスの一種だよ。少し似てるけど、あっちのピンクの花はダリア」

「ダリア！」

ダリアは知ってる。リスも猫もいたし、生態系は前世と似ているのかもしれない。

「ディディエ様はお花にも詳しいんですか？」

「好きで覚えたわけじゃないよ。大人になると必要になるから今のうちから習うんだ。毒の類は趣味だけど」

うんざりというように首を振るディディエは、それでも花の名前から毒性、花言葉に至るまでなんでも知っていた。

あれはこれはと花々を指せば、面倒くさがらずにちゃんと教えてくれる。ディディエの態度は初対面の日からずいぶんと丸くなっていた。

「この先に東屋《あずまや》があるから、そこでお茶にしよう」

少し歩くと生垣の向こうに真っ白なドーム状の屋根が見えた。柱に彫られた模様が美しく、真ん中には大理石でできたテーブルが置かれている。

そこでは一足先に着いていたメイドたちが、テキパキと茶器を準備していた。

「オシャレピクニックだ……」

「……？　今日はお茶菓子を持ってきたんだ。芋じゃないから安心していいよ」

「フフ、芋……芋でも全然」

「でもこっちの方がきっと気に入る」

「これは？」

　メアリに椅子に座らせてもらうと、目の前にはちんまりとした白い動物の彫刻らしきものが並べられていた。

　勧められるままひとつ摘《つま》んで口に入れてみると、それは舌の上で雪のようにほろりと崩れて溶ける。

　やさしい柑橘《かんきつ》の酸味が甘味を引きたて、頬にキュッと力が入った。前世で言う干菓子――和三盆に似たお菓子のようだった。

「ん～……！」

　薬物依存の入口を見た気がした。ディディエを天使と見紛《みまが》う程度には美味であったのだ。

「ほら気に入っただろ。お前、初めて食べるんじゃない？　蜂蜜は微量な魔力を含むからまだ食べられないし、奴隷小屋で出てくる物ではないからね」

「初めてです！　美味《おい》しいです！」

　食卓に出てくる果物はどれも糖度が高く、特段甘いものに飢えていたわけではないが、それでもこの小さな砂糖菓子は子どもの見る幸せな夢のようだった。

　が、人生そんなに甘くない。

　ディディエは少し間を置いてから。

「僕さ、これまでわざと紅茶に砂糖を添えさせなかったんだ。それでもお前、普通に飲んでたよね。苦くないの？」

　と、ヒヤリとした声で言った。

　瞬間、糖分に浮かれた脳が冷える。完全に油断していた。

　――たしかに子どもって苦味に敏感だって言うし……でもわたしこれまで渋みを感じたことないかも。え、でも三歳ならお茶くらい普通に飲まない？　飲んでる飲んでるわたしも一歳くらいで緑茶とか飲んでた。え、てかなんで思い出せるの!? あ、待って海外では緑茶にも砂糖入れて飲む話聞いたことある。いや、関係ないか。てかこれって何の尋問?

とシェリエルはここまでを約二秒で考えてから、努めて冷静に「メアリの淹れ方《かた》が上手だからですかね。美味しいですよ」と答えた。実際そうとしか考えられないので。

「淹れ方の良し悪《よしあ》しなんて良く知ってるね」

「……前に、苦いお茶を飲んだことがあるんです」

「奴隷小屋で?」

「奴隷小屋で」

「ふーん、まぁいいけど」

ディディエは好奇心の輝きを微笑みに閉じ込め、シェリエルの掘った墓穴をニコニコと眺めている。

彼は最初からシェリエルが苦味を感じるかなんてことは問題にしておらず、わざとシビアな空気を作って彼女の対応力を試したのである。

シェリエルがそれに気付いたとき、ディディエはニコリと兄の顔をして「それ、気に入ったならたくさん食べなよ」と優しく言った。

これは「空の広さが豆粒くらいになるまでこのまま墓穴を掘りなよ」という意味だ。

シェリエルは「もう嫌……」と思って目をショボショボさせ、目の前に並んだ砂糖菓子にスッと手を伸ばして小さなうさぎを口に運んだ。

「ン、おいし……」

「わはは、マヌケが」

「そういえば」

「ん?」

「ここは真っ白ですね」

柱、天井、テーブル、ティーセット、テーブルクロス、白い陶器の花瓶に真っ白な薔薇。東屋全体が白を基調として整えられている。深い緑の園に浮かぶホワイトの鳥籠のようであった。

「気付いた? 社交の勉強がてらおもてなしだよ。貴族は相手をもてなす時、相手の属色を取り入れるんだ」

属色は魔力がその性質ごとに持つ色であるが、シェリエルはその色を持たない。けれどディディエは敢《あ》えてその白を〝属色〟とし、シェリエルを貴族としてもてなした。

シェリエルはそこまで理解するとほろりと笑い、

「たくさん招く時はどうするんですか？」と何でもないように会話を続ける。

するとディディエも一瞬だけ目を丸め、フッと息を溢《こぼ》すように笑った。

彼は十歳にして初めて他人を尊重するという試みに出たのだが、それが正しく相手に伝わり、意図した感情が返ってきたことが嬉しかったのだ。

それで、彼もまた何でもないように兄の顔をする。

「お茶会なんかは招く人全員分の色を揃《そろ》えてバラやチューリップを飾るみたいだね。こうやって一人の為に一色で統一するのは最上級のおもてなしってわけ。砂糖菓子も色付けできるんだけど、せっかくだから白にしたんだ」

「ふふ、なんだか共食いみたいですね」

「アハハハッ！　なにそれ、やっぱお前ベリアルドだね！」

「意地悪すると仲良くできませんよ！」

「はぁー、ごめんごめん。こんなに笑ったの久しぶりかも。自分の属色の……ッ、砂糖菓子、共食いって……」

「もう！」

ディディエはバシバシと自分の膝を叩《たた》き、やっと呼吸困難から立ち直ったかと思えば「は？」と自らの大爆笑を切り捨てた。

今の何が面白かったの？　という顔だ。そんなことはシェリエルが一番疑問に思っている。

「ハハハ、僕たちすっかり仲良しだよね」

「どこがですか」

「ほら、教典持ってきたから機嫌直してよ」

そう言ってテーブルの上を少し片付けさせたディディエは本のようなものを開いた。

が、しかしである。

シェリエルはそれを見て驚いた。

「ディディエ様、わたし字が読めません……」

「そりゃそうでしょ！」

「そんな、なんてこと」

常識的なことはふんわり知識としてあったので、当たり前に字は読めるものだと思っていた。

書面の雰囲気はなんとなく覚えていた。目の前にある文面も初めて見た言語という感じではない。

それなのに文字を覚えていないとはどういうことか、と。

「ほら、読んであげるからこっちにおいで。すぐに覚えられるよ、ベリアルドだからね」

シェリエルは泣きそうになりながらディディエの隣に移動し、彼がゆっくりと朗読しながら指でなぞる文字を目で追った。

パッと見は筆記体で書かれたロシア語の古いカルテのようである。つまり適当にペンをグリグリやっただけの落書きにしか見えず、単語の区切りはおろかどれが一文字なのかも分からない。

しかも字があまりにも小さく詰まっているため、線の長さや点の見分けが付かないまである。

「……ん？」

案外いけるかもしれない。

ディディエが声に出して読んでくれたためか、だんだんとどこで区切るのかが見えてくる。すると、ただの線が記号として認識できるようになってきた。

「火の女神、水の神、地の神、風の女神……？」

新しいページで覚えた単語を指差し読み上げると、ディディエは目を見開いて声をあげた。

「もう覚えたの？　凄いね！　じゃあこれは？」

「加護を、あたえる？」

「そうそう！」

すっかり楽しくなってしまったシェリエルは、芝生の上でディディエと並んで寝転び、一頁《ページ》読んでは単語を確認するゲームをして遊んだ。

「どうやって覚えてる？」

「言葉自体は分かるので、文字の音の規則を覚えればなんとなく……」

共通の記号を抜き出し、音と組み合わせて覚えれば言葉自体は理解しているせいかなんとなく読める。

というのも、生まれてすぐの頃から思考力を手に入れた脳はあれからさらにスペックを上げ、記憶力と処理能力がとんでもないことになっている。

いくつかの単語が読めるようになれば、そこから規則を導き出すことも容易《たやす》いのだ。

シェリエルは「わたし天才になっちゃった！」と真面目に驚き、その数秒後にはしょんぼりする。

「へぇ、面白いね。僕は最初から言葉と一緒に文字もすべて記憶していったから、言葉だけ知ってるって変な感じ」

「え、それって難しくないですか？　何歳くらいで？」

「さぁ？　覚えようと思ったことがないからよく分からないけど、三歳になる頃にはいまと同程度読み書きできたよ」

「うわぁ……」

シェリエルは自身の転生や未来の夢チートをどう誤魔化すかばかり考えていたが、ベリアルドの教育に付いていけるのか怪しいくらいだ。

例の夢も機械のように知識を詰め込まれたと記憶しているだけで、その過程は覚えていない。これからどんなスパルタ教育が始まるのかと、不安は募るばかりである。

†

そんなこんなで頭を抱えていたシェリエルであるが、イヤイヤ期で乗り切るには少々育ち過ぎていた。

ついにその日がやって来たのだ。

「初めまして、シェリエルお嬢様。わたくしディディエ様の社交と人心を担当しております、マルゴットと申します」

五十代くらいだろうか。貴婦人らしい佇《たたず》まいのマルゴットは心なしか雰囲気が怖い。夢でシェリエルを殺す先生は男性だったが、教師というだけで少し警戒してしまう。

「マルゴット先生、よろしくお願いします。シェリエルです」

「貴族が頭を下げてはいけません。それは平民の礼です」

「すみません」

「それも平民の言葉です。そして下位貴族に対して軽々しく謝罪の言葉を口にされませんように」

「わ、わかりました」

「その品のなさは育ちのせいですの?」

開始早々、一挙一動ビシバシ直されていく。もし彼女が高校のクラス担任なら、陰で「六法全書」「(俺の)トラウマ」「即死トラップ」といった不名誉なあだ名が付いていたことだろう。

「……わたしまだ三歳なのに……」

「なにか?」

「いえ、何でもありません」


マルゴットはフムと値踏みするように視線を上下させ、「どうぞこちらに」と言ってティーテーブルを指した。

授業と言っても教科書やノートがあるわけでもなく、ふたりの手元には湯気の立つティーカップのみというシンプルなものだった。

「ではまず、一般的な教養を身に付ける前に、ベリアルド家について学んでいただきます。お嬢様は既に自我がおありですので、諸々《もろもろ》の確認も兼ねてとなりますが」

「はい」

「お嬢様はベリアルド家が特別な家門というのはご存じでいらっしゃいますね」

「はい」

「何が特別なのか……それは御一族に発現する〝呪い〟を指しているのです。この呪いはベリアルドが家門として成り立つ前からあったとされ、ここ数百年でようやくその特性を飼い慣らすことができました。代々そのお手伝いをしてきたのがわたくしの一族です」

「呪い……」

「呪いについてはどこまでご存知ですか?」

「人より賢く、何でもできる天才だと。あとは、なにかひとつ飛び抜けた才と執着があるとか。それと冷酷で罪悪感や情もなく狂っている……と」

言葉選びが不味《まず》かったのか、マルゴットは一瞬ギョッとしてから渋々といった表情で頷《うなず》いた。

「……まあいいでしょう。貴族の中でも天才と呼ばれるような人間はいるのです。けれどベリアルド御一族の皆様は並の天才ではありません。何かひとつに並々ならぬ執着を持ち、その執着に関する分野では国を揺るがす程の才を発揮します」

「罪悪感や情がないというのは全員なのですか?」

「いいえ。今代のように皆様呪いを持ってお生まれになる方が珍しいと言えるでしょう。先代ヘルメス様の兄君は善良なベリアルドでございます」

ディオールの父であり、シェリエルの大伯父にあたる人物である。

〝善良なベリアルド〟というのは、〝邪悪なベリアルド〟が代々取りこぼしてきた良心を集めたような者ばかりで、能力は並程度。

盗賊に襲われれば彼らの境遇に想《おも》いを馳《は》せ、自ら金品を差し出すような生粋の聖人であり、あまりにも人が良いため当主には向かないという。

それを知ったシェリエルは「あ、間違えたかも」と思って冷や汗を垂らした。

彼女は自分が呪い持ちではないと信じている。転生チートが通じるのは幼少期までかもしれない。であれば、善良なベリアルドで行くべきだったと。

しかし、それほどの聖人として振る舞える自信がなかったシェリエルは、この失敗を忘れることにした。

「——ベリアルド家では成人するまでに人の心と、どう行動しどう振る舞うべきかを学び、常に平穏と愛情を得ることで加虐の性質を封じるのです」

「あの……その、加虐の性質というのは封じられるものなのですか？」

「ええ、少なくとも無意味に人を殺したり傷付けることを楽しむようにはなりません。それには幼少期に強い怒りや恐怖を感じないことが大切です。そして本来なら自然と育まれる慈愛の精神などを学問として学び、間違った方向に執着を持たないよう教育で制御するのです」

要するに人格形成期にできるだけ幸せに穏やかに過ごして反社会的な思想を持たないようにしましょう、ということである。

「あの、ディディエ様は……」

ディディエの名前が出た途端、マルゴットの表情が明るくなった。

「ディディエ様は天才の中の天才でございます。最初はどの分野に執着があるのか分からないほどでしたのよ。人の心を読む能力が優れているせいか、そちらの方に興味を持たれ、少し加虐の気はありましたがいままでは無闇に人を傷つけることはありません」

マルゴットはどうやらディディエ贔屓《びいき》らしい。

彼は現在進行形で加虐気質であるし、あれが〝少し〟の範疇《はんちゆう》であるならベリアルドは早々に滅んだ方が良いだろう。

シェリエルは早く教育不足に気付いて欲しいなと思った。

けれどマルゴットは教え子の話で気を良くしたのか、棘《とげ》のないフラットな声でシェリエルに質問を始めた。

「その点、お嬢様はこれまで酷い環境でお過ごしになったと聞いております。何か強い怒りや恐怖を感じたことなどはございましたか？」

「と、特には。虐待もなかったですし、どうせ寝ていることしかできませんでしたから」

「そうですか。では、世話をしてくれていた人を恋しいと思うことは？」

「その、あまり思いません。たまに思い出したりはします」

マルゴットは少しの間黙り込んだ。ディディエとはまた違う、探るような気配がある。授業というよりカウンセリングを受けている気分だった。

「お嬢様は、大切な人がいらっしゃいますか？」

「え？」

「所有物としてではなく、側《そば》に居てほしい、幸せになってほしいと願う相手です」

「メアリが側にいてくれると安心しますし、幸せになって欲しいです。ディディエ様は安心はできませんが、嫌いではないですね。お父様やディオール様にも幸せになってほしいと思います」

これは嘘ではない。彼らの幸せがひいては自身の身の安全に繋《つな》がると確信しているから。マ、側にいて欲しいと思うのはメアリだけだが。

シェリエルがチラと横に控えるメアリを見上げると、彼女は目を真っ赤に充血させ「お嬢様……」と何やら感激した様子で小さくつぶやき、グッと口を引き結んだ。顔が大変なことになっている。

改めて彼女だけは幸せになって欲しいと思うシェリエルであったが、マルゴットは一連のやり取りを気に留めることもなく淡々と質問を続けた。

「人が泣いていたらどう思われますか？」

「心配になります」

「それが使用人や知らない人でも？」

「知らない人でも、えと、理由が気になると思います」

マルゴットの眉間の皺《しわ》が僅かに和らいだ。彼女は「左様でございますか」と言って紅茶を一口飲み、静かにティーカップを置いた。それは完璧に制御された動きであり、ディオールの優雅な仕草とはまた違った美しさであった。

「ベリアルドは他人への共感で感情が揺れることはありません。ですが、貴族は自分より下位の者、特に平民に対しては慈愛や庇護《ひご》の精神を持たなければならないのです。近年ではその精神を持つ貴族は少なくなっていますが、ベリアルドがこの精神を欠くことは許されません。理由は分かりますか？」

「平気で虐殺してしまうようになるから、ですか？」

「ぎゃ、虐殺……そうですわね、呪いの実態が定かでない時代には実際にそういう方もいました。虐殺はともかく、私利私欲の為に領民を犠牲にすることがないようにです」

マルゴットは「まずは貴族としての義務をお話しいたしましょう」と言って本格的に教師の顔になった。

「その昔、人は争いや欲によって〝穢れ〟を生み、災いや疫病、戦争が絶えなかったと言います。そんな混沌《こんとん》の世界に神々が降臨され、一部の人間に加護を与えたのです。そうして魔力を持った人間が貴族として土地を治めることになりました――」

貴族は〝穢れ〟や穢れに堕《お》ちた魔物から平民を守り、平民は貴族に守られながら土地を耕し貴族に還元する。持ちつ持たれつの関係ということだ。

「マルゴット先生、〝穢れ〟とは何でしょうか」

「魔力を持つものが生み出す魂の澱《おり》のようなものです。恐怖や怒り、特に憎しみや罪悪感と言った負の感情が穢れを生み、溜《た》まった穢れは人を狂わせます。その穢れは外へも放たれ、土地に溜まった穢れは疫病や災いとなって人々に返ってきます」

シェリエルはスピリチュアル的な悪いものって感じだろうかとふんわり考え、すぐに「！」と閃いた。つまりあれだ。魔法世界ではお馴染みの瘴《しょう》気《き》というやつだ。

「ふつうの動物や平民は穢れを生まないのですか？」

「魔力量と穢れは比例すると考えられていますから、無魔力種の発する穢れは微々たるものですわ。しかし集団となれば大きな穢れを生み出すこともあります」

無魔力と言っても魔法が扱えない程度の魔力しかないというだけで、微量な魔力を持っている。条件が揃えばその小さな穢れでも魔物に育つため、平民にとっても恐ろしいものなのだという。

シェリエルが顎に手を添え「なるほど」という顔をしていれば、マルゴットは平坦《へいたん》な声で「続けても？」と言ってから説明を続けた。

「有魔力種である貴族や魔獣は穢れに狂いやすく、一度穢れに侵されるとさらに穢れを呼び込みます。ですがベリアルドの呪いを受け継いだ方々は穢れに耐性があるのです。これは罪悪感を持たないためと言われていますが、蝕《むしば》まれる心がないと言った方がよろしいでしょうか。その特性がベリアルドの地位を守ってきました」

要するに、放っておけばとんでもない犯罪者になる一族であるが、能力は高く闇堕ちするリスクも低いため存在を許されてるということだ。

シェリエルは魔物を直接見たことがないので恐ろしさが分からなかったが、正直ベリアルドの方が怖いと思った。会えない怪異より隣のベリアルドである。

その後も懇々と小難しい話が続き、眠気がやってきた頃にやっと終わりの気配が見えてくる。

「理解力、会話力などは問題ありません。ですが一から貴族として言葉を学ばれたディディエ様と違って、お嬢様は矯正が必要です。他の教師にも言葉の矯正をするよう言付けておきますので、そのおつもりで」

「はい……」

「ですが、わたくしに対してそれほど悪感情をお持ちでないようですわね。ずいぶんと無礼な態度を取りましたが、なぜでしょう」

「先生なので厳しいのは当たり前かと。その、少し言葉が難しく感じましたけど、勉強になるので」

マルゴットは目をまん丸にして口元を隠した。さすが社交の教師というだけあって驚き方も上品だった。

「人の悪意に鈍感でいらっしゃいますが、悪意に敏感でなければ貴族としては危険ですわよ」

「マルゴット先生に本当の悪意がなかったからで

はありませんか。それほど嫌な感じはしませんでした」

今度は口元を隠さず、マルゴットはニコリと淑女らしい笑みを浮かべた。その瞬間、部屋全体の空気が一変する。

厳しさのなかに相手を想う情が顔を出し、佇まいだけで彼女が自分の味方であると信じることができた。

彼女は擬態を教える教師でもある。

「シェリエルお嬢様、品がないなどと申したこと、謝罪いたしますわ。さすがベリアルド家のお嬢様でいらっしゃいます」

試す意味もあったのだろう。シェリエルは慣れているのであまり気にしていなかったが、厳しい先生じゃなくてよかった……と緊張を解いた。

「次回からはもう少し厳しくしても大丈夫そうですわね」

「ヒッ……！」

彼女が厳しいのは元からだった。なにせ彼女はベリアルドの倫理そのものなのだから。

†

そして、シェリエルは暇を心配していた日々が恋しくなるほど、ほぼ毎日授業を詰め込まれることとなる。

語学や史学の教師ジーモンはマルゴットとは対照的に、いつもにこにこしている優しいおじいちゃん先生だった。

専門は古語の研究らしいが、ディディエが史学の教師を辞めさせたとかで史学と語学全般を一緒に教えてくれている。

「ほほほ、ベリアルドのお子様は何人教えても毎度驚かされますな」

シェリエルが昨日習った古語で書かれた試験文を朗読し終わると、ジーモンがほわほわと彼女を褒めちぎった。

「ジーモン先生はずっとベリアルド家で教師をし

ているのですか?」

「セルジオ様の代からですな。お子様のいらっしゃらない時期は学院で研究しておりますよ」

「ずっと勉強しているなんて凄いです」

学院という言葉に一瞬胸がザワついたが、彼の穏やかな空気にそのザワつきもすぐに鎮まっていく。

「本日は隣国の書を読んでみましょう」

外国語の勉強では基本、研究者がすべて直筆で書き上げるかその国の歴史書を写本したものを使う。自作の場合は辞書のように単語を並べたものか、教典を外国語に翻訳したものが殆《ほとん》どらしい。

今日は隣国タリアの歴史書を使うようだ。

早速一頁目から読んで行く。隣国というだけあって文字は同じで単語やスペルが少し違うだけなので、案外読めそうだった。

それに、前世とは比べものにならないほど頭がよく働いてくれる。目から入ってくる情報をゴリゴリ記録し、整理、検索、メモ、並べ替え、分類など、読解や解析は得意らしい。

「どうですかな? 分からないところはいつでも聞いてくだされ」

「だいたい読めていると思うのですが、発音が分かりません」

「ほう、もう理解できたと! どうやって読んでいくのか教えてくれませんか? ディディエお坊っちゃまは単語を全て暗記されるそうですが、こちらは歴史書ですからそれも難しいと思っておったのです」

どう説明すればいいのか、と少し悩む。

「単語が似ているので、文法は法則を見つけます。例えば、これなんかは……〝侯爵〟、〝領地〟ですよね? それで前後の単語が動詞、とかよく使われているこの単語は主語だなとか」

「ほうほう、我々が長年やってきた研究方法と似ておりますな。お嬢様は語学研究に向いていらっしゃるかもしれません」

「似ている言語だからできるんです。全く知らない文字だったりすると難しいと思います」

　このままスパコン並に頭が成長してくれたらそれも可能かもしれないが、いまはパズル感覚で分析していくのがやっとだった。

　それに頭を使うと甘いものが食べたくなる。しかも突然充電が切れたように眠くなるのだ。

　どうか詰め込み教育が加速しませんようにと祈りはするが、やはり知る楽しさや達成感のため出し惜しみせずしっかり学習していった。

†

　メアリに小さな主人ができて一年ほど経ったある日のこと。

　彼女は洗濯物を取り込もうと裏庭へ出た。そして目の前の惨状に一言呟《つぶや》いた。

「ひどい……」

　地面には数人で踏みつけたらしい泥だらけのシーツが団子状になっている。

　メアリはそれを桶《おけ》に突っ込むと早足で洗濯場へ向かった。こういった嫌がらせは今に始まったことではないから。

　ほとんどのメイドは白き少女を遠巻きにするだけだったが、それは領主一族として認めていないことを意味している。

　そのうち奴隷だとか愛人の子だとか病気だとか、良くない噂《うわさ》が真実のように語られるようになり、その頃から気味が悪いからと洗濯や洗い物を拒否されるようになった。

　手伝ってくれる同僚もいるが、彼女たちにも自分の仕事があり、いつもというわけにはいかない。

　最近はこういった露骨な嫌がらせが増えた。

　仕事を邪魔されるだけなら我慢できたが、寝具を泥で汚す行為は許せなかった。

「あ、メアリ。遅かっ……」

「申し訳ありません、今お茶の準備をいたしますね」

「待って。ねえ、待ってメアリ！」

「は、はい」

声が震えている。メアリは手を後ろで組み、怯えるようにギュッと身体を硬くした。

「その手、どうしたの」

「申し訳ありません、お湯を沸かすときに失敗してしまい……ぼんやりしていて」

「嘘」

「……」

「見せて」

小さな主人はハッキリとした口調で厳しい目をしていた。だからメアリも観念したようにそろりと両手を出した。

「これ、誰にやられたの」

「いえ本当にわたくしが、ドジをしてしまって」

「ひどい火傷……熱湯を被《かぶ》っただけならすぐに冷やせばこうはならないでしょ？」

皮膚が破れ赤く爛《ただ》れた手を、シェリエルがジッと睨《にら》んでいる。世界の幸福だけを見て過ごして欲しいと願っていたのに、彼女は今怒りで震えている。

それが申し訳なくて、情けなくて、メアリは胸に詰まった小石を吐き出すように涙を流すことしかできなかった。

「ごめんね、責めてるわけじゃないの。でも、その。一応、わたしはメアリの主《あるじ》でしょ？　だからきちんと状況を把握したくて」

「はい……申し訳ありません」

「で、誰にやられたの？」

メアリはこれまで告げ口をするような引け目があって黙っていたのだが。

シェリエルの顔を見た瞬間、別の意味でマズイと思った。実にベリアルドらしい顔をしていたので。

†

「やだ、メアリ！　どうしたのその手！」

「……ちょっと」

メイドが集まる使用人の休憩室。

メイドたちが仕事の合間に食事やお茶をしたり、ちょっとした作業をする場所だ。

使用人室はたくさんあるが、ここは主《おも》にシェリエルに関わるメイドたちが使っていた。

「またあの人たち？　そういえば、ついにディオール様の専属を外されたらしいわよ」

「良い気味よ」

「ね、わたしも胸がスッとしたもの。でもこんなふうにメアリに八つ当たりするなんて……」

「早くクビになればいいんだわ」

「え、みんな何の話してるんです――ってメアリ!?　大変、わたし蜂蜜持ってきます！」

「ダメよ、ダメ！　蜂蜜なんてもったいないわ」

メアリが慌ててスカートを摑《つか》んで止めると、彼女は「あ、自分たちで食べる用なので大丈夫ですよ」とニカッと笑った。

しかしメアリが焦っているのはそれだけが原因ではなかった。

「え、蜂蜜？」

「え？」

「あ、どうも」

「キャァァァ！」

「シェリエル様!?」

テーブルの下に置かれた木箱から少しだけ蓋を持ち上げるように、真っ白な子どもがヌッと顔を覗かせていた。

これが深夜であれば確実にホラーである。当のシェリエルは彼女たちが仲の良い同僚だと気付いたらしく、普通に挨拶してよちよちと木箱から出てきた。

「すみません、お邪魔してます」

「シェリエル様……どうしてこちらに」

同僚の声は上擦っている。当たり前だ。ここは謂《い》わば舞台裏。領主一族は生涯立ち入ることがないような場所である。

しかしシェリエルはパンパンとスカートについ

た埃《ほこり》を払い、「メアリが虐《いじ》められているようなので実態を調査しようかと」と簡単に言った。

するとメイドたちは「なるほど」とこれまた簡単に納得し、今度は「紅茶でも召し上がりますか?」「蜂蜜はまだいけませんよね」「わたし砂糖菓子持ってきます!」とシェリエルをもてなし始めた。

ベリアルドの民は身分問わず順応性があるのだ。

「大丈夫です、あまり騒ぐとバレてしまいますし」

「あ、そうでしたね」

「じゃあわたし紅茶淹れます」

「シェリエル様、よろしければこちらにお座りください。すぐにクッションをお持ちしますので」

「大丈夫です、木箱で育ったので座面の硬さには慣れてますから」

「……」

「あ、冗談なので……気にしないでください」

シェリエルはよじよじと木の椅子に登り、しょんぼりと小さくなっていた。メイド相手に滑り倒したのがよほど堪《こた》えたのだろう。

「ど。どうぞ。粗茶ですが」

「あ、どうも。ご馳走《ちそう》になります」

微妙な空気が流れ、しかしティーカップを両手で持ってフーフーと冷ますシェリエルの姿に全員の頰が緩んでいく。

「シェリエル様はメアリのために行動してくださったのですね」

「?」

「ここではわたくしどもは使い捨ての道具ですので」

「ちょっと、シェリエル様の前でそんな言い方ないわよ! 皆様少し人に興味が薄くていらっしゃるだけなんだから」

「そうよ。だからこそわたくしたちも駒に徹して仕事に集中できるんじゃない。や、でも、その。シェリエル様とこうしてお話しできるのは嬉しいです」

はにかみながら告白するメイドに、シェリエルは「わたしもやっとロージーとおしゃべりできて嬉しいです」と笑いかけた。

すると紅茶を運んできたメイドが「ガチャン！」と茶器の乗ったトレイを落とし、斜め前に座っていたメイドはくらりと頭を揺らして椅子から落ち、蜂蜜を持ったメイドはその場で「わたしはジルケと言います！」と右手を伸ばして宣言した。

全員がぷくぷくと愛らしいシェリエルに脳をやられてしまったのだ。あまりにも順応性がありすぎて。

「わ、わたしの名を……」

「初めてわたしの給仕をしてくれたのがロージーだったでしょう？　それで、メアリから聞いてて」

「その節は大変申し訳ありませんでした」

「こちらこそです」

ロージーは以前シェリエルの服に水をこぼしたメイドである。それまで食堂の給仕を任されていたが、あの件を機に裏方に回されたのだ。

所謂《いわゆる》降格であるが、前向きな彼女ならまたすぐに出世するだろう。

「シェリエル様はこんなに優しくて聡明《そうめい》でいらっしゃるのに……あの人たちどうかしてるわ」

「ええ、本当に。古株だからって調子に乗りすぎなのよ」

「そうよ、シェリエル様の素晴らしさと愛らしさを理解すればきっと彼女たちも心を入れ替えるわ」

「今夜みんなでシェリエル様の素晴らしさを語って聞かせるのはどうでしょう」

「決まりね」

「待って、待ってね？　あの、その件なんだけど」

メアリは両方の気持ちがよくわかるので「うんうん」と聞いていたが、さすがにシェリエルが待ったをかけた。

「メアリに嫌がらせをしてるのはディオール様の元専属ってことでいいんだよね？」

「はい」

「もしかして、この城のメイドたちはみんな主人第一主義の過激派みたいな感じだったりする？」

「？　ええ、そう言われると……そうかもしれません」

「わたくしは以前から人生を捧《ささ》げるならシェリエル様だと心に決めていました！」

「わたくしは調理補佐をしておりメイドではありませんが何卒《なにとぞ》よろしくお願いします！」

「少し落ち着いてね？　で、その意地悪するメイドたちはディオール様過激派ということで合ってる？」

「はい。ですから、その。ディオール様に傾倒するあまり、と申しますか……わたくしたちも気持ちは分かるのであまり強く言えず。あ、決してシェリエル様のせいというわけではないのですよ！」

「あなた前にあの女の髪を引っ摑んで怒鳴り散らしてたじゃない」

「やだ、シェリエル様の前でやめてよ。恥ずかしい」


シェリエルは「おおお……」とのけ反ったあと、納得したようにフムと片眉を上げた。

メアリとて分かっている。彼女たちは自分の主《あるじ》を思って憎しみを募らせているのだ。

あのプライドが高く苛烈なディオールが夫の不貞を飲み込み、静かに暮らすということがどれ程のことか。

しかもシェリエルは魔力の有無も定かではなく、神々から祝福されない無属性の元奴隷である。相応《ふさわ》しくない。懲らしめてやりたい。排除しなければ。しかし気味が悪くて近づけない。——そういった正義心が専属であるメアリに矛先を向けるのだろう。

メアリは重たい感情を俯《うつむ》いて隠した。

「マ、でもイジメは良くないですよね」

「良くないです！」

「懲らしめてやるわ」

「おぉ〜！」

「シェリエル様、シェリエル様！　どうやって懲らしめるのですか？」

「証拠を押さえてお父様に言いつけようと思ったんだけど。うーん」

「セルジオ様にご報告されるのであれば死罪は確実です！　それだけはどうか！」

「え、メアリ？」

そう懇願したのは他の誰でもなくメアリだった。

自分が我慢すれば良いと思ってこれまで対処してこなかった。それがこれほど大事になってしまい、自分のせいで他人の命が失われると思って恐ろしくなったのだ。

それに、シェリエルの世話をするようになって一年、今では彼女たちの気持ちが痛いほど理解できてしまう。

「彼女たちはすでに降格になったと聞きました。一度仕えた主《あるじ》から専属を外されるのはとても辛く、寂しいことです……ですから、どうか……」

「？　メイド間のイジメで死罪なの？」

ポカンとあどけない疑問符を浮かべるシェリエルから、メイドたちが気まずそうに目を逸らした。

「、と……それは、セルジオ様は常に処刑できる罪人を探していらっしゃるので……シェリエル様からのご報告ですと、あるいは……」

「ああ……最ッ悪」

シェリエルはグルッと瞳を上にして半分白目で言った。

彼女はまるで大人みたいに「やれやれ」とため息《つ》を吐き、すぐさま「じゃあプランBで」と切り替えた。

†

夜八時を過ぎた使用人休憩室。使用人たちは夕食を済ませ、そろそろ仕事を終えようかという時間である。

廊下から女の陰湿な話し声が近づいて来ていた。

「――とに信じられない。なんでわたしたちが門衛の給仕なんてしなくちゃいけないのよ」

「臭いし荒っぽいし酷い職場よね」

「これこれ、あなたたち。門衛も城を守る大切なお仕事ですよ」

「でも、クレア様がこんな仕事をさせられるのはおかしいです」

「そうです！　次のメイド長はきっとクレア様だってみんな言ってたんですから」

メイド長という言葉にシン……と空気が凍りついたのが分かった。それと同時にギィと音を立てて扉が開く。

「あら、メアリさん。まだお仕事？」

「お、おつかれさまです」

「やだぁ、その枕カバー縫い目がガタガタじゃない。それに何か臭わない？」

「見て。変な汁が付いてるわ、汚らしい。まあ奴隷の子が使う分には充分ね」

「ンふふ、魔力が低いとその程度の火傷も治らないのね。ご愁傷様」

ぞろぞろと入って来たメイドたちはメアリを取り囲み、ギラギラした目で好き勝手言い始めた。

それを、扉口から五十代くらいの女性がにんまりと眺めている。もう若くはない皺の刻まれた目元には、仄暗《ほのぐら》い愉悦が鈍く光っていた。

「すみません、もう行きますから」

「ちょっと待ちなさいよ。あなたのせいで部屋が臭くてしょうがないんだけど」

「ヤダヤダ、奴隷臭が移りそう。掃除していきなさい」

「その前に手当てしてあげましょうよ」

「そうね、可哀想《かわいそう》だものね。ウフフ」

そう言ってふたりが両側からメアリを押さえつけた。正面からもうひとりがメアリの両手を机に固定し、さらにもうひとりが何やら呪文を唱えはじめる。

「や、やめてください！」

メアリが振り絞るように叫ぶと同時に、彼女を押さえつけていたメイドが「ヒッ」と息を飲んだ。

視線は部屋の隅の方、光の届かない暗闇に固定されている。

「なによ、急に」

「あ、あれ……」

促されるように全員が部屋の隅を見た。そこに、ボウと白い少女の顔が浮かび上がった。

「ヒィィイィ！」

「ギャァあああ！」

それは無機質な表情のまま「こんばんは」と発してゆっくりテーブルに近づいてくる。血の気のない白い顔は怨念のようであり、どこにも感情がないようにも思えた。

そしてそれは影の切れる手前でピタと止まり、今度はにこりと笑って少し首を傾ける。

「その呪文は熱湯を出す魔法ですか？」

「は……」

「そうやってメアリの手に火傷を負わせたのですか？」

「あ、いえ」

「そうですよね。お湯をかけたくらいじゃこれほど酷くはならないもの。押さえ付けて上から延々と熱湯を注いだんでしょう？」

夜の薄暗い密室で、真っ白な幼な子が微笑んでいる。静かに、ゆっくりと、子どもらしくない冷たい声が彼女たちの温度を奪っていくようだった。

「あ、あんたが全部悪いんだッ！」

「この忌み子め！」

「お前が来てから滅茶苦茶《めちゃくちゃ》よ！」

「薄汚い売女《ばいた》の娘が！」

誰かが理性を手放したのを合図に、皆が皆、顔を真っ青にしたまま錯乱したように罵倒しはじめた。これはある種の防衛本能である。危険な存在を追い払おうとする威嚇である。

「や、あの。落ち着いてください。あまり興奮すると穢れがどうとかあるんじゃ……」

「うるさい！　うるさいうるさいうるさい！」

「どうせあんたが言い付けたんでしょう！　だからわたしたちは専属から外されたんだ」

「そうだわ。きっとそうよ」

「お待ちなさい。皆さん少し興奮しすぎよ」

混乱したメイドたちにスッと割って入ったのは彼女たちのボスであるクレアだった。

クレアはシェリエルの前まで歩いていき、遠慮なく上から見下ろした。

「どうしてお嬢様がこちらに？」

「貴女《あなた》たちと話がしたくて待っていました」

「あら、どんなお話でしょう」

「メアリを虐めるのをやめてもらえませんか」

「そんな、誤解ですわ。彼女たちはただメアリさんの手を治療しようとしただけです。まだ魔法を習っていないお嬢様には分からないでしょうけれど」

「ならば先ほどの呪文、一言一句覚えているので同じものをご自身に使ってみてください」

「……」

「できないのですか」

「ディス――」

「違いますよね？　ディズではありませんでしたか？」

シェリエルはジッとクレアの目を見つめて正しい発音をした。その瞬間、クレアはカッと目を見開いて両手をシェリエルの首に伸ばしていた。

ギリギリと指に力が入り柔らかい肌に爪が食い込んでいく。

クレアはシェリエルと会話したことで、彼女がただの奴隷ではなく正真正銘ベリアルドの血を引く子だと確信したのだ。

すなわち、己の唯一神を冒瀆《ぼうとく》する汚点である。裏切りの象徴で、屈辱の証明で、苦痛そのものである。だから怒りに飲まれてしまった。

「や、おやめください！　クレア様！　シェリエル様が死んでしまいます！」

「ん、おほほほ……ふふ、うふふ。いいのよ。今ここで死ねばいい。そうすればすべてが解決する。お前さえ生まれて来なければ……」

シェリエルは苦しそうにジタバタともがいているが、所詮四歳の幼な子である。まわりのメイドたちは瞳孔を開いたまま石のように固まってメアリをガッチリと摑んで離さない。否、離せない。指先ひとつ動かすこともできなかった。

誰も彼も正気を失っている。

そして、シェリエルは手足をぶらんとさせた。魔法も使えない彼女に為《な》す術《すべ》などなかったのだ。

「ハッ……ハ、ハッ……やった。やったわ。最初からこうすれば良かったのよ。ああ、なんてこと。ディオールさま……」

クレアは震える手を見つめながらその場に崩れ落ちた。

と、そこに。

「お前たち、何をしているの？」

まだ声変わりのしていない涼やかな声が、地獄の底から流れ出るような冷たい空気を運んできた。

「でぃ、ディディエ様……？」

「何してるって聞いてるんだッ！」

瞬間、ディディエは爆発みたいに叫んでシェリエルの元に駆け寄った。グラグラとシェリエルを揺らし、動かない人形を持ち上げるみたいに抱き寄せる。

その目は灰色に濁っていて、奥の方で小さな炎が揺れていた。

「あ、あ……これは」

「お前、母上の専属だったメイドか。なるほどなるほど、そういうことか。これは……ハハッ、傑作だな」

ゆらりと立ち上がったディディエは跪《ひざまず》くクレアの髪を摑んでドス黒い目を覗き込んだ。彼の瞳の輝きは増しており、これが本当の愉悦だというようにニタリと口角を上げる。

皆、恐ろしくて息をするのがやっとだった。

「お前は母上のためを思って邪魔な妾《めかけ》の子を始末したんだろ？　わかるよ、お前にとって母上は神様だもんね」

「ええ、ええ！　そうです！　わたくしはディオール様のために！」

「思い上がるなよ、使用人風情が。たとえ母上がそう望んだとしてもどう始末するかは母上が決める。もし母上が自分の手で殺すことを楽しみにこの一年コツコツ計画を立ててたら？　お前にその楽しみを奪う権利があるのか？」

「あ……」

クレアはハッと目を見開いて口をパクパクさせた。そんなことを考えたこともなかったし、もしそれが本当なら取り返しのつかないことをしてしまったと。心底絶望したのである。

しかしディディエはまだ足りないと言わんばかりにペチペチとクレアの頬を叩いて言葉を続けた。

「アハハ、アハっ、ねぇやっと理解した？　そうだよ、お前はただのメイドでこの城の誰かをどうこうする権利なんてないの。ちなみにお前がいま手にかけたのは僕の妹で当主の娘。分かるかなぁ？　僕たちさぁ、自分のものに手を出されるのが一番腹立つんだよ。ねえ、どうしてくれるの？」

「は、ハッ……もうしわけ」

「謝って済む問題じゃないだろうがッ！」

急に大声で怒鳴られ、クレアはビクッと跳ねて目をフラフラさせた。全員が全員、緊張の最高値を更新し続けている。

「あとさ、これは親切心で言うんだけど。お前を外したの、母上だよ」

「え？」

「しかも城門なんて一番致命的な不正が発生しやすい場所でしょ？　刺客を引き込んだり、誰かをこっそり攫《さら》ったりさ。だからね、母上はお前たちに悪事のチャンスを与えて処分するつもりだったんだと思うよ。些細なイジメじゃ減給がいいとこだし」

「うそです、そんな。わたくしはただ、ディオール様を」

「馬鹿だなあホント。つまりね、母上はシェリエルを嫌ってなかったってこと。それ以上はお前が知る必要のないことだから教えてやらないけど、こいつは父上と母上が認めたベリアルドの一員だったわけ。それと、母上は同情されることを死ぬほど嫌う。さ、どうしよっか。ロープの結び方は知ってる？　じゃあ今すぐ忘れろ。死んで楽になれると思うなよ〜」

ディディエは低い声で言ってパチンともう一度クレアの頬を叩いた。メアリはこの状況に耐えきれず、早々に気を失っていた。

ディディエはギリギリ死人未満のかつてメイドだったものを眺めたあと、「あーぁ……」と足元に転がる真っ白な骸《むくろ》を見下ろしていた。

ふと、自分の手が震えていることに気が付いた。指先が冷たくなっている。

死体は初めてではないのに、触れられなかった。彼女の体温が失われていくのを実感するのが怖かった。

父を呼びに行くか。そう頭では分かっているのにいつまでも動けずにいる。

「ん……？」

「ァ……」

パチ、と死体と目が合った。

ディディエはぶわりと全身の血が沸騰するような感覚に支配され、思わず「生きてんのかよ！」と大音量で叫んでいた。

「や、えと……すみません。怖すぎて声をかけられず……」

「ふざけるなよ！　僕がどんな……ッ、クソ」

「心配してくれたんですね」

「ちがう」

「あの、そちらの方は」

「ああ、あとで始末しとくから心配いらない」

柄にもなくぶっきらぼうな言葉しか出て来ない。いつもならもっと上手くできるのに。

感情に振り回される感覚が余計にディディエの苛立《いらだ》ちを加速させた。

「えと、ディディエ様？」

むくりと起き上がったシェリエルは、首に手をあててゲホゲホと咳《せ》き込んでいた。ディディエは咄嗟《とっさ》に治癒魔法をかけようとして、グッと拳を握り込む。

「おいマヌケ、どういうことか説明しろ」

「概《おおむ》ねディディエ様の仰《おっしゃ》る通りで……」

「だから！　なんでお前がこんなところに居るのか説明しろって言ってるの！」

「メアリが虐められていたので現場を押さえようと思いました！」

「で？」

「メアリに酷いことをしようとしたので、カッとなって。そしたら、そちらの方が怒り狂ってしまって」

「まあ、お前見た目からして不気味だしね。人って追い詰められると何でもするから」

シェリエルは不本意だと言いたげにジッと目を半分にしてから、もう一度「彼女たちはどうなるんですか？」と聞いた。

ディディエは最悪一人くらいは譲ってもいいかなと思って「なに？　拷問でも試したいの？」と探りを入れる。が、シェリエルはなぜか「違います！　どういう処罰を受けるのかと思って！　真面目に答えてください！」と声を張り上げ、怒っているようだった。

「え、普通に処刑だけど？」

「本当に？　全員？」

「当たり前だろ、当主の娘を殺しかけたんだぞ？　他領でだって絞首刑くらいにはなるだろうし、父上なら一族郎党皆殺しの口実ができたってスキップしながら飛んでくるレベル」

「ひぇ……あの、これは本当にわたしも悪かったので。少し煽《あお》るような真似《まね》をしてしまいましたし。どうにかして揉み消すことは……」

「は？」

ディディエは本気で意味が分からなかった。このメイドたちに恩を売っても大した利益は見込めないし、何より、軽い処罰ではシェリエルをメイド以下の奴隷だと認めることになる。

「あ、もしかして僕の反応を見るための仕込みだったとか？」

「そ～、そう、そうです！」

「ナメてるのか殺すぞ」

ディディエは自分でもなぜここまで苛立っているのか分からない。だがメイドを庇《かば》うようなシェリエルを前にしてどうしても冷静ではいられなかった。

すると、アセアセと狼狽《うろた》えていたシェリエルがグッと唇を噛《か》んで瞳を潤ませた。

お、泣くか？

と思ったが、彼女は寸前で涙を堪え、ぎゅっとディディエの服を摑んで言う。

「ひ、人の命を、背負いたくない……」

「……」

必死に絞り出した彼女の本心だった。妹という生き物のなんと可愛らしいことか！

「アハ、アハハ！　アッハッハッハ！　お前、ずるいね」

「だってまだ四歳です！」

「僕の真似だろそれ」

「でも、だって、わたしのせいで人が死ぬなんて耐えられません。たぶん」

「デモデモダッテじゃ世の中やってけないって習わなかった？　こいつらも自業自得だろ。お前は死ぬところだったんだよ？」

「うぅ……メアリもきっと苦しみます。自分のせいだって」

「だから？」

「ディディエ様の意地悪！　人でなし！」

「は？　これはどう考えても僕が正しいだろ！」

「マルゴットだってそう言うね」

「マルゴット先生はディディエ様贔屓じゃないですか！」

前言撤回。本当に可愛くない妹である。しかし同じレベルだと思われたくないので深呼吸して頭に新鮮な酸素を送った。

それで閃いた。耐えられるかどうかは試してみれば良いと。

「え、ディディエ様？」

縋《すが》るようなシェリエルの声を背にしてメイドの前に立った。ジッと手に魔力を込めてキラキラと装飾の美しい小さなナイフを取り出し。

ゆっくり女の髪を摑んで顎を上げさせると、そっと喉元にナイフを当てた。

「本当はじっくり時間をかけて二度とこんな人間が生まれないように世に知らしめるつもりだったけど。これも兄としての優しさだから」

クレアは濁った瞳をゆっくり閉じ、安堵したように「感謝します」とひと言だけ遺《のこ》した。

「ヤメッ――」

上等のナイフは軽く引くだけでいい。それだけで視界は真っ赤に染まり、メイドたちの悲鳴を讃《さん》美歌《びか》にしてひとつの命が失われた。

シェリエルは愕然《がくぜん》としてその場にへたり込んだが、ジッとディディエを睨みつけると、「最悪」と心底嫌そうに吐き捨てた。

「ふふッ、そうこなくっちゃ」

†

数日後、シェリエルはメアリと一緒に事件のあった休憩室を訪れていた。

「あ、シェリエル様！　聞きましたよ、あの人たち城を追い出されたんですね！」

「うん……そうみたい」

「メアリが気にすることないわよ。彼女たちはそれだけのことをしたんだから」

「ええ、分かっています。わたくしもあれから反省しました……」

あれからというのはメアリが目を覚ましてからのことである。

彼女は自分の部屋で目を覚ますと、ベッドの傍らで眠るシェリエルを見てしばし固まっていた。死んだはずの主《あるじ》の寝息が信じられなかったのだ。

それから躊躇《ためら》いがちにシェリエルの頰に触れ、目を覚ました主人に小さく名を呼ばれたことで

やっと彼女の無事を知ることができた。

そしてすぐにマルゴットに事情聴取され、これまでされていた嫌がらせからあの夜起こったすべてのことを白状した。

その時には残ったメイドたちが自白済みでメアリの証言は単なる確認作業であったが、メアリはメアリでマルゴットからひどく叱られてしまった。

それもそのはず。メイドたちの嫌がらせの数々はベリアルド家に対する侮辱行為である。特に寝具を泥で汚すことは貴族にとって許されない行為であった。泥は穢れを連想させ、実際大地には大気中よりも穢れが多く含まれているから。

よって城内の床はピカピカに磨き上げられているし、庭は芝生や石で覆われていてドレスで土を踏むことは滅多にない。平気で土の上を転げ回るのは魔物を討伐する騎士くらいだ。

メアリは黙っていたことで主人への侮辱を庇い立てたと見做《みな》され減給処分となったし、シェリエルも身長が三ミリになるまで叱られた。

シェリエルが半ば軟禁状態だったのは立場の不安定な彼女を守る意味もあったのだから。

シェリエルはこの一件でマルゴットの恐ろしさを骨身に叩き込むことになったのだが、ディディエはこれを「ベリアルドの通過儀礼」と言っていた。


「でも、本当にシェリエル様が無事でよかったです。殺人未遂と聞いて、わたしたちみんな冷静じゃいられなくて……」

「みんなごめんね、反省しました。メアリなんて倒れちゃったし……ね、メアリ?」

シェリエルはからかうつもりでメアリに話を振ったが、当たり前にメアリは顔を真っ青にして震えていた。

目の前で主《あるじ》が首を絞められ死んでしまったと思ったのだ。トラウマになって当然である。

「わたくし、ほ、本当に死んでしまったのだと思って……」

「ご、ごめんね。時間も時間で、眠気もあって……」

「メアリ、辛かったわね。ぅうッ……想像しただけでわたしまで泣けてくるもの」

「メアリ、これを食べて元気出して」

「ありがとう、みんな」

シェリエルは人の励まし方が下手になったなと少しショックを受け、三秒後にはメアリの前に差し出された皿に意識を持って行かれた。

「それは？」

「ガレットです。わたしたちは賄いでよく食べるのです」

「ガレット！」

「シェリエル様もご存知なのですか？　これは中位以下の貴族や平民が食べるものですよ」

「あ、そうなんだ」

メイドたちは不思議そうにしていたが、すぐに調理補佐のジルケがシェリエルの分も作って持ってきてくれた。

「わ！」

「これ侮辱行為にあたりませんよね？　賄いを食べさせたなんて知られたら死刑かも！」

「ふふ、大袈裟《おおげさ》だよ。ありがとう、いただきます」

シェリエルは軽く笑って言ったが、自分が思っているより簡単に人が死ぬと学んだことを思い出した。そして、案外簡単に割り切れてしまった自分に驚いていた。


あの夜。

シェリエルは目の前で人が死ぬところを見て、まずはじめにメアリが気絶していることにホッとした。

それからメアリにこの事実を隠すことが可能か確認し、それ以降ディディエの決定に異を唱えることはなかった。

「じゃあ、マルゴット呼んで来るから少し待ってて」

「マルゴット先生？」

「僕はこの件の正当性を証明しないといけない。それを判断するのはマルゴットだから」

彼はそう言って部屋を出ると、一分ほどで戻ってきた。近くにいた誰かに言付《ことづ》けたのだろう。血みどろのままだったのでマルゴットもすぐにやって来た。

「あらあらあら！　何があったのです！」

「かくかくしかじか。そいつと、そこに立ってるメイドから聴取をするといいかも。まだ何も細工してない。調べてくれたら分かる」

マルゴットは慣れた手つきでクレアの遺体に手を当て、体温や傷口を確かめているようだった。

そしてひとつ頷き、何かしらの工作がないことに納得してメイドたちとメアリを別の部屋へ移させた。

「セルジオ様が暫《しばら》くご面倒なことになりますわね」

「それは覚悟してる。でもシェリエルには必要なことだった」

「シェリエルお嬢様はご無事ですか」

「はい。それであの。メアリのことをどうか……メアリに彼女が亡くなったと伝えたくなくて」

マルゴットは目を丸めてしばらく黙った後、「調整いたしましょう」と頷いてくれた。

そのあとはもう、本当にあっという間に片付いた。表向きはクレアは投獄、他のメイドは城外追放という形で収め、実際は全員処刑である。

君主に対する反逆罪だ。

「なに？　怒ってるの？」

「そういうわけでは……でも」

「他に言うことないの？」

「ありがとうございました……」

「うん」

「もっと他のやり方はなかったのですか」

「お前さぁ……まあ、今回のことは僕たちも悪かったよ」

「？」

「父上も僕もこの城内で僕らに楯突《たてつ》く奴はいない

とタカを括《くく》ってたんだ。実際あのメイドたちもベリアルドに対しては忠実で、行き過ぎた傾倒が原因だった。でも、そこにお前も含まれるべきだった」

「わたしの出自など明かせませんから。だからメイリも、困っていたのだなと」

「うん。だから僕らがきちんと当主の庇護下にあると示すべきだったね。お前を城に置いてるだけで全員がその意図を理解できると思っていた僕らの怠慢だ」

「謝って」

「は？」

「謝ってッ！」

「あ、うん？　ごめん」

「助けに来てくれてありがとうございました。ディディエ様」

「アハ、べつにお前を助けたわけじゃないんだけど」

「でもすごく怒ってました」

「あー、うん。そうかも。結構怒ってた」

ディディエはしばらく黙り込む。

シェリエルも彼の変化に触れて良いのか悩み。

「どうしてですか？」

「は？　それはお前、自分の物を勝手に壊されたら誰だって怒るだろ。しかもメイドごときに！　僕がどれだけ時間をかけたと思ってるんだよ。喧《けん》嘩《か》を売られたのかと思った。あー、ビックリした」

「本気で言ってます？」

「お前だってそうだろ」

「？」

「あのメイド。お前も自分の物に手を出されて怒ったんじゃないの？」

「違います！」

「そう？　でもあいつの手、治療してなかった。一般的には敵の制裁よりまず味方の治療を優先する」

シェリエルは横っ面を叩かれたような衝撃で何も言えなくなってしまった。

たしかに、調査など後にしてまずメアリの手を治療してあげるべきだったと。その考えが浮かばなかったことにショックを受けているのだ。

「ま、僕も怒りでそのあたり全然ダメだった。お前はまだ擬態の訓練を受けてないから落ち込むことないよ」

「やめてください、わたしはそんなんじゃ。ディディエ様とは違い……ます」

「お兄様」

「へ？」

「お兄様って呼べ」

「ディディエ、お兄様？」

どういうつもりかとディディエを見た。彼は頬をジュッと赤くして瞳を蕩《とろ》けさせるように笑っていた。

「うん、シェリエル。僕の妹」

「……」

「もう絶対僕以外に壊されるなよ」

ディオールの後遺症

使用人休憩室殺人未遂事件から一年が過ぎ。

無事五歳になったシェリエルは自由に城のあちこちを散策するようになっていた。もちろんセルジオの許可を得てのことである。

それもこれも、あのディディエがシェリエルをあちこち連れまわし、妹溺愛ムーブに勤《いそ》しんだおかげだろう。

事件後からベリアルドの城では年の離れた兄妹がキャッキャと仲良く遊んでいる姿が日常となった。

するとシェリエルに反感を持つ使用人はいなくなり、彼女を城の宝と言わんばかりにあたたかい目で見守るようになったのである。

しかし実態は少し違っていた。

「シェリエルこんなとこにいたの？　探したじゃないか」

現在、件《くだん》の使用人休憩室。

あんな事件があったというのにシェリエルは性懲りもなく例の部屋に入り浸っていた。某ディディエお兄様から隠れるために。

そして見つかった。貴族らしく整えられた良い笑顔の兄殿に見つかったということは、つまり、おしまいである。

「ディディエお兄様、なぜここに……」

「だって、塔へ行ってもシェリエルが居ないから。誰に聞いても知らないって言うしさ。でも使用人風情が僕を騙《だま》せるはずがないだろう？　反応でだいたい分かったよ。どうして僕に内緒にしてたの？」

「かくれんぼでもしてみようかと……」

「ふふ、じゃあ僕の勝ちだね」

優しい兄の顔をしたディディエは、もう十二歳だというのに妹とばかり遊んでいる。友人がいないのだ。本人は自分の意思で友人を作らないと言っているが、単純に性格の悪さ故だろう。

とにかく、二年経《た》った今でも相変わらずシェリエルに興味津々で、こうして毎日追いかけまわしている。

一方のシェリエルも彼のことを〝優しくなった〟と思っているが、これは決してあまりのストレスからそう思い込もうとしているわけではなく、夢のディディエがあまりにも酷過《ひど》ぎた故である。

――うん、お兄様は良い兄になろうとしてくれている。たぶん……。

「ところでそれは何かな?」

ディディエはヤンデレ漫画の広告で真っ暗な笑みを浮かべるショタっ子みたいな顔で笑っていた。

そのナチュラルに気が狂っていそうな彼の指すそれとは、シェリエルがチマチマと口に運んでいた蜂蜜パンであった。

パンを一口大に切り、そのまま蜂蜜をかけたシンプルなおやつである。

「これですか?　わたしも五歳になったので、蜂蜜を食べて良いと……」

「は?　誰が?　誰があげたの?」

メアリと仲の良い料理補佐のジルケが真っ青な顔で震えている。

ディディエは一瞬でジルケに的を絞り、底冷えのする声で恨《うら》み辛《つら》みを爆発させた。

「お前か……使用人であるお前が僕の楽しみを奪ったのか。僕はシェリエルに初めて砂糖菓子をあげたときから、蜂蜜も絶対に僕が最初に食べさせると決めていたんだけど。どうしてくれるの?　シェリエルが子リスみたいに頰張ってプニプニの頰をピンクに染めるとこ見れなかったじゃない。ねぇ、ただでさえシェリエルが笑うとこ貴重なんだよ?　どうするのかって聞いてるんだけど。で、シェリエルはどうだった?」

「とても可愛《かわい》らしいお姿でした!」

「そりゃあそうだろう僕は見れなかったけどね!」

「……」

「は？　なにニヤけてんの余裕か？　そうかそうか分かった――」

「お兄様！　おやめください！　お兄様も一緒にお茶にしましょう。そしたらもっと美味《おい》しいはずです」

ディディエはふうふう息をしながらジルケを睨《にら》むと、何事もなかったかのように「あ、ここい？」と言ってシェリエルの隣に腰掛けた。

シェリエルはもう二度と自分のせいでメイドを死なせてはならないと必死である。情緒が世紀末みたいな兄を持つと苦労するのだ。

「あーあ。せっかく最近砂糖菓子も用意せずにシェリエルの欲を煽《あお》ってたのに。台無しじゃない」

「そ、そうだ。お兄様、これからお菓子を作りませんか？　お兄様とも初めてのお菓子を一緒に食べたいのです」

「なに？　侯爵家の人間が調理場に入るの？　というか作れるの？　母上に知られたら燃やされるよ？」

「自分では作れないので作ってもらうことになりますけど……二人だけの秘密にしましょう」

ディディエは何やら少し考えた後、大張り切りで立ち上がった。

「いいね、楽しそうだ。おい、お前が案内しろ。罪を償う機会をやろう」

こうなるとジルケに拒否権はない。彼女は青い顔をしたままシェリエルたちを調理場へと案内することになった。

「ジルケごめんね。お兄様はわたしが何とかするから気にしないで。それと、蜂蜜ありがとう」

「シェリエル様……わたくしのことはお気になさらないでください。シェリエル様の為《ため》でしたら首のひとつやふたつ！」

蜂蜜如《ごと》きで首を掛けないでほしい。狂信的な使用人にも苦労する。

†

調理場に着くと、夕食の準備をしていた五人の料理人が慌てて膝をついた。

当主の子どもたちが突然訪問したのだから迷惑以外の何物でもない。しかしディディエはバーンと胸を張って「料理長だけ残れ。これから菓子を作らせる」と、偉そうに命令した。事実彼は偉いので。

一瞬で四人の料理人が逃げ去り、オロオロと視線を漂わせる男だけが残った。

「か、菓子ですか。砂糖菓子でしたら……」

「砂糖菓子ではない。シェリエルが食べたことのない菓子だ」

料理長と目が合った。この横暴をどう切り抜けようかという目だ。

侯爵令嬢のわがままと思われても仕方ないが、ジルケの為にも料理長には頑張ってもらうしかない。

「はじめまして、シェリエルです。いつも美味しいお料理をありがとう」

「い、いえ。ご挨拶遅れまして申し訳ありません。こちらで料理長を務めさせていただいております、コルクと申します。それで、食べたことのない菓子というのは……」

「簡単なおやつで良いのです。砂糖菓子以外にも食べてみたくて」

キョトンと小首を傾《かし》げているのはコルクだけではない。ジルケやメアリも何を言ってるのかしらという顔をしている。

その中でディディエだけが楽しそうに口角を上げていた。

「シェリエルは水菓子でも砂糖菓子でもない新しい菓子を食べたいんだよね？　簡単なおやつって言うけどさ、何かを創造するのって結構大変だよ。コルクどうする？　なんとかできるかなあ？」

「新たな菓子を作る、と……」

全員で疑問符を浮かべ、顔を見合わせた。急に一体さんが始まったら誰でもこうなる。しかし皆の疑問はシェリエルに向いている。砂糖菓子ではない菓子とは何ぞやという顔だ。

「え？　お菓子って砂糖菓子……？　とチョコレートだけなんですか？」

「砂糖菓子にもいろいろあるけど、だいたい似たようなものだね。砂糖を固めるか砂糖漬けしたものになるかな」

「蜂蜜パンは」

「あれは残飯」

「スイーツ……ないの？」

「すいーつ、ですか？」

――いやいや、焼き菓子とかないの？　チョコレートはあるのに？

「ちなみに、チョコレートも菓子というより薬だからね？」

すかさずディディエが思考を読んだかのようにニタリと笑った。

ディディエ曰《いわ》く、チョコレートは万能薬として重宝されているがあまりにも苦くて飲めないため砂糖を入れるようになったのだという。最近では健康食品くらいの感覚で食べられるそうだが、好き嫌いは分かれるそうだ。

ちなみに蜂蜜は喉の炎症を抑え、軽い穢《けが》れから守ってくれるのだとか。

これは由々《ゆゆ》しき事態である。

「あ、新しいお菓子を……作りましょう、お兄様」

「うん？」

ワクワクモードに入った兄は捨て置き、シェリエルは善は急げという具合にコルクに向き直る。

「じゃあコルクはわたしの言う通り作って貰《もら》えますか？　オーブンはありますよね？」

「はい、仰せのままに」

ベリアルドは天才だ。使用人といえどそれは充分に理解している。故に、シェリエルがどんなに突飛な案を披露しようが、「ベリアルドだから」で納得される。はずである。

「ボウルと、泡立て器、あと卵一個と柑橘系《かんきつけい》の果実、砂糖を用意してください」

「泡立て器……というのは？」

泡立て器がないため、代わりに大きなフォークをいくつか重ねて縛ってもらう。時間はかかるができないことはないだろう。

「まず、卵白と卵黄に分けてください。卵黄は使わないので夕食に使ってくださいね。あとは卵白の二倍の砂糖を用意してください」

すぐに白磁のボウルに卵白が選《よ》り分けられ、そこに檸檬《れもん》を搾って酸味を足す。

「じゃあ、その卵白をひたすらかき混ぜてください。泡になって、モコモコになるまでひたすら」

「卵を菓子にするなど、父からも聞いたことがありません。卵白が本当に菓子になるのですか？」

「はい、たぶん」

透明だった卵白が白くなって来た頃、少しずつ砂糖を加えながら混ぜるよう指示を出す。

「シェリエル様すごいです！　モコモコになってます！」

側《そば》で覗《のぞ》いていたジルケとメアリが楽しそうに声を上げている。調理の様子など見たこともないだろうディディエもふむふむと見守っているので興味があるようだ。

「ツノが立つくらい泡立ったら、絞り袋に移して……いえ、スプーンでいきましょう。天板にスプーンで少しずつ落として行ってください。砂糖菓子より少し小さいくらいに」

絞り袋がないためスプーンで代用する。ポトポトと落とされたメレンゲが天板に並ぶと後は焼くだけだ。

「このまま百度で焼いてください」

「え、焼くのですか？　あの、申し上げにくいのですが、砂糖は高温で溶けてしまうのでドロドロになってしまいます」

「いえ、大丈夫だと思います」

コルクは渋々オーブンを調整し、ポツポツと白の小山が並んだ天板を入れた。

「オーブンの温度は調整できるのですか？」

「はい。こちらの温度計に合わせて魔力を調整します。料理によってどれくらいの火加減にするかは料理人の腕の見せどころなのですよ」

コルクは自慢げに胸を張った。そこには彼の気さくで明るい人柄と揺るぎない料理人のプライドが光り輝いている。

実際、当主一族の食事を担当する者は先ほど蜘蛛《くも》の子のように逃げて行った四人を含めたったの五人しかいない。他にも多くの料理人が在籍しているが、使用人の食事や夜会の料理を担当しており、この調理場に入ることすら許されていない。

すなわち、この調理場で料理長を任されるということは、実質領内最高の料理人ということになる。

「コルクのお料理はいつも美味しいですからね。そういえば、野菜が出ないのはなぜですか？　ベリアルド家は野菜嫌いなのですか？」

野菜と呼べるのは前に食べていた芋くらいだった。最近ではふつうにお肉や魚に卵、パンが主なメニューとなっているが、野菜が出てこないのを不思議に思っていたのだ。

「シェリエル、草や根は平民が食べるものだよ。貴族が食べるわけないじゃないか」

「そういうものですか？　美味しいですし、健康にも良いですよ？」

「シェリエル様、もしや以前はそのようなものをお食べに……？」

途端にメアリの瞳がうるうると潤み、ジルケまで鼻を赤くしてエプロンで目元を押さえ始めた。

「や、野菜は美味しいのですよ。ディディエお兄様も前にふかした芋をくださったじゃないですか」

「ああ、それは言わないでよ。あれ嫌がらせだし。でも変なやつだなと思っていたのは確かだよ」

ディディエはバツが悪そうに笑っているが、メアリは悲痛な面持ちでグッと拳を握っているし、ジルケは信じられないと言いたげに口をわなわなさせているし、シェリエルはお芋美味しかったな、と思っている。あれから食事に出してくれないのでそれだけが不満だった。

「コルクも野菜は食べないのですか？」

「そうですね。下位の家門でしたら野菜を食べているかもしれませんが」

どうやら貴族たちの間では土に対する生理的嫌悪感が強いらしい。

詳しく聞けば、土地は常に微量の穢れを含んでいて、厄災期にはまず大地から汚染されるという。

だから木になる果物は食べるが土に埋まった根菜は食べない。正常な魔力で飽和された薬草は使うが、無防備なただの草は食べない。

貧しく衛生観念の低い下位貴族や平民は平気で食べるが、間違っても上位の貴族が口にするものではない、というのだ。

中位以上の貴族は果物を食べる金銭的余裕があるため、栄養素的には問題ないのだという。

「本当に穢れが？　人体に影響があるのです？」

「あー、まあ気分的なものだよ。実際、小麦なんかは主食になってるし」

「じゃあ野菜もよく洗えば大丈夫ってことですよね」

「話聞いてた？　シェリエルは一度肥溜《こえだ》めに落とした林檎《りんご》を洗って食べたいと思うの？　そういうことだよ」

初日に出て来た芋は本気の嫌がらせだったらしい。

だが、人体に影響はないと聞いたシェリエルは「じゃあ大丈夫か」と思ってコルクにこっそり調理してもらうことにした。

一度オーブンを開け、水分を逃がしてもう少し焼く。やることがないのでシェリエルは他にどんなお菓子ができるかと考えた。

「そういえば、クレープはないのですか？」

「クレープ？」

「ガレットの小麦粉版と言いますか……甘いガレットみたいな」

「初めて聞きました」

「ふむ。クリームはあるんですよね？」

「ええ」

「じゃあ、しっとりした甘いパンのような菓子は」

「ええと……そうですね、他領のどこかでそういった伝統菓子があると聞いたことはあるのですが」

「！」

「やめときな。見た目も悪くて品がないって評判最悪だから。母上が存在すら許さないレベル」

「そ、そんな……それにも何か理由が？」

「うーん、まず、砂糖菓子って観賞用なんだよ」

「？」

ディディエの話によると、数十年前までお菓子という文化自体なかったらしい。

よくお茶会に出る砂糖菓子も、見栄えに命をかける貴族が紅茶に入れる角砂糖を彫刻したのが始まりで、そこに果実で酸味や色を足すようになり、次第にお茶菓子として定着したという。

オレンジピールやスミレの砂糖漬けも直接食べるのではなく、風味付けや彩りのために紅茶に浮かべて楽しむものだったとか。

「だからお茶会には普段紅茶に入れるようなただの角砂糖は出ないんだ。砂糖菓子単体で食べるようになったのはここ最近のことらしいよ」

「ほぁ……」

だがそれは裏を返せば野菜も焼き菓子も自分で食べる分には問題ないということだ。

そうこうしているうちに、メレンゲが焼き上がる。

「何も変わってないように見えるけど……」

訝《いぶか》しむディディエを他所《よそ》に、ちょいちょいと指で触ってみると、きちんと焼けていて持っても大丈夫そうだった。

お皿に移すようお願いすると、天板からコロコロと転がる焼けたメレンゲに皆の視線が釘付《くぎづ》けになった。

「凄《すご》い！　固まっている！　押し固めたわけでもないのにどうなっているんだ」

ひとつ摘《つま》んで口に入れると、サクと歯触りがよくすぐに舌の上で溶けた。思った通りの仕上がりになっている。

「ディディエお兄様もどうぞ。みんなもぜひ」

シェリエルはポイとディディエの口に入れてあげた。

マルゴットに見られていたら烈火の如く怒られただろうが、ディディエは満更でもないらしい。

「へぇ、いいね。砂糖菓子よりも僕好みだ。アレは少し甘すぎる」

シェリエルからすればどっちもどっちというくらい甘いが、ディディエは食感も気に入ったらしい。

「わ、すごいです！　サクッとしていて、それでいてジュワッと溶けます！」

「あの、シェリエル様。こちらの菓子を同僚にも食べさせてあげたいのですが……ひと粒お譲りいただくわけにはいかないでしょうか」

メアリが両手を握り合わせて消え入るような声を震わせた。

「や。えと、この試作品でいいの？　好きなだけ持っていってね。全部みんなで分けてもらっていいから」

「そ、そんな！」

「キャァ！　ありがとうございます、シェリエル様！」

恐縮し尽くしているメアリの隣で、ジルケはつい数時間前に首が飛びそうになったことを忘れて大はしゃぎしていた。

「いやあ、自分で作ったのに信じられない。こんな食感になるなんて」

「良ければこれからたまに作ってもらいたいのですが……湿度にだけ気を付ければ日持ちもするはずなので」

「ええ、もちろんです。これなら砂糖の量も少なくて済みますし、侯爵様や奥様にもお出しできる品です」

「そしたら絞り袋を用意した方がいいかもしれな

いですね」

「ふふ、アッハ……クフふ、ごめ……」

唐突にディディエが肩を揺らしながら笑い始めた。彼の情緒は世紀末なので。

「ク、クッ……シェリエルはもしかしたら料理に才があるのかな？　そ、そんなに食べ物に執着が……あるの」

「なんですか？　わたしが食いしん坊だって言いたいんですか？」

何がそこまで可笑《おか》しいのかここに居る誰にも理解できていないが、ディディエはツボに入ってしまったらしく過呼吸になるほど笑っている。

彼はシェリエルの食いしん坊ネタに弱いらしい。

「ベリアルドはね、その執着に一生を捧《ささ》げるほどのめり込むんだよ？　料理って……アッハハッ……ヒィー」

「わたしは少し思いついただけなのです、そもそもお兄様が……」

「はーぁ、ごめんね。あまりにも可愛らしくて」

ディディエはひとしきり笑ったあと、カールした藤色まつ毛に煌《きら》めく水滴を、ピッと弾《はじ》くように指で拭って天使のように微笑《ほほえ》んだ。

もちろん何のフォローにもなっていない。

†

翌日もディディエが遊びに来たのだが。

――人を食いしん坊だと涙が出るほど笑いおって……わたしは天才なんかじゃない。ましてや倫理底辺一族の呪いなんてないし、ただちょっと前世の記憶があってなぜか未来の夢を見て少し人より早く脳みそが動きはじめただけ。料理にしたって前世の記憶でわたしが考えたわけでもそこまで執着があるわけでもないのに！

「まだ怒ってる？　一緒に食べよう？　ほら、昨日の菓子をまた作らせたんだ。」

当たり前に怒っている。

しかし差し出されたメレンゲクッキーは昨日よ

りもサクサクしていて舌触りも良い。

シェリエルは途端に上機嫌になって「メアリの紅茶によく合うわ」とお姉さんの顔で言った。

「そういえば、絞り袋やら泡立て器がどうとか言ってたけど何だったの？　お詫《わ》びに僕が用意するよ？」

これはディディエなりに機嫌を取っているのだろう。シェリエルも遠慮なくお願いすることにしたが、この世界でビニールやゴムを見たことがない。

そういったことは使用人たちの方が詳しいだろうということで、今日も今日とて使用人室へと向かうことになった。


「――というわけで、水を通さない袋と口金が必要なんですが、そういった器具はありますか？」

「水を通さない袋は、袋の内側に青蜂の蜜蠟《みつろう》を塗れば作れますが、そのクチガネ？　というのは細工師に作らせるしかありません」


シェリエルは近くにあった黒板に簡単な絵を描き、ついでに泡立て器も注文した。これらの支払いはもちろんディディエである。

「出来上がったら使い方を教えますね。また一緒に作りましょう」

「はい、楽しみにしております！」

うしろでジルケが後ろ手を組んでニコニコ身体《からだ》を揺らしている。お菓子作りが今後の娯楽になるだろう。

そんな小さな楽しみを見つけたシェリエルだったが。

ガチャン、ドサッ……

「キャッ！」

人が倒れ込む鈍い音と、食器の散らばる硬い音が同時に響いた。可愛らしい悲鳴をあげたのはメアリである。

茶器を下げに来たメイドがひとり、倒れたのだ。

「大丈夫？　生きてる？　具合が悪いの？　顔色が良くないようだけど」

咄嗟《とっさ》にシェリエルが声をかけると、すかさず別のメイドが前に立ち謝罪する。

「申し訳ありません、ディディエ様。シェリエル様もお見苦しいところを失礼致しました」

見たことのないメイドだった。彼女はシェリエルが普段メイドの部屋に出入りしていることを知らないからか、完璧に対応しようとしていた。

ディディエは黙って倒れたメイドの手のあたりを見ている。

シェリエルも釣られて覗き込むと、メイドの腕には血の滲《にじ》んだ包帯が巻かれていた。すると、すぐにディディエが視界を塞ぎ、メアリに抱き上げさせ急いでメイドを部屋から出す。

「え、あの方大丈夫なんですか？　もしかして悩みでも……」

「シェリエルは気にしなくていいんだよ。あれは母上のメイドだからね」

ここへ来て二年、シェリエルはセルジオとはたまに話すが、ディオールとはほとんど会話をしていない。食事の席では会話に交ざることもなく、ほぼ放置状態だ。

しかしディオールが教師を雇ったり授業の進捗を確認したりと、裏では色々と面倒見てくれているのを知っている。

それを良い距離感だとも思っており、下手に怒りを買いたくないという気持ちがあった。

だが使用人と言えど皆貴族のご令嬢だ。洗濯や掃除をするメイドでさえ全員が貴族。中位以下は平民を雇うこともあるが、領主の城で領主一族の世話をする人間は貴族に限られる。本来ならディディエのように壊したり、倒れるまで酷使して良いはずがないのだ。

それに、ディディエも不自然だった。目の前でメイドの首を切り裂いておいて、今更失神や腕の包帯をセンシティブ扱いする意味が分からない。

もやもやとスッキリしないまま強制的にサロンへ連れて行かれると、史学と語学を担当する教師のジーモンが待っていた。

「遅れて申し訳ありません。ご機嫌よう、ジーモン先生」

メアリに降ろしてもらい、片足を一歩引きゆるく膝を折る。スカートを摘むと頭は下げずに軽く上半身を傾け、最近できるようになった貴族の挨拶を披露する。

「なんて愛らしい挨拶だろう。見たかジーモン、この少し不安定でよろけそうになるのをプルプルと我慢するシェリエルの姿を。アハハッ！　笑顔を浮かべているつもりでも引き攣《つ》っている頬が不完全で最高だ」

――少し黙って欲しい。

シェリエルは恥ずかしいのを我慢して必死に笑顔を取り繕っている。

「たしかに愛らしいですな。シェリエルお嬢様ごきげんよう。ディディエ坊っちゃまはマルゴットが探しておりましたぞ」

「あぁ～、今日はマルゴットか。これ以上遅れると面倒だね。しっかり勉強するんだよ、シェリエル、名残惜しいけどまた夕食でね」

あの恥ずかしいディディエの口上をスルーし、華麗に追い払ってくれたジーモンに感謝した。

「さて、本日は史学でしたな」

少し前に王家の系譜は学び終えたので最近では内戦の歴史を学んでいる。

ディディエは一度読めば全て丸暗記できるというが、シェリエルは理解しなければ記憶できないためコツコツと勉強に勤しんでいた。

「意外と王位を巡る争いみたいなものはないんですね」

「そうですなぁ、あるにはあるでしょうが、裏で秘密裏に行われるのでほとんどが歴史には残らないのですよ」

「暗殺ですか」

「ええ、そうなりますな。表立って王位を奪うにはそれなりの大義名分が必要となりましょう」

たしかに内戦は貴族の派閥争いや領土争いばか

りだった。というより、貴族の争いが多すぎる。

——貴族って暇なのかな？

もっと効率よく自領を発展させれば良いのにと思うシェリエルだったが、チラチラと登場する歴史上のベリアルドが状況を掻《か》き回して楽しんでいるディディエに思えてきて苦笑いしてしまう。

唐突に出てきたかと思えば不利な陣営に付き戦況をひっくり返したり、脈絡なく火種をぶち込んだり、味方を裏切り敵陣営を勝たせたりとやりたい放題のようだ。

「ベリアルド家は代々こういう感じなのですか？」

「〝ベリアルドに助力を乞えば勝てる。だが、自分たちが望んだ結果になるとは限らない〟という言葉が古くからありましてな。ですからベリアルドを引き入れると悪魔に魂を売った、などと言われるのですよ」

なんと物騒な。ジーモンはニコニコと語っているが、シェリエルは乾いた笑いしか出ない。


「そろそろ史学は専門の教師を雇った方が良いかもしれませんなぁ。私も貴族の一般教養と研究の際に得た知識はありますが、お嬢様にはそれでは不充分でしょうから」

「わたしはずっとジーモン先生がいいです」

できれば知らない人を教師にするのは避けたい。

彼なら学院の生徒に悲鳴を上げられるようなこともないだろうし、教え子を串刺しにもしないだろうから。


その日の夕食の席で、シェリエルはディオールのメイドを注意深く観察していた。

顔色の悪いメイドが二名ほど。袖口からは包帯が見えている。一人は今日倒れたメイドだ。

ディオールは特段不機嫌な様子もなく、かと言って上機嫌でもない。いつも通りだった。

——何だろう、この違和感は……ああそうか。

包帯を巻いたメイドは顔色が悪いだけで、悲壮感のようなものが感じられないのだ。思い詰めている様子も、怯《おび》えている様子もない。

体罰や自傷行為ではないかと疑っていたシェリエルは、ふたたび喉に小骨が引っかかったような気持ち悪さを抱えるのだった。

†

「うお、みるみる泡立つ……」

「思った通りの出来栄えです。良い細工師ですね」

「どうしても袋に穴を開けるのですか？」

「ここに口金をはめて使うのです。洗えばまた使えますよ」

何事もなければと願いながら数日。シェリエルは顔馴染《かおなじ》みとなった者たちと新しい調理器具を試していた。

泡立て器は少し硬いが充分使えるし、布袋もしっかりと撥水《はっすい》加工が施されている。袋に口金をセットするとコルクにメレンゲを詰めてもらった。

シェリエルが一度手本を見せると、コルクはすぐにチョンとツノの立った可愛いメレンゲを絞りはじめる。

「これで後は同じように焼くだけです。こっちの方がキレイでしょう？」

「ええ、型押ししたように均一で美しいですね。これならディオール様に出しても問題ないと思います」

「メレンゲに檸檬以外の果実の汁を混ぜると、風味が変わったり色付けもできると思います。色々試してみてください」

コルクは目を輝かせたかと思うと、瞬時にぶつぶつと独り言を漏らしながら思案しはじめた。

「オレンジ、ベリーも使えるな。葡萄《ぶどう》を皮ごとすり潰せば……うんうん、砂糖菓子と同じものが使えそうだ……上手《うま》く焼けるかが問題か……試していくしか……」

焼き上がりまではいつもの休憩室でお茶をするのが恒例となりつつあった。

シェリエルは使用人たちが休めないのではと心配したが、ここ以外にも各所にメイド用の部屋があるため問題ないらしい。

「それにしても、素晴らしいですお嬢様。菓子の作り方だけでなく道具もお考えになるなんて」

「ふハッ……やっぱり食い意地の才が……」

「美味しいものは幸せになりますからねッ！」

シェリエルが「バン！」とテーブルを叩《たた》いたとき、同時にドサ……と鈍い音がした。

衝撃で何か倒したのかと思いきやそうではない。またしてもメイドが倒れたのだ。

メアリは急いで立ち上がり、ジルケは椅子の上に立ち上がってオロオロしていて、ディディエは面倒くさそうに溜息《ためいき》を落としながら「はぁ……またかい？」と冷たく言った。

「だ、大丈夫なのですか？　早く医者を！」

するとメイドが慌てて起き上がり、頭をふらふらさせながらも部屋を出て行こうとする。

彼女にしてみれば災難である。具合が悪いなか人目のあるところで倒れるわけにはいかないと、何とか力を振り絞り休憩室を目指したのだろう。ベリアルド家のメイドはしっかり教育されているので。

しかしやっとのことで辿《たど》り着いたところに当主の子どもたちが呑気《のんき》にお茶会をしていれば、気を失うのも当然だと言えよう。

「も、申し訳ございません。お見苦しいところを」

「良いのです。こちらこそ申し訳……それより、大丈夫ですか？」

「ただの貧血でございます。すぐに出ますのでごゆっくりとお過ごしください」

真っ青な顔のまま頭を下げるメイドは、先日のメイドと同じように袖の隙間から包帯が見えていた。

「その、奥に寝台があるのでしょう？　気にせず休んで来てください。わたしたちが部屋を出ますから」

恐縮するメイドをジルケに奥へ連れて行っても

らい、シェリエルは自室へと移動した。

メアリは何か知っているのか、気まずそうに口をつぐんでいる。

「お兄様は何か知っているのですか？　先日とは違う者でしたが、もしかして何人もあのようなメイドが？」

やれやれと言わんばかりに息を吐いたディディエは、あまり深入りするなと前置きをして話し始める。

「別に大したことじゃないよ？　こないだ母上の部屋に入ったらそれはそれは錆臭《さび》くてね。つい、臭いますねって言っちゃったんだ。そしたら新しい美容法だとか何とか……たしか、メイドの血を顔に塗ってるって言ってたかな」

「は？　なんて？」

――そんなホラーな美容法あります？　臭いますねじゃあないんですよ。

シェリエルはあまりのことに口をパクパクさせてマヌケの顔で固まっていた。

「別に死人も出てないし良いんじゃない？　メイドが減れば父上も何か言うだろうしね。才のある者は時に他人には理解し難い方法を思い付くんだよ。シェリエルだって今回誰も知らないレシピや道具を考えついただろ？」

「レシピと血抜きを一緒にしないでください。そもそも血を塗るなんて病……」

はたと思い出した。

ディオールが亡くなるのはシェリエルが来て数年以内の出来事だったこと。ディディエは現在十二歳。成人まであと四年。

もし、成人までに母親が死んでしまったら。もし、彼女の死因が病だったとしたら。

「ん？　シェリエル？」

「……」

妾《めかけ》の子であるという誤解を解いただけではいけなかったのだ。いまだ、口下手な死神は彼女の背後にひっそりと忍び寄っている。

「お兄様、わたしをお義母様《かあさま》に会わせてください」

「アハッ！　シェリエルが初めて自分から僕にお願いしたね。いいよ、会わせてあげる。その代わり僕のお願いも聞いてくれる？」

なぜか、先日のジーモンの声が脳裏によぎる。

——悪魔に魂を売る。

「魂以外でお願いしますね」

「何言ってるの？　シェリエルの魂はもう僕のものだよ」

天使のように微笑《ほほえ》みながら冗談を飛ばす程度には、ディディエはこの状況に何の危機感も持っていないようだった。

これがベリアルド家である。

†

ディオール・ベリアルドはこの日も鏡に映る自身の姿に、強烈な怒りを燃やしていた。

波打つような真紅の髪は以前よりも広がりやすく、肌は硬くて凹凸《おうとつ》が目立つ。

丹念に塗り込めた白粉《おしろい》がつやりと輝くのはせいぜい数時間で、朝食を終えて紅茶を飲む頃には雨風に晒《さら》された古い彫刻のようになっていた。

つまり、顔立ちは三十を過ぎた今尚《なお》、うっとりするほど美しい。

この顔が年を重ねてだんだんと変化していくことが楽しみだった。髪色が褪《あ》せようが、皺《しわ》が増えようが、己の生き様を刻んだこの顔をいつまでも愛せると思っていた。

それが崩れ去ったのは二年前のあの日——シェリエルという真っ白な子どもを目にした瞬間だった。

ひと目で夫の子だと確信したのだ。

顔立ちが似ているわけでもないのに、本能で自身の血族だと理解した。——ディオールはセルジオの従兄妹《いとこ》にあたるため、正真正銘純正のベリアルドである。

夫に裏切られたと悟った瞬間、自身のすべてが足元から崩れ落ちるような心地がした。

自分自身を誰より愛している。セルジオのことをそれ以上に愛している。

裏切られた屈辱感。自尊心を傷つけられた怒り。そのような扱いを受ける謂《いわ》れなど微塵《みじん》も心当たりがなかった。

では彼の頭がおかしくなってしまったのか。否、彼は元々頭がおかしいのでこれ以上おかしくなるとすれば狂気に呑《の》まれて死ぬときくらいだ。

そうなると自身のなかに理由を探すしかないではないか。

その行為自体が耐え難い屈辱であり、少しずつ心臓を削るような思いで向き合った。己と。

そして、自身の美貌に陰りがあるのだと思うようになった。

いまだ絶世の美女と誉《ほ》めそやされようが、やはり以前のような瑞々《みずみず》しさはない。肌が硬く凹凸が目立つようになり、オイルや白粉の量も増えた。顔の造形が美しいだけで細部を見れば確実に衰えている。

その衰えさえ愛していたのに。彼はそれを愛せなかったのかもしれない。

皺を愛せなくなった。光のない肌を疎ましく思うようになった。自身を愛せなくなったことが何より心を蝕《むしば》んだ。

男は代えがきくが、己は誰にも務まらない。いや、ベリアルドにおいては愛する男は人生にひとりきりと決まっている。

彼女は人生を賭して愛した人間を、一度にふたり失ったのだ。

その苦痛はシェリエルがクロードの子であると分かった今でも深い後遺症を残している。

「例のものは？」

鏡越しにメイドに問うと、メイドは軽く視線を下げて「あと数日で完成するとのことです」と端的に言った。

タイミング良く別のメイドが戻ってくる。

「失礼いたします。ディディエ様とシェリエル様がいらっしゃいました」

「そ。白百合《しらゆり》の間に通してちょうだい」

ディオールは鏡に映る乾燥した唇に、自ら真っ赤な紅をひいた。

「ディオール様……実は、」

「なあに。はっきりおっしゃい」

「本日ディディエ様が珍しい菓子を持参されました。紅茶と共にお出しするよう申し付けられたのですが、いかがなさいましょう」

「かまわないわ。好きにさせてやりなさい」

「かしこまりました」

メイドが早足でサロンへと戻っていく。

ディオールは特に急ぎもせず、歩き慣れた廊下を背筋をピンと伸ばして歩いた。

『ま、まさかお兄様?』

『あ、これなんていうの？　ほら名前』

『メレンゲです。メレンゲクッキー』

サロンに入るとそのようなヒソヒソとした幼い声が聞こえてきた。

ふたりはここ一年で随分仲を深めている。ディディエの執着が真っ当な方向に機能していることに安堵《あんど》しつつ、静かに歩み寄った。

「コソコソと何です」

「ッ！」

純白の幼な子はピシャと雷に打たれたように椅子の上で跳ねて、背骨をまっすぐにする。

彼女に憎しみはない。怒りもない。それでもこの子を避けていた。

「それで？　今日はどうしたのかしら」

「これは最近シェリエルが作り出したメレンゲクッキーという菓子です。やっと完成したので母上にも召し上がってほしいとシェリエルが言うものですから」

ディオールは「ほぅ……」と扇子で口元を隠しつつ、訝しむようにメレンゲクッキーを見つめる。

あまり見ない細工の砂糖菓子だと思った。ひとつ摘み上げると、なるほど手触りが違う。

「砂糖菓子と似ているようだけど……これを貴女《あなた》が？」

「はい、砂糖菓子よりも食べやすいかと……」

するとディディエがシェリエルの肘を突《つ》つき、食べて見せろと合図した。

シェリエルは引き攣った頬でひと粒口に入れると、下手くそな笑顔でにこりと笑う。

――これほど怯えずとも良いものを……

けれどシェリエルの、無垢《むく》な子どもの特権を使って必死に機嫌を取ろうとしないところは気に入っていた。

だからディオールは眺めていた菓子をスッと口に運んだ。サクと砕けて淡雪のように溶けていく。

それで、

――嗚呼《ああ》、この子はベリアルドなのだな。

と、素直にそう思ったのだ。

「いかがです、母上。これなら社交界で使えるのでは？」

使える。それどころか、シェリエルがこの手の菓子に執着したのなら今後も新しいものをひたすら研究し尽くすだろう。

彼女は〝子どもである〟という万人の庇護欲《ひごよく》をそそる手札に胡座《あぐら》をかかず、社交界で新たな流行を作るという大人の利を理解して相手の機嫌を取ろうとしている。

またひとつ美しく罪深い同族が芽吹いたことを嬉《うれ》しく思い、自身の陰りを束《つか》の間《ま》忘れることができた。

「そう……これを貴女が。まぁ、随分と平和な才に目覚めたようで安心したわ」

「作ったのは料理人です。わたしは少し知恵を貸しただけなのです。自分で考えたのではありません」

「その知恵が一番大事なのよ」

この謙虚な姿勢は打算から来るものだろう。どうせディディエが食への執着を揶揄《からか》ったのでそれを否定したいのではないか。けれどしっかり自分には「知識がある」と示している。上出来だ。

と、ディオールは考えている。

「そういえば、母上も最近新しい美容法を考えられたと言ってましたよね」

「貴方《あなた》が錆臭いと言ったアレね」

「はい、それです」

「わたくしが考えたものじゃないわ。異国の商人が勧めるものだから試してみているの」

「異国の？　それは信用できるのですか？」

「持っていた商品はどれも本物で一級品だったわ。それに簡単な民間療法のようなものだから、試してみても良いかと思って」

最初は少し抵抗があったが、化粧もなしにいつまでも若々しいセルジオの肌を思い浮かべ、よもや……と思ったのだ。

彼は人の血を浴びるほど美しさを増すような気がするから。

「効果がなければどうするのです？」

「今全身が入る桶《おけ》を作らせているの。今度それに浸《つ》かってみるわ」

そろそろ完成すると言っていた。またあの輝きを取り戻すことができたなら、この胸の不快感も取れるかもしれない。

薄暗い希望に縋《すが》る自分を嗤《わら》いそうになった。

そしてなぜか、シェリエルが顔を真っ青にしてはわわと唇を揺らしている。

あまりにもな様子に泣きはじめたら億劫《おっくう》ね、と思っていたところ、シェリエルは意を決したように控えめに右手を挙げた。

「あ、あの、よろしいでしょうか」

「なにかしら」

「それは……血液を使っているのですよね？　メイドが何人も倒れていますし、ディオール様も危険です」

「メイドにはきちんと報酬を与えてるわ。少し休めば血は戻るもの。けれど、わたくしが危険というのはどういうことかしら」

「他人の血液は危険です。もし病気を持っていたら、感染してしまいます。本人が発症していなくても、病気を持っていることがあるのです」

反射的に侮辱されたのだと思った。思わず殺気が漏れて威殺しそうになった。

さすがのディディエも言葉を失い、「何言ってんだお前」という目でシェリエルを見ている。

「なぜ貴女にそんなことが言えるのかしら。病は穢れがもたらすのよ？　わたくしのメイドが穢れを溜《た》めていると？」

シェリエルは小刻みに震え、どんどんと顔を青白くしていく。しかしその恐怖に比例して瞳と言葉は輪郭を強くしていった。覚悟を決めた女の目だ。

そして真《ま》っ直《す》ぐディオールの目を見て、少し冷めた声でこう言った。

「病は人から人にうつるものもありますよね？　空気や血液で感染する恐れもあるかと。もし今の美容法を考え直してくださるのでしたら、別の美容法を提案させていただきます」

彼女はいつもこうだ。ナイフが心臓に近づくほど肝を強くして、大人びる。

セルジオが好みそうな子だった。こういう人間は戦場で映えるから。

父親であるクロードには似ていない。彼はいつでも大人びた子だったから。

「一度チャンスをあげましょう。たしかに少し匂いが気になるのよね……」

「では、少しだけディオール様のメイドをお貸しください」

「いいわ。好きになさい」

†

サロンを出た瞬間、シェリエルはプハっと息を吐いた。

死ぬかと思ったし完全にスプラッタだった。もしここが映画の世界ならR15のゴアホラーに決まりだろう。

「あの母上と取引するなんて、やるじゃないか」

「そんなことよりお兄様は平気なのですか！　桶

にメイドの血を溜めて浸かると仰《おっしゃ》ったのですよ？」

「まぁ、悪趣味だよね。臭そうだし」

——それだけ？　他に言うことないの？

しかし、ディディエの方が物申したげな顔でチラチラとこちらを見てくる。

「正直、僕はお前の方が悪趣味だと思ったけどね」

「はい？」

「母上に病気になるなんて言っただろ。自殺志願者か根っからのマヌケじゃなきゃあの場であんなこと言えないよ普通」

「それは、あの場でも言いましたけど、本当に、人から病気が……その、穢れが病をもたらすって本当なんですか？」

「それ以外に何があるのさ。ちなみにそう結論付いたのには僕らベリアルドの功績でもあるんだよ？　なにせ歴代の呪い持ちに病死した人間はひとりもいないんだからね」

ディディエは誇らしげに胸を張り、「だから僕らは風邪もひかない」と付け足した。

シェリエルは「あー、魔法世界ふしぎ発見……」と思ったあと、ピタと立ち止まる。

「もしかしてわたし、大変な無礼を働いたのでは？」

「うん、だから言ってるじゃない。アレは〝精神疾患のメイドを集めて酷い労働環境に置いているからそのうち貴女も彼女たちの怨念で心身ともに病気になりますよ〟って言ってるようなものだったし」

「わ、わたし生きてます？」

ディディエは「どれ」とシェリエルを上から横から前から後ろから眺め、ポンポンと頭を叩いて「たぶん生きてる」と言った。

「そういうことは先に教えておいて欲しかったです」

「自分の無知を他人《ひと》のせいにするなよマヌケが」

気を取り直し、事情聴取である。

ディディエが用意してくれた部屋にディオールのメイドを招いた。

「早速ですが、普段のディオール様のお手入れ方法やお化粧方法を教えてください」

「奥様は寝る前に洗浄の魔法で身を清め、その後オイルを」

「洗浄の魔法？」

「はい、シェリエル様はまだ洗礼が終わっていないので湯拭きだけですが、魔力の耐性ができると魔法で身を清めます」

「お風呂は？」

「オフロ、ですか？」

シェリエルはここに来てからまだ一度も入浴していない。上げ膳据え膳にベッドで身体を拭いてもらい、さらには桶で丁寧に頭を洗ってもらえるので、元々不精なシェリエルは「よきかな……」としか思っていなかった。

しかしどうやらこの世界に入浴という文化はないらしい。

「では湯に浸かることはないんですね。その、良ければ手だけで良いので、普段ディオール様にしているスキンケアを見せてもらえませんか？」

桶やタオルは必要ないらしく、そのまま一人のメイドが腕を出し、もう片方の手で短い杖《つえ》を取り出した。

――待って、もしかしてわたしこの世界で初めて魔法を見るんじゃ……

メイドが呪文のようなものを唱えると、杖から出た水が腕を包み、少しして跡形もなく消え去ってしまった。

前々世から通しても初となる本物の魔法にキャッキャと声をあげたいところだったが、淡々とメイドの異世界トークが続きそれどころではなかった。

曰く、洗浄魔法は水と火の属性が必要で、魔術を展開するときの加減で温度も調整するという。

中位でも上の方の侍女ならば一人で全身を洗え

るが、魔力量が少ないメイドは数人がかりで行うそうだ。

「これで終わりです。普段は三人で専用の魔法陣に魔力を注ぎ、全身を洗浄します。その後温めた石台に寝ていただき、全身を香油でマッサージするという流れです。頭髪は週に一度、同じように魔法で洗浄しております」

シェリエルの脳内では暗闇で魔法陣の中心に立つディオールと、その周りに膝を突くメイドたちが怪しげな儀式を繰り広げているが、きっと血液パックよりはまともな文化のはずだろうとその妄想は掘り下げないでおいた。

しかしである。

「ッて、週に一度!?」

「洗浄魔法は水に移した汚れをそのまま水と一緒に消す魔法ですので、月に一度はお嬢様のように桶で湯を使って頭を洗います」

――そうですよね……サっと水洗いしてるだけですもんね。

前世で湿度の高い日本で生まれ育ったシェリエルは信じられない気持ちでいたが、ここは空気が乾燥していて夏場も涼しい風がよく通る。そして洗浄魔法なら泥や埃《ほこり》は簡単に落ちてしまうとか。

しかしさすがの元引きこもりもメイドがやってくれるならお風呂に入りたい。入れないとなると急に恋しくなったのだ。風呂は命の洗濯だから。

「顔はどうするのですか?」

「湯で濡《ぬ》らした布で丁寧に拭かせていただきます。お化粧前はオイルを塗り、その上に白粉をハケで塗るのです。最近では湯拭きした後、血液でパックし、もう一度湯拭きしてお休みになられていま
す」

シェリエルは前世でコスメオタクというほど美意識が高かったわけではないが、人並み程度には気を遣っていた。

朝は洗浄力の弱いミルク洗顔をしたあとブースターオイルで肌を柔らかくしてからシートパックし、美容液と乳液を入れたあとＳＰＦ20のデイク

リームで保湿。日常的に化粧はしなかったが下地にもなる日焼け止めクリームを塗っていた。

出不精というだけで友人に会わないわけではなかったし、リモート生活が始まるまでは毎日出社していたので。

「シェリエルも美容に興味があるの？　何もしなくても肌はもちもちで真っ白だし、雪の積もったようなまつ毛も透き通るようなサファイアブルーの瞳も天使のように美しいと思うよ？」

「ありがとうございますお兄様。お兄様も悪魔のように美しいですよ」

「知ってるけど」

シェリエルはしょうもない口上を聞かされた対価として思い付いたものを手当たり次第買ってもらうことにした。

それを授業でもらった紙にひとつずつ書き出していく。

「あーあー貴重な紙を無駄使いして……それくらい覚えられるのに」

この国の紙は魔花の花びらでできている。人の手で育てることが難しく、ディディエが文句を言うくらいには貴重だった。

「えーと、アレもあるしコレもあるし。あとは保湿……クレンジングはオイルを……うーん、どこで手に入るんだろ？」

「言ってごらんよ。僕の情報収集力は凄いんだから。それはもう、国の宝として崇《あが》め奉り保護すべきくらいにね」

「駆除の間違いでは」

「なに？」

「あ。じゃあ、信頼できる商人を紹介して貰えませんか？　無駄遣いはしないので。できれば美容品に明るく、幅広い商品を取り扱っている商会だと助かります。ディオール様の為に必要なんです！」

「じゃあ僕のお願いもふたつ目だ」

お願いという言葉に薄ら寒いものを感じながらも、今はディディエに頼るしかなかった。

シェリエルはまだこの世界で数人の使用人しか顔見知りがいないのだから。

「商人か……そういえば最近面白いのを見つけたんだ。きっと役に立つと思うよ」

†

城の外れにある小さな部屋で、男が背筋をピンと伸ばしてソファーに座っていた。

「よく来たね、ライナー」

男はガバッと立ち上がり、ディディエに向かって頭を下げようとして。

「ッ！」

シェリエルの頭部を見つめたまま石のように固まってしまった。

シェリエルまでどうしていいか分からず一緒になって固まっていると、ディディエがいつにも増して含みのある声をかける。

「驚いただろう。このことは他言しないように。もし漏らしたらお前の家族友人知り合い初恋のあの子に故郷の村まですべて燃やす」

「お兄様はわたしを何だと思っているのですか」

ライナーはシェリエルのむくれた声で我に返ったように姿勢を正した。彼女が生きた人間で、自分と同じ言語を話す小さな女の子と気づいたのだ。

「ご挨拶が遅れ失礼致しました。私はベリアルド領内で商人をさせていただいております、ライナー・マイヤーと申します。以後お見知りおきを」

彼は貴族との取引に慣れている様子だったが、聞けばまだ顧客は居ないという。大商会の家に生まれたが家業は兄が継ぎ、いろいろあって自分で新しい商会を立ち上げたのだとか。

そんな彼は領主の息子を前に至極緊張しているようだった。

「ディディエ様、本日はどういった物をお求めでしょうか」

「用があるのはシェリエルなんだ。この可愛い僕の妹の頼みを聞いてやってくれるかい」

　ディディエがさも溺愛しているというように
シェリエルの頭を撫《な》でると、ライナーはすぐに従者に指示を出し、木箱から人形やドレス、お花の髪飾りなどを展示用の台に並べはじめた。

　シェリエルはしばらくそれらを眺め、「ほ〜、こんな感じでお買い物するんだ〜」と思ったあと、「違う違う、そうじゃない」と慌ててライナーを止めた。

「あ、えと。お願いしたいのはわたしの物ではないのです。それはしまっておいてください」

「左様でございますか。では一体……」

「ライナーは香油も取り扱っていると聞きました。それもベリアルドでも一二を争う品質だとか。どこで作っているのですか？」

「私どもの工房で作っております。今や香油はベリアルドの名産になっておりますので」

　ベリアルド侯爵領は元々領地の特産となるものがない。これは魔力が濃いため安定して農作物が育たないというのもあるが、一番は代々の当主が己の執着に正直過ぎるからである。

　例えばセルジオは戦闘馬鹿であるため事業にまったく関心がないし、先代ヘルメスも精神病患者にご執心で領地の運営は最低限しかしていなかった。

　歴代を辿れば薬草、鉱物、工学と名産になりそうな執着を持つ者もいたが、次代が引き継がないため根付かない。

　今代ではディオールの趣味——という名の美への執着により、美容に関する商品を扱う商人が増え、香油の製造や取引が盛んになっている。

「では、香油はどうやって精製しているのですか？」

「それは……」

　ライナーは額に汗を浮かべ、きつく拳を握りしめた。商会の利益と貴族の怒りを天秤《てんびん》にかけているのだろう。企業秘密というやつだ。

「植物油に香草を漬け込んでいるのですか？　精

油を精製してオイルに混ぜているか……それとも別の方法が？」

「なぜそれを……？　せ、セイユというのは？」

　ガッと目を見開いたライナーが前のめりになってテーブルに手を突いた。ディディエが軽く手で制さなければ、シェリエルのところまで飛んでいきそうな勢いだった。

「わたしにも少し知識があるのです。その様子だと漬け込みでしょうか。精油の作り方を教えるのでその方法を試してみてください。そして、その途中でできる副産物を必ず取っておいてほしいのです」

　シェリエルが紙に図を書きながら説明すると、先程までの萎縮した様子はどこかに吹っ飛んだようだった。目をキラキラ輝かせながら子どものように見入っている。

　そしてなぜかディディエまでそんなライナーを見ながら同じく目をキラキラさせていた。

「蒸留は酒蔵などでやっているかもしれません。ただ、採れる量がごくわずかなので圧搾法の方が先に出来上がるかもしれませんね。できた精油は直接手に触れると良くないので気を付けるように」

「酒蔵!?　油なのに……いや、精油、精油は素晴らしい。これは……ならオイルは……」

　ライナーはカタカタと肩を震わせ完全に瞳孔が開いている。詰め込み過ぎて頭がおかしくなったのだろうか。

「お、お兄様……」

「ふふ、面白いだろう？　商売に関して気が昂《たかぶ》るとこうなるんだ」

　ディディエが珍獣を見るようにニコニコと眺めていると、やっと正気を取り戻したライナーと目が合った。

　すでに彼の瞳には奇怪な貴族の少女ではなく、商売の神様が映り込んでいる。

「で、そのオイルで何をするの？　マッサージ用の香油だよね？」

「とりあえずシャンプー……洗髪剤を作ってみます。料理と同じようなものですよ」

「あ、これ好きかも。甘いガレットって変な感じだけど」

「ジャム……ブルーベリーのジャム、ないですか」

「ああ貧乏人の保存食ね、探せばあるんじゃない？」

「悪口！」

ライナーを帰したあと、ふたりは使用人の休憩室で砂糖とバターだけのシンプルなクレープを仲良く食べていた。

サラザンを小麦粉に、水をミルクに換え、理想のカリカリもちもちを目指すこと約二日。クレープも比較的簡単にレシピが完成してシェリエルはご満悦だった。

ちなみに上位貴族はジャムを食べる習慣がない（というより、存在すら知らない）のだが、ディディエは他人を馬鹿にするネタに貪欲なので当然のように知っている。

「それでその、洗髪剤だっけ？　作れるの？」

「はい。お湯で洗うだけだと聞いたので」

「平民なんかは石鹸《せっけん》を使うみたいだけどね。艶がなくなるから貴族は好まないよ」

貴族は自身の属色が表れる髪色を殊更大事にしている。石鹸を使って乾燥することで褪色《たいしょく》するのを嫌うのだ。ゆえに石鹸を使うのは土汗埃と血にまみれる騎士くらいだった。

「お湯と石鹸とオイルを合わせて使えばより艶が増すはずですけど……」

ふたりはクレープを食べ終わるとすぐに実験に取りかかった。

「あれ？　溶けない」

石鹸を細かく刻み、お湯に溶かしてオイルを入れるだけで良いと思っていた。しかし、いくら混ぜても石鹸が溶けない。

そんなはずないのにとひたすらかき混ぜていると、見かねたメアリが申し訳なさそうに口を開いた。

「お嬢様、石鹸は普通の井戸水には溶けませんよ?」

「じゃあどうやって洗濯とか洗い物をしているの?」

「魔法を使うのです。魔法で出した水だと石鹸が上手く泡立ちますから」

――ほう? そんな裏技が……ん?

「なら、平民はどうやって石鹸を使うの?」

「どうしているのでしょう? 考えたこともありませんでした」

「お兄様、こちらにお水を出してもらえますか?」

「いいとも」

ディディエがどこからともなく杖を取り出し、「ドロー」と唱えると杖の先から水が出てきた。

金魚鉢のような鍋に半分ほど溜まると、今度はメアリが両手をあてて温める。

「お兄様の呪文は短いのですね。呪文ってすごく長いものだと思っていました」

「これはスペルだよ。初級は短いスペルを使うし、中級はもう少し長い呪文が多い。上級とか特級は儀式に近いから祝詞だね」

「へぇ~」

シェリエルは間の抜けた返事をしながら鍋に石鹸を入れた。ゆっくりかき混ぜると、今度は上手く溶けていく。

液状になった石鹸に少し香油を垂らし、また混ぜる。思ったより香りが出ず、独特の匂いがする。

石鹸本来の臭いが強く、さらに香油もほのかに香る程度なので温められたことで獣臭が増すのだ。

「今夜これで頭を洗ってもらいたいんだけど、良い? メアリもお水出せるんだよね?」

「はい、もちろんです。夜であれば魔力を温存する必要もないので」

「ありがとう。あ、そうだ。お兄様こちらのコップにもう一度お水を出してもらえますか？」

出してもらった水はとくに普通のお水と変わらないように見える。

「これって飲んでも大丈夫ですか？」

「うん、大丈夫だよ。僕も水は自分で出したものしか飲まないしね」

「では、いただきます」

普通の水だった。そう、普通の水なのだ。普段口にする水は重く、味が付いているわけではないのに口当たりが悪い。

この違いが石鹸の泡立ちに関係しているのかもしれない。

が、魔法で生成した水に魔力が宿っているわけではないという。

そんなことを考えながら、ディオールが作らせていた例の血桶を見学に行ったり、あれやこれやと準備を進めていく。


できるだけ近い部屋を用意してもらったが、広大な城なので移動だけでも大変だった。

ディディエは文句も言わずシェリエルの隣を歩いている。ただ彼女の隣を歩くことが楽しいのだと言いたげに。

「あの……ディディエお兄様はお勉強の方は良いのですか？」

「午前に終わらせたよ。シェリエルもだろう？」

「わたしとお兄様では量が違うのでは？」

「そうでもないよ。シェリエルは三歳までの分も詰め込んでいるからね。本当はもう少しゆとりがあるんだよ」

「え」

ここ二年のスパルタ教育に納得する反面、さっぱり言い切るディディエの天才ぶりを実感した。

彼の授業はかなり高度な内容となっている。

外国語はもちろんのこと一般教養の他にもニッチな専門分野にまで及んでいる上、剣術や魔術があるためシェリエルより格段に忙しい。

さらには領主の執務も手伝いはじめたというので、いくら友人が居ないと言っても彼の能力を認めざるを得なかった。

――これがベリアルドの標準というなら、わたしはこの先大丈夫なんだろうか。

『欠陥品がよく平気で生きていられるね。僕ならせめてもの償いとして額に謝罪の言葉を彫るけど』

『ハァ、無能なくせに魔力もないのか。勘弁してよ』

『こんな役立たずを作った奴《やつ》は死刑になるべきだと思わない？　あ、だからお前の母親は死んだのか。父上も死んじゃった……アハッ、アハハハハハ――』

ないはずの記憶がフラッシュバックし、一気に血の気が引いた。

頭の血液がすべて心臓に集まっているみたいに胸が苦しくて。世界が白んで冷たくなる。

すると、温かい手がふわりと降りてきて、冷たくなった脳みそにじんわりと温度が戻っていった。

「？」

「ダメだよ、シェリエル」

「お兄……さま？」

「いま、何か傷付いただろ？　僕が揺らしてないのに勝手に心を痛めないでよ」

――何だそれは……

相変わらず鋭いディディエの洞察力に驚きつつも、なんだか可笑しくなってしまった。

彼はやはりディディエ・ベリアルドなのだと思って。どうしてか彼には兄の顔が似合っていると思って。

「ふふ、お兄様の天才ぶりに絶望したのですよ」

「だったらいいや」

「ひどい」

「あ、そうだ。母上に会わせてあげた代わりに、僕のお願い聞いてくれるんだよね」

「クレープ食べたじゃないですか」

「僕はそれほど甘いものに興味はないよ」

「う……じゃあ、はい。なんですか」

ゴーン……ゴーン……と、鐘が鳴った。

「僕以外で傷付かないって約束して」

「な」

ディディエは鐘の音を聴きながら、ニコと笑って片手を差し出した。

シェリエルは黙って、その手を取った。

†

とある夕食の席でのこと。

これまで放任主義を貫いていたセルジオが突然こんなことを言い出した。

「ねぇ、シェリエル。最近なにか面白いことをしているようですけど、どうして僕だけ仲間外れなんです？」

「ただの子どもの実験です。お兄様とディオール様には少しお付き合いいただいてるだけですわ。ホ、ホホ……」

「でも誰も見たことのない菓子を作り、商会を動かすというのは実験にしては大層だと思いません？　そうそう、商会に渡した情報、かなりの利益になるみたいですけど……貴女それを使ってどこまで利益を出せます？」

「待ってください！　まだ品も完成してないですし、わたしは五歳です」

「ベリアルド家の人間に年齢は関係ありませんよ。経営のできる文官を付けますし、実は領地としてもこういった事業は大事なんです。あ、別に面倒だからと押し付けている訳じゃありませんよ？　ただシェリエルの為にもなると思っての、親心なんです。僕ってとても良い親じゃありませんか？」

嘘《うそ》くさい親の顔にしっかり本音が混ざっていた。

しかし根本的な文化の違いもあるので利益を出せる自信がない。それに何より面倒くさい。

そも、プログラミング然《しか》りできるかどうか試行錯誤して形になるまでが楽しいのであって、最後の調整や試験、運用なんかは苦行の域である。

「わたしにはお勉強もありますし、利益なんて……」

「シェリエル、貴女をあの闇オークションで落札した価格、いくらか知っていますか？」

――は？　それ言う？　義理の親でもそこまで言う？

「たしか、ずいぶんキリの良い額でした……二十は払いましたか」

セルジオが片眉を上げて補佐官に視線をやると、ディオールが声を震わせながら「さすがに……中金貨ですわよね？」と睨みつけた。

「いえ、大金貨です！」

「貴方ッ！　大金貨二十枚も使ったのですか⁉　いったいどこから……！」

「ハハッ父上、ホントッ、あッハッハッハ……父上は買い物上手ですね馬鹿すぎ死ぬ」

ディディエは腹を抱えて過呼吸になり、そのまま椅子から転げ落ちていた。

「まあまあ、それはシェリエルが取り返してくれますよ。もう貨幣の価値は習いました？　復習がてら簡単に説明してあげましょう」

当たり前に聞きたくない。しかし、育ち過ぎた脳はゴリゴリと単位を変換して行き、もはや信じたくない数字になってしまっている。

そして最終的に、ついほんの出来心で日本円に換算してしまった。

「…………」

――どうも、二十億の幼女です。そう、二十億円……とんでもないことですよ。

「いえね、それでもシェリエルを救えたのなら安いものだと思うんですよ？　ですがねぇ、我が家も財政に余裕があるわけではないんです。もちろん民から巻き上げた税金ですが、もし領民が困窮するようなことになれば困るでしょう、僕たちが。それに子どもが興味を示したことはうんと伸ばしてやりたいですし、それが利益に繋《つな》がるならねぇ？　賢いシェリエルならわかりますよね？」

「はい……精一杯やらせていただきます」

「父上は良い買い物をしましたね。あの時は気でも触れたのかと思いましたけど、天使のように可愛いだけでなく領地の利益まで増やしてくれるなんて」

——言い方よ……この悪魔！　人でなし！

普通の五歳児ならグレていたところだ。

「お父様……ちなみに闇オークションは合法なのですか？」

「いいえ？　完全に非合法ですが」

「なぜそのまま落札したのです？　潰してしまえばお金を払う必要もなかったのでは……？」

全員の視線がビタッとシェリエルに集中した。

それからめいめい顔を見合わながら、「今のはなに？」「いやいやまさか」「え？　え？」みたいな空気を作ったあと、セルジオを見た。

彼はパチパチパチパチと高速で瞬《まばた》きして「その手がありましたか！」と膝を打った。

「貴女、誰よりもベリアルドらしいかもしれませんよ。むしろ私の得意分野なのに、どうして気付かなかったのでしょうね。これもあの無体な教育のせいでしょうか」

彼は律儀に全額払っていたのだ。暇さえあれば人を斬る理由を求めて徘徊《はいかい》しているような男が。

これはセルジオが極端に考えることが嫌いなため素直に支払っただけなのだが、シェリエルはこのポンコツ倫理に今後も頭を抱えることになる。

余談ではあるが、この夜ディオールが身に着けていた装飾品の合計額が大金貨一枚分くらいだった。

†

翌日。

セルジオに付けてもらった文官を従え、商人ライナー・マイヤーと二回目の会合に臨む。

「こちらが依頼された品となります。どうぞご確認ください」

木箱のなかには大小二つの瓶が三つずつ並んで

いた。

　シェリエルは小さな小瓶の蓋を開け、顔の前でゆっくり揺らす。フレッシュなバラの香りが広がった。これならディオールの気を引けるだろう。

　続いて大きめの瓶を開け、液体を手の甲へ伸ばした。ほのかなバラの香りと共にスッと肌へと染み渡り、思った通りのローズウォーターが出来上がっていた。

「ずいぶん早かったのですね。もう少しかかるかと思いました。思った以上の出来です」

「シェリエル様のご指示が的確でしたので、ほとんど失敗がなかったのです」

　このライナー、材料となる大量のバラや香草を集めるのに時間がかかっただけで、その間に簡単な蒸留器も作ってしまったのだ。

　ディオールのために花々を栽培する農家が規模を拡大していたことも幸いだった。

「今日の分は全て買い取りましょう。それで今後なのですが、利益の何割かをこちらの取り分とさせて貰いたいのです」

「そ、それは公共事業にしていただけると？」

　シェリエルは何が何だか分からず、咄嗟に文官を見た。彼は名をベルガルといい、経営に関してベリアルドで二番目に優秀な若い文官である。

「公共事業となった場合、直接動くのは平民ですが、領主が出資することで七から八割の利益を領主に、残りが商会の取り分となります。しかし納税が免除されますので、商会としても莫大《ばくだい》な利益になるでしょう」

　公認事業であれば資材や人件費、経費などを商会が賄い、純利益の四割を領主に納税することになる。

　オラステリアでは原価率が八割であれば上々というくらいなので、領主がコストを賄い納税も免除されることで、本来の三倍弱純利益が上がるという計算だ。

　しかも領主が手掛ける事業とあらば必然的に顧客は領外の貴族にまで及び、そもそもの規模が桁違いになる。

よって、ライナーは震えていた。

「わたしにその決定権はあるのですか？」

「はい、お嬢様に割り当てられた予算内であれば、好きにして良いとのことです」

「では公共事業として運営しましょう。これからわたしの手となり足となりどんどんお金を稼いでください」

「はいッ！　仰せのままに！」

ライナーは爆速で床に膝を突いて、大型犬みたいに尻尾をブンブンと振っていた。早く次のボールを投げてくれと目を輝かせている。

「では、細かい利益配分などはベルガルに任せるとして、次に作って貰いたいものがあるのですが」

「何なりと！」

「石鹸を作って欲しいのです」

「石鹸ですか？　石鹸は既にありますが……」

待ってましたと言わんばかりに前のめりになったライナーの瞳から、みるみる輝きが失《う》せていく。

「石鹸は何の油で作られていますか？　動物の脂や廃油では？」

「ええ、おっしゃる通りです」

「料理に使う植物油がありますよね？　それで石鹸を作ってほしいのです」

「それは……貴族の皆様が石鹸をお使いになるということでしょうか。植物油は高価でとても利益になるとは……」

ライナーはよく侯爵家の御令嬢が石鹸なんて知っていたなという顔をしていた。

というのも、上位の貴族たちには石鹸が必要ないのだ。汚れは魔法で落としてしまうし、洗濯や洗い物をするのは下位の貴族で、洗濯したものは仕上げに香を焚《た》くので位の高いものは石鹸の臭いに気づかない。故に石鹸の質が悪い。

そも、シェリエルとしては保湿力の高い化粧水を作りたかったが、グリセリンは石鹸作りの過程で抽出できても不純物を取り除く方法がないため一旦断念したという経緯があった。

だが、オリーブオイルに似た植物油から作る石鹸は、肌に必要な油分は落とさず汚れだけを落とす性質を持つため、石鹸自体が保湿力に優れている。ついでに不快臭も抑えられて一石二鳥というわけだ。

「そういえば、平民は洗濯などはどうしているのですか？　井戸の水では石鹸が使えないのでしょう？」

「一度沸騰させると石鹸がよく泡立つのです。井戸の近くに大釜があるのでそこで一度湯を沸かし、皆で集まって洗濯していますね。あと、川の水は石鹸が使えるので村や小さな町では川を使うのが一般的です」

前回井戸水で石鹸が溶けなかった理由は温度にあったらしい。メアリも今初めて知ったみたいに目を丸くしていた。

「これは事業になるか分かりませんが、お試しで良いので作ってみて欲しいのです。その代わり、精油の使い方をいくつか教えます。ああ、酒蔵は持っていますか？　できればどこか質の良い酒蔵を見つけて来てください」

「石鹸に精油に酒蔵……まったくなにを仰っているのか分かりませんが、やってみましょう」

ライナーは覚悟を決めた男の顔で膝に置いた手に力を込めた。


その夜、シェリエルは珍しく寝つきが悪かった。いつもは三秒もかからず眠ってしまうのにまたあの金額がチラついている。目はシパシパして眠いのに、頭がジクジク回って眠れないというアレである。

シェリエルは寝るのを諦めパチリと瞼《まぶた》を上げた。こうも神経が過敏になると、カサカサと木々を伝うリスの足音や、屋敷のどこかで人が話す声まで聞こえるような気がするのだ。

「ナァーォ」

ん、なんの音？　気のせい？

近くから聞こえる音の主を探すが、怪しい物は特にない。

「ニァーォ」

外から聞こえる気がする。

寝台から這《は》い出し窓の外を眺めるも、月の明るい夜だが庭には特に変わった様子はない。

また「アー」と小さく聞こえてふと目線を上げると、窓より少し上の枝に真っ黒な猫が座っていた。

「あらら、怖かったね、いま助けてあげる」

重い窓を静かに開け、腕を伸ばす。黒猫はヒラリと窓枠へと降り立った。

「こんばんは。ここらへんに住んでるの？」

「ナァ～」

黒猫はしゅるりと部屋のなかへ入ると音もなくテーブルに飛び乗った。しっかりとした肢体が艶々と月明かりを反射し、しなやかに伸びをしたあと呑気に顔を洗い始める。

「はわぁ～かわいいねぇ～どこ住み？　飼い主いる？　インスタ教えてよ」

――もしかしたらこれは前世での夢が叶《かな》うかもしれない……

「猫ちゃん、今夜一緒に寝ない？　何もしないし寝るだけだから！　ねー、抱っこさせて欲しいなぁ～」

驚かせないよう、ゆっくり鼻先に手を伸ばすと、すりすりと顔を擦《こす》り付けてくる。

――いける！　なんて人懐っこい猫ちゃん！

ベッドに上がり小声で「おいで」と呼ぶと、黒猫が軽やかに布団へと飛び乗った。

「おぉ～よしよし、ちょっと抱っこさせてくださいね」

ごろんと横になり黒猫に抱きつけば「抱かせてやるよ」と言わんばかりに黒猫も大人しく横になった。

「わぁぁあぁぁ！　でっかい猫ちゃんッ、最高！」

まだ小さなシェリエルにとってこの立派な黒猫

はとても大きく感じられた。

大人になると味わえない子どもの特権である。

シェリエルは犬も猫も馬でも何でも「大きければ大きいほど良い」という質《たち》である。なぜなら大きな動物はカッコいいから。それが浪漫《ろまん》というものだから。

シェリエルはしっとり毛艶の良い身体にポフッと顔を埋《うず》め、思い切り幸福を吸い込んだ。

「至福……」

フッと全身が弛緩《しかん》するように何かから解き放たれた。

自分でいることは存外疲れる。無心になることは存外難しい。

だからこの温かな毛並みが好きなのかもしれない。

†

ディオールは鏡台を前にしてシン……と黙して自身と見つめ合った。

穢れを招くほど思い詰めているわけではない。けれど腹の底で燻《くすぶ》る後ろ向きな感情があることも確かだった。

気分が晴れないとか、人と会うのが億劫だとか、欲しいもの食べたいものが思い浮かばないだとか。敢《あ》えて口にするほどの悩みはないが、脳膜が分厚くなったみたいにすべてが鈍く、重い。

だから今、こうして彼女を待っているのかもしれない。特段期待しているわけではないのだ。

あの年頃のベリアルドはある種の全能感で無茶なことをしたがるものだから。

ディディエも四歳の頃に「僕、後天的に良心を失った人間を治療する方法を思いつきました」と言い出したことがあるが、結果的に上手くいかなかった。ディオールだって実の妹を殺そうとしたし。セルジオはディオールを殺そうとしたたし。彼の弟クロードは毒を飲んだし。

そういうお年頃なのである。

「……」

「お待たせしました。一通り揃《そろ》いましたので、早速ですがご案内いたします」

「このわたくしをここまで待たせたのだから、効果がなければ覚悟なさいね？」

鏡越しに見るシェリエルは無力な少女に見えた。少し突《つ》つけばビクリと震え上がるくせに、サファイアの如きブルーの瞳だけはキンと冷たくしたままである。


彼女に大人しくついて行く。ディオールの自室からさほど離れていない、とある部屋に案内された。中に入るとムワッとした湿度のなかにバラの香りが優しく漂っている。

小さな部屋だ。入り口のすぐ近くに衝立《ついたて》があり、奥へと進む。

「ここは……？　あら、これ血桶じゃない」

「いえ、浴槽です」

ディオールが洗浄の手間と臭いを考え白磁で作らせようとしていた例の桶が、縦長に形を変えていた。血はダメだと言いながら浴槽は真っ赤に染まっている。

否、真紅の薔薇《ばら》の花びらが一面に浮いていた。

床と壁にはタイルが貼られ、明るい死体解体室のようだった。

「血ではなく、湯に浸かっていただきます」

「湯に？　そんなものでキレイになるわけないでしょう？　湯は肌が乾燥するから嫌よ」

「大丈夫です。保湿剤も用意してますから」

常に水に触れる洗濯メイドや調理場の人間は手が荒れている。そんなふうになるのは死んでも嫌だと思うディオールだったが、保湿剤という言葉が気になった。

そして何より、この研ぎ澄ました薔薇の香に誘惑され続けている。

普段は表情管理を徹底している専属メイドがわずかに目を輝かせ、頬を桃色にしていた。ディオールが両手を軽く上げれば、彼女たちはすぐさまホックを外し瞬く間にドレスを剝ぎ取っていった。

――上手く丸め込んだわね……

自らのメイドを懐柔されるとは思わなかった。だから観念したように、湯気の立つ薔薇の水面に足を入れた。

「……案外気持ち良いものね。いい香りだわ」

「たくさん汗をかくので、こちらをお飲みくださ い」

「？　美味しいわね、これ」

手渡されたワイングラスはよく冷えていて磨《す》りガラスのようだった。柑橘の酸味と蜂蜜の甘さに、少しだけ塩気がある。

「普通の果実水より飲みやすいと思います。頭がフラフラしたりしていませんか？」

「ええ、今のところは。それより貴女も入りなさい。危険があれば幼い貴女の方が先にダメになるもの」

「え」

「早くなさい」

シェリエルは物凄く困った顔をしてソロソロと服を脱ぐと、小さな桶で湯を掬《すく》い、軽く身体を洗ってディオールの足元にちょこんと座った。

目一杯背筋をピンとさせて顔だけ出している。

「ふぁ〜〜」

真紅の水面に浮かぶ生首は頰を上気させ、「命の洗濯……」とわけの分からないことを呟《つぶや》いた。

「その。いかがですか……」

「複雑な気分だわ」

「？」

湯を張った桶に身を沈めろというのは、つまり家畜のような扱いを受けるということである。

平民のように水浴びをしろと言われているようなもので、下働きの下位貴族のように汚れていると言われているようなものなのだ。

上位貴族として育ったディオールにとってはなかなかの屈辱だった。

「でも、悪くないわ」

悪くない。体温より少し高い湯からは香油とは思えない芳《かぐわ》しい湯気が立ち上っている。身体の芯から温まり、すべての毛穴が開くような心地であった。

「だいぶ汗が出たようなのでお化粧を落としてもらいます」

「化粧を落とすの？　まあ子ども相手にどうということもないわね」

どうあってもディオールは美への好奇心には逆らえない。

「えと、これは普段もされていらっしゃるかと思うのですが……あ、そうです、首元の枕にそのまま頭をあずけて倒してください」

温められた手のひらがゆっくりと顔を覆い、程よい圧で指先が繊細に動いていく。

ゾワッと頭皮から背中まで鳥肌が立った。怖気《おじけ》ではなく、身震いするほど気持ちが良かった。

頬、口元、目の周り、眉間、眉、こめかみ……

「このマッサージで顔の筋肉をほぐして、老廃物を流すことで浮腫《むくみ》や弛《たる》みを解消します。それから、毛穴の汚れを落としていきます」

シェリエルの言葉に合わせてメイドの手つきが変わった。オイルを滑らせるように鼻や頬を中心に何度も小さな円を描いていく。

途中からザラザラとした感触が増えた。

「なぁにこれ。何を足したのかしら？」

「あ、角栓が浮いてきましたか？　たぶん、肌に溜まった汚れが出てきたのだと思います」

「ッ!?」

嫌な気持ちになったが期待と好奇心の方が勝っている。

「湯で乳化してオイルを落としてもらいましょう。香油を塗って流すだけでは油分が残りすぎてしまうので、こうして湯を加えて落とすとスッキリするのです」

どこでそんな知識を得たのか。異国の美容品にまで手を出している自分でさえも知らなかったのに。香油をこれほどふんだんに使える国が珍しいというのもあるが、それにしてもだ。

「オイルを落としたら次は洗顔です、今回、香油の他にこちらの石鹸を作りました」

「石鹸なんて貴女正気なの殺すわよ!? やりなさい」

「ワッ」

ディオールは人をなんだと思っているのかしらと憤りながら、心臓はドキドキと高鳴っていた。

目元を温かい布で覆われると、カシャカシャと音が聞こえてくる。そして、ふわりと柔らかいものが肌に乗った。今度はカドの取れた柔らかい薔薇の香りが。

「そういえば最近メイドの肌艶が良くなったと思っていたのだけど。あなたメイドで試していたんでしょう？ 普通の石鹸でも効果が？ でもそれだと乾燥するだけよね？」

「そうですね。従来の石鹸だと乾燥すると思います。洗浄力が強いのでやはり洗濯や洗い物向きでしょう」

「これは？」

「植物油を使って作りました。そこに〝精油〟という香りの素となるオイルで香り付けしたのです」

「ふぅん」

ディオールは湯船に寝そべったまま、さすがの色気を漂わせて言った。

とうに屈辱感よりも期待感が優《まさ》っている。

「髪を洗います。こちらも新しく作った洗髪剤なので、艶々になりますよ」

「貴女、このところずいぶん艶があるものね。そろそろ我慢の限界だったのよ？」

ディオールが大人しくされるがままになっている一番の理由がこれだった。真綿のような白さだったシェリエルの髪が、ここ最近は透けるような白銀の輝きを放っている。

普通に考えてあり得ない。魔力もない五歳の子が髪の輝きを増すなんて。せめてその魔法の整髪剤だけでも、と思いここまで従ってきたのだ。

「まずはブラッシングですね」

「?」

「頭皮の汚れを浮かすようにブラシを入れます。髪の埃も一緒に落ちるので洗髪前には必ずお願いします」

「そう」

「お湯でしっかり流してから、こちらの液体で髪を洗います」

ぬるくなった布の隙間からチラと覗くと、シェリエルは頭を泡でモコモコにして両手で小瓶を持っていた。

「ッふ、あなた、それ泡……ちょっと。ンふふッ、フフフ。バカな子」

「せ、石鹸とはこういうものです……この泡が大事なんですから」

「待って、石鹸?　これが?」

魔物討伐のときに魔法で落ちきらなかった汚れを石鹸で洗うことがあるが、ブクブクとした濁った泡は悪臭がして最悪だった。しかしこれはなんだ。

真っ白で濃密なふわふわの泡。頭皮をシャコシャコと指の腹で掻かれても、髪が引っ張られるような不快感がない。

メイドもずいぶん練習したのだろう。グッと頭蓋骨を圧迫するように揉《も》まれれば、たちまち浄土の痺《しび》れが全身を駆けるのだ。


「ふぅ……」

入浴が終わったディオールはぼんやりしていた。

あれから全身を石鹸で洗われ、マッサージを受け、途中でどうしても眠気に勝てず眠ってしまい、いまだ夢見心地で身体の熱を逃がしているところである。

とそこに、メイドが冷たくて香りの良い液体をピタピタと肌に塗布しはじめた。

「待って。それは何!?　聖水!?」

「あ、これはローズウォーターという化粧水です。肌の引き締めと水分補給が目的ですね」

「驚いた。死ぬかと思ったわ」

「え、やっぱり聖水にアレルギーとかあるんですか」

「バカね。ベリアルドジョークよ」

つまりディオールは満足している。

これで目に見えた効果がなくともしばらく続けてみようかしらと思う程度には、この入浴が気に入ったのだ。

気怠《けだる》く疲れているような気もするが、だんだんと熱が引いてくると指先までクリアになった心地である。

ガウンを羽織り椅子に案内された。なぜか椅子の前には鏡はなかった。その代わり、手鏡が伏せて置いてある。

確かめたいような確かめたくないような。まだ夢心地でふわふわと期待していたい。

メイドの指が髪を梳《す》く感覚は、いつもと違う。

「ディオール様、こちらを」

メイドの手は震えていた。フとその者の顔を見れば、それが恐怖ではなく高揚だとわかった。

――嗚呼、どうしましょう……

ゆっくりと手鏡を返し、自らを確かめた。

「ッ！」

その一瞬ですべてを理解して。

「あらあらあらあら！」

自分でも聞いたことのない甲高い声が部屋に響く。ディオールは一瞬も鏡から目を離せず。

「この鏡、時の魔法がかかっているわけではないわよね？　そんなもの存在しないものね？　貴女のギフトかしら？　いいえ、この手触り、本物だわ。五歳は若返ったんじゃないかしら。いいえ十歳。わたくし時空を超えてしまったの!?　見なさいよこの髪艶、この世に存在するものじゃなくてよ？　あら貴女が居たわね。けれどそれでもやはりわたくしが一番だわ。わたくしこの国一番の美しさでしたのに、世界一になってしまったのね。嗚呼、なんて罪深いの……」

無事に正気を失っていた。

ディオールのメイドたちまでキャアキャアと声をあげてはしゃぎ回っているし、あまりのことに涙を流す者までいた。

皆、彼女を敬愛している。喜んで血を差し出すくらい、彼女のために何かしたかった。何もできないことが悔しかった。

だから彼女が心から自らに惚《ほ》れ込んでいる姿が嬉しくて、その手伝いをできたのだと思って、どうしようもなく胸が熱くなるのだ。


シェリエルはウンウンと満足そうに頷《うなず》き、仕事人の顔で額を拭っていた。

ディオールは顔の造形がそれはもう恐ろしい程に整っていて、アイラインやマスカラなど必要ないほどパーツがしっかりしている。

けれど肌が硬くなり毛穴が開いていて、オイルの上に厚く重ねた白粉が年齢を感じさせていた。

それがたった一度の半身浴とクレンジング洗顔で溜まりに溜まった老廃物は排出され、そして適度な保湿で開ききっていた毛穴は目立たなくなっていた。普通はこうもすぐにとはいかないので、魔力が何かしらの補助をしたのだろう。

それでも長年溜め込んだ負担や汚れがあるので、少し荒れているところもある。あとは地道にケアしていくしかないだろう。

「数日続ければもっとキレイになるはずです。保湿剤はこれからも開発する予定なので、できればもう物騒な美容法はやめていただけると……」

「ええ、ええ、いいでしょう色々と試して来たけれどこれほどすぐに効果が出る物は今までなかったもの。貴女こちらに才があるんじゃないかしら。きっとそうね、あらイヤだどうしましょうこんなお肌何年ぶりかしら。魔力も増えた気がするし(気のせい)、今のドレスじゃダメね仕立てましょ。待って貴女今もっと綺麗《きれい》になると言ったの？　大変なことだわ、国の重要文化財に登録されてしまうもの画家を呼んで」

誰も聞いたことのない早口が部屋に響く。相変

わらず視線は手鏡から一瞬も離さない。

メイドが苦労しながら軽装のドレスを着せ、どうしても手放さない手鏡をそのままに、薄く粉を叩いた。

その間も「ヤダ、白粉《おしろい》なんて要らないわよ。この珠《たま》のような肌が見えないの？」「良いじゃないの、陶器のような肌だわ」「見なさい、肌が内から輝いてる」と大変だった。

それから頑として手鏡を離そうとしないディオールを無理やり廊下へ出し、移動中も彼女の手は靡《なび》く髪をくるくると触り続けていた。

真紅の髪は深みを増し、陽《ひ》の光を反射して炎が揺らめいているようだった。

†

ディオールの自室に戻るとディディエが待っていた。そして何やら始まった。

「これはこれは。僕に姉がいたとは初めて知りました」

「まあまあまあ！　ディディエもそう思うわよね？　シェリエルの作った化粧品ね、素晴らしいの。最初は湯に浸かるなんてと思っていたのだけど、それが存外悪くないのよ。見なさいな、肌も髪もこの通りよ」

「おや、母上でしたか。あまりに美しいとまた悪魔だ何だと騒がれてしまいますね」

「そうなのよ、困ったわ。美し過ぎるのも罪よね。けれど良いのよ、美しさは正義だから」

お風呂でふやけたシェリエルの頭は、今までにないご機嫌な様子についていけてない。

なになになに……と思っていると、ディオールはソファーに座るなりまた手鏡の虜《とりこ》になってしまい、ディディエはもうすっかり素知らぬ顔に戻っていた。

「シェリエル、何をしているの？　早く座りなさい。ほら、あなたたちも早くお茶の準備を」

ディオールに初めて名を呼ばれた。

これまで準備や練習を頑張って来たメイドたちもニコニコと手際よく準備をはじめ、シェリエルには特別可愛らしいウサギの砂糖菓子を出してくれた。

「ディオール様、これらの商品は売れるでしょうか？」

「シェリエル、わたくしのことはお母様と呼びなさい」

不意に手鏡から目線を外したディオールは、毒のない美しい顔をしていた。媚薬《びやく》のような色気はあっても、仄暗《ほのぐら》い狂気は微塵もない。

それがなんというか、可愛らしくて。

シェリエルは少しほっぺたを熱くして、「はい、お母様……」と小さく声に出した。

「それで売れるか、ね……他の者に教えるには惜しいわ。でもかなりの利益になるのも確かよ。上位貴族は簡単に金貨くらい出すでしょう。後はどう売るかだけど」

シェリエルにしてみればそもそも文化的な問題から難しいと考えていたため、小躍りしそうなくらいに嬉しい。

それから今後のことを様々話し合った。貴婦人の社交や生活様式。どんな悩みがあるか、どういう需要があるか。

ディオールはシェリエルを子ども扱いせず、ニコニコと笑いかけることもない。目が真剣だった。シェリエルを対等な人間として扱っている。

「ふふッ……」

「なぁに、失礼な子」

自室に戻ったディオールは早速ドレスを選んでいた。

「ダメ。ダメ……これもダメ。何よこのドレス最低ね誰が仕立てたのよ！　わたくしだったわ」

髪艶が良くなったことで濃い真紅の髪は明るくも深くもなっている。褪色した髪が映えるように仕立てたドレスはどれも野暮ったく感じるのだ。

「あぁ！　もうッ！」

衣装の入った木箱が広がる部屋の中心で、ディオールは天に向かって吠《ほ》えていた。

ヒステリックな高揚だった。次々と欲しいもの、やりたいことが浮かんでベリアルドの脳でも追いつかない。

彼女は生まれたときから美しかったので美貌のひとつやふたつとうに慣れたものである。では、なぜこれほど前向きで晴々とした癇癪《かんしゃく》を起こしているのか。

「……」

ただ、少し美貌を取り戻しただけ。

それだけでもう一度心の底から自分を愛せるようになった。自分のために時間と労力を費やす気になった。

「バカな女」

今なら夫が浮気しても笑って相手の女を燃やし尽くせる気がする。愛を失うことは怖いけれど、愛を取り戻すことができると分かったから。

薄化粧の頬に涙が伝っていた。けれどきっと、この涙も美しいのだろうと思う。

彼女は根っからのエゴイストだ。

生粋のナルシストで、呆《あき》れるほどに自分を愛している。

†

「おや？　ディオールにこんなに美しい妹が居たとは聞いていませんよ？　平凡な妹は彼女が殺したはずですが……ああ失敬、そういえばまだ生きていましたね。これは彼女の汚点なのでどうかこだけの話に……しかしディオールとは幼少期からずっと一緒に過ごして来たというのにこれはどういうことでしょう。やはりおかしいですね、世界で一番美しいのは彼女であるはずなのに、こちらの美女が眩《まぶ》しすぎて私の目はどうかしてしまったようです。お嬢さん、僕と結婚しませんか？」

「そうでしょう、そうでしょう。ご安心くださいませ、わたくしが貴方のディオールですわ。シェリエルは天才でしたの、あまりの美しさにドレスが間に合わないのですけれど、新調してもよろしいかしら？　わたくしは予算を寄越《よこ》せと言っているのよ浮気者」

「おお、なんと！　貴女はディオールでしたか。やはり僕の妻が世界で一番美しいというのはこの世の真理なのですね。ドレスでも宝石でも好きなだけ買いましょうすみませんでした」

いつまでも食事が始まらない。彼らはここを劇場だと思っているのか、延々とこのような茶番を繰り広げている。

しかし使用人一同はこれをこの世の春を眺めるようにニコニコと見守っていた。もちろんディディエはふたりを無視して勝手に食事をはじめているが。

そうして始まった夕食で、ディオールが突然こう宣言した。

「シェリエル、貴女の事業にわたくしも出資するわ」

「出資、ですか？」

「ええ、その代わり一番に使うのはわたくしよ。よろしくて？」

「もちろんです、お母様。出資がなくてもこの事業はお母様の為にあるのですからそのつもりでいました」

「あらあら、なんて出来た娘なのかしら。けれど資金は多い方ができることも増えるもの。この母に任せなさい。期待しているわよ」

「ありがとうございます」

こんなふうに余計な力の入っていないディオールを見たのは初めてだった。シェリエルは本来のディオール・ベリアルドを知り、改めて自らの業《ごう》の深さを思い知る。ベリアルドにとって最愛の裏切りは死に直結するのだと、痛感したのである。

「おやおや、また僕だけ仲間外れですか？　父にも何かないのです？　僕もシェリエルと絆《きずな》を深めたいのですが」

諸悪の根源であるセルジオはムッと頬を膨らま

せて呑気に拗《す》ねていた。

どうせ何も考えていないのだろうと思いつつ、全部あなたのせいですけどと思いつつ、シェリエルは物分かりの良い子どもの顔をする。

「お父様にも感謝していますよ。教師の手配や予算の配分、ありがとうございます」

「いえいえ、それは親としての義務の範囲内ですからね。もっとこう、特別な何かが欲しいんですよ。あ、そうだ。シェリエルは剣術に興味はないですか？」

――待って、わたしまだ五歳なんですけど？

「父上、女の子に剣など持たせるものではありません。シェリエルが怪我《けが》でもしたらどうするのですか」

「ディディエはすっかり過保護な兄になってしまいましたねぇ。僕だってもっと父親したいんですよ」

「僕が一番シェリエルと長く過ごしてきましたからね。父上にはまだ早いのではないですか？」

セルジオはシュン……と分かりやすく項垂《うなだ》れ、次の瞬間にはニコニコと肉を切り分けていた。

この賑《にぎ》やかな晩餐《ばんさん》に、シェリエルだけがキュッと胸を詰まらせる。

絶対に関わりたくないと思っていた治安の悪い彼らと囲む食卓が、どうしてか温かくて、心地良い。

そんな、心臓がくすぐったくなるような夜。

自室に戻ろうとするシェリエルに、ディディエがヒソヒソと耳元で囁《ささや》いた。

「後でシェリエルの部屋へ行ってもいいかな？　夜のお茶会をしよう」

シェリエルの秘密

「お邪魔するよ」

「はい……」

「まずは、お疲れさま。こんなことになるとは思わなかったけど、上手《うま》くいって良かったよ」

「お兄様の助けがあったからです。ありがとうございました」

「ふふ、じゃあさ、そろそろ教えてくれてもいいんじゃない？」

「？」

「前に言ってたシェリエルの秘密」

仲良くなったら秘密を教えると言ってからもう二年。とうに忘れたと思っていたが、彼はちゃんと待っていた。

それは常人に近いレベルで人心を理解しつつあるということでもあった。

「大した話ではないですよ？」

「そう？　これまでのこととか、今回の母上のこと、全部その秘密が関係してるんじゃない？」

シェリエルはもう一度〝大したことない話〟だと念を押してから、あまり深刻にならないようサラリと言った。

「わたし、前世の記憶があるんです」

「前世の？　いつからその記憶が？」

「生まれて数ヶ月くらいでしょうか。前世はここは違い、科学という技術が発達した世界で、わたしは二十七歳で死にました。その記憶がそっくりそのままあるんです」

「へぇ～おもしろいね。じゃあ中身が大人ってことかな？」

顎に手をやりジッとこちらを向いている瞳には、疑いや呆《あき》れなどは感じられない。過不足のない興味とフラットな感情。

彼は世界の常識よりも自身の経験と目の前のシェリエルだけを判断材料にしている。だからシェリエルもちょっとした身の上話みたいに話すことができたのだろう。

「それも少し複雑で……他にも色々混ざっているせいか、自分が大人なのか子どもなのかハッキリしないんです。この五年はろくに歩けない子どもの身体《からだ》ですし」

「そりゃあそうだろうね。ベリアルド家の人間は特に」

「どういうことです？」

「ベリアルドは生まれてからすぐ大人と同じくらいの知識と人心を叩《たた》き込まれるだろ？　それは、そうしないと人にとって害となるからだ。だから、ある意味では大人と遜色ない」

「ああ、だからお兄様を可愛《かわい》らしいと思えないんですね」

「なんだい、失礼だな。僕はとても愛らしいと母上には評判なのに」

フッとシェリエルの頬が緩んでいた。これは彼女なりの褒め言葉だった。前世の知識があっても未来を知っていても、ディディエ・ベリアルドには敵《かな》わないと認めている。

そして、彼を兄として頼っている。

「これがわたしの秘密です。前世では魔法はありませんでしたけど、少なくとも美容と食事に関してはここよりも発展していました」

「なるほどね。でも、それだけじゃないだろう？　母上の血抜きの件、どうして病気になるかもなんて思ったのかな？」

「それは……前世は魔法で治癒ができない代わりに、医術が発達していたのです。病気の原因や感染経路なんかも殆《ほとん》ど解明されていましたから」

これは嘘《うそ》ではない。この世界の仕組みと違うとしても、病気や感染経路の知識は前世のものだ。もし違っていたならそれで良いというくらいの、保険みたいな忠告だった。

しかしである。

「あのね、母上のメイドの一人が病を患っていたよ」

「え」

「その病は発症までに数ヶ月から一年の期間があって、それまで特別な検査をしないと本人でさえ気づかない。発症したら完治することは不可能だ。魔法では治せないし、その病に効く薬草も見つかってない。どういう意味かわかるよね？」

発見が困難かつ、一年以内に死が確定する不治の病。ディディエの発する言葉ひとつひとつが夢の記憶と目の前の現実を重ねていくような心地である。

そして――

「それは……人から人へ感染するのですね」

「うん、物凄《ものすご》く厄介な病だ。平民に魔導具を使うことは稀《まれ》だから、一人でも発症したら村ごと焼き払う。そうしないと領地、いや国が滅びるから。だからね、シェリエルが母上を救ったんだよ」

ディディエの声はいつになく優しかった。諭すようであり、祈るような声音で淡々と話している。

彼にも恐ろしいものがあるのだとこのとき初めて知り、

「よかった……」

彼女はホッと安堵《あんど》の息を吐くのである。嫌な予感は的中したが、これで一旦危機は回避できたのだと思って。

「どうして分かったの？　単なる偶然かもしれない、もしくは誰かの差し金かもしれない。父上がその商人とやらを調べているはずだけど、もしかしてシェリエルはそいつが何者か知っていた？」

シェリエルは「うーん……」としばし黙り込んだ。

母が死ぬ運命にあったと伝えることに負い目を感じている。ベリアルドにとって家族がどういうものか実感したばかりだから。

しかしこれで自分に間者の疑いをかけられても困る。やっていないことの証明は極めて難しく、彼には嘘や誤魔化しが通じない。

――マ、でもお母様は助かったわけだし。前世より予知夢の方がマシな気もするし……

シェリエルは半ば開き直るように、彼のドライな感受性を信じることにした。

「わたし、前世の記憶を得る前まで自分が死ぬ夢をずっと、毎日見てたんです」

「え？」

「？」

「シェリエル死ぬの？」

「らしいです。今すぐにじゃないですけど。自分が死ぬとき周りにいた人たちの存在というか認識というか。そういうのは覚えていて、その夢でお母様はわたしがここへ来て数年以内に亡くなっていたんです」

「ちょっと、待って。じゃあその夢の通りになってるってこと？　この家のことも僕のことも知ってたの？」

「何となく、ですよ？　夢を見る時、摩訶不思議《まかふしぎ》な夢でも夢に出てくる人や自分のことを、こういうものだって分かった上で話が進むみたいなことありませんか？　そんな感じで、自分はどういう人間で今どうしてこうなってるか、みたいなのを理解してたんです。ベリアルド家に引きとられ、妾《めかけ》の娘として育ったという認識がありました。でも他のことや顔や名前は目が覚めると朧《おぼろ》げであまり役には立たないんですけど」

「じゃあ僕はその時シェリエルの側《そば》にいたんだ？　僕は何してたの？」

「……」

——これは、言ってもいいのかな……

ある種の呪いになってしまわないか。彼なら面白がるだろうか。

シェリエルはまだディディエのことをよくわからないでいる。擬態であるのか、本心なのか、彼の正体を掴《つか》みきれずにいる。

「そうですね、笑っていました。学院の生徒たちが集まっていたので、〝こんな派手な最期を迎えられてよかったな〟と」

ディディエは俯《うつむ》いて小刻みに肩を震わせている。顔は真っ黒で、藤色の髪がわずかに膨らんだ気がした。

「……りえない。あり……ない。…え………い」

「え」

シェリエルの頬にぞわりと何かが走った。

「ありえないありえないありえない。学院？　じゃあ早くて八年、遅くても十三年でシェリエルは死んでしまうの？　僕はその後も生きているということだよね。人はいつか死ぬよ？　でもシェリエルが僕より先に……ありえない。お前が死ぬ？　僕がその死を笑っていた？　ダメだよ絶対に許さない。そんなこと許されるわけがない。許さないから、僕より先に死ぬなんて。誰がそんなことを？　絶対に嫌だ。殺してやる。シェリエルが死ぬなんてダメだ。何これすごく嫌な気分。僕たち狂わないいんじゃなかったの？　頭がおかしくなりそうねぇどうし」

「お兄様！　ごめんなさいお兄様！　わたしは大丈夫ですから！　落ち着いてください！」

シェリエルはパッとディディエの手を握った。

冷たくなった指先が震えていて、焦点の合わない薄いグレーの瞳がぐるぐると蠢《うごめ》いている。

不安なのだ。怒っているのだ。

彼は今、シェリエルの死を拒絶し、悲しみ、猛烈に怒っている。いつかの夜より遥《はる》かに明確な感情で。まるで家族を想《おも》うみたいにシェリエルの命に執着している。

「シェリエル、死なないよね？　死ぬなら僕より後にしてよ」

「……」

「僕のお願い、聞いてくれるんでしょ？」

彼は弱々しく確かめるように笑っていた。捨てられる前の犬みたいに哀れな目をした、情の通った人間だった。

——嗚呼《ああ》、お兄様はわたしを……じゃあ、わたしは？

彼のことを血の通ったひとりの人間として見ていたか。心無い悪魔だと諦めてはいなかったか。いつも受け身で、何かをしてもらうばかりで、自分とは違う生き物のように線を引いて、保身のために彼の親切を疑い、そのくせ彼の優しさに安心して……

　痛くて苦しい。彼に愛されているみたいで、家族ができた気がして。

「や……約束します。ごめんなさい……おにいさま」

　やっとのことで絞り出した言葉ごと、ディディエの腕に抱き締められた。

　その腕があまりにも温かくて、何もかも許された気がして。

　生まれてきたことも、色を持たないことも、前世の記憶があることも、未来の夢を見たことも、彼だけはすべて許してくれるような気がして。

「っ、ごめ、んなさぃ……」

　シェリエルはポロポロと涙をこぼすのである。

「うん」

「おに、さま……ごめ……わたし」

「僕が生きてる限り、絶対に守ってあげるから」

　彼女の背中をポンポンと叩く手は、少しぎこちなかった。

†

　翌日。夕食後に家族団欒《だんらん》の時を過ごすのは、シェリエルが初めて城にやってきた時に通されたサロンだった。

「ディディエ、何をしているのです？」

「シェリエルが視界に入ってないと不安なのです」

「では向かいにお座りなさい」

「シェリエルの存在をこの手で確かめていないと不安なのです」

　そう言ってディディエは膝に乗せたシェリエルを抱える手にギュッと力をこめた。何があっても離さないという強い意思表示である。

　シェリエルはディオールの言葉にウンウンと頷《うなず》きながらもほとんど諦めていた。昨夜からずっとこうだから。

「おやおや、ベリアルドが不安などと珍しい。何かあったのですか？　ディオールに盗《と》られそうで焦っているのです？」

「ああ、その心配はありませんよ。所詮、母上は利害から来た情でしょう？」

「何ですって？　そもそもわたくしはクロードの娘という時点で血族の絆《きずな》を確信しておりました。自分の為《ため》に才を発揮し利をもたらした幼な子に情を持たないわけないでしょう？」

「ちょっと待ってください、また僕だけ仲間外れなんて酷《ひど》いじゃないですか」

彼らは二年経《た》っても相変わらずだった。セルジオは何も考えていないし、ディディエはすぐに煽《あお》るし、ディオールはすぐに怒る。

しかしシェリエルがワタワタと手を伸ばせば、ディディエは「親ならもう少し真面目に子育てしたらどうですか？　どんな育てられ方をしたらそうなるんだ、まったく」などと言いながらスッとメレンゲクッキーの乗った皿を取ってくれるし、セルジオは「僕はクロードに育てられたようなものですからねぇ」とシェリエルの皿からメレンゲクッキーをひょいと摘《つま》んでいる。

二年前には想像もしなかった穏やかな夜であった。

「シェリエル、話してもいい？　僕が二年かけてやっと手に入れた秘密を簡単に教えてしまうのは勿体《もったい》ないけど……それでも知っておいてもらった方がいいと思うんだ。特に父上は何をするか分からないし」

「ディディエお兄様にお任せします」

シェリエルが振り返るように見上げると、藤棚のように降る前髪の隙間で理知的な瞳がニコと一度微笑《ほほえ》み。

そして、至極平坦《へいたん》な声がニュースでも読むように彼女のことを話しはじめた。

「……」

シェリエルはまず、ディディエが全体をフラットに捉えていたことに驚いた。

とくに荒唐無稽な異世界の話など、自分まで馬鹿にされたり否定されるのではないかと恐れて〝あくまでシェリエルが言っているだけ〟というような言い方をしそうなものだ。

しかし彼は史実を話すみたいに言う。シェリエルが過去に経験した死はおろか、自分たちの運命に対しても一切感情を乗せない。

それはシェリエルの言葉を丸ごと信じているからで、未来の自分ですら他人として割り切れているからだろう。故に物凄く端的で客観的な説明になる。

それはセルジオも同じらしく、ただ答え合わせをするみたいに「なるほどぉ……」と顔色も変えずに頷いていた。

「色々と合点が行きました。貴女《あなた》は初めて馬車で目覚めたとき、まるで僕が何者か分かっていたようでしたから」

――そこから!?

シェリエルはセルジオの勘の良さに「ヒック」とかわゆく吃逆《しゃっくり》をした。さすが、勘だけで生きていると言われるだけはあると思って。全然疑わないのねと思って。

「……では、料理や美容法については前世の記憶ということですね。領地の為、僕の為、使えそうなものはどんどん使って行きましょう。それは後で詳しく聞くとして……未来の夢ですよね、問題は」

ピリと空気が緊張したのが分かった。ディディエはシェリエルの持つ皿に手を伸ばしてもそもそとメレンゲクッキーを食べているが、ディオールはサァーッと顔を青ざめさせてキュッとドレスを握り込んでいる。

「やはり、わたくしはもう少しで死ぬところだったのね。礼を言うわ、シェリエル」

それでもディオールの声は落ち着いていた。セルジオも彼女の微《かす》かに震える手をそっと握りしめ、「感謝します、シェリエル」と見たこともない真面目な目をする。

「……いえ、そんな。けれど、正確にいつどうしてというのは分からないのです。少なくとも数年は健康に気をつけて病の確認をしてください」

「大丈夫、僕が何としてでもディオールを守りますから。ですが、その夢でディオールを殺したのは今回の件で間違いないと思います」

「殺した？」

「国外の商人というのは見つかったんですが、もう死んでいたんですよ。いくつか不審な点もありますし、仕組まれた可能性が高いですね。もしあのまま血を浴びていたら確実にディオールは死んでいました。それくらい、厄介な病なんです」

すでにセルジオの顔からはいつもの胡散《うさん》臭い笑みが消えていた。

セルジオがこの件の調査を始めたのは、シェリエルが例の血液美容をやめるよう進言したすぐ後だった。

最初はシェリエルの病に対する執着――すなわち、彼女もやはり呪いを継いだのかと思う程度だったが、幼少期の行き過ぎた想像だと納得する一方で、嫌な予感がしたのだ。

そも、病とは穢《けが》れのもたらす災いのひとつである。普段は己の持つ治癒力に守られているが、体力や魔力が低下すると、常在するわずかな穢れに心身が蝕《むしば》まれることになる。

平民は魔力がほとんどないがその分穢れの影響も受けづらい。貴族は魔力が多いが治癒力も高い。

風邪も肺病も癌《がん》もすべて大地の穢れが原因であることは揺るぎない事実であった。

しかし、それでは説明の付かない奇病がいくつかあった。もし人の体液で病が伝染るという話が本当なら――

「それで、すぐに神殿から魔導具を取り寄せてディオールのメイドを調べたんです」

「魔導具で調べるのですか？」

「はい。その昔、病を鑑定できるギフトを持つ者がいましてね。その人物が生前魔法陣を遺《のこ》したんですよ。ちなみに今回の病を特定したのもその彼です」

鑑定と言っても病を記録し照合するだけのことだが、特に今回の病などは発症前であれば定期的に治癒魔法を受けることで発症を防げるため、罹《り》患《かん》した者を神殿で隔離することで病の拡大を止めることができた。

それでも誰かが発症するまでは恋人や伴侶、親から子へと広がり続ける病である。

もしディオールがそのメイドの血を使っていれば、魔力量の多いディオールが最初に発症してもおかしくはない状況だった。

「僕は他人の体液で病を患うという話には懐疑的だったんです。散々知らない誰かの血を浴びてますから」

「……はい」

「――ですが、僕の考えよりも僕の勘の方が正しいのでね」

「？」

「例の商人の死に方が気になりまして」

「死に方？」

ディオールに血液パックを勧めた商人というのは、あらゆる場所で詐欺まがいのことをして方々から恨みを買っていたという。

男を殺害したのもその被害者のひとり。名は最後まで分からなかったが、男に嵌《は》められ取り潰された商家の娘である。

先祖代々の土地ごと奪われ、母と娘は娼館《しょうかん》に売られ、最後に残ったのは借金と母親の首吊《つ》り死体だった。

父親はそのとき男に復讐《ふくしゅう》を試みたが、用心棒の返り討ちにあい、その場で斬り殺されたという。その一件すら後ろ盾であった貴族が握りつぶしたのだろう。

つまり、用心棒と貴族の後ろ盾を持つ大店《おおだな》の店主を、年端も行かぬ娼婦が殺したというのだ。

「そういった男は存外殺すのが難しいんです。恨まれている自覚があり根は小心者ですから、なかなか隙が生まれない。マ、僕にとっては瑣末《さまつ》なことですがワハハ」

「お父様」

「ンンッ、失礼。それよりも気になったのは、彼がベリアルド領を出てすぐにタリアに戻り、その夜に殺されたことです」

「タイミングが良すぎますね」

「ええ。長旅で疲れていたでしょうにたまたま娘の働く娼館の近くで飲み、たまたま用心棒が酔って通行人に絡み裏路地で小銭を巻き上げ、たまたま男がひとりになったところで、たまたま娘が休憩時間になり店を出て、たまたま近くにあったナイフで両親の仇を刺し殺した――」

「誰かに仕組まれた……？」

「そう考えるのが自然でしょうね。男が懇意にしていた貴族もその件では沈黙を貫き、あっさりと男の悪行が立証され彼女の罪は私刑として成立したそうです。しかもね、彼女は釈放されてすぐに名を変え、他国に移ったというじゃありませんか」

「……」

サロンにしばしの沈黙が流れたあと、ディディエがぽつりと「僕らのやり口に似てますね」と言った。シェリエルは「え、そうなの？」という顔をしているし、セルジオは一生懸命最近の仕事を思い出している。

「いや、僕じゃないです。ね、ザリス」

「当たり前でしょうッ！」

反射的に叫んだのはシェリエルだった。

するとセルジオとディディエが「ッアッハッハッハッハッ！」と上を向いて笑いだし、かと思うと「それはそう」と笑うのをやめてスンと真顔に戻った。当事者であるディオールも口角だけで上品に笑っている。

シェリエルは頭がおかしくなると思って全員を無視して冷めた紅茶を飲んだ。

「お父様、その、病を患っていたというメイドはどうなったのですか?」

「シェリエルのおかげで発症前に分かったので神殿に移しましたよ。本来なら最初の罹患者は死ぬしかないので不幸中の幸いだったと感謝していました」

「そうですか」

シェリエルはそれを聞いてホッとした。以前のメイドのように処刑されたのかと思っていた。道具のように使い捨てられる夢の自分を彼女に重ねたのかもしれない。

セルジオが「?」と首を傾けてディディエに視線を移せば、ディディエは「さあ?」と言うように両手のひらを上に向けて肩をクッと上下させた。

「夢と現実で、確実に違っているところはありますか?」

「夢では前世の記憶がありませんでした。なので、性格というか人格も違っていて……これからそうなるのかもしれないですけど」

この先何があるか分からない。誰も味方がいなくなって、孤独で、自分に価値がないと思って生きるようになるかもしれない。皆に蔑まれて、無感情で、廃棄される道具のように死ぬかもしれない。

「僕はその夢の通りになるとは思わないよ」

彼女の心を読んだようにディディエが優しく頭を撫《な》でた。

「たしかに、シェリエルが夢に見た女なら僕は興味を持てないでしょう。相性が悪すぎる。だから死際にも笑っていられたんだ……ですが、シェリエルは違います。その夢は〝もしも〟の未来だったんですよ、きっと」

シェリエルのお腹《なか》に回した腕にギュッと力が入る。彼にとっては夢のシェリエルと今腕の中にいるシェリエルは別人なのだ。

「ですがね、これがギフトだったらどうです? 未来予知のギフトは存在します。ベリアルドの呪いとギフトは相性が悪いとされてますが、シェリエルの才が前世の記憶やギフトによるものなら、そもそも呪いは受けてないということになりますからね」

「それが、ギフトでも！」

ディディエが爆発するように声を荒げた。

セルジオもちょっとギョッとして「ディディエ？」と曖昧な眉を作る。他人のことでここまで感情を揺らす姿を初めて見たのだ。

そのディディエが今度は声を弱々しく震わせて、親に縋《すが》る子どもみたいな顔をする。

「絶対の未来などないでしょう？　実際、夢とは違い前世の記憶を持ち、母上は死を回避した。ですから、シェリエルも死にません。そうだよね、シェリエル？」

「……はい。わたしにはディディエお兄様もお母様もいますから」

「あれあれ、僕は入れてくれないのですか？　やはりもう少し父娘の時間をつくるべきですかねぇ？」

「もちろん、お父様もですよ」


通常運転のセルジオに、シェリエルもフッと身体の力が抜けた。夢の話をするときは無意識に身体が強張《こわば》っているらしい。

だからディディエはシェリエルから離れない。彼は人の心の揺れに敏感で、それは並外れた洞察力から来るものだから。

「シェリエルは優しい子ですね。ああ、そうです！　父上を呼びましょうか」

†

「シェリエル様、このところ少しお疲れなのではありませんか？　いつも事切れるように眠ってしまうので心配です」

「ちゃんと生きてるから大丈夫だよ」

シェリエルは五歳になった今でも、眠いカモ……と思った次の瞬間には意識が飛んでいる。だからメアリはその度に嫌な汗をかく。

当のシェリエルはホットミルクをフーフー冷ま

しながら、湯気越しに報告書を眺めていた。

ディオールが出資宣言をしてからライナーの商会は大変なことになっており、シェリエルが確認すべき書類も増えたのだ。

なにせ領主夫人が出資する領地の公共事業である。仕入れから工房の拡大と何もかもが以前とは規模が違う。

細かい処理は経営補佐のベルガルに任せているが、原料の品質をどこまで妥協できるかや、精油をどう展開していくかなどはシェリエルにしか分からない。

ちなみに彼女が現在頭を悩ませているのは石鹸《せっけん》の原料となる植物油の仕入れに関してだった。

「やっぱ植物油って高いなぁ……」

シェリエルの小さなぼやきに、メアリは困り顔で「はい……」とだけ相槌《あいづち》を返した。

そも、シェリエルの求める植物油は上位貴族の料理に使う最高級のオイルである。それを石鹸に使おうというのだから、メアリにしてみれば砂糖をパンに練り込むようなものだった。シルクの布にメモを書き付けるようなもので、授業の予鈴に国内最高峰の楽団が生演奏するようなものだった。

が、シェリエルの頭には前世のオリーブ石鹸があるため、これを無益な贅沢《ぜいたく》とは思わない。とりあえず研究がてら城で使う分だけ生産し、精油とローズウォーターの生産工程を見直して一旦書類を置いた。

「シェリエル様!? お勉強までなさるのですか?」

「うーん、予習がてら……」

シェリエルは教師のジーモンに借りた歴史書を開きながら言った。厚手の紙束というくらい簡単な作りなのは、ジーモン自ら研究の成果を書き記した個人的な論文でもあるからだ。

まぁこれが信じられないくらい読みづらいのだが。

ただ、書式にさえ慣れれば案外面白い。それくらい、ここには娯楽というものが存在しないのだ。

そして娯楽がない分、季節の移り変わりや些細《ささい》な自然の悪戯《いたずら》に意識が向くというもので……

――バサッ!! ガタガタガタガタッ!

「わ、すごい風!」

突然、窓が割れそうな勢いで風が吹いた。

シェリエルが驚いてそちらに目を向けると、窓のすぐ側にあった大木が禿《は》げ上がりそうなほど枝を揺らしていた。

†

「!」

朝食の時間になりシェリエルが食堂に入ると、目の眩《くら》むようなハンサムを皆が囲んでいた。

「紹介しますね。こちらが僕の父であなたの祖父にあたる、ヘルメス・ベリアルドです」

唐突に紹介されたのは、ミルクティーのような淡い金髪をオールバックにしたナイスミドルである。セルジオやディディエからは想像も付かない落ち着きがあり、前に立つだけで呼吸が浅くなるような色気があった。

――これが貴族……

まるでスクリーン越しに見る映画俳優のようである。視線の動きひとつにも気品があり、彫りの深い顔に刻まれた皺《しわ》が渋みと貫禄《かんろく》を滲《にじ》ませている。

「シェリエル? おーい、戻ってこーい。大丈夫そ?」

シェリエルはハッと我に返り、慌ててスカートを摘んで少しだけ片膝を曲げ、反対の足先をするりとうしろに回した。

「初めまして、シェリエルと申します。どうぞよろしくお願いします」

普段のディディエならばこのポーッとしたシェリエルに拗《す》ねるか怒るかくだらない冗談を言いそうなものだが、彼は見たこともないくらいお利口な顔をして祖父を歓迎するようにニコニコと笑っているだけだった。

「それで、連絡もなしにいきなりやって来るなんてどういうことです？」

「魔鳥を飛ばしたが私の方が速かったみたいだ。そろそろ届くのではないか？」

「魔鳥より速くって……まさか従魔で飛んで来たのですか⁉」

「ああ、ちょうど研究の為にグリフォンを従魔にしたんだ。目立たぬよう夜のうちに出たら一晩で着いてしまった。ああそうだ、餌をやっておいてくれるか。東の塔の近くで休ませている」

――東の塔ってわたしの部屋の近くでは？

どうやら先ほどの突風はグリフォンによるものらしい。

「シェリエルどうしたの？　なにか気になることでもあったの？」

「グリフォン……見たかった」

「あっそ」

「ディディエは大きくなったな。人心は理解できそうか？」

「はい、シェリエルという妹ができ、学問では理解しきれなかったことを日々学んでいます」

シェリエルは思わず「え？」とディディエの方を見ていた。普段の軽薄な態度を完全に封じており、いかにも「優等生ですがなにか？」という顔をしている。

しかしヘルメスは丁寧に厚切りのベーコンを切り分けながら「楽にしなさい。読まれまいという力みが相手に警戒心を抱かせるぞ」と彼を見ずに言った。

「……はい、精進します」

鉄壁に思えた優等生スマイルは消え、ディディエは分かりやすく落胆の色を見せた。祖父が苦手だとは聞いていたが、それは敬意の表れでもあるのだろう。

つまりディディエはセルジオを舐《な》め腐っているということだ。

「シェリエルと言ったか……」

「ハイッ！」

「午後の予定はどうなっている？」

「あ、史学の授業があります」

「そうか。ではその時間、私が人心を教えよう。ディディエも同席しなさい。と、その前にセルジオには聞かなければならないことがあるようだな」
ヒ、と短く息を吸って固まったのはシェリエルだけではなかった。ニコニコと上機嫌で肉を切り分けているのはディオールのみ。セルジオ、そしてなぜかディディエまでもピタと硬直している。
「だいたい、あの手紙は何だ？　娘ができたので一度診に来てくださいだと？」

「いえ、アレはその、通信の魔導具も使えず……仕方なかったんですよ」

「私はなぜこれまで黙っていたのかを聞いている」

「それはぁ、そのぉ……仕方なかったんです……国の存亡が掛かっていてですね、はい」

「戦争を祭りだと思っているお前がそんなものを気にするわけがないと思うのだが」

「仰《おっしゃ》る通りです」

見るも無惨な親子の会話が続き、食事が終わるとすぐにセルジオは連行されて行った。廊下の暗がりに消えていくその背中は、叱られ慣れた息子のそれである。

ディディエはぽそりと「大人ってなんだろうな……」と呟《つぶや》き、シェリエルとサロンに避難するのだった。


「お兄様、わたし礼儀作法とか大丈夫でしょうか。ヘルメス様に嫌われたくない」

「大丈夫じゃない？　父上とクロードを育てた人だよ？　礼儀作法にうるさかったらとっくの昔に狂って死んでるって」

「あ、だから夢のなかではヘルメス様が……」

「アハハ、そんなわけないだろマヌケ」

そよ風のように笑うディディエは、至極リラックスした様子でゆっくりと紅茶を冷ましている。

一分一秒を慈しむような繊細な仕草で、陽《ひ》の光が藤色の髪にキラキラと反射していた。

絵画の如《ごと》き美少年である。

「……」

「どうしたの？　緊張してる？」

「はい……えと。お兄様もいつもと違うみたいで。その」

「ああこれね。僕も緊張してるんだ。というより嫌すぎて吐きそうなの。僕って物凄く恵まれててさ、父上はあんな感じだから僕の自尊心を傷付けようがないじゃない？　父親は人生の越えるべき壁だなんて言うけどあの人とはカテゴリーが違うから特に意識しないんだよ。だけどお爺様《じいさま》は僕と趣味嗜好がかなり似てるし読心も上手いから苦手なわけ。それで意識的にこうしてゆっくり過ごすことで脳の誤作動を起こして心身ともにリラックスするようにしてるの。ある種の儀式だよ気にしないで」

彼はピタと整った笑みを張り付けたままものすごく早口で言った。

先代当主ヘルメス・ベリアルドは精神の専門家である。ディディエと違う点は感情の揺れというより、その精神構造自体に興味を持っているというところだろうか。

その趣味が高じて戦争帰りの騎士たちのケアをしたり、穢れで心を病んだ人間を診察したりしている。現在は北部の森に隠居し、貴族平民分け隔てなく精神を病んだ人間を集めて日々研究に勤《いそ》しんでいる変わり者だ。

シェリエルはその程度の情報しか知らされていなかったため、マッドサイエンティストおじいちゃんを想像してビクビクしていたが、実際はあの通り、誰よりも貴族らしい紳士なおじさまだったので別の意味で緊張している。

「あの……検体にされるとかいう話。あれも冗談ですよね？」

「それは本当」

「え」

「べつに悪い意味じゃないよ。僕だって外の人間と父上とで反応の違いを比べてみたりするしさ。相手を深く理解したいっていうのは好意に分類されるものじゃない？　一般的に」

「ベリアルド的には？」

「趣味嗜好の正当化」

ダラダラとそんな話をしていれば一時間ほど経っていた。補佐官に付き添われふたりで向かった先は、当主の執務室よりさらに奥にある静かな部屋だった。

「ここに来るの久しぶりだな」

「お兄様は以前からヘルメス様の授業を受けてたんですか？」

部屋に入るなり少し懐かしそうにあたりを見回していたディディエは、大ぶりなソファーに座るとシェリエルを手招いた。

ヘルメス専用の執務室。すなわち、カウンセリング用の部屋であった。

ディディエはここを「尋問室」と呼んでいるし、セルジオは「お仕置き部屋」だと思っているし、ディオールは「家庭裁判所」と言って呼び出されるたびに代理人を立てている。

「僕の執着はお爺様に似ていたし、少しだけ危険視されていた時期があるからね。たまに、診断をかねた授業をしてもらってたよ」

「危険視？」

「ああ、シェリエルが来るまで退屈過ぎてさ。いろいろ試してたら〝加虐性有り〟みたいな判定になっちゃったんだよね」

「え？」

「前に話したでしょ？　社会に適応しないベリアルドは親が処分するって」

彼はまるで他人事《ひとごと》みたいに「やれやれ、まったく」と肩を竦《すく》めながら半笑いで首を振って続けた。

「だいたいさ、父上は剣技だから善悪が明瞭じゃない？　斬らなければ良い話だからね。でも人の心なんてどこからどこまでが害になるかは人それぞれじゃないか。遊びと虐《いじ》めって受け手に依存するものだし」

「そうです、ね……？」

「だから、その境界っていうのかな。人の傾向とか身体的な変化とか、試してみないと分からないじゃない？」

「あのもしや、人の心をご存じない……？」

「ああ、シェリエルはあれか。たくさん記憶が混ざっちゃってるから覚えてないいんだね。子どもってそういうものだよ」

――そんなことある？　いや、ふつうはもっと別のところで学ぶでしょう？　絵本とか、御伽《おとぎ》話《ばなし》とか、あとは両親……ア。両親はアレか……

「なるほど、だから出会った頃のお兄様はあんなに……」

「？　あの頃にはもう合格判定貰《もら》ってたけど」

「え？」

「ン？」

――じゃあ危険視とは……？　二年前も相当危険でしたけど？

「ディディエは言葉だけで人を殺せないか城の人間で試していたんだ」

「!?」

ふたりで首を傾《かし》げていたところ、いつの間にかヘルメスが扉のそばに立っていた。彼は壁に寄りかかるようにして腕を組み、ふたりの会話を静かに聞いていたらしい。

シェリエルは聞き捨てならない言葉に目を大きくしてふたりを交互に見た。しかし彼らは特に気に留める様子もなく、ディディエは朝食の時よりは幾分リラックスした表情で「早かったですね」と声をかけている。

「あの、それっ、大丈夫なんですか？」

「ん？　何？　ああ、言葉だけで殺そうとしたって話？　ベリアルド的にはちょっと危なかったけど、実際には少し壊れたくらいだし大丈夫だよ」

「おっと？」

何も大丈夫ではない。

「あれはたしかちょうど判定の時期だったか……感情の振れ幅がどこまでなのか試していただけだろうが、周りは随分気を揉《も》んだ」

「そうなんですよ、やはり限界値を知らないと何も始まらないじゃないですか。ワハハ」

「まああれはセルジオが悪いな。本来であれば洗礼前には試験するのだが、アレは大した試験もしていなかっただろう」

「あ、それなら罪人をひとり譲ってもらいましたよ。アレが試験のつもりだったのかもしれません」

「ん……ああ、〝後天的な良心の欠如は治療可能か〟という実験か。あれは素晴らしい研究ではあったが、試験としては条件が足りないな」

彼らは昔懐かしい子どもの失敗談みたいなノリで、非人道的な思い出話に花を咲かせていた。どう転んでも知りたくない話である。

シェリエルはこの二年でよく彼らのことを学んでいた。彼らは他人の思考や感情を読み取れても根本的な価値観が違うのでこうなるのだと。つまり、頭のおかしな人間がまたひとり増えたということだ。

ちなみにその研究とやらは、ヘルメスが引き継いだという。

「では、人心の授業をしながらシェリエルの診断をするとしよう。二人とも楽に座りなさい」

シェリエルがひどく顔をげっそりさせた頃、ヘルメスがスッと表情を整えた。

すぐに三人分のお茶が用意され、軽く喉を潤すと珍しい花の香りが広がる。シェリエルはふぅと息を吐き、ディディエを真似《まね》て身体が沈み込むようなふかふかのソファーに深く腰掛けた。

目を閉じ、両手の指を絡めるようにしてお腹の上に置いた。瞼《まぶた》の向こうが一段暗くなり身体の力が抜けていく。

「――ある日、悪魔がやって来て領民の半分を渡せ、断れば領地を滅ぼすと言って来た。自分一人で戦っても勝てない。ベリアルド総出で戦っても良くて相打ち。一族は全滅だ。ディディエ、お前ならどうする?」

「それはベリアルド領の民に限定されますか?」

「他領の人間でも良いと言われたら?」

「僕なら王国中の犯罪者を集めますね。そうすれば自領民の半数くらいにはなるでしょう」

「ふむ。王国には軽犯罪でも牢《ろう》に入れる領があるが、両親が死に、食べるものに困ってパンを盗んだ哀れな子どもでもその中に入れるか?」

「他領の量刑を決めるのは我々の範疇《はんちゅう》ではありません。その子どもに情けをかけるのなら、国が慈悲を与えるべきでしょう。責任はその領地もしくは国にある」

「どうして奴隷は含まない?」

「奴隷は立派な労働力で契約があるからです。犯罪者であれば牢の管理費用も浮きますし、残った民に罪悪感も残さない。それに〝悪いことはしない方が良い〟という意識を持たせられるかと」

「ディディエらしい回答だな」


このように、人心の授業は明確な答えのない問答を基礎にして学んでいく。教師はその回答が正しいかよりも、そこに至るまでの判断基準——つまり思想、人道的配慮、合理性、法的思考力、社会通念の理解、貴族の責務、領主一族としての心得などを見て逐一掘り下げる。

そうすることでベリアルドは自分と世間との齟齬《そご》を学び、反射的に〝正解〟の振る舞いができるよう訓練するのだ。

これを、彼らは〝擬態〟と言った。

ヘルメスはしばらく考えを整理するように黙り、それから「ベリアルド領だけだと言われたら?」と、最初の問いに戻した。

ディディエは少し考え込んだ後、さらりとこう答えた。

「シェリエルを残し、一族全員で戦います。シェリエルはどうせ戦力にはなりませんし、シェリエルさえ居ればベリアルド家が途絶えることはありませんからね。最悪負けてもそこまでやれば領民も諦めがつくでしょう」

「お兄様……！」

シェリエルは思わずジン、と胸を熱くした。あの日、守ると言ってくれたことが嘘じゃなかったように思えて。

「ふむ、シェリエルを残すか。ではシェリエルは？」

「わ。あ、えと。そうですね……悪魔に理由を聞きに行きます」

「理由を？」

「はい、なぜ領民が必要なのか聞いて、もし食べる為なら代わりになる食料を提案します。今すぐでなくても良いのなら、毎年死刑囚を渡すと交渉するのも良いかもしれません」

「代替案に分割払いか。なぜ悪魔相手に交渉などと？」

「悪魔にもどうしようもない事情があるかもしれないでしょう？　領民を半分も失えば他の貴族だって食べて行けなくなりますし。か……か、家族が死んでしまうのも嫌ですから」

「……」

シェリエルが沈黙に耐えきれず薄目を開けると、ヘルメスは片手で目元を覆い天を仰いでいた。彼女はこれに大量の汗をかく。

なにせ「家族」と口に出したのは初めてだったから。これでも大変な勇気がいったし、今現在とてつもない羞恥心に襲われている。

しかもこれほど思い切った告白をしたというのに隣のディディエからは心音すら聞こえない。死んでいるのかと思ってチラと隣を見れば、ディディエもヘルメス同様目元を手で隠して固まっていた。

――なに？　なんなの？　イジメ？

「……そうか、良いだろう」

ヘルメスは何事もなかったかのように元の姿勢に戻り、問答を再開した。

シェリエルの前世にも触れながら、いくつか御《お》伽噺《とぎばなし》のような問答を繰り返す。

それらは優先順位の確認のようでもあった。

親を残すか子を残すか。国を残すか民を残すか。貴族か平民か。金か権力か。法か愛か。

そこに正解はない。考えることを強いられている。


一通りの問答が終わると、今度はお茶を飲みながら個人的な話になった。

「シェリエル、前世の記憶は今でもハッキリ思い出せるか？」

「小さい頃のことは覚えてないのですが、辿《たど》って行けばそれなりに細かく思い出せます」

不思議なことに、大人になって忘れてしまっていた小学校のクラスメイトなんかも思い出すことができた。教室の風景や仲の良かった友達から次々と枝葉のように記憶が広がっていくのである。

それは記憶という巨大なデータベースからインデックスで情報を引き出すような感覚だった。

つまり、単語を知っている程度の知識でも「どこかで聞いたこと（見たこと）がある」と思った瞬間、その情報を得た場面を正確に再生することができるということだ。

それが流し読みした教科書でも、適当に見ていた情報番組でも、病院の待ち時間に流れていたドキュメンタリーでも、調べ物の途中で脱線して行き着いたWikipediaでも、何でもだ。

そう考えると意識しないと覚えられない今世を不便に思うほどである。

「前世の記憶を残して生まれる子はたまにいるのだよ」

「そうなんですか!?　だからお父様もあまり驚いていなかったんですね」

ヘルメスの落ち着いた声が彼女をパッと現実に戻した。内容もそれなりに衝撃的だったので。

「大抵ぼんやり名前やその土地の雰囲気、職業などを覚えているだけで、三歳までには消えてしまう。私はこれを前世の残り香のようなものだと考えているんだが、シェリエルは完全に焼き付いている状態なのかもしれないな」

「それは、大丈夫なんでしょうか？」

「それは分からない。こんな症例は初めてだからな。だが、だからこそ興味深い」

研究者の顔をしたヘルメスは両手を組み、ジッと観察するようにシェリエルを見つめた。ここは研究室で、尋問部屋で、家庭裁判所のようだった。

「問題があるとすれば精神だ。単純に前世の記憶だけでも赤子の頭では情報量が多過ぎるはずだが……」

「あ、赤ちゃんのとき……夢を繰り返すうちにだんだん思考がクリアになってきて、夢だとか自分のことだとか理解できるようになって来た時期があるんです。すごく頭が熱くて……たぶんその時に、容量が増えた、のかも……？」

あの頃、ギュンギュンと頭の血が巡り、熱を持つような感覚がたしかにあった。身体を動かせば発汗しそうなほど体温が上がり、思考すれば頭が沸騰しそうなほど熱くなった。


それを赤ちゃんだからと納得していたが、もしや脳への高負荷により熱暴走を起こしていたのではないか。だから強制的に処理を止めるために、気絶するように眠ってしまうのではないか。

そう考えると現在進行形で脳みそはスクラップ寸前である。

シェリエルが「わ、わたし生きてる？」と頭を抱えると、ディディエが頭をポンポンと叩いて「たぶん生きてる」と言ってくれた。

ヘルメスはそんな子どもたちを丸っと無視して「ふむ、充分あり得る話だな」と自分の趣味嗜好にまっすぐだった。

「ベリアルドの教育も理論的には同じ。……ああ、もしかしたらベリアルドだから大丈夫だったのかもしれないな。普通の脳では耐えきれなくとも、ベリアルドならば段階的に情報量を増やすことが可能だ。我々には〝欠落〟があるから」

それが何を意味するのかはよく分からなかった。

しかし、脳の仕組みについては妙にストンと腑《ふ》に落ちた。

ベリアルドの〝呪い〟を継ぐ者たちは、皆が幼少期から並外れた思考力と記憶力で急速に知識を蓄えていく。それが天才たる所以《ゆえん》であり、シェリエルも例外ではなかったのだろう。

そうでなければ脳が焼き切れていたかもしれないと思うと、ベリアルドに生まれて良かったと心の底から安堵した。

「他に何か精神面で気がかりなことはあるか？」

「わたしは、子どもなのか大人なのか分からなくて。その……自分の存在や立場が曖昧に感じることがあります」

ディディエはベリアルドなら当たり前だと言ったが、シェリエルとしては深刻な問題だった。なにせ大人の思考力だけではなく、記憶が残っているのだから。しかし人格と呼べるほど感情は引き継いでいない。何もかも中途半端で、それ故に自分が何者でもないような不安感がある。

ヘルメスは気味悪がることなく、むしろ専門分野だと言いたげに声を深くした。

「子どもと大人の違いが何か分かるか？」

「知識と自制心の有無、でしょうか」

「いいや。成人の儀を迎えれば大人だ。親の庇護《ひご》が必要な年齢まではどんな天才も――ベリアルドであっても皆等しく子どもなのだ。上位貴族の成長は早いが、魔力の扱いが不安定な十六歳まで子どもと見做《みな》す」

思いもよらないシンプルな答えに、シェリエルもディディエも言葉が出なかった。

「だが、人によって精神の成熟度は違う。ベリアルドの呪い持ちは早くに多くの知識を持つ。精神の熟成となるとそれぞれだな。どちらかというと、いつまでも子どものように興味だけを追いかける者の方が多いかもしれないな。セルジオが良い例だ。ああはなるなよ、周りの迷惑だから」

セルジオの散々な言われようにフッと笑いそうになるシェリエルだったが、ヘルメスが彼女の本質について話し始めると、みるみる屍《しかばね》のようになっていった。

「シェリエルは……思考能力が高く大人の記憶もあるが、学問の知識量ではディディエに劣るだろう。人に接した機会は多少あるようだが、前の生では平民ではなかったか？　貴族としての価値観が年相応。加えて、自分では〝苦難や挫折を味わったことがない〟と思っている。が、それは無意識に困難なことから逃げるからだろう。上手く割り切っているだけだ。言い換えれば逃げ癖がついている。自分の好きなもの……例えば職人のように何かひとつかふたつそれなりの自負があり、他は切り捨てていた。けれどそれも深い執着や鍛錬ではない。上手くやっていると思えることが精神安定に繋《つな》がるから。よって前世の記憶経験を合わせても成熟度はあまり高くない。違うかな？」

「な、なんでそこまで……」

シェリエルは結構なショックを受けていた。

右脳は懸命に「違うやい！」と否定しているが、左脳は心当たりがあり過ぎて「全部そう！」と納得してしまっている。

「これが私の研究だからな。ただし、呪いの有無はまだハッキリしないな。引き続き、人心の授業を受けなさい」

「お爺様、少し抉《えぐ》り過ぎでは？　シェリエルが虫の息です」

「うむ？　存外、耐性がないのだな」

シェリエルは彼の言う通り自分では上手く生きていたという自負があったため、ひどい羞恥心に駆られて瀕死《ひんし》であった。

しかし切り替えも早いので「いや、いま知れて良かったと思おう！」とパッと前を向き、さらには「まだ五歳だし。そう、五歳だから！」と未来を明るくする。

なんと言っても天下の五歳児様である。普通の家庭ならば神童と崇《あが》め奉られ、聖女とかになっていたかもしれないし。

前世など所詮ただの過去でしかない。大切なのは今世であり、五歳児にしては上等だと思うことにした。

「お、吹き返した。大丈夫かい、シェリエル」

「は、はい。なんとか」

授業としてはこれで終わりとなり、メレンゲクッキーや最近完成したスイートポテトを用意してもらって改めてお茶の時間となった。

「ヘルメス様は本当に凄いのですね。わたし、生まれ変わった気分です」

「傷ついただろう。私のことが嫌いになったか？」

「いえ、そんな！　ハッキリ子どもだと言われてスッキリしました」

「そうか、それは……よかった」

シェリエルは怪しげなセミナーで世界の真理に気付いた覚醒者の顔をしていた。

自分を知ることで悟りを開いたような心地になっているのだ。誰だって自分のことが分からないと不安だから。

ヘルメスと会話した者はだいたいこのような顔になるため、ディディエは怠《だる》そうな目でもそもそとスイートポテトを食べていた。

「ヘルメス様、このお菓子。メレンゲクッキーというのですけど、前世の記憶から作ってもらった物なのです。良かったら食べてみてください」

しかしヘルメスは皿に視線を移したまま、黙ってしまった。

シェリエルがやはり心にしか興味がないのだろうかと、少し残念に思ってメレンゲクッキーを勧めた手のやり場に困っていると。

ディディエに「シェリエル、お爺様と呼んであげなよ」と耳打ちされ、戸惑いながらも小さく口に出してみた。

「お爺様？」

「ッ！」

彼はまた眉間を揉むように天を仰いでいる。

「お爺様……？」

「……孫はいいいな」

「？」

「お爺様は小さな子どもが大好きなんだ」

「ディディエ、その言い方は語弊があるからやめなさい。他人の子は研究対象としては面白いが情という程でもない。ベリアルドの子が特別なのだ。直系の孫となると特にな」

「わ……お爺様はわたしを孫だと認めてくれるのですか？」

「当たり前だろう。こんなに愛らしいとは思っていなかったせいで、少々動揺したがな」

「よかった……です。こんな髪色ですけど」

認められたという安堵と、ストレートに褒められた気恥ずかしさで頬が熱くなってしまう。

思わず自虐の言葉が漏れてしまうくらいに。

――あ……こういうところだ。

気にしていないと言いつつも、やはり髪色がコンプレックスになっていたのだろう。他人に指摘されて傷付くのが嫌で先に自分で言葉にして予防線を張ってしまう。それが割り切り癖で、逃げ癖なのだと自覚した。


「私は魔術にあまり興味がないからな。シェリエルに魔力がなくとも何とも思わんよ。それに、クロードの子であれば私の孫だろう？」

「知っていたのですか」

「セルジオやディオールを見れば分かるさ。シェリエルは目元がクロードによく似ているしな」

シェリエルは前世で親がいたせいか、今世の両親のことを考えると不思議な気分になる。

親という存在を切望するような強い感情もなく、記憶がないので恋しいと思うこともない。だからといって話に聞く父親はまるっきり他人という感じでもない。

セルジオとディオールに対しては共に生活するなかで特別な感情はあるが、間接的に〝家族〟と呼ぶだけでもあれほど勇気がいった。

いまだなお、頭の片隅にトゲのような負い目がある。家族が反社は最悪すぎるという尤《もっと》もな思考も、自虐的な逃げであり予防線なのだと、今なら分かる。

家族とは、親とは――

家族が世界のすべてだという幼少期、彼女の世界はいまだ曖昧なまま。

しかし、彼らと共に過ごす日々は悪くない。

「ほう、これは美味《うま》いな。前世の世界では菓子の文化が発展していたのか？」

ヘルメスが躊躇《ちゅうちょ》なくメレンゲクッキーを口に入れ目を細めていた。

それは孫の作った菓子を食し感慨に耽《ふけ》る祖父の顔であった。

†

翌日。

朝食を終えたシェリエルとディディエは久しぶりに庭へ出ていた。ヘルメスのグリフォンに会いに行こうというのだ。

いつも散歩する庭を抜け、シェリエルの部屋がある塔の反対側まで回り込むと、一本の背の高い木が見えた。

「あ、あの木！　下から見ると背が高いんですね」

「ラソウジュの木だね。あそこに見える窓がシェリエルの部屋だよ」

前を歩いていたヘルメスが厳しい顔をして振り向いた。

「なぜシェリエルがあの塔にいる？　セルジオはどういうつもりだ？　いますぐ教育し直すか」

「わたしがあそこから移りたくないと言ったのです！　ですから、お父様は悪くないのですよ」

「なぜだ？　あそこは食堂から距離もあるし狭くて古いだろう。本来あの塔は幽閉や躾《しつけ》に使うのだぞ？」

「幽閉？」

「人心の理解が足りない子は洗礼まであの部屋に隔離される。それも最終手段だ。処刑までの日数を稼ぐための……」

塔に幽閉されることでさらに社会性が失われることになったとしても、一縷《いちる》の望みに賭けて教育をするための部屋。処刑が確実となった我が子をギリギリまで生かす塔。

あの部屋はそういう場所だという。セルジオは当初それでディオールの怒りを鎮めようとしたのだろう。

「あまり広いとメアリが掃除するのに大変ですし……それにあの木は一年中花が咲いているので気に入っているのです」

「ふむ。だが、使用人に気をつかう必要はない。メイドも増やせば良いだけだ。手狭に感じたときは遠慮なく言いなさい」

「はい。ありがとうございます、お爺様」

実際は移って良いと言われた部屋があまりにも広く豪華で怖気付《おじけづ》いてしまったというだけのことである。

パリの高級ホテル特別スイートみたいな間取りは五歳児には荷が重い。熱効率も悪いし、ちょっと寂しいし、遭難の危険もある。

それに、ラソウジュの木からやってくる黒猫との逢瀬《おうせ》が日々の癒しになっているので、どうしてもあの部屋から離れたくなかった。

そのラソウジュは白椿《しろつばき》に似た花を咲かせる美しい木で、椿とは違いかなりの高さがあるので改めて見ると不思議な気持ちになる。

「お兄様、あの花にも花言葉があるのですか？」

「うん、我が家では良く使うからね。《お前の首を刎《は》ね落とす》だよ」

「いつ使うのですか！　聞かなきゃよかったです……」

「ハハッ、無礼な貴族や裏で良くないことを企てている奴《やつ》らに警告で一枝贈るんだよ。ベリアルド家では一番平和な解決方法さ」

「うむ。ディディエはよく勉強しているな。仲間の指や耳を贈ったりもするが、領内ではラソウジュの花で充分通じるからな」

「うーん……」

シェリエルは散々唸《うな》ってから、そうよねベリアルドだもんねと考えるのをやめた。

「グリフォンはどこにいるのですか？　昨日夕食後に探してみたんですけど見当たらなくて」

「ああ、ここは悪魔の森が近いからな。遊びにでも行ってるんだろう」

「悪魔の森ってあのおとぎ話の森ですよね？　妖精がいるとかいう……魔物もその」

ヘルメスはどこからともなく短い杖《つえ》を取り出したかと思うと、なにやらぶつぶつと呟いていた。するとと、嵐のような強風が上から吹いて、巨大な影が降りてくる。

シェリエルがギュッと目と身体を硬く閉じると、ディディエに「シェリエルこっちにおいで」と抱き寄せられ、恐る恐る目を開ける。

「わぁ！　おっきい鳥！」

「これがグリフォンか、僕も初めて見ました」

「良い個体だろう。これが目も開けられないほど速く飛ぶんだ、ははは」

軽自動車くらいあるファンタジーな猛禽類《もうきんるい》に、シェリエルは目をキラキラと輝かせて「わ！」しか言えなくなっている。

バサリと翼をしまったグリフォンは、茶色がかったオレンジ色をしていた。首元から胸にかけて白いスカーフをかけるように羽毛がふかふかしている。しかしよく見ると足は猛獣のそれであった。

「魔鳥って大きいんですね。クルミが小さく思えてきました」

「グリフォンは魔獣の一種だな。脚が四本あるだろう？　魔獣の有翼種といったところか。で、クルミとは？」

「あ、はい。僭越《せんえつ》ながらわたしがお父様の魔鳥に名を付けさせていただきました」

「は？　名を？」

ヘルメスは心底不可解そうにシェリエルを見下ろすが、グリフォンに夢中な彼女はそれに気付かない。それでヘルメスは仕方なくディディエを見ると、彼は半笑いでこめかみを掻《か》いて言った。

「まあ、その。父上がお爺様を呼ぶと言って従魔を呼び出したのですが、あの鳥、胡桃《くるみ》が好物でしょう？　クルミクルミとうるさいのでシェリエルがクルミと名付けたんです。いえ、言いたいことは分かります。僕も安直だなって思うし。現にアレはクルミと自称しはじめたので〝クルミ、クルミスキ、クルミニクルミクレ〟と言語野が崩壊したバカ鳥になってしまったわけで」

「ああ、それでか。セルジオがおかしな使い方でもしたのかと思った」

　ふたりが肩を竦めてやれやれみたいな顔をしている間もシェリエルはグリフォンにご執心である。

「さ、触ってみても良いですか？」

「怖くないのか？　ゆっくり近付けば大丈夫なはずだが」

「シェリエル、危ないよ？」

　シェリエルは大丈夫です、と小さく宣言してゆっくりとグリフォンに近付いて行く。

　グリフォンは手を伸ばすシェリエルを一瞥《いちべつ》しながらも大人しく地面に伏せた。ので、彼女はお触りの許可が出たのだと勝手に解釈した。

　そっと首元の羽毛に手を入れると、想像以上にふわふわであたたかい。

「あああ、シェリエルそんなに顔を近づけちゃ危ないだろ……おい、グリフォン！　シェリエルに傷一つでも付けてみろ、今夜お前を僕たちの夕飯にしてやるからな！」

「もう、お兄様！……魔獣って食べられるのですか？」

　グルルとグリフォンとディディエが睨《にら》み合っていた。そこにヘルメスがシレッと「まぁ、食べることもあるぞ。家畜とは別だがな」とひと言添えるので、ギョッとしたグリフォンは目を潤ませてシェリエルを見つめた。

　――なんてデリカシーのない人たちだ！

「わわ、ごめんね！　大丈夫食べないよ！　わたしが守ってあげるからね。あ、お爺様この子もお名前はないのですか？」

「名前？　考えたこともなかったな。好きに付けるといい」

「……グリフォンだからグリちゃんで！」

「略しただけじゃないか！」

「グリちゃん、良い名前よね？　分かりやすいでしょ？」

クルクルと喉を鳴らし目を細めているのできっと喜んでくれているはず。とシェリエルはご満悦になり、ポフとその首元に顔を埋《うず》めた。

――おっきい鳥……やっぱり最高。

これだけでもこの世界に生まれてよかったと思えるほど、このおっきな生き物に癒されている。

「シェリエル、さっき何か言いかけてなかった？」

「ああ、何でしたっけ？　そうだ、悪魔の森には魔物が棲《す》んでいるんでしたよね？」

「棲む、というのは少し違うな。ディディエは魔物がどう発生するか覚えているか？」

ディディエは威嚇するようにグリフォンを睨みつけたまま、スラスラと答えた。

「魔物化には二通りあります。死の間際に感じる恐怖や怒りが呼び水となり亡骸《なきがら》が核となるもの。もう一つは生きながら穢れに侵され、穢れを増幅しながら魔に堕《お》ちるもの。両者とも最終的には生き物の形を捨てた醜悪な姿になり、穢れの塊のようなものになります」

「よろしい」

「？」

「シェリエルにはまだ早かったかな？　魔物は生き物じゃないから棲むというより、発生して穢れに導かれて町に降りてくるんだよ」

「それじゃあ死んだ魔獣はみんな魔物になるのですか？」

シェリエルがグリちゃんがそんな魔物になったら嫌だと首元にしがみつくと、身体ごと羽毛に沈み込んだ。

「寿命や魔獣同士の争いで死ねば捕食されるから核となる死骸が残らないし、それくらいの穢れなら放っておいても土地に浄化されるよ。たまに群れのボス争いで敗れた奴なんかが隠れて死んで魔物化するんじゃないかな？」

「生きたまま狂うなんてこともあるんですよね？」

「高位の魔獣でなければ狂うほど知能がないゆえ、その心配はない。生きたままというのは人間がほとんどだな」

「じゃあグリちゃんは大丈夫ですね。って、人も魔物化するんですか⁉」

「するよ。なんたって穢れを生むのは人なんだから」

——ああ、だから穢れに強いベリアルドが好き勝手しても許されてるのか。それは毒には毒をという苦渋の選択だったのかもしれない。

「人の形を捨てるまでに至る事例はさほど多くはないが、その討伐もベリアルドの義務に含まれている。……そういえば昔、人の魔物化を研究していた奴が居たな」

ヘルメスが懐かしそうに目を細めて言うので、シェリエルも「うわぁ、いるいる。ヤバい実験にのめり込んで周りに被害を出しまくって最終的に追い詰められて自分を暴走させるやつ。どこの世界にもそういう発想ってあるんだなぁ」と同調しそうになったのだが。

「ああ、それ僕もこないだ資料を読みました。たしかベリアルドの分家の者でしたよね？　あれはちょっと面白かったたな」

「確かに興味深い事例だった。久々に本家が動いたからな。だが百三十年前の……」

ベリアルドかーい！　などとつっこむ気力もなく、シェリエルはすぐにその情報を頭の隅へと追いやった。

わたしにはグリちゃんがいるから大丈夫。温かい命。優しい心。頭のおかしいベリアルドなんて居なかったのよ、と。

その日の夜は昼間の魔物の話が影響してか、またも寝付けずにいた。

明日絶対お母様に言いつけようと心の中で文句

を言いながら、グリちゃんが無事か一目確かめるためラソウジュの見える窓へと向かう。

グリちゃんはまた悪魔の森へと行ってしまったのか姿が見えず、森で危ない目にあっていたらどうしよう、とまた不安になってきて窓を少し開けた。すると。

「うわ、ビックリした。いつもみたいに呼んでくれたら良かったのに」

「アーォ」

待っていたかのように音もなく黒猫が飛び込んできた。静かに窓をしめ、いつものようにベッドに招いてもゴロンと横になる。

「猫ちゃん、昼間はお庭にグリフォンのグリちゃんがいるから気をつけてね。今夜はお出かけ中みたいだけど」

「ンァ」

「食べられちゃうからね」

「ナァ～」

「うんうん、お利口さんだね。そうだ、聞いてくれる？　お兄様ったらね、グリちゃんを食べるって言うのよ？　信じられないでしょ？　言っておくけどわたしは過激派の動物愛護団体みたいな思想はないの。お利口でカッコよくて意思疎通のできる生き物を食べるなんて人としてどうかと思うだけ。普通に考えて許せないでしょ。グリちゃんなんてお父様より賢いんだから。うんうん、そうなの猫ちゃんはお兄様より賢いもんねー？　それでね、お兄様に〝それは友人に食べるぞと脅すようなものですよ、食べないでしょう？〟って言ったのね。お兄様にお友達なんていないけど。そしたらお兄様なんて言ったと思う？　〝じゃあ友人ができたら試してみるよ〟って言ったの。え、どっちって思って。脅しのことよね？　本当に食べるわけじゃないよね？　しかもあの人たち、昔のベリアルドヤバい奴選手権とか始めるのよ。教育に悪いわ。わたしはまだ五歳なのに……」

シェリエルは今夜も聞き上手の黒猫相手に文句を垂れ流すのである。

そして、ふたたび昼間の話が頭に過《よぎ》った。

「猫ちゃんは魔物になったりしない？」

黒い毛並みの彼が、自分と同じく稀《け》有《う》な存在であることは間違いない。

自分だけが仲間外れではないという親近感のようなものがあった。だからシェリエルはこの黒猫を特別な友人のように思うのだ。

「危ないところには行かないでね。人に見つかると何をされるか分からないから。とくにお兄様には……」

腕のなかにたしかな温《ぬく》もりを感じ、やっと安心して眠ることができたのだった。

†

ヘルメスが来て三月ほど経っていた。

当初は二、三泊で帰る予定だったが、シェリエルの状態を長期的に確認する必要があると言って、急《きゅう》遽《きょ》北部から使用人や補佐官を呼び寄せたのだ。

ディディエも開き直ったのか早々にいつもの軽薄な態度に戻り、セルジオだけがしょんぼりしている。

そんなある日のことである。メアリがシェリエルの耳元にヒソヒソと密売人みたいな報告を入れた。

「シェリエル様、コルクが野菜を仕入れたとのことです。朝食にお出しすることはできないのですが、こっそり休憩室で食べるなら大丈夫だと思います」

「ホント!?　朝食は少なめでと伝えておいてもらえる？」

「はい、承知いたしました」

いつもの使用人室へ勝手知ったる我が物顔で入っていくシェリエルに、今日は何が始まるんだという顔のディディエが付いていく。

壁の際には木箱が積まれており、上段の蓋が開いた箱からは青々とした葉が見えていた。

「本当に草や根を食べるつもり？」

「お兄様だって薬草は使うじゃないですか」

「アレだって臭いし苦いし嫌々だよ。薬効もない草や根を食べて何が楽しいんだか」

ぶつくさと文句が絶えないが、一応興味はあるのだろう。コルクが野菜の入った木箱を開けて見せると物珍しそうに一つ一つ眺めている。

「コルク、ありがとうございます！　これです、これ！　これが食べたかったのです！」

ナスにキュウリにトマト、玉ねぎにトウモロコシまである。シェリエルは前世の世界と同じ食べ物で良かった、とホッとしつつも見慣れない野菜がチラホラあることに気付いた。

「これは何？」

「ラザという豆らしいです。私もまだ勉強中なのであまり野菜には詳しくないのですが」

ピンクのリボンのような形をした明らかに食べ物には見えないソレを、コルクが割って見せてくれた。

結び目にあたる真ん中の部分に豆が入っていて、両サイドは花びららしい。

「このトマトとキュウリを食べてみます」

「わ、シェリエル様!?　このまま齧《かじ》られるのですか？　流石《さすが》にお切りするくらいはできますが……」

「丸齧りが生野菜の醍醐味《だいごみ》ですから。あ、洗浄魔法で洗って貰えますか」

コルクには申し訳ないが、この世界の衛生面が心配過ぎて、調理器具を使ったあとに火を通さず食べるのが不安だった。

シェリエルは行儀の悪さを頭のなかのマルゴット先生に謝罪しつつ、まずはキュウリを一齧り。パリッとイイ音をさせると、シャクシャクと瑞々《みずみず》しさが口の中を潤してくれる。少しぬるいが味も濃く美味《おい》しい。

トマトは小さいものを選んでもらい、こちらもパクリと口に入れた。ギュッと甘みの詰まった果肉はフルーツのようで、青臭さも感じない。

前世で食べていたものより美味しいと感じるほ

どである。

「イケますね。美味しいです。毎日食べたいのですけど、仕入れは可能ですか？」

「そちらの野菜は可能ですが、こちらの根菜は今の時期は北部でしか採れないそうです」

「そうですか。手に入る時にお願いします」

「シェリエル正気なの？」

「失礼な、お兄様も食べてみてください」

ディディエはこれまでにないほど警戒しながら、キュウリをちまりと齧ると、「うっ」と鼻に皺を寄せて舌を出した。

「臭い……薬草を薄めたみたいな味がする」

「あらま……」

たしかにある程度味覚が育ってから初めて野菜を食べると抵抗は強いかもしれない。この国の人たちが今まで野菜を食べずに普通に生きて来られたのなら、無理に食べる必要もないだろう。

「無理しないでくださいね。確かに野菜は好き嫌い分かれますから。前世でも子どもは野菜嫌いが多かったのですよ。大人になると食べられるようになったりもしますけど」

ディディエはなぜかムッとして、トマトにも手を伸ばした。自分で洗浄し、これまた小さく一口齧る。それから「ン」と目を丸くして残りをすべて口に入れた。

「これはイケるね。甘さと酸味がちょうどいい」

「よかったです！　そのまま食べるのに向かないものは火を通して食べましょうか」

ぞろぞろと調理場へと移動し、シェリエルは食材を選《よ》り分けながら簡単に作れそうなものを考え、そして。

「鶏肉《とりにく》と、ニンジン、芋、玉ねぎ、ミルク、小麦粉、バターを用意してください」

それぞれ食材を切ってもらい、その間に鍋や調味料を揃《そろ》えてもらう。バターで具材を炒《いた》め、玉ねぎが透明になったころに火を止めて小麦粉を混ぜ合わせる。

さながら現場監督のように指示を出し、料理番組のような素早さで調理が進んで行った。

「コルク、出汁《だし》……ええとフォンドボー的な、肉や鶏がらを煮出したスープはありますか？」

「スープ……はありませんが、ちょうど下処理中の肉の煮汁なら……」

「あ、それで大丈夫です。それを具材がひたひたになるまで入れてください」

　コルクは一度その汁を味見して「んー」と悩んだあと、おそるおそる鍋に注いでいく。シェリエルはその間にハーブの棚を漁《あさ》り、乾燥させたローリエを見つけてポイと放り込んだ。

「おわ。とろみが出てきた。ああなるほど、そういうことか」

「塩で味を整えて野菜が柔らかくなったらミルクを入れます」

「ミルクスープのようですね。平民が食べているのを見たことがありますが、このように具材が多くとろみの付いたスープは初めてです」

　そんなわけで、あっという間にコトコト煮込んだホワイトシチューが出来上がった。シェリエルにも馴染《なじ》みのある、念願の野菜料理である。

「はぁ～優しい味。美味しいです」

　味付けは至ってシンプルだが、今まで食べてきたのが塩胡椒《こしょう》油味《あぶらあじ》のものばかりだったので、一際美味しく感じられた。

　スープのせいか少し野生味を感じるが、シチューに合わせて出汁をとればより美味しくできるだろう。

「パン粥《がゆ》に似た感じになるかと思っていましたが……ふむ、案外乳臭くないのですね、甘みがあって美味しいと思います」

「体調の悪いときでもこれなら食べられそうです」

　使用人たちは絶賛というほどではないが、そこそこ受け入れてくれたようだった。

「うーん、まぁ、悪くないね。シェリエルが食べるなら僕も一緒に食べようかな」

「本当ですか？　お野菜は身体にも良いので、お兄様も食べられるならぜひ」

とは言ったものの、本当に野菜が身体に良いのかは分からない。平民が野菜を食べているのは魔力量が少ないからかもしれないし、貴族はビタミンや食物繊維は果実から接種しているため問題がないのだ。

けれど肉や魚ばかりの食卓はさすがに胃もたれする。それに日本食で育ったシェリエルは様々なものを少しずつ食べるのが贅沢だと思っているので、この世界での懸念点は一切口にしなかった。


そして夜。お願いした通り、夕食では昼に作ったシチューを少し出して貰った。

すぐに反応したのはヘルメスだった。彼はシェリエルの前世の話をいたく気に入り、食文化に関しても忌避するような素振りがないのだ。

「シェリエル、それは、例のアレか?」

「はい、例のアレを使って作ったシチューという料理です。ミルクスープのようなものですね」


食堂には多くの使用人がいるため、隠語のような会話で野菜の利点などを説明する。と、意外にもディオールとセルジオまで乗って来た。

急遽人数分出して貰い、思いがけず皆で試食会となる。

「うむ、私のような年寄りには向いているな」

「うん、面白いですね。マ、僕は遠征でこういった食事は慣れていますが」

「食べられなくはないですわね。で、これは何なの?」

「母上、それ◯◯です」

ディディエが声に出さず、唇だけで言った。するとディオールはそっとスプーンを置いて「正気なの?」と般若《はんにゃ》の顔をした。

つまり、おしまいである。

シェリエルは慌てて両手を前に突き出し「お待ちください、落ち着いてお母様!」と叫び、セルジオは「おやおや」と笑いながら給仕中のメイドたちを一人残らず食堂から出した。

「シェリエルはわたくしに汚物を食べさせたということね？」

「誤解です！　その、騙《だま》し討《う》ちのようになってしまったのは事故というか、伝わっているのだと思っていて……野菜がそれほど忌避されるものだとは知らず」

「母上、シェリエルは知ってました！　僕はきちんと教えましたよ！」

「裏切り者！　末代まで呪ってやる」

「お黙りなさいッ！　だいたい貴女、まだ呪いの有無も分かっていないのに安易に穢れに触れるようなことをして！　これがどれほど危険で悍《おぞ》ましいことか分からないほど頭の出来は悪くないでしょう！　やはり食に執着があるのかしら」

「誤解です、本当に誤解なんです。いえ、浅はかだったことは、その、認めます。でも、野菜は食べたい……」

「よっ！　食いしん坊！」

「お母様！　お兄様がお母様には隠しておいた方がいいと言いました！」

ディディエは「おい！」と立ち上がり、セルジオは手を叩いて大笑いしている。

この酷い有様のなか、ヘルメスだけが優雅に赤身のステーキを切り分け、葡萄酒《ぶどうしゅ》をゆっくりと揺らしてコクリと嚥下《えんげ》していた。

「良い？　シェリエル。たしかに野菜で穢れるというのは迷信に近いものよ。けれどそれほど人が忌み嫌うものを皆と同じ調理場で料理し、同じ食卓に並べるべきではないわ。分かるわよね？」

「はい、お母様。申し訳ありませんでした。ちなみに美容には絶大な効果があります」

「今後わたくしの食事には必ず野菜を出して」

ディオールはピシャリと言ってから黙々とシチューを食べ始めた。

こうしてシェリエルはこの日も無事に命を守りきり、ベリアルドの城では野菜が食卓に並ぶようになったのだった。

洗礼の儀

いつもより少し早い朝。

「シェリエル、七歳の誕生日おめでとう」

「ありがとうございます、ディディエお兄様。わ、綺麗《きれい》なバラ」

普段とは違うシンプルなワンピースに着替えたシェリエルは、お姉さんの顔で白薔薇《しろばら》の花束を受け取った。

この日は彼女の誕生日。オラステリア王国の貴族にとって七歳の誕生日は特別な日である。

魔力に耐えられる身体《からだ》を得たとして〝洗礼の儀〟を受けることができるから。そして洗礼を受けることで初めて魔法が使えるようになるから。

身分が魔力の有無で決まるこの国では、魔法が使えるようになって初めて正式な貴族として認められるのだ。

夢のシェリエルは魔法が使えなかった。きっと洗礼をしてもらえなかったか、失敗したのだろう。

シェリエルはついさっきまで不安でソワソワしていたが、ピカピカと輝くディディエの笑顔を見た瞬間、あの不吉な夢はどこかに吹き飛んでいた。

「お兄様はいつ帰っていらしたのですか？　お出迎えできず申し訳ありませんでした」

「ついさっきだよ。転移陣とお爺様《じいさま》のグリフォンを使って最速で帰ってきたんだ。一番にシェリエルの誕生日を祝いたかったからね」

彼は去年貴族学院に入学し、一年のうち半年ほどは学院にいる。しかし身内の洗礼は特別であるため、こうして帰宅許可が降りたというわけだ。

久しぶりに会うディディエは見違えるように落ち着いていた。成長期に加えて上位貴族の豊富な魔力が彼をみるみる大人に変えつつある。

猫目がちな目にくるんとカールした長いまつ毛が、朝露を散らすようにキラキラと輝いている。大人とも子どもとも言えない少年の微笑《ほほえ》みは、これがあのディディエ・ベリアルドだと信じたくないほどに儚《はかな》げな美しさがあった。

つい三ヶ月前には学院に行きたくないと癇癪《かんしゃく》をおこし発作的に自分で調合した毒を飲んだ上に自分の魔力で解毒されて怒り狂っていたというのに。

「お忙しいのにありがとうございます」

「全然。学院なんて別に大したこともしてないんだし。それより、もっと楽に話してよ。家族間ならマルゴットもそれほど怒らないよ？」

「そうでしょうか……最近は使用人室まで見回りを始められて、油断するとすぐに怒られるのです」

「あはは、マルゴットは相変わらずだね。そうだ、お爺様も来てるよ。早く顔を見せてあげて」

「急いで準備しますね」

「あ、そうそう。僕ね、今度こそ死なない程度に命の加護を突破する毒薬の調合に成功したかも。今日神官来るからあとで試していい？」

「ダメに決まってるでしょ。出ていって」

シェリエルは髪を散らすようにクルッと背を向け、花束を抱えたままトコトコと姿見の前に戻った。

ディディエはそんなシェリエルについていき、椅子をたぐり寄せて反対向きにまたがって座る。それから背もたれに顎を乗せて、マジマジとシェリエルを眺めるのである。

「シェリエルも洗礼かぁ……随分変わったよね。ここに来た時は小汚い雑巾みたいだったのにさ」

「背も伸びたと思いませんか？」

シェリエルがツンと背を伸ばして鏡越しに言うと、ディディエは「まだまだちっこいよ」と笑い、けれどどこか嬉《うれ》しそうにしていた。

メアリはブラシで髪を梳《と》かしながら目元をじわりと赤くしており、彼女の手から流れ落ちる白銀の髪は、陽《ひ》の光を浴びてオーロラの輝きを揺らめかせている。

そうして準備を終えると、ディディエにエスコートされて食堂までの長い道のりを歩いた。

「皆様、おはよう……ございます、？」

食堂に入るなり、シェリエルは冥界の扉でも開いてしまったのかと思ってその場で固まった。

カラフルな果物が並んだゴシックなテーブルを、魔術士みたいなローブを纏《まと》った三人が囲んでいる。

――悪魔の食卓。冥界首長会議。秘密結社の幹部会。

シェリエルの頭のなかは不穏な言葉でいっぱいである。しかしヘルメスの柔らかい挨拶でハッと正気に戻った。

「おはようシェリエル。久しぶりだな、また大きくなったか」

「お爺様、ご無沙汰しております」

馴染《なじ》みのある食堂だった。家族の食卓だった。

彼らがいかにもなローブを纏って魔力をなみなみと漂わせていること以外は。

なぜにこのような格好をしているかというと、彼らが洗礼の儀を執り行うからである。

「シェリエル、体調は問題ないですか」

「はい、大丈夫です」

洗礼の儀は朝食の前に行われる。

胃を空っぽにして身を清め、生まれた時と同じ状態で臨む為《ため》。と、言われているが実際は魔力酔いで嘔吐《おうと》する子が多いからという現実的な理由からだった。

シェリエルが圧倒されてボーッとしていると、ディディエがばさりとローブを羽織った。

それを合図に皆が一斉に立ち上がる。

いよいよ洗礼の儀が始まるのだ。

「す、すごいです。これをお父様が？」

「ええ、昨日一日かけて描き上げたんですよ。ディオールにも手伝ってもらいましたけど。なかなかの力作です」

「洗礼の陣を描くのは親の務めですもの」

儀式で使う祭壇は庭の中央に用意されている。

少し高さのある円形の舞台は、東屋《あずまや》のように周りに六本の柱が立っているが、屋根はなく吹き抜けになっていた。

シェリエルが階段を数段上がって覗《のぞ》き込むと、円形の床一面に幾何学模様のような魔法陣が描かれていた。外側の円の外周に沿って六つのマークがあり、それぞれ結ぶことで六芒星《ろくぼうせい》になっている。

六芒星の間にはまた別の陣が重なり、隙間なく見たこともない記号が羅列されており、一つの模様としても美しい。

「今日の儀式は僕が空、ディオールが火、父上が風、ディディエが水を担当します」

「ディディエは属性を絞れるようになったのか？」

「もちろんですよ。一人で両方を担当できれば良いのですが、これればかりは仕方ありませんね」

洗礼の儀には空、火、水、地、風、命の六属性各一名ずつ必要である。それぞれの魔力で魔法陣を満たし、天に祈って加護を得るのだ。

このとき神々が降ろす光の柱は誰もが自然と祈りを捧《ささ》げるほど神秘的で美しく、遠く離れた土地からでも見ることができた。

これは家門に新たな貴族が生まれたことをお披露目する祝砲でもあるのだ。

「親族でやるのが通例だと教わったのですが、地の属性はどうするのですか？　命は神官を派遣してもらうのですよね？」

「ンふふ、きちんと用意していますよ。というわけで、地の属性を持つ魔術士団副長に来てもらいました！」

――副長!?

セルジオがズバッと腕を伸ばして指した方向には誰も居ない。全然違うところから「相変わらずだな」と笑いながら体軀《たいく》の良い男がやってきた。

「セルジオ、約束は覚えているよな？」

彼は芝のような濃い緑の短髪で、カラカラと笑いながらセルジオの肩へと腕を回している。どちらかと言うと魔術士というより騎士と言われた方がしっくりくる。

セルジオとは昔馴染みのような気やすさだが、シェリエルは体育会系のノリを察知してスッと一歩下がった。

「こちらマルセル副士団長です。魔術士団では彼が実質最高の魔力量ですから、儀式には問題ないでしょう」

それはつまり、オラステリア王国で洗礼の儀をするのに彼以上の地属性はいないということだ。現在彼を洗礼に呼べるのは王族だけで。

こんなとびきりのカードを切られてはシェリエルにもより一層気合いが入るというもので。

彼女は侯爵令嬢らしくしなきゃと思って凛《りん》と背筋を伸ばし、「よろしくお願いします、マルセル様」と片手を差し出した。

その騎士のような振る舞いにマルセルはギョッと目を見開いたが、すぐにガシッとその手を握り握手を交わした。彼は根が体育会系なので。

一方、マルセルの拘束から逃れたセルジオはというと、キョロキョロと大袈裟《おおげさ》にあたりを見回していた。

周りが「うわ……」と思ったところで彼は子どものかくれんぼに付き合う大人みたいにわざとらしくマルセルの後ろを覗き込み、「みーつけた」みたいな顔をする。

そしてマルセルが「おや失敬」と慌てて横にずれると、「こちらが神殿から派遣された神官です」と何事もなかったかのように皆に紹介した。

当然彼はビクッと震え上がってもう一度マルセルの背に隠れたが、アッシュがかった薄い桃色の髪がフードからチラと見えている。彼は俯《うつむ》き加減に背中を丸めていて、深く被《かぶ》ったフードで殆《ほとん》ど顔が見えなかった。

「よろしくお願いします。お名前を聞いても?」

「名前は……ありません」

「え?」

彼は蚊の鳴くような声で言うと、フードをギュッと口元まで下げて気配を消すように黙り込んだ。周りの大人たちはこれに怪訝《けげん》な反応をしたが、シェリエルはどことなく懐かしさを感じている。

日本ではこういった恥じらい屋さんは珍しくもなかったから。どう考えても揶揄《からか》うように彼に注目を集めたセルジオの方が最悪である。

しかしセルジオは三秒前のことを覚えていられないので彼を咎《とが》めることもなく、ご自慢の魔法陣を指して儀式の準備に入った。

「シェリエルは中央にただ立っているだけで構いません。天から光が降りてくると多少目眩《めまい》や吐き気があるかもしれませんが、どうにか堪《こら》えてくださいね。終わったら存分に吐き出して大丈夫ですから」

「この魔法陣は何で描かれてるのですか」

「薬草や魔木の灰、空石を砕いたものをエルゲルの蜜に混ぜています。仕上げは、シェリエルの血ですね」

「ぎ、儀式っぽいですね……」

俄然《がぜん》怪しげな雰囲気が増して来た。

ローブはこの明るい空の下でならむしろカッコいい。ベリアルドの顔面偏差値と生まれ持った邪悪な人となりが怪しく見せるのであって、マルセルの陽の気がそれを中和してくれている。

しかし血液を使うとなると、〝ベリアルド家では洗礼の体《てい》で悪魔召喚を行うのでは〟と、思わなくもないのだ。まぁ、マルセルがウンウンと頷《うなず》いているためその線はないだろう。

「ほんの数滴ですから大丈夫ですよ。中央に立って起点となる箇所にシェリエルの血が落ちればそこから儀式が始まります。ね？　簡単でしょう？」

セルジオが「ハイ、どうぞ」と小さなナイフを渡す。これで指を切れという意味だ。

これは彼が普段狩りや手紙の封を切るのに使っている言わば何でもナイフである。たまに変なものをぶら下げて帰ってくるのを、シェリエルは知っている。

「洗浄してください」

「あれ？　シェリエルは潔癖症ですか？　父上よかったですね、新しい患者です」

「洗浄してください」

ヘルメスがセルジオの耳元でなにかを囁《ささや》いている間、ディディエがパッとナイフを取って魔法で洗浄してくれた。いつの間にかセルジオは静かになっていた。

「さぁ、皆さん準備はよろしいですか。これより我が娘、シェリエル・ベリアルドの洗礼の儀を行います」

全員が位置に付き、シェリエルも靴を脱ぎ中央へと向かう。魔法はこれまで何度か見せてもらったが、自分で体験するのは初めてだ。

加速する鼓動を感じながら、ひたひたと冷たい大理石を踏みしめる。

「……」

中央へと辿《たど》り着いた。魔法陣の真ん中に白いワンピース姿で立っている。周りをローブを着た大人たちに囲まれている。

まるで生贄《いけにえ》のようである。

まるで神事のようである。

あまりにも非日常的なこの光景に、シェリエルはどこまでも高揚するのである。

すでに不安はない。思い切って指先をナイフで傷つけ、足下の黒点へと滴を落とす。瞬間、

「我、空の加護賜《たま》いしセルジオ・ベリアルド」

セルジオの詠唱が始まり足下にある陣が淡い光を放った。

流れるようにディオールが、ディディエが、その声に続く。

「我、火の加護賜いしディオール・ゾラド・ベリアルド」

「我、水の加護賜いしディディエ・ベリアルド」

声に従って足下が光り、次々に線を繋《つな》いで行く。最後の一人が終わると全ての模様が光を放ち……

そして魔法陣全体が淡く浮き上がった。

それを合図に全員の声が重なり、祭壇に木霊《こだま》する。

「天元に留《とど》まる神々に奏上す此処《ここ》ベリアルドの地にて神々の恩寵《おんちょう》賜る式を――」

澄んだ響きの祝詞が紡がれ、魔法陣の光が強くなる。

「此処にシェリエル・ベリアルド成り出でたる天降《くだ》し依さし奉られよ天元六神の儀を以《もっ》て祝福授け給へ」

愛《いと》しい我が子に祝福を。愛する家族に神のご加護を。これはそういう、神々への祈りである。

カッ！　と一際強く発光し、いよいよ光の柱が──

「…………」

降りてこない。

「…………」

──降りてこないね？

そんな、まさかという空気が流れ、皆一様に顔を見合わせた。灰桃髪の神官がガタガタと震えだし、ついにマルセルが動揺の声を上げた。

「洗礼の儀が失敗だと？　そんなバカな……ありえないだろう！　まさか本当に魔力がないのか……魔力不全でもこんなことは。ハ、加護が……」

ドサッ……

鈍い音の先を見れば、灰桃髪の神官が真っ青な顔をして倒れていた。流れた前髪の隙間からは窪《くぼ》んだ目と濃いクマ、やつれた頬という酷《ひど》い顔色が覗いている。

シェリエルは〝失敗〟という言葉が脳裏に過《よぎ》った瞬間、ひどく頭が冷えた。

変わらず目の前の景色は見えている。けれどセピアのフィルターがかかったように目の前が急に色を失《な》くしていた。心臓がドクドクと音を立て、臓腑《ぞうふ》がピシピシと凍りつくような吐き気を催し。

そして、すべてに納得した。

あぁ、そうかと。だからわたしは魔法を使えなかった……魔術を習うことすらできなかったのかと。

『神々から、祝福されなかった』

──そういうことだったのね、シ、ェ、リ、エ、ル、……

そんな重苦しい空気の中。

「ふむ、まあ仕方ないですね」

「ちょっと面白過ぎるでしょ！　洗礼の儀が不発とか」

「ディディエ、お黙りなさい。疲れたわ、戻ってお茶にでもしましょ」
フ、と空気が緩んだ。
必死に笑いを堪えるディディエや、何でもないことのように解散の空気を出すベリアルド家の声がジワジワとシェリエルの世界に色を与えていく。

――いやいやいや、もっと他に言うことありますよね？

神官は倒れているし、間違ってても笑うところではないはずだ。

しかしクリアになったシェリエルの頭はまあベリアルドだしなと納得しかけ、いやいやいやと再度首を振る。

「ちょ、あの、神官さんが……え、これ。大丈夫なんですか……？」

「あぁ、せっかくの魔法陣が汚れたら困るのですぐに退《ど》けてもらいましょうか」

「いや、そうじゃなくて」

「日に焼けるわ。わたくし先に戻ります」

「おおお……」

擬態はどうした。人心はどうした。と混乱しつつも、シェリエルはあることに思い至った。

もしかするとあの夢でも彼らは同様の反応だったのではないか。今のシェリエルは「ハイハイ、ベリアルドベリアルド」と流せているが、もし夢のように彼らに受け入れられていなかったとしたら。

そう考えてゾッとした。それから次の瞬間には胸が潰れそうなほど心臓を熱くした。

シェリエルはこの四年間を愛しく思う。こんな時にと思うけれど、どうしてか〝家族〟という言葉がピタリとハマって自分の輪郭がまた一段とはっきりしたような気がするのだ。

「シェリエル、大丈夫だよ。神々が祝福しないなら僕が祝福しよう。魔法が使えなくても僕の可愛《かわい》い妹には変わりないからね」

「お兄様……！」

光の柱の代わりに優しい手のひらが降りてきて、柔らかく微笑むディディエと目が合った。じんわりと愛情が染み込んで、冷えた頭が温度を取り戻して行く。

――そうだ、魔法が使えないなんて分かっていたはずだ。けれど今のわたしにはお兄様が……家族がいる。

「いやでもホント最高だよね。……ククッ！　シェリエルは持ってるなぁ……いや、持ってないのか。あ、ごめッ、アッハッハッハッ、ヒィ、ッゲホ……、ダッハッハッ」

「最悪ッ！」

ディディエは堰《せき》を切ったように腹を抱えて笑い出し、彼が過呼吸になったところでシェリエルはポカポカとその最悪を殴った。

「一体どうなってるんだ……」

そう呟《つぶや》いたのはひとり置き去りにされたマルセルである。彼はこの事態をいまだ飲み込めておらず、朝食前のティータイムが始まりそうなベリアルドに頭を抱えていた。

†

シェリエルはセルジオに言われ、ぽつねんとサロンで待っていた。ひとりだけ隔離されたようで少しだけ不安がぶり返してくる。

少ししてセルジオがマルセルを連れてやってきた。

身体の大きさばかりに目が行ってしまうがマルセルは王国の魔術士団副長だ。

――そういえば、そんなすごい人がなぜ？

不思議に思ってふたりを交互に見ていると、セルジオはやれやれと肩を竦《すく》めながら形だけ〝渋々〟のポーズをとって言った。

「約束ですからね。少しだけシェリエルを貸してあげましょう」

「お前が団長に余計なことを言うからだろう？

団長を止めるの大変だったんだぞ」

つまりセルジオは魔術士団のトップをシェリエルの白髪《はくはつ》で釣ったのだ。魔術を研究し魔術に人生を捧げる魔術の専門家がこの稀有《けう》な髪色に興味を示さないわけがない。

セルジオは『うちの娘、色がないんですが洗礼してみたくありませんか？』と言えば良い。当然団長は『絶対やる！』と即答し、しかし組織のトップがおいそれと他領へ遠征するわけにも行かず、だからと言って適当な団員を送るわけにもいかない。

そうしてやって来たのがこのマルセル副士団長というわけだ。

「改めまして、シェリエル嬢。魔術士団で副長をやってるマルセルだ。こんなことになって残念だが、我々も原因を探ってみるから気を落とさないようにな！」

芝頭のマルセルは快活に挨拶を交わしながらもシェリエルの髪色が気になって仕方ないらしく、チラチラと視線が泳いでいる。

「お気遣いありがとうございます、マルセル様。やはりこの白髪《はくはつ》が原因でしょうか？」

「分からない！　分からないから調べる必要がある！　髪を少し分けて貰《もら》えないか、シェリエル嬢！　少しだけ、少しだけで良いんだ！」

待ってましたと言わんばかりに巨大な筋肉が迫ってくる。なぜ魔術士がこんなにも筋肉を育てているのかは不明だが、とにかく髪が欲しいということだけはシェリエルにも分かった。

「マルセル、ダメですよ。あなた方に渡すと何に使われるか分かりませんからね。髪の毛一本持ち出し禁止です」

「おい、このまま帰ったら俺が団長に殺されるだろうが！」

「お父様はマルセル様とお知り合いなのですか？」

「ええ、僕が騎士団にいた頃によく顔を合わせてましたからね」

「これでも君の父君は歴代でも三本の指に入るオラステリア王国騎士団の団長だったんだぞ？」

「ん？　騎士団長？　お父様が？　団長？」

「そうですよ？」

「あの、ベリアルド騎士団ではなく、オラステリアのですか？　団長って騎士団で一番偉い人ですよね？」

「ええ、言ってませんでしたっけ？」

——聞いてませんけど？

マルセルはガハハと豪快に笑い、相変わらずだなとセルジオの肩を殴っていた。

見るからに線の細いセルジオが元騎士団長で、筋骨隆々としたマルセルが魔術士団副長とはこれ如何《いか》に。

「それはそうと、副長である貴方《あなた》でも原因が分かりませんか？　魔法陣に問題があったのでしょうか？　私あまり魔術には興味がないのでどこか間違えていたのかもしれません」

「いや、一箇所でも間違っていたら陣が発動すらしなかった筈《はず》だ。やはり団長が来た方が良かったかな。俺はそういうのはちょっと……」

「ワハハ、ですよねぇ」

ですよねぇではないが。

シェリエルが口を挟もうかと思った時、カチャリと客間の扉が鳴ってか細い声が入って来た。

「あの、申し訳ありません……私のせいだと、思います」

顔色の悪い神官がフラフラとこちらへと歩み寄って来る。かと思えば倒れ込むようにシェリエルの前で跪《ひざまず》き、床に頭を擦《こす》り付けるように懺悔《ざんげ》をはじめた。

「申し訳ありません……私のせいです、私の魔力が足りなかったのか、私の信心が足りなかったのか、私の罪が……シェリエル様の大事な儀式でこのような……！　私のような者が来てしまったばかりに、このようなことに」

「落ち着いてください、神官さん。大丈夫ですから、落ち着いて」

僅かに顔を上げた神官は、長い前髪の隙間から開いたままの瞳孔をぐらぐらと揺らし、すぐに何かに怯《おび》えるように蹲《うずくま》った。

シェリエルが目線を合わせるようにしゃがみ込むと、改めて顔を上げた彼と目が合った。

年齢はディディエよりも下だろう。顔はげっそりとやつれていて目は窪んでいる。

彼の言う『私のような者が』が上位貴族の洗礼に相応《ふさわ》しくないという意味であれば、それはその通りである。

彼の髪は灰がかっており、中位程度の魔力しかないことを示していた。上位の洗礼には上位の魔力量が必要であるため、自分のせいで失敗したと思っても仕方ない。

「おやおや、これはこれは。どれほど高位の神官様を派遣してもらえるかと期待していたのですがねぇ。なるほど中位の見習いでしたか」

「申し訳ありません……申し訳ありません……」

「神官さんのせいじゃありません。お父様もいじめないで！　それより、ちゃんと食べていますか？　眠っていますか？」

「いえ、あの……ッすみません……」

シェリエルが声をかけた途端、彼の暗い瞳からオロオロと涙が溢《あふ》れて来る。

――わ、泣かせちゃった。

責めているように聞こえただろうか。シェリエルはただでさえベリアルドは悪魔の印象が強いのだからもう少し言い方に気を付けるべきだったと反省し、今度はできる限り声を柔らかくしてゆっくりとカウンセラーみたいに言う。

「大丈夫ですよ。そうだ、お食事を召し上がりませんか？　少し変わっているのですが、身体に優しくて食べやすいのですよ」

「うんうん、食事は全ての源だ！　肉さえ食えば気力も魔力も筋肉も育つ！」

灰桃髪の神官はマルセルの大きな声にビクリと身体を震わせ、困惑したように辺りを見回しながら、ほろほろと枯れた肌に涙を吸わせた。

「う……ひく……」

　彼はこの状況に怯えることしかできないでいる。どうしようどうしようと思うばかりでまともな思考ができないのだ。

　上位の侯爵家で儀式を失敗したというだけでも大変なことなのに、そこが悪魔と呼ばれるベリアルド家で、大音量の魔術士団副長までいるのだから当然と言えば当然だ。

「立てますか？　少し早いですが皆で朝食にしましょう。ね？」

　シェリエルはさすがに同情して彼に手を貸し起こしてやった。十中八九失敗の原因は自分の髪色だろうなと思っているので。

「マルセル見てください。僕の娘はとても優しい子でしょう？　大事な洗礼をダメにした神官にもこの通り。僕に似たのでしょうか」

「ワハハ、それはないだろう！　しかし神殿も意地が悪いな。こんな形で報復するとは」

「これは久々に花ではなく首を贈る機会がやって来ましたかね」

「それはやめておけ、冗談でも酷いぞ」

　食堂へ移動する最中も神官の顔色は悪くなるばかりである。セルジオはまだしもマルセルまでこの調子であるのは身分の差によるものだろう。

　しかしシェリエルは真犯人としてのうしろめたさがあるので、「少し静かに」とふたりを黙らせた。


　やっとのことで食堂に辿り着くと、ディディエは別室でヘルメスに絞られていたらしく少ししょげている。

　ディオールは普段通りのドレスに着替えており、すでに儀式のことなど忘れたようだった。

「神官さん、食べられそうな物だけで良いので、少しでも召し上がってください」

　彼の前にはシチューにスクランブルエッグ、野菜たっぷりスープ、蒸《む》し鶏《どり》、フルーツ、パン粥《がゆ》と焼きたての柔らかいパンなどが並んでいる。

消化に良い物から、食べ慣れているであろう定番の料理に、野菜を使った料理にと、どれかひとつでも食べられれば良いと思って部屋を出る前にメアリに託《ことづ》けを頼んでいたのだ。

「あ、その。野菜は罰や侮辱の意図はなくてですね……わたしたちが普段食べているものなので、その。お肉が難しそうならぜひ……」

反応がないのを不安に思い、俯く神官の顔を軽く覗き込んだ。

「？」

「私が、いただいてよろしい、のでしょうか……」

神官は目を見開いて順番に皿を凝視していた。薄く口を開き、たまに虐待された犬みたいにチラチラとシェリエルを見る。そこには不安と期待、恐れが入り混じっていた。

「はい、もちろんです。わたしの為にわざわざ来てくださったのですから。あ、お肉が良ければ言ってくださいね」

セルジオとディオールは彼をまったく気にも留めておらず、マルセルに料理を紹介しながら普段通り食事を始めている。ヘルメスは自然な視線の動きのなかでたしかに彼を観察していた。

そしてディディエは露骨にキラキラした目を彼に固定したまま義務的に料理を口に運んでいる。

神官はそんな彼らの様子を気にする余裕もないのか、ジッと皿を凝視しておずおずとシチューを口に運んだ。

確かめるようにゆっくりと咀嚼《そしゃく》し、一度固まったかと思うと、途端に凄《すご》い勢いでシチューをかき込む。

それからはもう、皆が自然と彼に注目するくらいの食べっぷりだった。

シェリエルはこれにニコニコする。これまで散々な言われようだった野菜を文句を言わずに食べてくれたから。

しばらく眺めていれば、神官がピタッと動きを止めた。それからダラダラと汗を流して顔を真っ赤にしながら謝罪を繰り返した。

「ガハハ！　良い、良い！　そんなにベリアルドの食事は旨《うま》いのか！　変わった料理だな！　セルジオ、私もお願いしてもいいか」

「ええ、構いませんよ。ですが、人を選ぶ料理ですから文句は言わないでくださいね？」

ヘルメスとディティエは何かを考察するように神官を眺め、ディオールだけが一瞬不快そうに眉を顰《ひそ》めたが、すぐに皆それぞれ自分の食事に戻っていた。ベリアルドの人間は基本的に他人に興味がないので。

「気にせずお召し上がりください。気に入っていただけたならわたしも嬉しいです」

「わ、私は……ッこんなに美味《おい》しい食べ物を、初めて、食べました……」

「おお……ありがとうございます。きっと料理人も喜びます」

またポロポロと涙を流す神官に、シェリエルまで狼狽《うろた》えてしまう。野菜にそれほどのポテンシャルがあったとは……と生野菜の料理にも想《おも》いを馳《は》せるのだ。

「このミルクスープのようなものは旨いな！　魔獣の肉か？　柔らかく甘い！　この草は微妙だな！　ミルクスープが一番旨い！」

「それは野菜と鶏を使ったシチューという料理です」

「なんと！　野菜やミルクがこんなにも旨い料理になるのか！　錬金術のようだな」

「マルセル様は野菜に抵抗がないのですか？」

「うむ、遠征中は何でも食べるからな。野営が多いが平民の村で世話になることもある。どれも不味《まず》いがもう慣れたな」

「騎士団や魔術士団は魔物討伐が主な仕事ですから、穢《けが》れにも耐性があるんですよ」

「でも魔物を直《じか》に目にするからこそ土や泥に嫌悪感を持つのでは？」

「？」

「あ、お父様には少し難しかったですか？」

「シェリエル、父に向かってその言い草はなんですか。僕を敬ってくれるのはシェリエルだけなんですから頼みますよ」

シェリエルが黙ってニコと笑みを返せばセルジオもニコと笑い返した。

「うーむ、嫌悪感か。魔物に接するからこそ、別物だと思えるのかもしれないな」

「ふむふむ」

「魔物は泥人形のような姿形をしているが、穢れ特有の気配というか陰の気みたいなものが凄《すさ》まじいんだ。たしかに大地は穢れを含むが、あれに比べれば無いに等しいと言える」

「それはマルセル様が鈍感だからではなくて？　わたくし、討伐帰りのセルジオ様とは三日ほど寝所を別にしたいくらいでしてよ」

ディオールの告白に、セルジオは「おやおや……」とニコニコ笑いながら一筋の涙を流すのだった。

†

「お父様、あの神官さんかなりお疲れのようなので、数日こちらで休んでいただくことはできませんか？」

「構いませんよ。神殿には連絡しておきましょう。シェリエルは本当に優しい子ですねぇ」

洗礼の儀で派遣してもらう人員は、形式上洗礼を受ける子の客人となる。もちろん、派遣を要請したり客室を整えたりなどは両親がやってくれるのだが。

その両親があの通りなのでシェリエルはメアリにお風呂と簡易スポーツドリンクの用意と、あまり長湯はさせないよう言付けた。彼らにとって病人とはすなわち被験対象である。とてもではないが任せておけないのでシェリエルがすべて手配しているというわけだ。

それから、時間ができたシェリエルはヘルメスの従魔グリちゃんことグリフォンに会いに行くことにした。

漏れなくディディエも付いて来るし、ついでにマルセルもいつの間にか最後尾を歩いていた。

「グリちゃん、久しぶりだね～！　はぁ～、かわいいね～元気にしてたかな～」

シェリエルが少し伸びた身体でバフッとグリちゃんに抱きつくと、グリフォンがグリグリと頭を擦り付けてそれに応えた。

「覚えてくれてる～グリちゃんは賢いね～はぁ～いい子～」

「ヘルメス様、アレは何です？」

「ん？　私の可愛い孫娘だが？」

「あ。いえ、それはまぁ、存じていますが。あの魔獣はシェリエル嬢の従魔ではありませんよね？」

「ああ、私の従魔だ。何故《なぜ》かシェリエルには懐いたな。ディディエは警戒しているが、私が一緒であれば背には乗せるぞ」

あまりにも不審がる声が聞こえるのでシェリエルも癒しを中断して首だけで振り向いた。

「マルセル様、従魔は人に慣らした魔獣のことですよね？　ディディエお兄様は以前グリちゃんを夕食にすると脅したので嫌われているだけですよ。グリちゃんはお父様より賢いから」

「僕は今でもそのつもりだよ。こうして見張っていないと、いつシェリエルが怪我《けが》をするか分かったもんじゃない。父上より賢くても」

「あんなことを仰《おっしゃ》るお兄様も乗せてあげるなんて、グリちゃんは良い子ねぇ～」

ベリアルドの面々が低レベルな言い争いをしているなか、マルセルだけは別のことで頭を捻《ひね》っていた。

「そんな筈はないんだが……従魔とは契約を経て自身の魔力で調教した魔獣。人に危害を加えないよう教えることはできても、魔獣が飼い主以外に懐くなど聞いたこともない」

「そうなのですか？　きっとグリちゃんは特別優しい子なんですよ。あ、クルミも懐いてくれていますけど、わたしの言うことは聞きません」

黄色いオウムのクルミはおしゃべりはしてくれるが、芸というかお願いは聞いてくれないのだ。そも、オウムのように人の言葉を話す魔鳥が特別で、ほとんどの魔獣はこのグリフォンのように契約がないと意思疎通がとれない。

故にマルセルはシェリエルを守るような素振りを見せるグリフォンを不可解に思っている。マァ、それ以上に気になることがあるようだが。

「クルミ？　木の実の？」

「いや、セルジオの魔鳥だ。シェリエルが名を付けたらしい」

「魔鳥に名を？　変わった趣味をお持ちのお孫さんですね」

「なんだ？　最高の孫だろう？　其方《そなた》、頭まで筋肉になってしまったか？」

マルセルがアセアセとしている間、シェリエルはまったくやはりグリフォンに夢中だった。

「グリちゃんごめんね、せっかく一緒にお散歩できると思ったのに。洗礼失敗しちゃったからダメなんだって」

「グルルルァ」

「本当？　グリちゃんは優しいね。でも、もうちょっともふもふさせてね？」

「シェリエル嬢！　魔獣と話せるのか!?」

魔獣もビックリな大きな声が轟《とどろ》くと、グリフォンがバサりと翼でシェリエルを包み込んだ。それと同時にディディエがグリフォンに向かって杖《つえ》を構え、ヘルメスは従魔を守ろうとディディエの腕を捻り上げる。

マルセルが額に汗を浮かべてグリフォンに埋もれたシェリエルを凝視していると、シェリエルはぽふっと大きな翼から顔を出して「いえ、適当ですけど」と言った。

「ッ……これだからベリアルドは……」

「マルセル、貴様いい度胸だな」

シェリエルはムッと唇を尖《とが》らせて怒っていた。

グリちゃんを驚かせたんだからちゃんと怒られて欲しい、と思って。しかし彼女の怒りは長くは続かない。

「お爺様とマルセル様もお知り合いだったのですか？」

「ああ、ヘルメス様が引退されるまでよく診ていただいてたんだ。討伐や戦争は心を病みやすいからな。まあ私は常日頃から鍛えているから穢れに負けたことはないが！　ナハハハ！」

「？　お爺様は心のお医者様ということですか？」

「ふふ、お医者様か、そういうことにしておこう。いまでも騎士団から患者を送ってもらっている」

「ヘルメス様、本当ですか！　ではぜひ魔術士団の者も診てくださいい！　最近少し穢れが濃くなっているようで心を病む者が増えているのです」

マルセルは随分とヘルメスを信頼しているようで、近頃の情勢や魔術士団の様子、それから、魔術士は騎士を見習ってもっと身体を鍛えるべきだという持論まで熱く語っている。

「魔術士団と騎士団は仲が良いのですね」

「神殿は陰気なやつが多いが、騎士団は日々鍛錬を積んでいるからな！　筋肉を愛《め》でる者に悪人はいない！」

「騎士は魔術士団を陰気な集団だと思っとるがな。で、神殿は相変わらずか？」

「以前より酷い有様ですよ。何かあると神が加護がと言いながら金と権力のことしか考えていない！　癒しの力を独占して好き放題だ。まあ、一部と言えなくもないですが。その一部の声が大きくて厄介なんです！」

「あの人たち僕のところにも打診に来ましたからね」

ディディエは命の加護を示す藤色の髪を摘《つま》みながら物凄く嫌そうな顔で言う。彼は神殿を毛嫌いしているらしい。

「それは酷いな！　ディディエが神殿に入れば誰

がベリアルド領を継ぐというんだ！」

命の属性を持つ子は殆どが神殿に入ることを推奨される。否、強制的に入れられる。

癒しの力は家門や派閥で独占せず、平等に使われるべきという流れが昔にあったのだ。

暴論にも思えるが、領地や爵位を継げない長子以外の子は、神官というだけでも優遇されるので進んで神殿入りするという。

それに、一箇所に集めることで一人では治療し切れない大怪我を治療できるという利点もあった。魔力量の少ない下位の神官であっても人数が集まれば大きな儀式ができる。

しかし元々が閉鎖的な組織である上、王都の神殿ともなればなまじ権威があるため、利権や何やらで摩擦が生じるのである。

ディディエはほとほと呆《あき》れたように目を半分にしていた。

「その嫌がらせもあってあんな貧弱な神官を送って来たんでしょう。シェリエル、僕のせいじゃないけどなんかごめんね？　神殿でも燃やして来ようか？」

「いいえ結構ですよ、お兄様。大人しく学院にお戻りください」

「なんだい、すっかり反抗期だな」

ぷにぷにとシェリエルの頬を突くディディエをグリフォンがグワッと威嚇した。シェリエルはそれを無視してヘルメスにかわいらしく眉を下げた。

「お爺様、あの神官さんは大丈夫でしょうか。儀式の失敗はたぶんわたしに原因があると思うのですけど、少しお話ししてみて貰えませんか？」

「シェリエルの願いなら喜んで。と言いたいところだが、私も気になることがあるからな。後で少し診て来よう」

「ありがとうございます、お爺様」

†

自室に戻るとメアリが何か思い詰めたような顔

でグッと拳を握りしめていた。

「メアリどうかした？　お客様のお世話大変だったでしょ？　少し休んでね」

「いえ、それが……」

　普段から明るく、きちんとシェリエルにも言うべきことは言うメアリが珍しく言い淀《よど》んでいる。そんなメアリはあのイジメ事件の時以来で、シェリエルも男の子のお風呂の補助が嫌だったのだろうかと心配になった。

「何か嫌なことされた？」

「そうではありません。これはお耳に入れるべきではないのかもしれませんが……実は……あの方のお身体に、多数の傷が……」

「傷？　というのは拷問や虐待を受けた痕ということ？」

　彼に戦闘ができるとは思えない。メアリの表情や神官の様子からしても、誰かに傷付けられたと考えるのが自然だろう。

「切り傷に打撲の痕、火で炙《あぶ》られた痕までありました……わたしにはあの方の傷を見ていられそうにありません」

「うん、お母様の使用人に頼んでみるね。教えてくれてありがとう」

「いえ……申し訳ございません、シェリエル様」

　メアリは他人の傷や辛《つら》い事情を知るだけでも心を痛めて穢れを溜《た》めやすい。それが元々の気質なのか、以前のことがトラウマになっているのかシェリエルには分からない。が、普通はだいたいこうである。

　――それにしても、虐待か。お爺様が診ると言っていたのはこのことに気付いていたからかな？

　神殿に居るのだから怪我をすればすぐに治してもらえる筈だ。むしろ命の加護を持つ神官ならば多少の怪我は勝手に治る。ディディエもすぐ治るからとよく自分の身体でナイフの試し切りをするし、自分で調合した毒も気軽に試す。

　それはつまり、以前メアリがされたように治癒が追いつかないほど長時間痛めつけられたか、常習的に深い傷を負っているということになる。

故にシェリエルは単なる折檻《せっかん》ではなく虐待だと判断したのだ。


そんな折、タイミング良く自室の扉が叩《たた》かれた。お爺様早かったななどと思いつつメアリに扉を開けて貰うと、なぜかそこにはセルジオが立っていた。

そして彼はキラキラと輝く目で言うのだ。

「シェリエル、良いことを思い付きましたよ。これは神々の思し召《おぼしめ》しです、さぁ剣術をやりましょう」

「はい？」


そんなわけでふたりがやってきたのは騎士の訓練場である。

ベリアルド領の騎士団が使う大きな広場だが、今日はシェリエルの洗礼のため騎士団は休みだった。

シェリエルはもちろん今はそれどころではないと言ったのだが、セルジオはディディエの昔の服を持参し、メアリに当主命令だと言って権力を振りかざしたのでシェリエルもアワアワしているうちにこんなことになってしまった。

「えっと、あの。女性は剣術を習わないのですよね？」

「そんなことありませんよ。護身術は学院でも習いますし、短刀の扱いや剣への対処法を学ぶためある程度剣術も必要です」

「たしかに、そんな気もしてきました」

件《くだん》の夢で『シェリエル様が体術の授業でマリア嬢を転ばせていたわ』という冤罪《えんざい》をかけられたような気がする。

「一応洗礼の儀はもう一度試してみますが、魔術が使えないなら剣術を極めれば良いんです。まあ、女性の騎士は今のところいませんが。ベリアルド一族には討伐に参加する義務がありますからね」

「あ……だからわたしは役立たずだとか欠陥品だとか言われていたのか……」

シェリエルは誰にも聞こえない声でまたひとつ納得する。

普通にセルジオには聞こえているが、セルジオはその手のセンチメンタルを受信できない仕様なので「おやおや、やはり僕の子ですね」とやる気になってきたシェリエルに子ども用の剣を手渡した。刃を潰した鉄の剣を。

「お父様？　まずは木刀とかじゃないんですか？」

「大丈夫ですよ、ベリアルドですから」

「お、重い……」

シェリエルはそんなまさかと思いながら、グッと腕に力を込め、体幹に意識を向ける。

少しだけ腰を落とし重心がブレないよう注意しながら、剣を落とさないよう指先にまで力を入れると、一気に血が全身を巡りはじめた。

まさかの事態だった。一応持てるししっくり来る。

そしてぶわりと毛穴から汗が吹き出るような感覚が、頭の先まで駆け上がった。

「ほう……面白いですね」

――何が面白いんだ、いきなりこんな重い剣を渡しておいて！

腕も背中もビリビリするしわたしはまだ七歳なのにとシェリエルはご立腹であるが、セルジオは至極なめらかな声音で淡々と指示を出した。

「ちょっと振ってみましょうか。真っ直《ま　す》ぐ上から振り下ろして。うん。いいですね。最初は両手で構いませんが、基本は片手で振れるようになりましょう」

剣の重みで身体が持っていかれないよう必死で重心を保ちながら、何とか剣を振り下ろし。今度はひっくり返らないようにおでこの高さまで切先を戻す。

「ふむふむ、ちょっと打ち合ってみましょうか。ここに座っているので好きに打ち込んで来てください」

セルジオとの身長差ではシェリエルの剣は届かない。それを考慮してか、芝生に胡座《あぐら》をかいたセルジオが片手で剣を構えた。

「わたしが怪我したらディディエお兄様に言いつけますよ」

「それは怖い。怪我しないようにしてください」

――丸投げかい！

と、シェリエルは軽く左足を引き、右の足先で地を摑《つか》むように踏み込んでセルジオの構える剣へと斜めに打ち込む。キン、と甲高い音が鳴り同時に手のひらが痺《しび》れた。

咄嗟《とっさ》に剣を握り直すと、セルジオが軽く押し返してくる。上半身に置いていかれないよう素早く足を戻すと、今度は剣を持つ手とは反対の肩に向け。

ズッ、と手首を返して剣を突き出してみた。

カンッ！　と金属の音がして剣が手からすり抜け、それは宙を舞って地面に落ちる。セルジオに弾《はじ》き飛ばされてしまったのだ。だがしかし。

――案外いける。

「すごいですね。シェリエルには僕と同じ剣の才があるのかもしれません。あ、前に言ってた前々世の記憶でしょうか？　身体が覚えているみたいなことはありますか？」

一拍置いてジンジンと痺れ始めた手の平をグーパーグーパーしながら、先程の感覚を思い返してみる。

「前々世はたしかに騎士だったみたいですけど、記憶という記憶は殆どないんです。でも、なんとなくですけど……こうしたいと思った時にどうすべきか、みたいなのは分かっていた気がします。身体は違うのに身体が覚えてるなんてことあるんでしょうか？」

「いや、それは知りませんけど。僕、考えるの嫌いなので」

「自分から聞いておいて!?」

「それより、その強化は意識してやってるのですか？　無意識です？」

「強化？　何ですか、それ？」

「無意識ですか。いやね、その剣本当は持つのがやっとな筈なんですよ。振り降ろすくらいなら技術で何とかなるんですけど、しっかり振れてましたからね」

――なぜそんな物を渡したんですか、お父様？　こんな調子では訓練の途中でうっかり死んでしまう。享年七歳死因養父なんて笑えない。

それはそうと強化とは？　火事場の馬鹿力みたいなものだろうか。たしかに、前々世の記憶では何人もの兵士を振り切って火の中に飛び込んでいた。

そういうタイプなのかもしれない。パワー型というか、肉体派というか。……嫌すぎる。

「僕あまり魔力の流れを読むのは得意じゃないので、マルセルを呼んで来ましょう。ザリス、ちょっと呼んで来てもらえます？　たぶん、魔法陣の検証してるはずなので」

ハァ、と溜息《ためいき》を吐《つ》いたザリスは優雅に立ち去りながらも瞬く間に見えなくなった。

「魔力が何か関係あるのですか？　わたしは何もしていませんけど。洗礼の儀もあの通りですし」

「うーん、僕も不思議に思っているところですがそうとしか考えられないですしね。もしくは生まれつき物凄く強い鋼のような肉体なのか」

――鋼の侯爵令嬢か……それなら悪くない。筋肉バカはちょっとね。女の子だし。

と、シェリエルは勝手にカッコいい二つ名を考えて肉体派でやっていくことを受け入れようとしていた。

前世は生粋のインドア派であったことを忘れている。そしてその二つ名が極めてダサいことに気付いていない。

と、そこに。

マルセルがものすごい勢いでやってきた。セルジオがのんびり説明し終えると、マルセルは大音量で「何をバカなことを！」と叫んでいた。これは真っ当な全否定である。

「しかし生まれながらに鋼の筋肉なら……それは羨ましいぞ、シェリエル嬢」

鋼の筋肉令嬢はちょっとイメージと違う。そのちょっとのニュアンスが大事なのにと、シェリエルは不本意そうに口を尖らせていた。

補佐官のザリスがこの三人では埒《らち》が明かないのではないかと心配していると、セルジオがパンとひとつ手を叩いた。

「とりあえず見てみてください。シェリエル、ほらもう一度。今度は最初から本気で打ち込んでみてくださいね」

シェリエルはもう一度体幹を意識し、全身のバランスが取れたところで腕や足にも力を込める。

先ほどよりはっきりと血の巡る感覚があった。踏み込んだ直後、剣の交わる瞬間に握った手のひらに特別力を込める。

「キン！」

今度は剣を落とさずに済んだ。シェリエルはそれに安堵《あんど》し、この短時間での進歩にたしかな喜びを感じている。

対してマルセルは白とも青とも言えない顔色で、怖気《おじけ》に震えるような声で言う。

「いや、これは……あり得ないだろう。なぜそんなことが？　シェリエル嬢、もしかして以前に洗礼の儀を受けたことがあるのか」

「ないですよ？　鋼の筋肉じゃなかったですか？」

「たしかに、魔力が動いていた。しかも全身に帯びる魔力ではなく、的確に使うべき筋肉へと淀みなく流れている。こんなことはあり得ないぞ！　どうするんだ、セルジオ」

「いや、どうすると言われましても。良かったじゃないですか。これで僕の後継者もできました。領地はディディエ、騎士団はシェリエルで決まりですね」

いやいやいや、そんなまさか。あまりにも軽く笑い飛ばすセルジオに頭が痛くなって来た――のはマルセルである。

　シェリエルは慣れているしそれも悪くないと思っている。

「ちょっと待て、祝福もなく魔力を操作するなんてできるわけないだろう。それに属性も分からないんだぞ。これは魔術士団で預かって詳しく調べる必要がある。私だけでは分からん！」

「ダメですよ、シェリエルはここで僕と剣術を磨くんですから」

　この押し問答を何往復かしたあと、マルセルが閃《ひらめ》いたようにぐるんとシェリエルの方に首を回した。

「シェリエル嬢、少し魔法を試してみないか？　もしかしたら知らないうちに洗礼を受けているかもしれない」

「そんなことあります？」

「普通はない。だがやってみる価値はある」

「ッ！　試してみたいです！」

「じゃあ、手のひらを前に突き出して。そうだ、そこに意識を集中させて。身体を動かしていたときのような魔力の流れを感じたら、〝ドロー〟と唱えるんだ」

　魔力がどうとかは分からない。だがとりあえずさっきと同じでというなら力を込めるような感じで良いはずだ。

　そう思って、シェリエルは張り切って大きな声を出した。

「ドローッ！」

「……」

「……？」

　――うん、何も起こらないね？

　おかしいなと首を傾《かし》げるマルセルを置いて、セルジオとシェリエルは広場を後にするのだった。

　そして、屋敷に向かう道すがら。唐突にセルジオがこんなことを言いだした。

「シェリエル、騎士は良いですよ。執務からは解放されますし、領地の騎士団なら王族に忠誠を誓う必要もありませんからね」

「？　ベリアルドは身分や役職にかかわらず王族に忠誠を誓わないといけないのではないですか？」

「そんなこと誰に言われたんです？　思想統制ではありませんか、許されていいはずがないでしょう」

「マルゴット先生です」

「……」

「お父様？」

「シェリエル、王様に会うときはお利口にするんですよ？　間違ってもディディエのように王太子殿下をクソガキ呼ばわりしたり陛下に〝お宅の息子は教育がなってないのでは〟などと言ってはいけませんからね？」

「えっと、それは忠誠以前の問題では？」

「おやおや？」

「お父様、一度知能テストを受けた方が良いのではないでしょうか。人には向き不向きがありますから、恥じることはありませんよ」

「シェリエルはディディエに似て来ましたねぇ。本心から言っているのが分かるので少し傷付きました」

「わ、お父様、わたしは騎士の記憶があるので今日のお父様はとても強くて尊敬できてカッコ良いと思いました！」

「ふふふ、シェリエルは本当に優しい子ですね。マァ僕は座学も上位の成績でしたが」

「はい!?」

「当然でしょう？　ベリアルドですからね」

セルジオはニヤリと笑い、驚きで声も出ないシェリエルの頭をクシャと撫《な》でると、ンフフフ……と愉快そうに彼女の前を歩く。

シェリエルは信じられない気持ちで彼の背中を見つめ、「アッ！」と思った。

これはセルジオからの加護と祝福だったのではないか。

魔法が使えなくても、神々に祝福されなくても、王族に多少の無礼をはたらいても彼の子どもでいる限り何も問題ないのだと。そう言ってくれたのではないか。

剣術の才を見出《みいだ》し、騎士の道もあると示してくれた。彼女は今自分の口で「人には向き不向きがある」と言った。

シェリエルは少し泣きそうになった。

そして心底恐ろしい人だなと思うのだ。

†

長い長い七歳の誕生日もようやく終わろうとしている。

シェリエルは自室に戻るとすぐに寝る支度をしてベッドに入った。本当に疲れたのだ。色々なことがあったし今世で一番身体を動かしたから。

メアリが灯《あか》りの魔導具を消し退室したところで、タイミングを見計らったようにカリカリと窓を引っ掻《か》く音がした。


「猫ちゃん、いらっしゃい」

「ナァ〜オ」

「静かにね」

月明かりしかない暗い部屋。

シェリエルは黒猫を案内するようにノソノソとベッドに戻る。布団の上に寝転び、つやつやの毛並みを手のひらで撫でながら、今日あったことをとりとめもなく話すために。

「あのね、聞いてくれる?」

本当に、人生最大の危機と言っても良い〝儀式の失敗〟が霞《かす》むほど色々なことがありすぎた。

初めて会う他家の貴族に、儀式の失敗。灰桃髪の神官は倒れ、皆で食事をし、初めての剣術に、今後の進路決め。

「わたしね、剣術が得意みたい。才があるって言われたの。ふふ、嬉しかった」

「……」

「でもね、そのあとも大変だったんだから。お母様は商会があるから絶対に魔術士団に行くのは反対だと仰るし、お爺様はしっかり調べるのもひとつの手だと言うの。お兄様はもちろん大反対。騎士もダメだって。ねぇ、どう思う？」

「ンにゃ」

シェリエルはこの時間が一番心穏やかでいられた。何者でもない自分でも許される気がするから。誰かに余計な荷物を持たせることもなく、言語化することで自分の感情を整理できるから。

「はぁ……せっかくここで落ち着いて暮らせるようになったのに。魔術士団なんて行きたくないよね」

黒猫は片耳だけピンと彼女に向けた。彼は大変賢いのでまるで言葉を理解するみたいに反応する。しかし彼は猫であるためシェリエルの問いにどんな答えも出さない。

彼女はこの感情を誰にも深刻に取られたくないし、軽く扱われたくもなかった。誰にも可哀想《かわいそう》だと思われたくないし、誰にも揶揄われたくない。

だからこの物言わぬ小さな友人の前ではすると心根が漏れるのだろう。

「でもね、今日洗礼の儀に失敗しちゃったから。わたし魔法が使えないのよ。魔術士団に連れていかれても、ただの実験体で研究対象なの。猫ちゃんわかる？」

「ンノァ〜」

「ね〜、嫌よね〜」

調査と言いつつ拷問の日々が待っていたらどうしよう。もし魔法が使えたなら喜んで付いていくのに。魔法が使えないから望まれるなんて……

「でもね、マルセル様の言ってることも分かるの。魔術の授業すら受けられないと、学院でもね……その、色のこともあるし。わたし、虐《いじ》められちゃう。女のイジメって怖いんだから」

「ンァ」

「じゃあやっぱり商会しかないか……でも、顧客が貴族だと結局信用がね。足りない。もういっそ、騎士もアリかも。才能あるみたいだし」

「ニァ」

「へへ。そうなの。ま、それくらいしか特技になりそうなものがないんだけど。お菓子作りとかは趣味の範囲だし。正直自分が食べられればいいだけだから」

「……」

「はぁ……あ、猫ちゃんは魔法使える？　わたしと同じで存在しない色なんて言われてるけど」

返ってくるはずのない問いをこぼしながら、スリスリと鼻筋を撫でてやる。黒猫は気持ちよさそうに目を瞑《つぶ》り、グッと頭を突き出すように背中を伸ばしていた。

リズムをとるようにタンタンと尻尾を布団に叩きつけているのは、もっと撫でろの催促だろう。

「ふふ、お客様、痒《かゆ》いところはございませんか～」

一度大きく持ち上げた尻尾がタンッとふたたび振り下ろされた時。

「うそ……」

ふるふると寝台の上に小さな光の粒が降り注いだ。

それはあたたかな雪華のようで。

「そんな……」

残酷な希望であった。

シェリエルはキラキラと輝く砂金のような瞬《また》きに手を伸ばす。触れるそばから消えてしまう。

「猫ちゃん、魔獣だったの？」

――ええと、魔法が使えるってことは魔力があって、魔力があるってことは魔獣で？　でも黒ってどの神様の加護なの？　それとも加護がなくても魔法が使えるってこと？

当然、シェリエルは大混乱である。

そも、髪色は魔力を持つ者が生まれるときに神に加護を与えられた証《あかし》であり、謂《い》わば神色。神が与え給《たも》うた絶対的なレッテルであった。

存在しない色をしたシェリエルと黒猫は、加護がないので魔法を使えないはずなのだが。

……いや、その考えが間違っているのかもしれない。単純に考えれば、猫ちゃんは魔力を持った猫だもの。

彼女は前世でそれに近い存在を知っていた。

「もしかして、猫又？」

「ンぁ」

猫又という言葉に馴染みがなかったのだろうか。

尻尾は分かれてないが、グリフォンがいる世界なのだからカッパもドラゴンも猫又だっているだろう。

属性不明の猫にも魔法が使えるというのは希望であり、絶望でもあった。

「すごいね、猫ちゃん。い、いなぁ……わたしは今日魔法も試したけどダメだったの。洗礼の儀もね、ちょっとは期待してたんだけど。儀式で、魔法みたいにパァーってわたしの髪が青とか赤とか藤色になるの。お兄様とお揃《そろ》いも素敵でしょ？　それで……みんなに、よかったねって言ってもらって……ふ、つうに」

喉の奥がキュッと閉まり、目頭に熱が集まってくる。

彼女は期待していたのだ。前世の記憶を持ち、未来の夢を見て、悲惨な運命をこの手で変えたという自負がある。だから自分は特別でこの先もきっと良い方向に進んで行くのだと、夢見ていた。

しかし。

「……ッ、ふっ……、……」

これまで挫折を味わったことがなかった。否、困難から逃げていただけだ。割り切っていたうにかなると思って、どうにかなったと思ってきた。


（※）


そんな彼女はもう、この黒猫が魔法を使えるなら——なんて都合の良い夢は見られない。

初めて自分ではどうにもならない現実に直面し、打ちのめされ、それを挫折だと認めたから。

だから本当に世界でひとりぼっちになってしまったと思って。自分だけが仲間外れで、自分だけが愛されなかったのだと思って。

「なッ……なんで、わたしだけ……でもね、髪はね、気に入ってるんだよ？　みんなが、気をつかうから、言えない……けど」

話しているうち、ほろりと涙が溢れて一条頬を伝う。

一度流れてしまえばもう止まらない。ボロボロと大粒の雫《しずく》が溢れ、誰にも聞かれたくない心の弱さが漏れ出てしまう。

「きれいな、色、でしょ？　でも、ダメなんだって……ヒっく……神様に、愛されてないって、ひどいよねッ……そんな、言い方しなくてもさ……」

黒猫はベッドから降りてちょこんと座り直す。聞いているのかいないのか、ジッとこの白雪を見つめている。

彼女はまるで冬に置き去された雪の精のようであった。春の暖かさに溶けて消える、孤独を抱きしめた迷い子の如《ごと》きである。

それでも彼女は懸命に自身の感情を飲み込もうとしていた。心臓の痛みを和らげようとハァと大きく息を吐く。そして眉をキュッと寄せたまま、震える唇でへらりと笑い。

「……みんな優しくしてくれるのに、これからみんなのお荷物になるのが……つらくて。苦しいの」

言葉にするとダメだった。

整えたはずの呼吸が一気に乱れた。声を殺して唇を噛《か》み締めても、涙だけは止まらない。

――わたしは、みんなの役に立てない。

それが何より苦しいのだと、分かってしまった。実の子でもないのに、本当の家族ではないのに、魔力もないのに、呪いだってきっとないのに。

彼らが彼らなりに愛してくれているのだと分かってしまった。どんなことがあっても彼らだけは愛してくれるのだと、そう思えるから。だから出来そこないの自分が悔しくて申し訳なくて、苦しいのだ。

「猫ちゃん、ごめ……少しだけ」

慰めてほしい。今だけは無償の愛ではなく、無感情な温《ぬく》もりがほしい。

そう思って縋《すが》るように黒猫に手を伸ばしたその時。

「……なんで？　置いてかないでよ」

　黒猫がふたたび淡く光りだした。一瞬、ジジッ、とノイズが入ったみたいにブレた気がした。

　シェリエルはパチパチと目を瞬き、その何度目かで――

「はぁ、仕方ないな……」

「え？」

　目の前には常闇のようなしっとりした少年が立っていた。

　年齢、性別、種族、子ども、大人、その他あらゆる区別を付けようがない。アイスブルーの瞳に、涼やかな目元。スッと伸びた鼻筋に、透き通るような白い肌。グリーンのオーロラをかけたような深い黒髪がゆるく肩にかかっている。困ったように眉を寄せても、その神聖さは損なわれない。

　それは人ならざる者の美しさであり、つまり、息を呑《の》むほど美麗なヒトガタであった。

「綺麗な髪……」

「そう？　初めて言われたよ」

「早く教えてくれたら良かったのに。恥ずかしいところ見られちゃった……」

　シェリエルは思考を放棄した。猫又が人に化けることは知っていたし、アレコレ考えるのは野暮というものだから。

　けれど少しだけ。あの小さな友人がこれほどの美形、かつ人の言葉を理解できるのだと思えば、先の醜態を思い出して恥というものを知ってしまう。

「猫ちゃん、いくつ？」

「？　十五だよ。驚かないのかい？」

――前世で飼ってた猫は十八歳まで生きたけど、十五歳でも長生きのうちに入るのかな……それとも、魔力を持ってたからすぐに猫又になれたとか？

「ビックリしたよ？　でも今日は色々ありすぎて……そうだ、お名前は？」

「……君の好きなように呼ぶといい」

彼は少し考えたあと、幼さの残る中性的な顔で薄く笑ってそう言った。高いとも低いとも言えない凪《な》いだ声が耳に心地良い。

魔獣は名を持たないことを知っていたシェリエルはいつものように彼にぴったりの名前を考える。

「それなら、クロ……はちょっと可愛すぎるし、のわーる、ノアでいい？」

「……？」

彼は表情をそのままに、わずかに首を傾げている。それは猫の姿のときと同じようでいて、人の姿ゆえに何を考えているのか分かりづらい。さすが猫又、妖然としている。

「そういえば、さっき仕方ないって……どうしたの？」

「ん？　君は洗礼の儀に失敗したんだったね。そんなに魔法が使いたいの？」

「うん……できるだけ、ここで普通に暮らしたいの。でも加護がないって」

「そう。まあ、魔術士団に連れて行かれると厄介だね」

「やっぱり？　団長さんが来るかもって言ってたけど、どうしたらいいかな？　調べてどうにもならなかったらすぐ帰してくれるかな？」

最悪、連れて行かれたとしても数ヶ月程度ならいいのだ。けれど、それ以上となると絶対に嫌だった。

シェリエルにはもう、十年も残ってないのだから。人生のほとんどを実験体として過ごすのはさすがに味気ない。

「少し外に出ようか」

ノアはそう告げるとシェリエルを抱きあげた。

結構背が高いんだなと思っていれば……

急に頬に風を感じ、夜の湿った空気で自分が外に居るのだと気付く。

「え、なに、どうして!?」

「静かに。見つかると大変だよ、私が」

「ア。……ここ、祭壇？」

「あの儀式をもう一度やってごらん。私が手伝うから、言われた通りにすればいい」

「でも儀式をする人が……」

まだ魔法陣は残っている。が、肝心の術士が全員屋敷の中だ。しかし人を呼べばノアが不審者として捕まるし、彼は人目を避けているようだった。

ノアは陣の中心まで来ると、シェリエルを下ろしてナイフを取り出した。流れるような手つきでシェリエルの右手を取ると、躊躇《ためら》いもなく手のひらを大きく切りつける。

「イッた！」

「ほら、儀式が終わらないと治癒もできないよ。片膝を突いて、右手を陣の中心に乗せるんだ」

やっぱり人の形をしていても猫なのね……

どれほど懐いていても猫というものは人間の痛みに無頓着である。戯れに爪を引っ掛け、膝に乗ろうとして太ももに傷を作っても猫に悪気はないのだ。猫だから。

「どうすれば……祝詞も分からないし、わたしは加護も……」

「私の言葉を復唱して。祝詞はただの鍵だからね。意味を知る必要も、気持ちを込める必要もないよ」

シェリエルはすでに頭がふわふわして正常な思考能力が残っていなかった。よってこれに期待するでも、否定するでもなく、言われた通りに膝をつく。

何も起こらなければノアも諦めるだろうと思って。

「背中から少し魔力を動かすけど、そのまま続けるように。いいね？」

「う、うん……」

ノアがシェリエルの背中に手を添える。ほのかに体温が伝わって来た時。

「我、全の加護賜いしシェリエル・ベリアルド」

――え？　全の加護……？

サラサラとした小さな声がシェリエルの耳元で詠唱をはじめ、彼女はその心地良さに身を任せそのまま復唱する。頭は追いついていない。

すると突然、背中が燃えるように熱を持ち、何かが内臓を掻き回すようにぐるぐると蠢《うごめ》き始めた。

ザワッと全身の毛が逆立つような震えと共に、手を付いた場所からじわじわと光が広がっていく。それは徐々に魔法陣を染め。

夜の真っ暗な祭壇で、美しい模様が構築されつつある。

「天元に留まる神々に奏上す」

陣の全体に光が行き届いたかと思えば、六神の記号がそれぞれ浮かび上がり、ゆっくりと円周上を廻《まわ》り始める。

ノアは静かに立ち上がると、祝詞を続けながら魔法陣の外までコツコツと靴を鳴らし歩いていった。

「天降し依さし奉られよ天元六神の儀を以て祝福授け給へ」

振り返った彼と目が合った。

「ドンッ！」

と大きな音が降って来た——気がした。あまりの衝撃にそれが音であるのか振動であるのか分からない。目の前は真っ白で何も見えない。ビリビリと空気の揺れを肌で感じ、頭の天辺《てっぺん》から足の指先まで痺れている。

けれど、不安なことは何ひとつなくて。むしろ泣きたくなるような安心感に包まれている。

——これが、祝福……

彼女は〝神に愛される〟という言葉の意味を理解した。世界の一部として認められ、脳が蕩《とろ》けるような多幸感と全能感で酩酊《めいてい》している。

湧き上がる様々な感情に身を委ねていると、白んでいた世界が少しずつ色を取り戻して行った。目の前の人影がハッキリとノアの姿を形作った時、辺りはいつも通りの見慣れた庭園だった。

「え、今のって……」

「誕生日、おめでとう」

「あッ……」

信じられない。否、本当は理解している。自分は今洗礼を受けたのだと。

でもどうして……

「これはノアの魔法？」

「いや？　私はただ手伝いをしただけだよ」

「えっと、わたしの属性、さっき、全って……」

「詳しい話は次にした方が良さそうだね」

ノアの視線の先から、ガヤガヤと人の話し声が聞こえてきた。

「でも、手！　治しッ」

既に痛みの麻痺《まひ》した手のひらを差し出すと、ただ赤黒い血で汚れているだけで、傷口は消えていた。

ノアがスッと手をかざすと、血も傷跡も何も残っていなかった。

「また明日の夜にお邪魔するよ。良い夢を」

彼はそう言い残すと、次の瞬間には消えていた。

†

翌朝、目が覚めるとやけに目が重い。

「お目覚めですか？　あら……少し目元を冷やしましょう」

泣き腫らしたシェリエルの目に、メアリが冷たい布を目元にヒタと乗せる。

——そういえばあれからどうなったんだろう。

黒猫もといノアが去った直後は大変な騒動だった。

唖然《あぜん》とするシェリエルに駆け寄ってくる大人たち。

『何があったんです！　今光の柱が降りましたよね!?』

『シェリエル、無事!?　大丈夫なの？　何があったの！』

『どういうことだ、凄い魔力の残滓《ざんし》だぞ！　これはシェリエル嬢がやったのか!?　まさか一人で洗礼の儀を!?』

見慣れない巨大な筋肉の塊が猛突進して来る様は恐怖でしかなく、シェリエルは身を引いた拍子にぺたんと尻餅をついてしまった。

そして『あの、眠れなくて、散歩を……』と苦しい言い訳を絞り出すが、当然誰もそんな話は聞いてない。

見かねたディディエが『あぁ～シェリエル泣いてたのか。儀式の失敗がそんなにショックだったの？　かわいそうに』と思ってもないことを言いながら彼女を抱き上げると、シェリエルはすでに体力の限界だったのかスゥと寝てしまった。

そして気づいたら朝だったというわけだ。

そんなふうに昨夜の出来事を思い返していると、コンコンと扉が鳴って誰かが部屋に入ってきた。

「あれ？　シェリエル生きてる？」

「おはようございます、お兄様」

目元の布を取り、ゆっくり身体を起こすとすぐにディオール以外の大人たちがぞろぞろと入ってくる。

「え、マルセル様まで!?　あの、まだ身支度が」

「そんなこと言ってる場合じゃないだろう！　昨日の話を聞かせてくれ！」

「おい、私の孫を怖がらせるな」

マルセルが首根っこを摑まれ後ろへと引っ張られて行く。代わりにディディエが寝台に腰掛け、手のひらでシェリエルの目を塞ぐと何か呪文を唱え始めた。

「どう？　目の腫れは引いたようだけど」

「わ！　目がスッキリしました。お兄様、ありがとうございます」

重くシパシパしていた瞼《まぶた》が嘘《うそ》のように軽い。

「ほら、平気みたいですよ？　やはり昨夜の光はシェリエルの祝福だったみたいですね」

「本当ですね。祝福がなければ今頃頭が割れるように痛み、鼻血を出しながら嘔吐していたはずですから」

――今なんて？

「お兄様、もしかして、祝福を確かめる為に……治癒を？」

「大丈夫だったんだからいいだろ？」

「もし祝福を得てなければどうするつもりだった

んですか！　まったく！」

「あはは、いつものシェリエルだ。頭も無事みたい」

「そうだ、シェリエル嬢、昨日教えたスペルを！　試してくれ！」

起き抜けの七歳児に対する配慮は微塵《みじん》もない。

シェリエルは手のひらを突き出し、神経を集中させる。すると昨夜の儀式で感じたのと同じ、体内を蠢く何かが腹の底から沸き上がってきた。

……これが、魔力？

「ドロー！」

ブンッと一瞬目の前の空気が揺らいだかと思えば、ザバッとバケツをひっくり返したような水が布団に落ちた。

「うわっ！　メアリごめん！」

咄嗟にメアリを探して視線を上げると、寝台の側《そば》に立つ大人たちが一言も発さずに固まっていた。

それはそう……いきなり布団の上でやるとは思わないよね。成功すると思ってなかったから布団の上だってこと考えてなかったや……

とシェリエルは完全に水浸しになった布団を見て肩を小さく丸めるが、口をパクパクさせていたマルセルが震えるような声で言った。

「いやいや、有り得ないだろう……どうしてこんな量の水が」

「初めて使ったのですよ？　調整なんてできません」

「そういう問題じゃないだろう！　だいたい、魔力操作などどうやって」

彼はシェリエルを凝視したままセルジオをガクガクと揺さぶっている。

「まあまあ、こんなこともありますよ。ベリアルドですからね」

「何でもかんでもベリアルドを理由にするな！」

身支度を済ませると即事情聴取である。

サロンに入るとセルジオがうんざりした顔でマルセルに問い詰められていた。

「ほら、来ましたよ。僕はこういうの苦手なので、本人に聞いてください」

「おお、来たか！　シェリ……んグッ！」

長椅子から飛び出しそうになったマルセルの後ろ襟をヘルメスが引っ摑んでいた。ヘルメスは一回りほど大きなマルセルを片手で制したまま、シェリエルの方を向いて柔らかく目尻を下げた。

「シェリエル、誕生日おめでとう。何があったにせよ、喜ばしいことだ」

「ありがとうございます、お爺様」

誕生日、そして祝福を得られたことを改めて実感する。皆が次々に祝いの言葉をかけると、シェリエルは誇らしくも少し気恥ずかしい心地で頰を熱くした。

「けどさ、何でひとりでやっちゃったの？　僕せっかく属性分けの訓練までしたのに。立ち会えなかったんだけど」

「ごめんなさい、お兄様。わたしもあんなことになるとは思わなくて」

「シェリエル、昨夜あったことを話してくれないか？」

「あの、わたしもよく分からなくて。洗礼の失敗が悲しくて、そしたらお友達が教えてくれて。それで言われた通りにしたら、ドンって何か来て、気付いたらみんなが来て……」

あまりにも支離滅裂な説明であると、シェリエルも分かっている。

セルジオなどもう聞く気すらないのだろう。目を伏せフンフンと分かった顔で頷いていた。保護者であり当主であり家長のセルジオがこうなってはまともな真相究明など不可能かと思われた。がしかし、こんな時こそ我らがヘルメス閣下である。

「友達というのは？」

「猫ちゃんです」

「……猫」

ヘルメスが遠くを見つめて黙ってしまう。なので、シェリエルはこれにアワアワと焦って身振り手振りで一生懸命説明した。

「凄い猫ちゃんなんですよ、尻尾をタンタンってしたら光の粒がキラキラ降ったり！　わたしを連れて瞬間移動したりするんです。なので、えと、きっと凄い力を持った子で。悲しんでたわたしを見て助けてくれたんじゃないかなと」

人に化けるのは秘密にした。二年も隠していた彼が自分を助けるために正体を明かしてくれたのだ。勝手に話す訳にはいかない。

「おかしいな、嘘を言っている訳ではなさそうだ」

「シェリエルは夢でも見ていたんじゃない？　それをそのまま信じちゃってるとか？　夢なら前科もあるしね」

そう言われてみると、たしかにそんな気もしてきた。

泣き疲れて寝ちゃって、夢の中の儀式がリアル過ぎて祝福を……て、流石《さすが》にそれはないでしょう！

「とりあえず、夢ということにしておきましょうか」

突然口を開いたセルジオがまとめに入った。彼はこの話自体に飽きているのだ。

「おいおい、セルジオいくらなんでも無理がある！　魔術士団で調べさせてくれ。というか、そうしないと絶対に団長がここに来るぞ！　そんなことになったら魔術士団は終わりだ！　お前も困るはずだ、そうだろ？」

「うーん、たしかにそれは困りますね。では、シェリエルに直接交渉してください。ベリアルド城内で調べるなら僕はかまいませんよ？」

「あれ？　お父様？」

あっさりと許可したセルジオに、まさか祝福を得たせいで剣術を教える必要がなくなり、自分への興味が失《う》せたのではと心配になる。そこまで薄情だとは思いたくないが。

「シェリエル嬢、良いだろうか」

「えと、でも……」

「あ、シェリエル、剣術の稽古は午前にしましょう。空いた時間であれば好きにしてください」

「父上、剣術の稽古ならせめて僕の休暇が終わってからにしてください」

「あ……なるほどですね」

つまり彼らはシェリエルが城にいる限り、否、自分のやりたいことの邪魔にならない限り他はどうでも良いのである。

あれほど剣術に反対していたディディエですらこれなのだから。

「マルセル様、わたしには時間がないようです。申し訳ありません」

「そ、そんな……少しだけで良いんだ。無茶な調べ方はしないと約束する。少しだけだから！」

必死に頭を下げるマルセルは常識人で思いやりもあり、根が良い人なのだと分かっている。が、シェリエルは存外現金な子だった。

なにせもう魔法が使えるのだ。祝福を受け気が大きくなっている。その他の雑多なことはシンプルに面倒だと思うし、「お父様が困るというほどの団長さんってどんな人だろ？」と、どうでも良いことしか興味がない。

「では、明日、お返事させてください。今日一日考えてみます」

「おお！　ゆっくり考えてくれ！　そうだ、もし時間を貰えるなら、代わりに魔術を教えよう！　セルジオ、教師はまだ決まってないんだろう？」

――なんだって？

そうなると話は変わってくる。なにせ彼は魔術士団のトップ2。しかも現役の魔術士であるため、どれだけ高貴な貴族であっても彼から直接魔法を教わる機会は得られないだろう。

そしてシェリエルはいまだ教師というものを警戒しており、〝絶対にこの人ではない〟と確信が持てる女性のマルゴット、そしてほわほわしたお爺ちゃんのジーモンしか付けていない。

その点このマルセルという男は安全であると確信できた。裏表がない性格なのはヘルメスのお墨付きであるし、これほどの筋肉信仰があれば今後闇落ちすることもないだろうと。

「でもお仕事は……」

「マルセル、それは良い考えですね。給与はシェリエルの研究と相殺させて貰いますよ？」

「もちろんそれで構わない！」

「あ、あの！　とても有難いお話ですけど、明日まで待ってくださいね！」

とんとん拍子に進みすぎて逆に冷静になった。

魔法を教わるにしても属性のことをきちんとあの黒猫に聞かねばと思い至ったのだ。

灰桃髪の神官

「それで、神官さんはどのような様子でした？　拷問か、虐待を受けていたのでは？」

「その可能性は高い。昨夜一度起きて食事はとったが、その際意識の混濁が見られた。私よりシェリエルが話す方が安心できるようだ。手伝ってくれるか？」

「もちろんです」

　正午の鐘を聞きながら、シェリエルはヘルメスと長い廊下を歩いていた。

　朝食後に姿が見えない神官が気になりヘルメスに様子を訊《たず》ねると、これからその神官に会いに行くというのでシェリエルも同行することになったのだ。

　廊下はいつもより賑《にぎ》やかだった。シェリエルの洗礼を祝う準備で使用人たちも忙しくしているらしい。

「ここだ」

　そう言ってヘルメスが立ち止まった場所は、中庭に程近い本館の客室であった。この区画の部屋はどれも夜会に招待した他領の貴族を泊める客室が集まっている。

　いまだ頑《かたく》なに塔から移動しないシェリエルは彼の心中を思って微妙な気持ちになった。丁重にもてなすようにと言ったのはシェリエルなので。

　静かに扉をノックし部屋に入ると、彼はまだ眠っているようだった。ディオールのメイドが静かに声をかけると、彼は布団を摑《つか》んだままバチッと目を全開にして飛び上がるように身を起こした。

　しかし彼はこちらが見えていないのか、布団に顔を埋《うず》めるように身体《からだ》を小さく丸め「ごめッごめんなさい、めんなさいごめんなさいごめんなさい」とひたすら同じ言葉を繰り返している。

「神官さん、大丈夫ですよ。わたしです、シェリエルです」

「も、申し訳ありません……」

彼はハッと顔を上げ、今度はその顔を真っ青にしてまた俯《うつむ》いてしまう。目の焦点は合っておらず、カタカタと震える様子はどう見ても異常だった。

「こちらこそ、驚かせてしまってごめんなさい。少しお話がしたいのですが、体調はどうですか？　そのままで大丈夫ですから、少しだけ」

「はい……」

「突然申し訳ありませんでした。ちゃんと眠れましたか？」

「……はい。眠りすぎて、しまいました」

慣れない場所でこれほどよく眠れたということは、それだけ疲れていたか、もしくは元の場所がよほど安心できない場所であったかだ。

「今食事を用意しているので、食べたらまた休んでくださいね。そうだ、昨日お風呂はどうでした？　初めてで怖くなかったですか？　痛くはなかったです？」

「あ、お、フロ。はい。とても、良かったです」

「良かったら今日も入ってくださいね。疲れが取れますよ」

お風呂には外傷用の薬草を入浴剤として入れてもらっている。体力のない少年を長湯させるのは危険だが、少し身体を温める程度なら大丈夫だろうという判断だった。

神官は思い詰めたように拳を握り、カサカサの唇を僅かに動かした。

「私は、いつまでここに……」

「良ければ、神官さんの体調が良くなるまで居てもらいたいのですが、どうでしょうか。えっと、実はわたし、祝福を得られたのです。ですから儀式のことは心配せずゆっ――」

「やはり私が原因だったのですね」

「いえ、神官さんのせいではないのです。わたしに原因があったのですよ。ほら、この髪でしょう？　神官さんは何も悪くないのですよ」

シェリエルは銀糸のような髪をするりと持ち上げるように見せたが、神官の顔色はドス黒く染まっていくばかりである。

悲しみ、いや諦めだろうか。

「すぐに、帰ります」

「そんな……まだ顔色が良くないです。神殿には連絡してありますから、もう少し休んでください」

「もう、耐えられない、のです」

「？」

彼は振り絞るように言うと、今度は自分の中身を確かめるようにシトシトと言葉を紡いでいく。

「知りたくなかった。こんな、温かなもの。温かな食事、温かな布団、温かな言葉、どれも知らなければまだ耐えられたのに。知ってしまったから。もう戻れない。いや、今ならまだ……夢だと、一晩の夢だと思えば戻れるかもしれない。これが罰だということはわかっています。ですが、どうしても、これだけは……耐えられないのです。どうか、ご慈悲を。早く戻らなければ」

「戻りたいのですか？」

シェリエルが彼の目をまっすぐ見てそう問うた。

すると少年はパチリとひとつ瞬いて、一筋涙を零《こぼ》すのである。

そして、「戻りたくない……です」とちいさな声を発した。

彼は次の瞬間には自分の言葉に驚いたようにハッと息を飲み、目を見開いた。思ってもないことを言ってしまったみたいに、信じられないと言いたげに、何かを抑え込むように身体を丸くして嗚咽《おえつ》を漏らす。

「……っ、ひ……ぅ……」

「……」

言葉にしてしまえば――自分の気持ちに気付いてしまえば、もう止めることなどできない。シェリエルはこの感情に覚えがあった。まるで昨夜の自分を見ているようで、彼にもあの黒猫のような友人がいてくれたら良いのにと思うのだ。

「では、戻らなくてもいい方法を考えましょうか」

「そんな……む、むりです」

「神殿は出入り自由ですよね？　詳しく事情を聞く必要はありますけど、きっと何とかなりますよ。ここには、その神殿を燃やそうとした人も居ますからね」

　シェリエルがヘルメスの方を見ると、彼もわずかに顎を引くように頷《うなず》いている。

「ほ、ほんとうに、私のような罪人が？　帰るところもありません……罪もまだ」

「〝知ってしまえば知らなかった時には戻れない〟でしょう？　このまま帰すのも人としてどうかと思いますし、儀式の失敗で余計な心配をかけましたからね。良ければ神官さんのこと、教えてください」

　彼は一度「はい」と呟《つぶや》き、しずしずと小さく泣いていた。

†

　私には名前がない。

　父は私が生まれる少し前に罪を犯し投獄され、母は私を産んでそのまま死んでしまったから。

　幸いにも命の加護があった私は、孤児にはならず神殿に引き取られた。

　私は何も疑問に思わなかった。一緒に生活する他の二人も親は居なかったし、父や母という言葉すら知らなかったから。

　ここで始まり、ここで終わるのだと思っていた。でも、他の二人には名前があった。それだけが、少し不思議だった。

　洗礼の儀のとき、名前がないと儀式ができないからと、世話役の一人がその場で名付けてくださった。

「[redacted]」

　それが口に出すのも悍《おぞ》ましい醜悪な意味だと知ったのは、洗礼を終えて他の神徒と生活するようになってからだった。

　私は何も知らなかった。自分がなぜ殴られるのか、なぜ食事を貰《もら》えないのか、なぜ身を切られ、火で炙《あぶ》られ、なじられ、蹴られ、水に沈められ。なぜあのような名を付けられたのか、知らなかった。

その理由が父にあると知った時、私がここにいる理由も知った。

私には罰を受ける理由があった。顔も知らない、存在すら知らなかった父の罪を、子である私は償わなければならないから。

それまで知らなかったことが罪なのかもしれない。

それからは毎日、一生懸命神に祈った。どうか赦《ゆる》してください。どうか、親の罪を、私の罪を赦してくださいと。

どれだけ身体が痛んでも、罰を受けるのは当然だと思った。私は毎日罪を犯している。いつになったら赦されるのだろうと考えてしまうこともあるし、痛みで大きな声を出してしまうし、頭がフラフラして仕事がきちんとできないこともある。お腹《なか》も空《す》くし頭も悪い。

忍耐が足りないのだと教えてもらった。神官ならすぐに傷は治って当たり前だから、鍛えてくれているのだと教えてもらった。

「お前にちょうど良い仕事があるから、しっかり勤めを果たして来なさい」

初めての御勤《おつと》めが決まった日、私は初めて不安になった。

——これ以上、罪を重ねたらどうしよう。

まだ正式に神官にもなっていない私が、人様の大事な儀式で失敗でもしたら。高貴なお方のところに私などが行ってどう思われるか。さぞや落胆されるだろう。どうやって罪を償えば良いのか。

誰のものでもない、自分の罪を重ねることが恐ろしくて仕方なかった。

名のある侯爵家の御令嬢は、とても——キレイだった。まだ幼く、私があの名を貰った時と同じ年なのに、礼儀正しくこんな私にも親切に接してくださる。

陽《ひ》の光に煌《きら》めく絹のような髪は美しく、夜のような深いブルーの目は清らかな心根をそのまま表しているようだった。

私とは正反対の、清く美しい存在。あの方を前にして、自分の汚らわしさをより自覚した。

なのに、私はまた罪を犯してしまった。名を聞かれぬよう詠唱が小声になってしまったからだろうか。それとも魔力が足りなかったのか。いや、罪人の私がそもそも儀式などできるわけがなかった。


赦されていない私が、神々に奏上など……

気付くと上等の寝台に寝かされて居た。どこまで私は罪を重ねるのかと、自分に辟易《へきえき》した。

謝って済む問題ではないのに、浅はかな私は無様に赦しを乞う。なのに、彼の御令嬢はそんな私に、「悪くない」と声をかけてくださった。なんと慈悲深いお方だろうか。

その後出された食事は大変なものだった。あのような食事を見たことも食べたこともない。それは豪華で美味《おい》しい食べ物ばかりだった。

神官が夜中にこっそり隠れて舐《な》めている蜂蜜……あれをたっぷり暖かいミルクに入れてくれた。温かい食事は初めてだった。

オフロ、というものを勧められたときは、やはりか……と思った。罰を受ける時が来たのだと。

その罰を受けたことは何度もある。沸騰したお湯に頭を押しつけられたり、清めと言って頭からかけられることもある。皮膚がグズグズになりなかなか傷が治らず、横になって寝ることもできないため、少し覚悟がいった。

ここで茹《ゆ》で上げられれば少しは罪を償えるのだろうか。

「神官様、お湯加減いかがですか」

硬直する身体に何の痛みもないことに気付き、慌てて全身を見回した。肌が爛《ただ》れることもなく、少し傷に染みるが心地良い温かさに包み込まれている。どこが罰なんだろうと考えを巡らせても、その時の私は気付くことができなかった。

良い香りのする石鹸《せっけん》で頭を洗われ、身体に染み渡るような飲み物も渡される。これの一体どこが……

豪勢な客室は心苦しかったが、柔らかい寝台に入った後の記憶は殆《ほとん》どない。夕食の時間にも気付かないほど深く眠っていた。

人の声で目が覚めた時、しまったと思った。寝過ごしたりなんかすればまた罰が……と。

聞き慣れない声に頭を上げると、ヘルメス様がいらっしゃった。私はここがベリアルド侯爵家の客室だと気付き、今朝の罪を思い出した。

儀式の失敗をし、欲のまま食事をし、昼間から眠りこけるなど、私はどれほど罪を犯すのだろう。けれど、ヘルメス様は罰を与えることなく、少しだけ話をして夕食を用意してくださった。

一人の食事でもまたあの豪華で優しい温かい食事。私の世話をしてくれる人までいる。後が怖い、とも思った。

愚かにもまた眠り、それから次に目を覚ました時、私は混乱した。

シェリエル様が目の前に居たからだ。そして、神殿ではないことにホッとしている自分に気が付いた時、私に与えられた罰を理解した。

この温かみを知ること——それが罰なんだと。

既にあの暗く先の見えない当たり前の日常に戻ることを恐ろしく感じている。

シェリエル様は儀式を成功され、それも私が失敗の原因ではないと優しく声をかけてくださった。この天使のように愛らしいお方は、実は悪魔なのではないか。

この罰は今まで受けたどんな罰よりも恐ろしい。平常だったことが恐怖に変わっていく。自分というものが作り替えられていくような心地。気がどうにかなりそうだった。今すぐ戻らなければ。

けれど、この愛らしい悪魔様は既に神殿にも連絡し、まだ数日留《とど》まるようにと仰《おつしや》るのだ。もしこの罰を理解していなければ、言われるままに滞在しただろうか……

今戻ればまだ大丈夫かもしれない。罰を拒むなど初めてだった。それほどに恐ろしかった。もし、あと一日二日でもこの温かさに触れていたら、神殿に戻った私はどうなるだろう。

——ああ、恐ろしい。シェリエル様は、なんということを考えるのだ。

あまりの恐ろしさに、私は胸の内を言葉にしていた。どうにか赦してほしい。どうか、慈悲をと。

シェリエル様は、悪魔のような一言を私にくださった。

『戻りたいのですか？』

戻りたくない。それが自分の発した言葉だと理解した時、また気が付いてしまった。

私は本当は戻りたくないのだ。戻りたくないと思うことすら罪なのだとしても、どうしようもなく、あの暗く冷たい神殿には帰りたくない。

このお方はなんて残酷なことをなさるのだろう。私には神殿以外に帰る場所などないというのに。

そういえば、ベリアルド侯爵家は悪魔と呼ばれているのだと世話役から聞いたことがあった。なるほど、だから私がここに……

『では、戻らなくてもいい方法を考えましょうか』

頭の悪い私には理解できない。けれど、彼女は神殿で私をいたぶる信徒や神官のような歪《ゆが》んだ笑みではない。心の弱い私などすぐに縋《すが》り付いてしまうような穏やかで、安心のできる、そんな微笑《ほほえ》み。

あそこに戻らなくても良いなど、そんな甘い言葉……そんな期待を持ってしまうなど……

ああ、もう分からない。シェリエル様が天使か、悪魔か。

私は罪人だ。どうせなら、この清らかな悪魔様から罰を受けたい。

戻らなくても良いという目先の希望に縋ってしまうほど、私は愚かなのだ。もし叶《かな》わなかった時の地獄など今は考えられるわけもない。

私はそれから、自分の罪を告白した。そして卑しく赦しを乞うのだ。

「シェリエル様、私は昨日、名がないと申しました。けれど、本当は口にするにも悍《おぞ》ましいような、名が……あります。お耳に入れたくないので黙っておりました。申し訳ありません」

「そうなのですね。明かしたくないのなら大丈夫ですよ」

シェリエル様はよく「大丈夫だ」と声をかけてくださる。私はその言葉に救われた気になってしまう。

言い訳がましい私の懺悔《ざんげ》を、何でもないことのように受け止めてくださる。

父の話、母の話、神殿での話。こんな小さな女の子に私の罪と罰を話して聞かせるのは心苦しい。清らかな存在を穢《けが》してしまうようで、私はとんでもないことをしているのではと思うのだ。

けれどシェリエル様は表情一つ変えずに、全てを受け止めてくださった。


神々に祈り続けたこれまでの日々、私はどこかで神を恨んでいた。だから赦されなかったのかもしれない。

それでも思う。私が祈るべき相手は、この目の前の女の子なのではないかと。

「シェリエル様、私は、どう罪を償えば良いでしょうか」

「罪？　神官さんに罪などないでしょう？　親は親、子は子ですよ。親の罪まで被《かぶ》っていたら、ベリアルド一族など三代も続かなかったと思いますよ」

あっさりとそう言ってのけるシェリエル様に、不敬だと承知で頭がおかしいのかと思った。

では私は今まで何故《なぜ》……

「シェリエル、その話は私からするとしよう」

「あ、はい。そうですね。でも神官さん、自分で自分を罰するのはおやめくださいね」

何だろう、私はこれまでの自分が分からなくなった。けれどシェリエル様は私より私のことを知っているように思えて、全てを委ねてしまいたくなる。

「少し疲れましたか？　食事をとったらまた休んでください」

「はい……感謝致します、シェリエル様」

食事をまた頂けるのか。本当に、私はまだここに居て良いのだろうか。

「シェリエル、先に戻りなさい。私は少し調べてから向かおう」

「はい、お爺様《じいさま》。では、お先に失礼します。神官さん、ゆっくり休んで退屈になったらお散歩でもしましょうね」

「はい……」

散歩……？　退屈というのは、どういうことだろうか。

彼女の去った部屋で、いくつか質問された。

「君は普段もこのように泣いたり錯乱したりするか？」

「い、いえ。大変申し訳ありませんでした。普段はこのようなことはないのですが……」

「いいんだ、泣くことは悪いことじゃないからな」

少し話をしてから、ヘルメス様は私の腹に手をかざした。

「ふむ、おかしいな」

何が……私はこれから腹を裂かれ、中身を調べられるのだろうか。そんなことを考えていると、ヘルメス様は片眉を上げ少し笑った気がした。

「安心しなさい、痛いことはしないよ。心は痛めることになるだろうが、それに耐えられるなら、君は罪から解放されるだろう」

私の考えを見透かしたようにヘルメス様が道を示してくださる。

罪から解放……？　まさか、そんなこと……有り得ない。

「シェリエルの側《そば》に居なさい」

シェリエル様の側に？　先程の散歩のことだろうか。私などに同行が許されると？

何一つ理解ができない愚鈍な私を残し、ヘルメス様は行ってしまった。

私は一体どうなるのだろう。

けれど、胸の痛みと引き換えに、少しだけ頭が軽くなった気がした。

†

「遅かったね、シェリエル。折角僕が帰ってきたのにお爺様とばかり遊んで」

シェリエルが一足先に神官の部屋から戻ると、ディディエがお茶を飲みながら待っていた。意外とこの小さな部屋が似合っている。彼が窓辺に腰掛ければ質素で古い窓枠もアンティークな額縁となるのである。

「神官さんのことで気になることがあって。それで少しお爺様とお話を聞きに」

「ああ、あの貧弱な。あいつかなりキてるよね。相当溜《た》め込んでるはずなのになんで堕《お》ちないんだろう？」

「堕ちるとは……え、魔物になるってことですか？　廃人になるとかではなく？」

「うん。普通はね」

シェリエルとて彼の生い立ちを凄惨極まるものだと認識している。しかし前世では惨《むご》たらしいニュースも悲惨なフィクションも吐いて捨てるほど溢《あふ》れていた。

もしそういった被害者が魔物になるのだとしたら……

あまりにも救いがない。けれど一方で、人は善く生きようとするのではないか、とも思った。そしてそんな世界で他者を害する人間の心理がより一層グロテスクに感じるのだ。

「……どうして分かったのですか？」

「そんなの誰が見ても分かるだろ？　自分の存在を隠すように背を丸め、腕と脚の軽い引き攣《つ》り。大きな音や笑い声に対する過剰反応。逆に無音になった時の震え、瞳孔の開き、発汗、飢えたような食事への反応、とか色々ね。お爺様は多分、いつからとか何をされたかまで分かってたと思うよ」

「そ、そうですか。わたしはメアリに教えて貰って初めて気付きました。それで、神官さんが神殿に戻らなくて良いようにするにはどうすれば良いと思いますか」

「なに？　シェリエル、あの神官を助けるつもり？　昨日たまたま派遣されて来ただけの他人だろ？」

「そんなに驚くことですか？　お爺様もそのつもりで診てくださってるのだと思ってましたけど」

「あんなの趣味に決まってるだろ。僕も面白いサンプルだとは思うし」

ベリアルドの良くないところが出ている。シェリエルはこれはいけないと思って彼の身の上を話し聞かせるが、ディディエの反応はあまり良くない。

というよりむしろ、「おもしろ〜」という軽薄な感想しか出てこない。

「知ってしまったのですから何とかしてあげたいと思うじゃないですか……人心でも擬態でもそうすべきだと習いましたよ？」

「シェリエルはお利口さんだね。でも総合的に判断すると僕らにその義務はない。お前は大事な洗礼にガラクタを押し付けられた被害者で、あいつの庇護者《ひごしゃ》でも上司でもないんだから。そのへんの人間だって同情はしても実際に何かをするやつは一握りだ。何かをしたってそれが本当に相手にとって良いことかも分からない。マァ単純にそうしたいって言うなら止めないけどね」

そう言われるとシェリエルも少し考えてしまう。善意の押し付けほど厄介なものはないのだから。

そもそもこれは善意だろうか、同情だろうか。それとも人心の学習で得た人としての義務感だろうか。

――いや、自己満足かな。このまま帰すのはさすがに後味が悪すぎるもの。

「お兄様……善行が足りないと来世でわたしのよ

うにとんでもない髪色になるかもしれませんよ」

「なんだい、それ」

「善いことをして徳を積むと、来世で良い人生が送れるみたいな話です」

「じゃあシェリエルは前世で相当徳ってやつを積んだんじゃない？　結局、祝福された訳だし僕みたいな兄が居て幸せでしょ？」

ディディエが悪戯《いたずら》っ子《こ》みたいにパチとウィンクするので、シェリエルもバカねと思ってクスクス笑った。それで、善行を効率よく積む方法だとか、ポイント制で階級が決まるだとか、ダラダラとしょうもない話をする。すっかり神官のことなど忘れていた。


そうこうしているうちにヘルメスが診察を終えてシェリエルの部屋にやってきた。

「ずいぶん楽しそうだな」

「あ。これは違うのです……誤解で。わたしは全然、そんな」

「？」

「あ……えと。それで、神官さんはどうでしたか？」

「うむ、大方予想通りではあったな。このまま神殿に返せばあとひと月、ここへ来なかったとしても半年で壊れていただろう」

「！　やはり穢れが溜まっていたということですか？　それは何とかできるのですよね？」

「いや、それが何故か穢れがそれほど溜まっていなかったんだ。それに彼の話からすると、とうの昔に堕ちているはずなんだが」

そう言って人差し指で顎を擦《さす》るヘルメスはわずかに片頬が上がっていた。

穢れとはつまり負の感情の加速装置である。本来なら忘れたり自分で整理を付けられる嫌な感情も、心に穢れが巣食うとただひたすらに負の感情が増長し続けるのだ。そうして増えた負の感情を餌にして、穢れはさらに肥え太る。

それゆえに罪悪感は特別穢れを呼びやすく、そして堕ちるまでが早い。自分を許すことは他人を許すよりも難しいから。

だからヘルメスはこれを「おもしろい」と思うのだ。

「てことはあの神官、ベリアルド並に耐性があるということですか？　僕たちは人として欠けているから穢れを溜めないのですよね？」

「我々も絶対に溜めないという訳ではないが、あるとしても身内絡みだ。というより穢れが溜まりづらい故に魔物化する前に狂って死ぬというだけだな。彼はどういう訳か、普通の人の心を持ちながら穢れを溜めずに狂って行っている。私の研究のためにもこのまま神殿に返すのは惜しいな」

……おや？

シェリエルが祖父の不穏な発言に目を丸くしていると、ディディエが「なるほど、それは確かに」と声だけは真面目に言ったあと、片方の眉を上げてニヤリと笑った。これは〝だから言っただろ〟という顔だ。

「お、お爺様は何を研究しているのですか？」

「最近はベリアルドの呪いだよ。これほど面白い家系に生まれて、ただ先人の調べを鵜呑《うの》みにするなどできる訳がないだろう。まだまだ分かっていないことの方が多いしな」

「そ。そうですか。たしかに気になります、わたしも」

シェリエルが気になるのは自分の呪いの有無なのだが、ベリアルド取扱説明書は詳しければ詳しいほど良いだろう。世間様の為《ため》にも。

「狡《ずる》いよねぇ、シェリエルとお爺様ばかり楽しいことしちゃってさ。やっぱ学院やめようかな」

「ダメですよ、お兄様。きちんとお友達も作らないと。神官さんのことはお爺様に任せましょう」

彼を研究対象として差し出した気がしないでもないが、ヘルメスなら大丈夫だろう。神殿より悪いことにはならないはずだ。

「シェリエルは本当にお爺ちゃん子だね」

「そうですよ？」

今日少しだけ認識を改めたが、ヘルメスへの尊敬や憧れは変わらない。とてもカッコいいお爺ちゃんだから。

「ディディエ、その、お爺ちゃん子とはどういう意味だ？」

「学院の者が言っていたんですよ。お父さん子とか、お兄ちゃん子とか。家族の中でも特別懐いているという意味らしいです」

「素晴らしい言葉だな、書に残し屋敷に飾るか。ディディエ、その言葉を学んだだけでも学院に通う意味がある、きちんと通いなさい」

「はぁ……妹君はお兄ちゃん子なんですね、なんて社交辞令に少しでも気を良くした自分がバカみたいだ。他人にはこんなふうに映るのだと学ぶことができました。感謝しますお爺様」

ディディエは意外にも学院では上手《うま》くやっているらしい。そんな他愛ない会話をする相手がいることに驚いた。

「わたしはお兄ちゃん子でもあると思いますよ？意地悪な時もありますけど、お兄様がいると安心できます」

「お爺様、書の手配をしましょうか。上質の紙と額を用意しなければ」

「うむ……」

二人の冗談を聞き流し、シェリエルは神官の今後について改めて相談する。

「神官さんは帰るところがないのですよね？　我が家で引き取ることはできませんか」

「うむ、そうだな。しばらくは近くで様子を診たい。シェリエルの診断にも役に立つだろう」

「え、わたし？　まさか、神官さんを虐待しろと……そんなの無理ですよ!?　せっかく貯《た》めた善行ポイントが……来世が道端のゲロをつつく鳩《はと》になっちゃう」

「大丈夫だよ、僕が必ず見つけ出して綺麗《きれい》な鳥籠で飼ってあげるから」

「付いて来ないでストーカー！」

ディディエがチチチチと舌を鳴らしてシェリエ

ルの顎をくすぐり、シェリエルはその指にギャンッと噛《か》みつこうとする。

ヘルメスはそんなふたりにニコと笑って「続けても？」と聞いた。当然ふたりはコクと頷くだけである。

「虐待せずともただ少しだけ一緒に居てやればいい。それより、神殿をどうするかだな」

「あの神殿が簡単に神官を手放すとは思えませんが。それに、どうせアレを使って自分たちの穢れを誤魔化していたのでしょう？」

「？」

シェリエルだけ話に付いていけない。オロオロと二人を見つめると、ヘルメスが心を読んだかのように説明してくれる。

「神殿というのはある意味閉じた組織だ。本来大した地位に就けなかった者が神殿内の常識だけで生活し優劣を付ける。あらゆる集団に言えることだが、自分より下の存在を虐げ、自意識を保つのはよくあることだ」

「まぁそれで、帰るとこもない上に親が罪人の孤児がいて、そいつはいくら突《つ》いても堕ちないんだろ？　そんな貴重な玩具《おもちゃ》、金を積まれても手放さないだろうね」

「もしくは、処分したかったのかもしれないな」

「あぁ……ベリアルドを利用したと」

人々を癒し穢れを祓《はら》う神殿から魔物が出れば、それは大変な事態である。ただの醜聞では済まないだろう。失敗すれば処刑されると見込んでベリアルドの儀式に参加させたのではないかと、ふたりは話している。

ベリアルドなら虐待の有無など調べることもないし、それが分かったところで気にしないという信用があるのだ。

「ではどうすれば良いのでしょう。お金で解決できるのかと思っていました」

「普通に抗議する？　あいつまだ十三でしょ？　神官になれるのは十五歳からだから、儀式の失敗の責任を取らせることはできるよ？」

「え、そうなのですか？」

「いや、それは向こうも承知の上だろうな。代わりの神官を寄こし、人手不足だ何だと言ってディティエが神殿に入らなかったことを非難するつもりだろう」

「そんな……いくらなんでも幼稚過ぎませんか？」

「そういうところなんだ、仕方あるまい」

仮にも王国を支える三大組織の一つが、そんな悪質クレーマーのような手段を取るとは考えたくない。だが代わりの人を寄越《よこ》されては何も言えないし、そもそも儀式は終わっているので来られても困る。

「殺しますか、あの神官」

「いやいやいや！　お兄様!?　突然どうしたんです？　面倒臭くなっちゃいました？　死は救済的なアレですか？」

「それも手だな。儀式の失敗を苦に穢れに堕ちたから処分した、ということにしよう」

「え、お爺様まで？　冗談ですよね？」

「本当に殺す訳ではない。死んだということにするだけだ、安心しなさい」

「そ、それは合法なのです？　戸籍……はないのかな、えっと、この先神官さんの身分とかはどうするのですか！」

「ん？　どこかで拾ってきたことにして新しく身分を与えればいい。爵位なしの貴族のようなものだ」

そんな、犬や猫じゃあるまいし……

だが、シェリエルも同じように出自を偽っているため今更である。自分が前例とあっては彼女も「それならマァ……」と良い案な気がしてくるのだ。そして。

「明日、神官さんに話してみます。死んだことにされるなんて、本人がどう思うか聞いてみなければ分かりませんから」

「シェリエル、その時は僕も誘ってよ？」

ああ、この目のなんと懐かしいことか……

自分がここに来たばかりの頃を思い出して、全力で神官さんを守らなければと思うシェリエルだった。

†

シェリエルはこの日も夕食後すぐに寝る支度をして、ベッドに入り眠るフリをする。

メアリに疲れていると言ったのは嘘《うそ》ではない。例の神官のことでバタバタしていたし、日中はマルセルがソワソワしながら見つめてくるためその視線から逃れるのに必死だった。

「ナァーォ」

眠るフリのつもりがいつの間にかウトウトしていたようで、ノアの声に起こされる。

「こんばんは、猫ちゃん、じゃなくてノア」

静かに窓を開け迎え入れると、彼はすぐに人型に変化した。窓から入る風に艶やかな黒髪が靡《なび》いて、今夜も神秘的な空気を纏《まと》っている。

さすが猫又、人に化けるだけあって風格がある。

「こんばんは、お嬢さん」

「たくさん聞きたいことがあるんだけど、今日はちゃんと教えてね？」

「教えられることならね」

人の姿の彼と寝台でお喋《しゃべ》りをするのは少し気恥ずかしく、テーブルに案内した。お茶も用意できないが、猫ちゃんだから大丈夫だろうと。

ノアは人用の椅子にも慣れた様子で座り、長い脚を優雅に組んでいた。

「君は、何が知りたいのかな？」

「わたしの属性、全だって言ってたでしょ？　それはどういう意味？」

「ああ、言葉のままだよ。全という属性だ。全ての加護がある、けれど全ての神々の加護という意味ではない」

「それで普通の儀式だと失敗したの？　どうして昨日の夜は成功したの？」

「成功したのは、君自身の魔力を大量に使ったからだね。朝の儀式では数滴血を流しただけだったんじゃないかな」

たしかに、指先の血を少し魔法陣に落としただけだった。けれど魔術士団の副長であるマルセルも居たのだから、儀式の仕方が間違っていたとは思えない。

「でもみんなそうやって儀式をするんでしょ？　全の属性だとどうして血じゃダメなの？」

「そうだね。洗礼の儀で血を使うのはまだ魔力を操作できないからだ。誰に祝福を与えて欲しいのか、血に混ざる魔力で印を付けるんだよ」

彼が静かに、諭すように話す言葉はすんなりと耳に馴染《なじ》む。どこか落ち着くその声をずっと聞いていたいと思うのだ。

「洗礼の儀の仕組みを知っているかい？」

「神々にお願いして祝福を降ろして貰うのだと習いました」

思わず敬語になってしまう。十五歳だという彼はたしかにあどけない少年のようにも見えるが、立ち振る舞いがとても大人っぽく、ヘルメスを相手にしているようだった。

長く存在する精木のようでいて、生まれたばかりの精霊のようでもある。

「洗礼の儀はね、祝福を降ろす為の扉を魔力で開く儀式なんだ。一定量以上の魔力、あとは祝福を得る子の属性が必要になる。仮に火の子に祝福を降ろす場合、火属性の人間に六人分の魔力があれば術者一人でも可能というわけだね」

魔法陣が各属性に依存している故、火属性を六人集めることはできない。しかし儀式自体には六人分の魔力が必要であるため、全属性を揃《そろ》える。そういうことらしい。

「魔法陣を書き換えられないの？　そしたら神殿や魔術士団から派遣して貰わなくても、家族だけでできたりするでしょ？」

「書き換えることはできない。神々が与えた鍵のようなものだからね。祝詞やスペルも勝手に変えることはできないんだ」

例の教典で神々がもたらした……とかいうのは比喩じゃなくて実話だったのか、とシェリエルは急にここが異世界であることを実感する。

「じゃあ、わたしはあの魔法陣に設定されてない属性だから、無理やり自分で魔力を流して扉を開けたってこと？」

「そうなるね」

神に鍵穴を用意して貰えなかったシェリエルは、扉ごとぶち破ったのだ。なんという力技……

というよりハナから自分の属性が用意されていないとはどういうことか。仕様バグにも程がある。

「ノアが魔力を足してくれたの？　すごいお腹の中ぐるぐるしたんだけど」

「半分くらいね。君はかなり魔力が多いし、既に少しは操作できていたようだから」

「わたし魔力の操作なんて……」

これと同じような話を昨日したばかりだった。セルジオから剣術を習っているとき、全身を熱が巡るような感覚があった。

そしてふと、赤ちゃんの頃もそうだったと思い至る。身動きが取れないのに苛立《いらだ》ち、なんとか動けないかと悪戦苦闘していた時だ。

赤ちゃんだから体温が高いのだろうとか、動いて血行が良くなっているのだろうとか思っていたが、あれは魔力で無理やり動かしていたのではないかと、合点がいったのだ。

「覚えがあるようだね。他になにか？」

「……」

「？」

「あの、これは人に言っていいの？　ノアはあまり人が好きじゃないでしょ？」

「驚いたな、よく分かったね」

「メアリを避けるように遊びに来てたもんね」

「ん？　ああ、私が人前に出られないのは確かだよ。連れて来いなどと言われなければ、話しても構わないけど」

「無理だよね……不思議な猫ちゃんに助けて貰ったって言っちゃった。これだと完全に頭のおかしい子だよ」

「はは、君は話してみるとずいぶん面白い子だね。普段は猫を被っているのかな？」

「それはノアでしょ？　わたしは、ちゃんとしてないとマルゴット先生に怒られるの。本当に怖いんだから。癖になるから普段もちゃんとしてるの」

唇に拳を当てるようにクスクスと笑うノアは、少し人間らしく見えた。

「魔術士団で副長をしてるマルセル様って方が、教師をしてくれるって言ってるんだけど、大丈夫？　この属性って人に知られたらダメ？」

ノアは少し考えるように僅かに眉間に皺《しわ》を寄せ、拳を返して人差し指を唇に添える。

考える猫又、などと呑気《のんき》にタイトルを付けたくなる程、様になる姿だった。

「それは少し不味《まず》いね。私が君に魔術を教えようか？」

「！」

ノアが先生なら安心だと思った。組織のしがらみにも無縁だし、研究対象になることもなく、しかもシェリエルの属性に詳しい。さすがに彼にあの夢のような感情を抱くこともないだろう。

なにせ彼は猫ちゃんなのだから。

「いいの？　でもみんなに何て言えば……あまり嘘は吐《つ》きたくないの。というか、お爺様にはバレちゃう」

という台詞《せりふ》はフラグだったのだろうか。

噂《うわさ》をすれば何とやら、自室の扉が音もなく開いた。

「なるほど、君が例の猫かね」

一瞬、身が潰れてしまいそうな程の重圧を感じ、息が止まる。これは初めて城に来た時に経験した、魔力による威嚇行為である。

「おや、気付かれてしまったか。さすがベリアルドだ」

「シェリエル、こっちに来なさい」

ヘルメスと、その後ろにはディオールとセルジオ、ディディエまで居た。

なんてことだ、ノアは人前に出たくないと言っていたのに！

とシェリエルは大パニックになり、すかさず椅子から降りてノアを背に隠すようにバンと両手を広げた。七歳の身長で隠れるはずもないのだが。

「お爺様！　ノアは悪い子じゃありません！　魔法が得意な無害な猫ちゃんなのです！　悪い魔獣ではありませんから！」

「シェリエル？」

ヘルメスは正気を疑うような目でシェリエルを見つめている。両親も目を丸め、ディディエだけが顔を背けて肩を震わせていた。

しかしシェリエルは事の次第を分かっているのは自分だけだと必死になり、ノアを安心させるように振り返る。すると何故かノアまで目を丸くしてコテと首を傾けていた。

――ああ、ノアはお爺様がわたしを可愛《かわい》がってくれていることを知らないのか。でも前からお爺様の話はよくしていたのに。

シェリエルはやはり猫は猫だなと思い。

「ノア、落ち着いてね？　みんな悪い人じゃないから怖くないよ？　魔法とかで攻撃しちゃダメだよ？」

「ククッ……ああ、わかった。君の言う通りにするよ」

シェリエルは知っていた。こういう時、警戒し過ぎて手を出したばっかりにお互いの誤解が膨れ上がり面倒なことになるのだと。

平和的解決には話し合いが必要である。まずは相互理解と行こうじゃないかと――

「ほら、お爺様、この子は良い子なんです。わたしのお友達なのです！　えっと、猫だけど魔法が使えて、人の姿になることもできるんです、隠していてごめんなさい！」

自分の非を認め無害であることを強調する。しかしヘルメスの後ろではディディエとセルジオが涙を流しながら笑っているし、そのさらに後ろではディオールが顔色を失《な》くしている。

――もしかしたらお母様は猫が苦手なのかもしれない。

シェリエルは空気の読めないベリアルドに慣れすぎていた。だから彼らの反応を不思議にも思わないのである。

「お、おう……シェリエル、少し落ち着こうか」

「わたしは落ち着いていますが……」

「それで、そのお友達がシェリエルに洗礼の儀をしてくれたのか？」

「はい」

チラリとノアに振り返ると、彼もわずかに頷いてくれた。もうこうなってはできる限り真実を話し、全面的に謝罪するしかない。

「昨日、わたしが落ち込んでしまって、それでノアが儀式を手伝ってくれたのです。ノアは人が苦手なのですぐに帰ってしまって。それで、今夜色々と教えて貰っていたのです。あ、ノアは魔法にとても詳しい猫ちゃんなのですよ！」

必死に彼の無害アピールをしていると、奥からディオールの震える声が聞こえてきた。彼女は今にも倒れそうになって、セルジオの肩に寄りかかっている。

「シェリエル、その……猫ちゃんと言うのはおやめなさい……」

「あ、やはりお母様は猫が苦手なのですか？　ノア、お母様の前では猫にはならないでね？」

「ン」

ノアはニコと笑って了承したあと「でも少し違うと思うよ？」と困ったように眉を寄せた。なのでシェリエルは「……猫アレルギー？」と自信なさげに言う。そうだったら困るなと思って。

そうしてふたりが「？」という顔で互いにコテと首を傾けていると、ヘルメスが「コホン」とひとつ咳払《せきばら》いをした。

「あー、ええと。ノア様とお呼びしてよろしいか」

「好きに呼ぶと良い。その名もこの子が付けたのだから」

「孫に危害を加える気はないのですね？」

「もちろん。お友達だからね」

どういう訳かヘルメスが畏《かしこ》まり、ノアもノアで横柄な態度をとる。シェリエルは異種族間でも魔力で地位が決まるのだろうかと考え、ハッと閃《ひらめ》いた。

「あ、もしかしてノアは精霊だったの？」

「違うけど」

——違うんかい！

ディディエはもはや過呼吸になるほど笑っていた。シェリエルはそれにムッとしたが、今は兄妹喧嘩《げんか》をしている場合ではないことくらい分かっている。

そんな混沌《こんとん》とした状況で、ノアが特別大人びた声で言った。

「少し想定外だったがちょうど良い。この子に魔術を教えようと思うが、構わないかな？」

「魔術を……？」

「先に大人と話す必要がありそうだね。そうだ、君にも話しておかなくてはいけないことがあるから、少し待っていてくれるかな？」

ノアはそう言ってベリアルド家の大人たちと出て行ってしまった。

シェリエルは彼が人が苦手なのに自分の為にがんばってくれているのだと感激して、少し眠いが頑張って待っていようと心に誓う。

「ハァ……本当にシェリエルは最高の妹だね。どうしたらこんなことになるの？　意味が分からないんだけど」

部屋に残ったディディエが涙を指で拭いながらシェリエルのところまで行くと、揶揄《からか》うようにポンポンと頭を叩《たた》いた。

彼女は「なんですか！」と噛み付くように言って乱れた髪を直した。プリプリ怒って髪を整えるが、ディディエはまたそれをクシャクシャと散らしては笑っている。

「で、あれが猫なの？」

「今はあの姿ですけど、本当は真っ黒でかわいい猫ちゃんなんですよ。魔法が使えるのできっと魔獣かそれに近い何かだと思います。黒の動物は居ないと言われているので、ずっと隠れて会っていたのですけど」

「アッハッハッハッ！　このバカマヌケ、アハハハハ！」

「そろそろ怒りますけど」

「ヒィ……苦し。まぁあいつが何者か知らないけど、僕はわりと興味ある」

「なんです？　ディディエお兄様はそろそろ学院に戻るのですよ？」

「あっ！　そうだった……やっぱ学院やめようかな」

「ノアたち、何を話しているんでしょうね」

「まあ、身元の確認とかじゃない？　訳有りみたいだったしね。シェリエルは神官といい、黒猫といい、何でも拾って来るなぁ」

「人を聞き分けのない子どもみたいに言わないでください」

猫の身元なんてどうやって確認するんだろう？

シェリエルは呑気にそんなことを考えていた。

†

「シェリエル、これからノアに魔術を教わりなさい」

しばらくして戻って来たヘルメスは渋々といった様子で大きなため息を吐いた。顔色は悪く、一体どんな話をしていたのだろうと不安に思う。

けれどノアが認められ、魔術を習えることになったのでシェリエルとしては大満足だ。

「ありがとうございます、お爺様！　ノアもありがとう！　でも本当にいいの？」

「私としてもちょうど良かったんだ。明日から授業を始めようか」

「うん！」

「あぁ……シェリエル、いくら友人と言えどこれからは教えを請う立場だ。言葉は整えなさい」

「あ、そうですね。わかりました。では、よろしくお願いします、ノア先生」

ノアの薄い笑みは崩れることなく、少し頷いただけだった。やはり人見知りしているのだろうかと思って、年の近いディディエを紹介する。

「こちらわたしの兄です。お兄様、ノア先生と仲良くしてくださいね」

スッと立ち上がったディディエはノアの前へとゆっくりと歩いていった。お猫様相手に喧嘩を売らないでくれと願うばかりである。

「ベリアルド侯爵家長子のディディエ・ベリアルドだ」

「ノア、と呼ぶことを許そう」

「お前が何者だろうが、身分を明かさない以上、僕はお前に敬意など払わないからな」

「ディディエ！　大人げないぞ」

ヘルメスが珍しく声を荒げた。

ひぇ……危なっかしい。猫ちゃん相手にムキになるなんてお兄様もまだまだ子どもね。でもノアにも少し人間社会のことを教えなくちゃ……と、シェリエルは冷や汗を垂らしていたのだが。

「いいんですよお爺様。コイツもそれを望んでいるはずです。なぁ、そうだろ？　ノア」

「ああ、構わないよ、ディディエ」

なんだか良く分からないうちに男の友情とやらが芽生えているらしい。どこか仄暗《ほのぐら》いものが渦巻いているようにも思えるが、シェリエルは男の子ってそういうところあるよね、と物知り顔である。

「ノア、お友達が増えて良かったですね。あ、ノア先生」

「フフッ……そうだね、人間のお友達は君たちが初めてだよ」

「だれがお友達だ。夢を見るなよ猫畜生」

ヘルメスは諦めたのかそれ以上何を言うでもなく、スッと気配を消して壁の側へと下がってしまった。

ノアはディディエの暴言をさらりと流して、思い出したかのようにシェリエルに振り返る。

「そうだ、君に言わなくてはいけないことがあったんだ」

「はい、なんでしょう」

「君、あと三年程で死ぬかもしれないからそのつもりでね？」

「はい？」

束《つか》の間《ま》、室内がジッと沈黙した。窓の外で葉が擦《こす》れる音がやけに鮮明に聞こえるくらい、誰ひとり言葉を発せない。唐突な余命宣告にシェリエルとディディエは硬直する。

しかし鎮痛な面持ちで俯くヘルメスの姿に、この言葉が嘘ではないのだと実感する。

「えっと、それは？　わたしが？　あと三年で？　死ぬ？」

――ええと、九年後ではなく？

「予測だけれどね」

「お前ッ！　どういうことだ！　説明しろ！」

ディディエはグラッとノアの胸ぐらを掴むが、ノアは顔色一つ変えなかった。シレッと視線だけを横に逸《そ》らし、迷惑そうな顔をするだけである。

ディディエがこんなふうに怒るのは三度目だった。だから彼女は「あぁ、これは冗談じゃないんだ……」と理解する。

「この子は潜在的に持つ魔力がとても多いんだ。本来、身体の成長と共に扱える魔力も増えて行くが、身体の成長速度と魔力の増加速度が伴っていない。本当は後十年程度は持つと思っていたんだけどね」

「昨日の儀式で、早まったということですか……無理に扉を開けたから？」

「理解が早いね、いい子だ」

――わたしは結局、魔法が使えても使えなくても、早々に死ぬってコト？

むしろ何もしない方が長生きできたということになる。というか、これも仕様バグでは？

普通、魔力が多いならそれなりの身体を用意するでしょ。なんて使えない神なんだ……

静かに混乱しているシェリエルとは違い、ディディエはノアの胸ぐらを摑んで大激怒していた。

「なんで……なんでそんな儀式したんだ！　だったら祝福なんてなくても良かったじゃないか！お前は知ってたんだろ！」

「予想はしていたけれど、実際にやってみないと分からないからね。魔術ってそういうものだろう？」

「お前、ふざけてるのか？　シェリエルがあと三年で……嘘だろ……」

シェリエルが我に帰るころにはディディエの目が虚《うつ》ろになっていた。

「お兄様、大丈夫ですよ。前に約束したでしょう？　お兄様より先に死なないと。きっと何とかなりますよ。ね？　ノア先生」

「まあ、手がないわけではないかな。理論上は可能、とだけ言っておこう」

「絶対に何とかしろ。もし、シェリエルが死んだら、僕はお前を殺す」

「もう、お兄様！」

彼女とて動揺しているが、ディディエを見ていたら冷静になっていた。

力技で祝福を降ろしてくれたノアであれば、何とかしてくれるのではないか。そんな根拠のない信頼があるのだ。

「親御さんにも話してあるよ。気になるなら詳しい説明を最初の授業にしようか？」

「は、はい……よろしくお願いします」

「そうだ、ここに転移用の陣を張ってもいいかな？」

「転移というのはあの瞬間移動みたいなやつですか？　部屋の中はちょっと……扉の外とかにしてください」

いくら猫ちゃんでもこうして人型になって話せるとなると、着替え中など突然現れないで欲しいお年頃のシェリエルである。

「ふむ、それもそうだね。では今夜はこれで失礼するよ。また明日」

ノアはそう言い残すと見送りも必要ないと片手を上げ、一人部屋から出て行ってしまった。すぐ後に扉の隙間から光が漏れたので、例の瞬間移動を使ったのだろう。

これまで水を出したり火を調整したりといった生活魔法しか見たことがなかったシェリエルは、折角なら転移も見せて貰えば良かったと惜しく思うのだった。

†

翌朝。

シェリエルが朝食の前に神官を散歩にでも誘おうかと早めに身支度をしていると、セルジオの筆頭補佐官ザリスが訪ねてきた。彼が直接呼びに来るということは大変な事態である。

「急で申し訳ないのですが、セルジオ様がお呼びでございます」

「お父様が？　わかりました、すぐ行きます」

ザリスに連れられサロンに入ると、セルジオだけでなくディオールやディディエまで揃っていた。

「シェリエル、無事祝福も降ろせましたし、これから王宮へ報告に行かなければいけません。それで、少し打ち合わせをと思いまして」

「報告……戸籍登録ですか？」

「まあそのようなものです。それで、まずシェリエルの扱いですが実子にします？　養子にします？　当初は実子で届け出るつもりでしたけど、ディディエが随分気に入ったようなので」

「ディディエお兄様が何か関係あるのですか？」

傾《かし》げた首をそのままディディエに向けるが、ディディエもよく分かっていないようだ。セルジオは少し驚いた様子でディディエに向き直した。

「ええと、ディディエがもしシェリエルと結婚したいなら養子としておかなければなりません。ディディエどうです？」

「シェリエルと結婚か……僕は嫌ですね、それより正式な記録として実の妹である方が良いです」

「結婚⁉　ディディエお兄様と？」

「待って、僕はたしかに生理的に受け付けないけどお前にその反応をされるのは少し違う気がする。やりなおして」

「お兄様ずっと失礼ですよ？　わたしに」

やいやいと兄妹喧嘩に勤《いそ》しむふたりに、勘だけで生きているセルジオが「おや」と驚いたように目を丸めた。

「意外ですね。一応理由を聞いても？　シェリエルが他の男と結婚しても嫉妬しませんか？」

「もちろん、僕が認める男でなければ絶対に許しません。けれど解消できる誓約よりもただ互いの存在が支えとなり、誰にも切り離すことのできない兄妹という関係の方が美しいと思うのです。所詮他人である夫より血縁の僕の方が絆《きずな》が強いでしょう？　ああ、シェリエルの子には嫉妬しそうですね。僕より血が濃いのですから」

シェリエルは反射的に「え、きもちわる」と口のなかで呟いていた。ディディエがとても大切に思ってくれているようで、気恥ずかしいのだ。

「まぁ、僕とディオールも従兄妹《いとこ》ですから分からないでもないですけど。僕はディオールと結婚しないで良かったと思いますよ？　ねぇ？」

「ええ、わたくしもセルジオ様以外は考えられませんもの」

ディオールはしっとりと艶やかな唇で言い、セルジオはそれに「僕もです」と即答して大型犬のようにニコニコしている。

「え、でも父上はシェリエルを妾《めかけ》の子だとかいうバカでも分かる最悪な地雷で誤魔化そうとして母上と離婚寸前だったじゃないですか。僕はあの一件で夫婦とは形式であり、しがらみなのだなと学んだのです。ありがとう父上。僕は一生兄としてシェリエルを愛し最終的に僕の手で殺して来世に連れて行くのでご心配なく。それにシェリエルに性欲を向けるのはちょっと……」

途端にディオールが冷めた目になって「それはそうね……」と腰に回ったセルジオの手をペシと払いのけた。

セルジオ以外の全員が微妙な空気を感じ取っているが、本人はケロッとしたものだった。

「なるほど、良いでしょう。ならディディエも早めに相手を探してくださいね。ベリアルドは気の合う相手を見つけるのが難しいですから」

「はぁ……やはり結婚はしなくてはいけませんか？　そうだ、シェリエルの子を養子にするのはどうでしょう。それなら後継も問題ないですし、僕も実の子より可愛がれそうです」

「？　お兄様は頭がおかしいのですか？」

「アハハハハッ、兄に人殺しになってほしくないでしょ？」

「？　手遅れでは？」

ベリアルド家では恋愛結婚を推奨されている。それは政略結婚をしても相手に情を持てなければ最悪殺してしまうからだ。

それもあってこのタイミングでディディエに確認を取ったのだろう。

「うん、それも良いですね。ディディエに相手が見つからない時はシェリエルに頑張って貰いましょう」

「え？」

シェリエルは「それは親としてどうなの？」と思うが、ディオールもこれで我が家も安泰だ、というような顔をしているので自分がおかしいのかと思いはじめた。

「それで、属性の届けなんですけど、どうします？　彼の話によると〝全〟とのことですけど、このまま届けを出しても面倒なことになりそうなんですよね」

戸籍の登録には洗礼で得た印を登録するのだが、その印は個人に付与されるランダムな印であり、印を見ただけでは属性は分からない。例えるなら血液型のようなものだろうか。一方で属性は性別や年齢のように外見により判断することができる個人情報である。

たとえば同姓同名同年齢の中位貴族がふたりいたとしても、髪色を見れば個の照合がより確実になるという具合に。しかも髪は魔力を多く含むため薬剤で染めてもすぐに元の色に戻ってしまう。よって、属性は偽証の難しいアイデンティティであるのだ。

マァその属性をこれから偽証しようという話なのだが。

「水……の属性とするのはどうですか？　ほら、お水って無色透明でしょう？　わたしの髪も説明が付くと思うのですけど」

「シェリ……ッ、み、水が透明だからって……アッハハッハッハッ……そんな馬鹿な言い訳ッ」

「ワッハハッハッハ、いいじゃないですか。水ならディディエとお揃いですしね。まあ属色はそういうものではないんですけど、適当に言《い》い包《くる》めるには最適です」

水は水色、空は青、火は赤、地は緑、風は金。

そして命は桃色という属色を、シェリエルは自然由来のものだと思っていた。

それをまたもバカにされ、彼女は今日も大変ご立腹である。

†

「シェリエル嬢！　返事を！　昨日の返事を聞かせてくれ！」

食堂に入るや否や、マルセルがガタッと椅子から立ち上がって叫んだ。

ので、シェリエルも間髪入れずに軽く顎を引くだけのお辞儀をして言う。

「マルセル様、申し訳ありませんがお断りさせていただきます」

「な、なぜだ!?　自分で言うのもなんだが、私以上の教師は見つからないと思うぞ？」

「それはそうだと思うのですが……あの……その……」

シェリエルは上手い言い訳が思いつかず困ってしまう。本当に申し訳なく思うし、惜しくもあるのだ。しかし全の属性かつ属性詐称が決まっていて、おまけに余命三年となると調査に協力するような余裕はない。

するとしがたやって来たらしいディディエが見たこともない上品な笑みを浮かべてシェリエルの隣に並んだ。

「マルセル様、シェリエルが困っているではありませんか。妹を研究対象にされるのは僕としても許容できません。それに一度儀式が失敗し、シェリエルも不安や混乱でまだ落ち着かないのです。そこのところ、ぜひご理解いただきたいものです」

そう言って控えめに眉を下げる彼はどこからどう見ても高貴な貴族の御令息であり、礼節を重んじる妹思いの兄であった。

よってマルセルも上位貴族らしく筋肉を小さくし、背筋をスッと伸ばすのである。

「そうか……うむ。付け入るような真似《まね》をしてすまなかった。だが何か困ったことがあればいつでも相談して欲しい。下心があることは確かだが、必ず魔術士団が力になろう」

「ありがとうございます、マルセル様。お気遣い感謝致します」

シェリエルは彼のことを本当に良い人なのだなと思って、兄は本当に詐欺師に向いているのだなと思うのだった。

それからやっとシェリエルは当初の目的を果たすことができた。

「神官さん、この後お散歩でもどうですか？」

灰桃髪の神官に声をかけると、彼は一度ビクッと肩を跳ね上げてから、少し躊躇《ためら》いを見せつつもコクリと頷いた。

ディディエが最後尾を歩き、シェリエルが先導するように小さな身体でトコトコと案内する。横目でチラと彼に振り返るも、伸びっぱなしの髪が影になって昨日よりも陰鬱であることしか分からない。

「少しは休めましたか？」

「……はい」

「お風呂は大丈夫でしたか？」

「はい」

「食事は……」

彼は昨日よりも口数が減ったように思う。元々無口な人なのかもしれない。そう思ってすぐ、彼女はあることに気付いた。

いまだ、彼の謝罪と過去の告白しか聞いたことがなかったのだと。

世間話も好きなことの話もしたことがない。何も知らないに等しい自分が、彼の人生に関与してしまってもいいのだろうか。

少しだけ迷って、それでもシェリエルは言葉にする。

「神官さん、ここで働きませんか」

「え？」

うしろの足音が止《や》んだ。こういうとき、さも常識を話していますという顔をしていれば、相手もそういうものかと思うのだと身をもって学んでいる。故にシェリエルはなんでもないような顔で彼に向き直し、改めて明日の朝食を相談するみたいに言う。

「神殿に戻らなくても良い方法を考えたのですけど、ここベリアルド侯爵家で別人として働くのはどうでしょうか」

「……」

「それで……あの、神官さんは死んだということにして別人として生きてもらうことになるのですけど、やはり自分のこれまでの人生を捨てるというのは大変なことだと思うのです。ですが、もし神官さんが良ければ、こちらで新しい身分を」

「私は死んで、別人になるのですか……？」

彼は髪の隙間で目を見開いたまま微動だにしない。

シェリエルは彼の気持ちがよく理解できる、と自分では思っている。彼女自身、最初は何を馬鹿なことをと思ったし、こうして説明している間も非常識な提案だと思っているから。

「もちろん神官さんの意思を尊重します！　別人になってしまえば、あなたを知る人は居なくなります。近しい人にももう二度と神官さんとしては会えません。それは父君にもです。神殿に対し正面から抗議することも復讐《ふくしゅう》することもできなくなります。なので無理にとは言いませんが」

彼は唇が白くなるほど噛み、カタカタと子鹿のように震えていた。そしてハッと短く息を吐いたあと、か細く震える声で言うのだ。

「私はずっと死にたいと思っていました」

「神官さん……？」

「私は、ずっと、もうこんな人生やめてしまいたい、と思っていました。ですが、罰から逃げるという罪を犯すのが怖かったのです。シェリエル様が赦してくださるのであれば、私は……喜んで、死にます。もし、別の生を、与えてくださるのであれば、そのすべてをシェリエル様に、捧《ささ》げます。私の中に残る私の罪も、こうして罰から逃げる罪も、これから償い続けます。ですから、どうか、この私を殺してください」

彼は辿々《たどたど》しく、しかしはっきりと自分の意思を示し――願った。

人は有りもしない罪をただひたすらに償おうと耐える神官を笑うだろうか。

出会ったばかりの小さな子どもに人生を託す神官を愚かだと思うだろうか。

シェリエルには神官の苦悩に共感することができなかった。

どうしてさっさと逃げてしまわないのか。どうしてやり返さないのか。そんな馬鹿げた罪があるわけないのに、どうして自分を責め続けるのか。むしろ焦《じ》れったく、腹立たしく思ってしまう。

しかし彼は、自身の心に巣食う罪の意識からは絶対に逃れられないことを知っている。

生まれ変わったシェリエルでさえも、前世の人生を別物として切り離せていない。記憶が残る限り、自意識は存在し続けるのだから。

殺して欲しいと願うこの神官は、自分の罪を信じている。それだけはシェリエルにも理解できた。

——きっと、彼を赦すのは神でもわたしでもないのだろう。

共感はできないけれど、理解を示すのがベリアルドだ。だからシェリエルは彼の望む審判者の顔をする。

罪を信仰する神官に、少しのキッカケと言い訳を——

「神官さん、わたしがあなたを殺します。親の罪もわたしが引き受けましょう。これからは自分のことだけを考えてください。新しい人生を受け入れ、幸せになる努力をしてください。わたしが赦し、わたしが許可します」

「幸せに、なる、努力……」

わたしには彼の傷を癒すことも、罪の意識を取り去ってあげることもできないから……

でも経験者としてのアドバイスはできる。

「生まれ変わるのもそれほど悪くないものですよ」

その意味を知るディディエだけが、うしろで小さく笑っていた。

「そうだ、新しい名前を決めましょうか。何か希望はありますか?」

「な、名前を、いただけるのですか?」

「もちろんです。今ならまだお父様もいらっしゃるので、わたしの届けと一緒に出して貰いましょう」

神官は目をオロオロとさせ、少し考えるように黙り込むと、何かを決意したようにキュッと唇を噛んでから真《ま》っ直《す》ぐ彼女を見つめた。

「許されるのであれば、シェリエル様から名をいただきたい、です」

「おっと、シェリエルに名付けを任せるのは後悔することになるよ? たぶんお前は陰気くんかトラちゃんだね。トラウマのトラ」

最悪の悪口に絶句するシェリエルに対し、神官はぶんぶんと首を横に振り、「本当に良いのか？」と念を押すディディエにコクコクと何度も頷いた。

シェリエルはこれに感動して、ならば……ととびきりの名を考える。

「リヒト……はどうでしょう。光という意味です。これからの人生に光が有り続けますように、そしてリヒト自身が光となれますようにと願いを込めました。どうですか？」

彼はその瞬間、ぶわりと毛を逆立てるように震え、瞳をチカチカ煌めかせて瞬いた。ほろほろとこぼれ落ちる露雫《つゆしずく》は、情念のこもった懺悔の涙ではない。

そこにはその名のごとき、光溢れる少年の姿があった。

「リヒト……そのような素晴らしい名を、本当にいただいても……」

「気に入りました？」

「はい……はい。ありがとうございます、シェリエル様」

これまで下ばかりみていた神官は空を見上げ、反芻《はんすう》するように口のなかで小さく「リヒト。リヒト……」と自分の名を口にしていた。神に認められた真名ではないが、彼はそれを生まれて初めての宝物みたいに呟いている。

「リヒト、これから何をするかゆっくり考えて行きましょう」

彼はハッと我に返り、スッと地面に片膝を付いた。左手を胸に当て、右手を腰に回し首を差し出すように真っ直ぐに伸ばした上半身を折る。

貴族の、最も敬意を表す礼だった。

「シェリエル様、私リヒトが、この命、魂、生涯全てをシェリエル様に捧げることをお許しいただけますか」

「許します」

そう一言返すと、リヒトは胸に添えた手をキツく握り締め、くしゃくしゃになった顔を涙で濡《ぬ》らしていた。

初めて会った時は土気色をした枯れ木のようだったが、虚ろだった目には光が宿り、緩く下げる目尻が子犬のようで可愛らしい。

シェリエルは人ひとりの人生を背負う覚悟を決めたのだ。三年やそこらで死んでいる場合ではない。

「――というわけで、リヒトという名で一緒に届けを出していただけませんか？」

シェリエルは散歩から戻り、セルジオの執務室を訪れてつらつらと自分の要求を述べた。

「それと神殿から送られた神官をわたしが処分したことにして欲しいのです。せめて、書類の上だけでも、わたしが責任を持ちたいと思っています」

ディディエが公式的にも兄妹になりたいと言った意味が少しだけ分かった気がした。

所詮紙の上の定義だが、神への誓いや互いに交わす誓約とはまた違う、そう在りたいという宣言のような、意思表明に近いだろうか。

「いいでしょう。どうせシェリエルを買い取ったことも噂程度にはなるでしょうから、その時ついでに買ったことにでもしておきますか。少々時期がズレますが、使用人の扱いはそれほど細かいことは言われませんから。ああ、もちろんシェリエルを買ったことは明言しませんよ？」

「闇オークションでもバレるものなのですね」

「ええ、あそこには他の貴族も居たでしょうから、貴女《あなた》の姿を見ればすぐに分かるでしょう。ただ、公にすると自分がそこに居たことも表に出るので噂程度という訳です」

「たしかに、わたしの髪はこれですものね……」

セルジオは逐一シェリエルの疑問に答えながらも、スラスラと新しい書類を書き上げていった。執務が嫌いと言いつつ、処理能力自体はあるのだ。

「あ、奴隷として登録するのです？　印は必要ないのですか？　そこからバレるのでは」

「いえ、奴隷上がりの従者として登録します。奴隷は主人の印に紐付《ひもづ》けられるので登録は人数だけで良いんです」

「？」

するとセルジオは腕を捲《まく》って見せてくれた。簡単な魔法陣のような入れ墨が大小様々入っている。

「これが奴隷印です。ここに奴隷の登録がされるので調査が入る時は主人の身体を調べるんですよ。ちなみに奴隷はこの印を切り落とせば奴隷契約を破棄できるので、僕は攻撃しやすい腕に入れています」

「は？」

「ああ、僕は嫌がらせで奴隷契約するので。面白いでしょう？」

「ええと……」

「リヒトの印は適当に僕が描いておきますよ。調べられなければ問題ないので」

「え？」

「ン？」

するとと補佐官のザリスが「調べられるようなことになればこちらで対処します」と静かに言った。

シェリエルは何一つ意味がわからなかったがこれ以上聞いても無駄だと思い、リヒトの登録に支障がないなら良いということにした。

そんなわけで、すんなりと神官改めリヒトの身分詐称の下準備が完了する。

「あ。これを提出したらすぐに戻りますから、今夜のお祝いは僕も参加しますよ。ああ、ノアを誘ってもいいですね、彼その手の経験がなさそうですし」

セルジオが立ち上がると、補佐官のザリスがすかさず彼に上着を着せる。剣を腰に差そうとするセルジオからそれを奪い、代わりにいくつかの勲章を胸に着け、もう一度剣に手を伸ばしたセルジオの手をペシと叩き落とした。

「そうそう、この申請を出すと、お茶会の招待状や縁談の申し込みが来ると思います。選別や礼状の書き方などはディオールに教わってください。ディオールの審美眼は確かなので心配いりませんからね。ああ、お披露目会の準備も必要ですね」

「縁談……お披露目会？」

矢継ぎ早に喋り切ったセルジオは最後にこう付け加えた。

「もしかしたら、王宮からも来るかもしれませんね、お手紙」

†

ベリアルドから遠く離れた王都の中心地には、すべての神殿を束ねる大神殿があった。

六つの小神殿が中央大神殿を取り囲み、高い壁で閉ざされた建物はさながら要塞のようである。

午後のティータイムにぴったりの時間。金銀宝石で彩られた華美な部屋は、そこが権威者の棲家《すみか》なのだと誇示するようだった。

「おお、これはこれは、ベリアルド侯爵ではありませんか。わざわざお越しいただけるとは驚きましたぞ」

肥えた腹を揺らしながら下品な笑い声を響かせるのは、オラステリア王国六神殿の祭司、ゲラルトだった。彼は小神殿を取りまとめる祭司である。

セルジオはそのわざとらしい挨拶に一切の不快感を示すことなく、いつもの落ち着いた笑みを返した。彼は基本微笑みを絶やさない。妻に燃やされようが息子に罵られようが、人を殺すときでさえ飄々《ひょうひょう》とした軽薄な笑みを浮かべる男である。

「ええ、ちょうど先ほど王宮へ申請を出して来たところなんですよ。娘が無事祝福を受けたので」

「ほう、それは良かったですな。一時はどうなることかと思いましたが、こちらとしても安心致しました」

ヘルメスやディディエほど読心が得意ではないセルジオにも、この男の考えることは手に取るように分かった。社交に不慣れな祭司が腹の内を隠し切れるほど、貴族の世界は甘くない。

「……」

「祝いに酒でもどうです。良い葡萄酒《ぶどうしゅ》が手に入りベリアルドが機嫌良さそうに娘の話をしている。それが何より恐ろしいのである。

「それで、一つ報告しなければいけないことがあって、わざわざここまで来たんですよ」

「なんでしょう……」

「いえね、彼、最初の洗礼の儀で失敗してしまったでしょう？　それを凄《すご》く気に病んでしまったみたいで。娘も大層心配しましてね。そうなんです、うちの娘、とても優しい子なんです。あんな枯れ木のような神官の姿に胸を痛めたのか、食事の世話からメイドの手配まで、それはもう、聖女のように優しく優しく彼を労《ねぎら》ったんです」

ゲラルトは自分が何を聞かされているのか分かっていない様子で、セルジオの不気味な娘自慢を聞いている。

相槌《あいづち》を打つ隙もなく、ただ嫌な予感に脂汗を浮かせながら耳を傾けるしかないのだ。蛇に睨《にら》まれた蛙《かえる》ではない。蛇は蛙の背後から擦り寄り、顔を覗《のぞ》き込みながらシューシューと舌を出している。


ましで」

「いいえ結構」

ゲラルトは「ははは」と困ったように笑いながら自分の盃《さかずき》に葡萄酒をなみなみ注《つ》いだ。その手はわずかに震えている。

ゲラルトは当然今回の洗礼が成功するなどとは思っていなかった。ベリアルド領に送った者は、神官にも満たないただの穢れの捌《は》け口《ぐち》だったのだから。

洗礼が失敗したと報《しら》せが来た時には笑いを堪《こら》えることもできないほど良い気分だったし、文句を言われれば適当に若い神官を送り、嫌味の一つでも言ってやろうとほくそ笑んでいた。

そして、洗礼を失敗させた訳あり令嬢だと一つ噂でも流してやろうと思っていた。

つまりヘルメスやディディエが予想した通りであり、セルジオが直接やって来るなど思いもしなかったのだ。

ゲラルトはそんな居心地の悪さに必死に耐えていた。

「……」

「そしたらなんと、彼狂ってしまって。こちらも驚いたんですよ。彼にはもう一度儀式をさせるつもりでしたし。なんでしょうね？　余程自責の念が強かったのか、ベリアルドで絶望する何かがあったのか……ま、僕にはどうでも良いことなんですけど。一応直接ご報告をと思いまして」

「そ、そんなはずは……アレはそんなことで穢れに堕ちるような」

「何です？　穢れに耐性があると？」

　ゲラルトは遮られた言葉の続きを発することができなかった。すべて知っているぞと言いたげな余裕のある笑みを前に、少しでも失言すれば自分の首が飛ぶと理解したのだ。

「それで、処分というのは、あやつは死んだということですかな？」

「ええ、娘の初討伐となりました。良い練習になったことでしょう。その点は感謝していますよ」

　既に笑みを作る余裕さえないゲラルトがギリっと奥歯を噛み、丸々とした拳を握る。

　残念ながらゲラルトにはこれで体《てい》よく処分できるという考えはなかった。よって彼の忌々しげな顔を見たセルジオは満足し、「ハッ」と短く笑って席を立った。

　ゲラルトはやっとこの異端が立ち去ると安堵《あんど》し、扉へと案内するため一緒に立ち上がる。

「おっと、忘れるところでした。感謝の印に良いことを教えてあげましょう」

　不意に振り返ったセルジオが、顔を覗き込むように姿勢を低くした。

「ベリアルドは舐められるのが嫌いだ。遊んで欲しければもう少し頭を使え」

　ゾクッと全身に悪寒が走り、底冷えのするような低い声がゲラルトの血の気を奪う。

　魔力の圧は感じない。ただの殺気、それだけでゲラルトは自分の首が転げ落ちるような錯覚を見た。思わず、首に手を当てて直接確認しなければ安心できないほどに。学院時代から常にヘラヘラと笑っている男の本性を見た気がした。

「……、ハッ、は……」

当のセルジオは本性もなにも、ただ父ヘルメスを真似ただけだった。彼は人を脅迫することに慣れていないため、こういう場面では常にヘルメスを手本にするのだ。

「ではこれで失礼しますよ」

ゲラルトの焦点がじわりと戻ったとき、セルジオは来た時と同じような余裕の笑みを浮かべ、くるりと背を向けた。

悪魔はわずか五分会話をしただけで神殿を去ったのだ。

彼が去った後、ゲラルトはしばらくしてやっと動くことができた。しかし部屋の外に出た瞬間、

「ひぁ……」と情けない声が漏れる。

「なんだ……これは」

廊下には点々と等間隔で生首が並べられていた。

その顔はどれも自分が死んだことなど理解していないように、笑顔だったり何かを言いかけた平凡な表情である。日常を切り取った不気味な芸術品のようでもあった。

ゲラルトはすぐに側近にその首を処分させた。調べられては困る人間ばかりがそこには居たから。

「クソッ!　あの悪魔め!」

夕暮れ間近。ゲラルトは市街地の寂れた場所を足を踏み鳴らしながら歩いていた。今にも湯気が出そうなほど顔を真っ赤にし、揺れる腹のせいで足下は殆ど見えていない。

腹の虫がおさまらない。恐怖を感じた自分を何とかなかったことにしたい。そんな思いがゲラルトをある塔へと導いた。

薄暗い石造りの螺旋《らせん》階段をぐるぐると上っているうちに、自分が今どの方角を向いているのか分からなくなる。

ここは王都にある貴族専用の牢獄《ろうごく》。

高い塔からの脱出は不可能であり、小鳥が二羽留まれるだけの窓しかない牢には、日の光が充分に入ることはなかった。

既に最上階近くまで上って来たゲラルトの脚は鉛のように重く、肺は焼切れそうなほど痛んでいた。

牢番に銀貨を渡し、息を整えると目当ての扉を開けさせる。
二、三歩進むと、その向こうは頑丈な鉄格子が天井から床まで嵌《は》め込まれ、さらに奥には大きな塊が寝台の上でジッとしていた。
「何の用だ」

塊から低く怒りの籠った声が発せられた。

ゲラルトとは結構な距離があるにもかかわらず、目線を上げなければ顔も見えない巨人のようだった。ボサボサの髪と髭《ひげ》を蓄えた男の鍛え上げた筋肉、そしてオーラとも言うべき存在感がそう錯覚させたのだろう。

「今日はお前に知らせがあってな。わざわざここまで来てやったんだ、感謝するがいい」

「お前の知らせはロクなものじゃない。さっさとここから出せ」

ガンッ！

囚人であるその男が大きく鉄格子を揺らす。その圧にたじろぎ、反射的に一歩下がってしまったゲラルトは先程のセルジオに気圧《けお》された屈辱を思い出し、更に怒りを募らせた。

「ふん、お前は二度と外には出れんわ。して、知らせだが――……お前の息子、[redacted]がな」

その名を呟くだけで嫌悪感が溢れてくる。初めは良くそんな名を付けたなと笑っていられたが、実際に口に出すと自分の身も穢れそうなほど醜悪な名だ。

囚人は目が血走るほどにゲラルトを睨みつけ、その太い腕で今にも牢をねじ切らんばかりに握りしめている。

「死んだらしいぞ。あの悪魔侯爵を知っているだろう？　あそこに送ったんだが、儀式を失敗して処分されたそうだ。残念だったなぁ、たった一人の息子だったのに」

　牢の向こうで殺意を飛ばすことしかできない囚人を見ながら、ゲラルトはやっと気分が上を向いて来たのを実感する。

　そうだ、これだ。お前は囚人で私は祭司。お前は私に跪《ひざまず》き、慈悲を乞い、羨むことしかできない矮小《わいしょう》な存在なのだ。と、胸の内では声高らかに叫んでいた。

「む、息子はまだ十三の筈《はず》だ……貴様、それでも祭司か」

　男の声は震えていた。怯《おび》えや悲しみではない、純粋な怒り。毛の逆立つような憎悪を声に乗せ、言葉を絞り出すのがやっとのように見える。

「わしも残念に思うておるわ。お前に似て穢れに強い信徒がどれだけ貴重な存在だったか。その悲しみを父であるお前と分かち合おうと思ってな」

　ゲラルトはやっと取り戻した自尊心により、笑みを隠すことができなかった。こうして、囚人である目の前の男が屈する様を眺めるのがゲラルトの密《ひそ》かな楽しみだった。

　その男がどうして穢れを溜めないのか、どうしてそれほどまでに身体を鍛え続けるのかなどには興味がなかった。

　悪を罰する爽快感と満たされる自尊心に、ゲラルトは酔いしれている。そして、暴力に晒《さら》されることのない安全な位置から、囚人を思う存分痛めつけた。

　そしてゲラルトはその時やっとある考えに辿《たど》り着く。

「まぁ……処分する手間が省けたと思えば良いか」

　と。彼は貴重な人材だったが、ある意味では使えず、ある意味では危険だった。

　それから彼の穴をどう埋めるか考えながら馬車に乗り込み、安寧の箱庭に帰るのである。

魔法の先生

初めての魔術の授業を前に、シェリエルはわくわくソワソワと足を揺らしている。

余命の話がなければきっと一人で鼻歌でも歌っていたことだろう。

ふと空気の揺れを感じた気がして扉の方へ視線を向けると、すぐにコンコンと音が鳴った。メアリが開けた扉の向こうには人型のノアが立っていた。

「キャアアァァァ！」

甲高い悲鳴を上げるメアリにノアは軽く片眉を上げ「おや？」と呟《つぶや》き、そのまま彼女の横を通り過ぎて部屋の中まで歩いてくる。

「メアリ、どうしたの？　知らない人だからビックリしちゃった？　これから魔術を教わるノア先生だよ」

「ヒッ……し、失礼しま、した。その……本当に、申し訳ございません」

メアリはなぜか身体《からだ》を小刻みに震わせ、ギュッとエプロンを握りしめながら頭を下げている。

「この色だからね。普通はこういう反応をするんだよ」

ノアは特に気にも留めない様子で、肩にかかる漆黒の髪に目線を落とした。

だがシェリエルは彼女の反応に納得がいかない。

「メアリ、存在しないと言われているのは私の髪も同じでしょ？　ノアは怖くないから安心して？」

「あの、本当に申し訳ございませんでした」

メアリは何度も謝罪の言葉を口にし、紅茶をふたりに注《つ》ぐとすぐに部屋の隅で気配を消した。

シェリエルにはそれほど怯《おび》える理由が分からない。しかしここで問い詰めても本人の前では言いづらいだろうと、とりあえず授業を始めてもらうことにした。

「申し訳ありません、ノア先生。今日はよろしくお願いします」

「ああ、授業と言っても知っていることを伝えるだけになるけれどね」

「ノア先生はどうやって魔術を習ったのですか？」

「独学だよ。書を読み、考察し、実際に試してまた考察する。それの繰り返しだね」

シェリエルは彼をすごい猫だと思って感動する。魔獣界隈《かいわい》で口伝のようなものがあるのかと思っていたけれど、まさか全て自分で学んだなんて、と。

そのノアが語る魔術の概要は、率直に言うと七歳児向けのものではなかった。

「――魔法とは自身の魔力を祝詞やスペルを使って現象に変換するものだ。その術を総称して魔術という。魔術を発動し、何もないところに火や水を出したり操作する。生成または操作する対象の規模は魔力量と比例する。高度な魔術には大量の魔力が必要だ。そしてその魔力は自身の内側から湧き出し、自属性の魔力は自分のもの以外――精霊界か神々か、どこからか補塡《ほてん》される。故にそれを加護と呼ぶ。ここまではいいかな？」

簡潔な説明だ。ゆっくりとした落ち着いた声はすんなりとシェリエルの頭に入ってくる。彼女はただの七歳児ではないので。

「全属性だと全ての魔術で魔力が補塡されるのですか？」

「多分、そうだと思う。検証が自分でしかできないから、魔力量によるものか加護によるものかハッキリしないいんだ。魔術の得意な知り合いも居ないしね。だから君の成長を見ながら検証したいと思っている」

シェリエルは先日彼が「ちょうど良い」と言った意味を理解した。

「では、全ての祝詞や呪文を覚えれば授業は終わりですか？」

「いや、操作するにはそれなりの訓練が必要だね。使用する魔力量の調整、生成した後の操作は自分でしなければならない。こうして水を生み出し、纏《まと》わせ――」

ノアは左手を上げると手の先に水を纏わせ、手のひらを上に向けたかと思うと水を集めて水球を作り出した。それを今度はスライムのように動かし、ふるふると震える水の塊を眺めている。

「――そして消す」

その瞬間、パッとノアの手から水が消え去った。蒸発するでも霧散するでもなく、ただその場から消滅したように見える。

「この一連の動きが洗浄の魔法として一つの呪文になっている。どこにどれくらいの量をと指定すれば、呪文を唱えるだけで完了する。訓練すれば一つ一つをこうして再現することも可能だよ」

シェリエルはドクドクと心臓を鳴らしていた。これまで何度か見せてもらった洗浄魔法とはまるで別物だ。黒猫が降らせた光の粒よりもロジカルで、その仕組みが気になってしまう。洗礼の儀はただただ圧倒されるだけで、面白さを感じる余裕すらなかった。

そして一点、シェリエルはある重要なことが気になった。

「先生は呪文がなくても魔法を使えるんですね。みんな何かしら唱えているのに」

「慣れれば君もできると思うよ。魔法を使っていると魔力が湧き上がる感覚、扉を開く感覚が分かってくるんだ。本来外にあるその扉を自分の中にもう一つ作るというのかな？　そうすると、思考だけで魔術が扱えるようになる」

「扉……そういえば、洗礼の儀の時も扉と言っていましたね」

「少し外に出ようか」

つまり実践である。シェリエルは堪《こら》え性《しょう》のない幼児みたいにトタタと扉に向かって走り、ノアはそんな彼女の後ろ襟をヒョイと摑《つか》むとそのまま外へと転移した。

叫び声をあげる間もなく景色は緑に囲まれた裏庭に変わっている。ラソウジュの木と窓辺でウロウロと歩き回るメアリが見えた。

シェリエルは「メアリー！　ごめんねぇー！

ここだよー！」と大声で叫びながら、突然の転移はやめてほしいとゲンナリする。

彼は常に転移で移動しているようなので人の常識を知るわけがないのだが。

さて、気を取り直してさっそく実践である。

「君はもう魔力操作自体はできるからね。体内の魔力を手に集めて、〝ドロー〟と唱えるんだ。その時、動く魔力の源を探してみるといい。どこから湧き、どこへ向かうか、意識しながら集めてごらん」

前回布団を水浸しにした水魔法だ。

今度は言われた通り微《かす》かに蠢《うごめ》く体内の魔力に意識を向けた。洗礼のときほどぐるぐると掻《か》き回す感覚はないが、血液が心臓から送られるように鳩尾《みぞおち》のあたりから何かが溢《あふ》れてくる。

その流れを右手へと向けるよう、指先まで神経を集中させると少し遅れてゾワゾワと何かが動いているのが分かった。

手のひらにボヤッと圧を感じたところで、スペルを唱える。

「ドロー」

突き出した手のひらの向こう、ノイズが入るように空間がジジッと揺れる。その一瞬の間に自分の集めた魔力がスッと消え去り、別の何かがやってくる感覚があった。置換、召喚、そんな言葉が頭に浮かび——

「わ！」

テニスボールほどの水球が空中に発生。そしてそのままバシャリと地面に落ちて散った。

扉というのはまだ分からないが、魔法の原理のようなものは理解できた気がする。

「うん、筋が良いね。生成できるだけでも上出来だ」

「さっきのノア先生のイメージが強かったんだと思います。気を抜いたら落ちてしまいました」

「魔力の湧く感覚は分かったかな」

「はい、なんとなく。ここらへんがゾワッとしました」

鳩尾のあたりに手をあて、外から確認してみるも、特に熱を持ったり圧を感じたりなどということはない。いつも通りの自分の身体だ。

「魔力はね、器官というより……裏側で生成され、湧き出してくるものなんだ。その源の入り口は魔力や身体の成長と共に少しずつ広がってくる。けれど、君はあの儀式でその入り口を大きく広げ過ぎた。だから身体が耐えきれない量の魔力が溜《た》まり、いずれ溜まり過ぎた魔力によって石化する。昨日少し話したよね？」

「石化？」

洗礼前に魔法を避けるのも身体が魔力に耐えられないからだった。シェリエルは身体の成長前に成人並みの魔力を身体に流すことになり、その魔力が溜まることでその石化という現象が起こるという。

「毎日魔力を使っていれば、石化というのは防げないのですか？」

「その方法もある。ただし寝ている間や何かの拍子に魔力を使い切れなかった時、一気に石化するだろうね」

「じゃあ、どうすれば……」

「精霊と契約すれば石化は防げると思うよ。精霊と契約すると魔力を共有することになる。魔術書は嘘《うそ》ばかりだから本当かどうかは検証してみないと分からないけれど、実際に契約した人の記録を見ると理論的には納得できるからね」

魔術書が嘘ばかりというのはノアが実際に検証してきた結果なのだろう。魔術オタクの猫……などと考えている場合ではなく、雲行きが怪しくなってきた。頼みの綱であるノアが半信半疑だ。

「精霊がわたしの魔力を預かってくれるということですか？」

「私が調べた限り、契約とはそういう状態なんだと思っている。だからそのうち精霊を見つけて契約してみるといい」

——そんな森に野鳥を探しに行くみたいなノリで言われても……

精霊というのはホイホイ見つかるものなのだろうかと少々不安になって来たシェリエルだが、ディディエとの約束や先程のリヒトのことを思い出し、とにかくやってみるしかないとやる気を見せた。

しかしふとあることを思い出した。

「ノア先生、わたしはこれまで無意識に魔力で身体を動かしていたみたいなんですが、それは大丈夫なのでしょうか」

「何かに使っている分には問題ない。身体強化ならば静止していてもそのなかで常に魔力が循環しているから。使われない分の魔力が体内に残ることがいけないんだ。石化はあまり記録が残っていないけれど、人の身体が次第に固まり、魔力を内包した石になるそうだよ。人型の魔石というわけだね」

シェリエルは何となく仕組みが分かり、解決した訳ではないが心が落ち着いて来た。

精霊と契約できるまでの間は魔力を増やさないように魔力調整の訓練をしながら魔術を習得して行くことになった。手始めに先ほどの水球を作っては消し、消しては作りを繰り返す。

昨日の朝やったような初級魔法で大量の水を召喚するのは絶対にやってはいけないことだったらしい。少し呆《あき》れられた。

「……でもおかしいね。本当は君の歳《とし》でその魔力量だと既に石化の症状が出ていてもおかしくないんだけど、何か気になることはないかい？　手足が痺《しび》れるとか、急に転ぶとか」

「ないですね。わたしは至って健康です。強いて言うなら昔から良く寝る子でした。今もまだ睡眠時間が普通より長いらしく、少し心配されていますす」

「ふむ。だとしたら、余計に石化が進んでいそうなものなのに。面白いね、調べ甲斐《がい》があるよ」

――まったく、誰も彼も人を珍獣のように研究対象にして。

けれども彼の研究がシェリエルの寿命を延ばす

ことになるのはたしかだった。ここは存分に調べてもらおうと思い、シェリエルは小さなことも報告しながら訓練を再開する。

「ドロー！」

何度も水球を作るうち、始めはまばらだった大きさもだんだんと揃《そろ》うようになって来た。コツを摑んで来たので今度はノアの言う扉というものに意識を向ける。

シュンッと魔力が持っていかれるような感覚。きっとこの時扉が開いているのだろう。けれど何かが開いたり閉じたりするというような気配は分からない。

「先生、やはり扉が分かりません……魔力が持っていかれる感覚はあるのですけど」

「おや、そこまで追えているのか」

ノアは切れ長の目を少しだけ見開くと、何かを考察するように黙り込んでしまった。顎に指を添え、自分の世界に入ってしまったような思案顔がまるで本当の人間のようだ。

「ちょうど試してみたかったことがあるのだけど、君、実験台になってくれないか？」

「……」

「……？」

シェリエルが実験台という言葉に躊躇《ちゅうちょ》している間、ノアはキョトンと猫みたいに首を傾けていた。こういう時だけは彼も年相応の少年に見えるのだが。

「それは先生の理論的には大丈夫なのですか？一応聞きますけど」

「まあ、理論的にはね」

シェリエルは散々悩み、また何か良くない状況になるのではという不安よりも、魔術への興味が勝ってしまった。なぜ何もないところから水や火が生まれるのか、概念ではなく仕組みを理解したいと思って。

「ではお願いします」

「ふふ、そうこなくては。さあ目を瞑《つぶ》って楽にして。今から私の思考と繫《つな》ぐよ。魔術を使うからそのまま感覚を受け入れて」

シェリエルはSFアニメの首の後ろに差し込まれたプラグを想像し、じわりとうなじに緊張が走った。

しかしノアは首ではなく、シェリエルの頭にそっと手を置く。すぐに頭へじわじわと熱が溜まっていくような心地がした。

「おや？　なんだろうこれは。君、ギフトでも持っている？」

「たぶんないと思います」

――なに、何なの……また何か問題でも？

ノアがジッと手を置いたまま頭の熱だけが上がっていく。

「うん、大丈夫そうだ。とりあえず、やってみるよ。準備はいいかい？」

「お願いします」

ノアはもう片方の手をシェリエルに見えるよう前に突き出した。

その時点で既に彼女の頭の中には何かが流れ込んで来ている。自分のものではないのに自分の感覚のように感じる不思議な何か。

下ろしたままのシェリエルの右手に魔力が集まるように感じるが、それは錯覚であり実際にはノアの手のひらの向こうに水色の魔法陣が浮かぶ。

ああ、魔法を使うときに景色がブレた気がしていたのはコレか……などと考えてると、手から放たれた魔力が魔法陣を通り抜け、そして、水へと変わった。

これが、扉……？　魔法陣が扉ということ？

けれどシェリエルには扉よりもしっくり来るものがあった。

「コンバートですね」

バツッと共有されていた感覚が切れると、目の前の魔法陣が消えて水も地に落ちた。

「コンバート？」

「あ、いえ。変換でしょうか。魔法陣が見えました。魔力が魔法陣を通ると水に変換されるのでしょう？」

「ふむ、陣が見えたか。やはり感覚が良いね、感じて欲しいのはそこじゃなかったんだけど」

「あれ？」

たしかに仕組みは分かったが、だからと言って自分の内に魔法陣をと言われると訳が分からない。

「その陣はこの次元と別の次元の狭間《はざま》にできる中間の次元に描かれている。だから自分の内側に別の次元を作り、そこに魔法陣を生成すればわざわざ声に出さなくても思考で魔術を扱える。分かるかな？」

次元というややこしい話になってきた。彼女は物理は苦手なのだ、文系出身のエンジニアだったので。

「自分の内側に次元を作るというのはどうするのですか？」

「そうか、君はそこからだったね。さっきの水を出した時のようにして、〝エスパス〟と唱えてごらん」

言われるままに右手を突き出し、魔力を集めると「エスパス」と唱えた。

ブン！

と目の前に陣が現れ、その奥に水球と同じくらいの大きさの歪《ゆが》みが生まれた。ブラックホールのようなハッキリとした穴ではなく、陽炎《かげろう》のようにゆらゆらと景色が揺らいでいる。

「？」

「固定されているから手を入れてみるといい」

「これは大丈夫なやつですか？」

「さぁ？」

そのまま手が消えてしまったらどうしようと思いつつ、またも好奇心に負けて人差し指を入れてみる。景色の揺らぐその場所を過ぎると、指先が消えたように見えた。感覚はあるので本当に消えているわけではないのだろう。

――この先が別の次元ということか！

寒くも暑くもない指先がどこまで行くのか試してみたくて、ゆっくりとそのまま手を伸ばす。手首まで来たあたりで何かに当たって進めなくなった。上下左右と手を動かし、だいたい大人の手のひら分の空間しかないことを確認する。

「わぁーすごい！　もしかして魔力量によって大きさも変わるのですか？」

「そうだね、上級魔法なら客間一つ分くらいにはなるよ」

「リアル四次元ポケットだ。すごい。魔術って面白い！」

「？」


非日常的な水よりも更に非現実的な魔術のおかげで、シェリエルは余命のことなどすっかり忘れて魔術に夢中になっていた。

ノアに共有してもらった感覚と、つい先ほど見えるようになった魔法陣。次元という概念と魔法、魔術の関係。パズルを組み立てるように事柄が浮かんでは繋がり、仮定に矛盾を感じれば消え、また別の仮定へと繋がって行く。

「……この揺らぎを自分の内側に、か。今作った次元とは別の次元からやってくる物質……どういうことだろ。いや、内側というのが体内という意味じゃないのか。体内じゃなく自分という概念……想像。ひとつの次元。これに近い何かを知ってる気が……コンテナ？　いや脳がOSだとしたら自分を一つのマシンと考え……その中にVM《仮想マシン》をたてる。VMから外へ……疎通はなんでもいいか。とにかくソースをコンバート……」

「君、頭にも魔力使ってるね」

「え？」

シェリエルはぶつぶつと独り言を言っていたことに気づいてハッと上を向いた。集中していたのに何を言われたかは聞き取れている。

「さっき繋いだ時、少し違和感があったんだ。捉え切れないというか、ブレているというか。今も少しだけ魔力が頭に集まっている。もしかしたらそこで魔力を使っているから石化していないのかもしれないね」

「頭に筋肉はありませんよね？」

「ん？」

「え？」

……魔力を使うというのは強化の話ではなくて？

せっかくまとまりかけた次元の概念がどこかへ行ってしまった。

「魔力は筋肉を動かすだけではないよ。少しなら血液を止めることもできる。頭に血液を送ったところで何ができるかは分からないけど、もしかしたら君は既に内側に次元を作れているんじゃないかな？」

――あ、そうか。魔力は頭でイメージして操作する。さっき脳をＯＳに喩《たと》えたのはあながち間違いではなかったのかもしれない。

シェリエルはスッと目を閉じ、呼吸を整えた。腹式呼吸を繰り返し、血液の循環をイメージしながらそのまま魔力の動きへと意識を向ける。想像の力で操作できるのなら、馴染《なじ》みのあるものを想像すればいい。


すると……

何もない真っ暗な空間にウィンドウが現れた。その奥に、別のウィンドウが二つ並んでいる。

あ、コレ……

まるで夢を見ているみたいだった。

全く知らない景色のはずなのに、その世界、自分、これまでの経緯をすべて理解しているような、そんな感覚。この中ではこれが真実であり、虚構だとは疑いもしないような仮想体験。明晰夢《めいせきむ》のような不思議な空間。

メインウィンドウの後ろに並ぶのは前世と前々世の記憶の断片である。

ヘルメスが以前、前世の記憶が焼き付いている状態と言っていたが、その通りだったようだ。意思さえあればどの情報へもアクセスできる。前世の記憶を辿《たど》れたのはデータとして残っていたからだったのかとシェリエルは一人納得していた。

では殆《ほとん》ど記憶のない、前々世はどうだろう。

動きが鈍く、情報が欠落しているようだった。

実際にキーボードを操作しコマンドを叩《たた》くわけではないが、潜ろうとしても上手《うま》く情報を拾えないような引っ掛かりがあった。

さすがに二世代前だと綺麗《きれい》に情報が残ってないのだろう。

シェリエルは「まぁ前々世はいいか」と早々に諦めた。性別も違うしまた人格が混乱したら嫌だから。

次に気になるのは未来のあの夢だ。もしここに前世の記憶と同じように残っているなら、もっと詳しい情報が得られるかもしれない。

が、夢の記憶はその形跡すら探すことができなかった。

シェリエルはこれも「まぁ夢だしな」とすぐに諦めた。

そしてやっと本題である。これと同じようにまた別のウィンドウを立ち上げれば良いのだろう。先ほどエスパスを使ったことで次元の感覚は摑んでいた。ブンッと起動音と共に新しいウィンドウが立ち上がり、彼女はノアの言葉を理解した。

――ここに魔法陣を生成するんだ。

シェリエルはパチッと目を開き、手を前に突き出す。もう目を瞑らなくても一つの次元を感覚で捉えることができた。心の中でドローと唱えると、頭の中に魔法陣が浮かび、それと同じ物が手の前に現れた。

へぇ……どこに生成するかまで想像すればそこに魔法陣がコピーされるのね。

瞬間、綺麗な水球が出来上がり、ふよふよと目の前に浮かんだ。

「うん、いいね」

「アハッ！　アハハハハハ！　なにこれすごい！ もう可能性なんてものじゃないでしょ！ こんな仕組み、誰が考えたんだろ？　神様？　やっぱ神様ってすごいんだ」

可笑《おか》しいのか嬉《うれ》しいのか分からないけれど、全身が騒めくような震えが止まらない。ドクドクと鳴る心臓は今まで感じた高鳴りとは別の高揚感だった。

「魔力に当てられて狂ったかい？」

「あ、いえ。失礼しました。興奮しちゃって……でも本当に凄《すご》いのですね、全能感というか、何でもできそうな気分です」

まだ鳴り止《や》まない心臓のせいか、取り乱した恥ずかしさで頬が熱くなる。

ノアは不思議なものを見るように首を傾《かし》げ、今度は花が溢れるように笑った。

「何でもはできないよ、できることだけしかね。でも、君なら……」

彼の笑う姿は自分の成功を喜び期待をかけてくれているようで、余計に嬉しくなってしまう。役に立たないことを悔しく思って泣いた夜が嘘のようだ。

この無詠唱という技術は、ただ詠唱が不要というだけではなかった。

次元を新しく作った時に気付いたのだ。仕組みを理解し法則と感覚さえ摑めれば、心の中ですら呪文が要らなくなると。

というのも彼女は内側に次元を作る時、心の中でも詠唱しなかった。きっと、前世の記憶が別の次元として残っていたためこの感覚が摑めたのだろう。

早く色んな魔術を試してみたい。どうやって術式が組まれているのか解析もしてみたい。こんなに心が躍るのは前世を通しても初めてかもしれない……

楽しくなってしまったシェリエルは今度は陣を生成した後、発動させずに止めてみた。模様を眺め、それを記憶する。

と、ここでいきなり内臓が口から出そうな吐き気に襲われた。ついでに頭も平衡感覚を失うほどにぐらぐらと揺れはじめる。

「うっ……」

「少し調子に乗りすぎたね。急に多くの魔力を使うと魔力酔いを起こす。おいで、整えてあげよう」

「……魔法陣を観察したくて、つい」

上がってくるのは胃液ではなく高濃度の魔力だったらしい。胸焼けしそうな不快感である。魔力に濃度があるのかは知らないが。

目眩《めまい》と吐き気に耐え切れずノアの足下へしゃがみ込むと、ノアは洗礼の儀の時のように背中に軽く手を当てた。すると、次第に内臓を揺らすような蠢きが収まってきて、どうにか普通に息を吸えるようになる。

「ありがとうございます、ノア先生」

「陣を固定するのはそれなりに魔力を使うからね。だからギフトも少しずつ生涯をかけて魔法陣を描き写すんだよ」

「ギフトの魔法陣も見ることができるのですか？」

「ああ。高度な物は洗礼の儀で使うような複雑さだから遺《のこ》すのは大変だけれどね」

ギフトはそれこそ、祝詞や呪文を必要としない、個人に与えられた神からの贈り物である。詠唱も必要なく、ある日突然力に目覚めるのだ。

無属性の魔法も含め、魔術では不可能な超能力のようなものだと教えられたが、正直なところシェリエルからすれば魔法も超能力だった。そして今、次元を作り上げた感覚から余計にギフトと魔法の差が分からなくなる。

……先生の教えてくれるものが魔術、先生にできないことがギフト。とりあえずそう理解しておこう。

「そうだ先生、今夜わたしの洗礼のお祝いをして貰《もら》えるそうなのですけど、良かったら先生も出席していただけませんか？」

「ん、それは遠慮しよう。私が行くと、折角の祝いの席が台無しになってしまうから」

ノアはやはり黒髪のことを気にしているようで、ポンポンと背中を叩き、魔力調整の終了を告げた。

「そうですか……先生は悪魔の森に住んでるのですよね？」

「私が悪魔の森に住んでいると、なぜ知っている」

「なんとなく、そうかなと。グリちゃんもたまに遊びに行ってるようですし。夜お腹《なか》が空《す》いたら遊びに来てください。ミルクとお肉、用意しておきますから」

一瞬彼のアイスブルーの瞳が凍りついたみたいに冷たくなった。けれどすぐに彼は目尻を下げ、花のように柔らかく笑う。

シェリエルはその小さな表情の変化よりも、彼を独りにすることが気になっていた。

あの夜、ノアが魔法を使えることを知って酷《ひど》い孤独感に襲われた彼女だから。自分だけが世界の除《の》け者《もの》のような気がして、涙が止まらなくなったから。

それなのに自分だけがお祝いをしてもらい、彼は一人で森へ帰るのだと思うと……

——いや、そう思うこと自体、失礼な話かもしれない。

ただ、少し寂しく思う。祝福を授け魔術の扉を開いてくれたのは誰でもないノアなのにと。

「フフ、何を考えているのか分からないけど、私にミルクは必要ないよ。夜、気が向いたらお邪魔するかもしれないね」

彼はこういう時、花の精のように笑う。そしてその人外めいた微笑《ほほえ》みが、シェリエルの妙な引っ掛かりを取り除いてくれるようだった。

「今日はここまでにしようか、シェリエル」

「はい！　ありがとうございました、ノア先生！」

彼が呼ぶ自分の名が、なにだかやけに胸に響いた。

ずっと待ち焦がれていたような、優しい響きだったのだ。

†

「シェリエル様、そろそろお時間です」

お昼寝から目覚めたシェリエルは数時間前より身体が楽になっていることに気がついた。というのも、魔術の訓練はかなり身体に負担があるらしく、全身の怠《だる》さで気絶するように眠ってしまっていた。

「ん……ありがとう。そうだ、ノア先生のことなんだけど、存在しない色ってみんな怖がるものなのかな?」

「申し訳ありませんでした……その、黒という色は、悪魔を連想してしまい……」

「ベリアルド家で働いていても悪魔は怖いものなんだね」

メアリは天啓を受けたかのように一息飲むと、目を丸くして納得の声を漏らす。

「たしかに、ベリアルド家の皆様の方が……いえ、失礼致しました」

シェリエルは悪魔の森の話を概要しか知らなかった。メアリがシェリエルの髪色を気遣い話さなかったのだ。

故に、前世でも黒猫は不吉だという迷信もあったし、きっとそういう類のものだろうというくらいに考えている。

「お支度いたしましょう。遅れては大変です」

「あ、うん」

窓の外では陽《ひ》が沈みかけていた。藤色の空には紅と紺が混ざり合い、ベリアルド家のような色をしている。三色に染められた雲に親近感を抱いていると、シェリエルはあっという間に飾り付けられていた。

ドレスと言ってもまだコルセットなどもない、布の多いボリュームのあるワンピースといったところだろうか。お披露目の席では両親の色を纏うため、真紅の布地に紺の刺繍《ししゅう》が入っている。七歳児にしては少し大人びているが、とてもシックでかっこいい。シェリエルはこれをとても気に入っている。

それから誕生日にディディエから貰った白薔薇《しろばら》を一輪、ハーフアップにした髪に挿してもらって完成だ。

「大丈夫かな」

「もちろんです。素晴らしいですシェリエル様。本当に……こんなに可愛《かわい》らしいのですから」

「子どもの可愛さがベリアルドにも有効だといいけど……」

メアリは目元を真っ赤にして一生懸命エプロンで押さえていた。

シェリエルも妙に落ち着かない。初めてここへ来たときとはまた違う不安。これから向かうのは貴族としてのシェリエルをお披露目する場である。

ごくごく身内のみが集まり、城に仕える補佐官、騎士たちにまで顔見せをするのだ。侯爵家の令嬢として振る舞わなくてはならない。

「ふふ、僕の可愛い妹はどうやらどこかのお姫様だったみたいだね」

「ディディエお兄様、お迎えありがとうございます」

誕生日の日と同じようにディディエがエスコートしてくれる。

彼は藤色の少し癖のある髪を高い位置で結い、白を基調とした礼服には細やかな青の刺繍が施されている。白の衣装はあまり見たことがないので、この日の為《ため》に誂《あつら》えたのだろう。

「このドレスは気に入っているのですけど、お兄様の色がないのは少し寂しいですね」

「そうだろう？　だから、コレ」

スっと差し出されたのは一輪の薄紫色をした薔薇だった。綺麗に棘《とげ》の処理もしてあり、先日もらった白薔薇より一回り大きい。ディディエが白薔薇の隣に差し込むと、まるで彼ら兄妹のようである。

「ありがとうございます。あとはお爺様《じいさま》が」

「シェリエル、お爺様には白薔薇を一輪贈ってあげなよ。これ以上頭に花を咲かせると大変なことになる」

「お兄様からいただいたものなのに、良いのですか？」

「もちろん。その為の白薔薇だからね」

ディディエにエスコートされ、本館の奥の方まで歩いて行く。身内だけのお誕生日会でこれほど飾り立てるなど少し大袈裟《おおげさ》な気もするが、貴族とは本来こういうものだと言い聞かせた。

似たような扉をいくつも通り過ぎ、やっと使用人が立つ扉まで辿り着いた。

「いつもの食堂ではないのですね」

「うん？　一応お披露目会だからね。でもここは小さい方だよ」

ギィっと音を立て、開かれた扉の向こうの光景に、シェリエルは一歩も動けなくなった。

「これのどこが身内だけのお披露目会なのです？」

「これでもかなり人数は絞ってるけど」

――そんな馬鹿な！

ざっと百人、いや二百人くらいはいるだろう。誰の結婚式かと言いたくなるような華やかさに眩暈《めまい》がする。

立ちすくむシェリエルに会場内の人々が気付き始め、一瞬無音になった。眉を顰《ひそ》める者、目を逸《そ》らす者、見定めるように上から下まで観察する者、たまに頬を緩めている者もいるが、好意的な視線はごく少数だった。

「さ、行こうか。お爺様がお待ちかねだ」

ディディエの微笑みと同時に、会場の空気が変わった気がする。困惑、焦りだろうか。

二つに分かれた階段を降りて行くと、下にはセルジオ、ディオール、そしてヘルメスが待っていた。強張《こわば》った身体がほどけて行くような心地に、自然とシェリエルの頬も緩んでいる。

あれだけ怖《おそ》れていたベリアルド家の面々が今は一番安心できるなど、四年前には想像もできなかったことだ。

「シェリエル、少し遅くなってしまいましたけど、誕生日おめでとうございます」

「ありがとうございます、お父様」

「我が孫のなんと愛らしいことか……しかし、ディディエ、なぜお前だけそのような衣装を？」

「ああ、これは学院で他国に伝手《つて》のある者を見つけまして。学院も悪くないところですね」

ヘルメスの睨《にら》みに涼しい顔をして応えるディ

ディエは、ツンツンと肘でシェリエルに合図を送る。

なるほど、この為に……

「お爺様、こちらを贈らせていただいてもよろしいでしょうか」

そう言って白薔薇を一輪差し出すと、ヘルメスは両手で顔を覆い天を仰ぐ。微かに呻《うめ》き声《ごえ》が漏れているが、いつものことなので大丈夫だろう。

「ん、ありがたく頂戴しよう」

正気に戻ったヘルメスが少し腰を屈《かが》めてくれたので、胸元に白薔薇を挿す。代わりに、ヘルメスは小さな宝石箱を目の前に取り出した。

「これは私からシェリエルへの祝いの品だ。受け取ってくれるか?」

そっと開かれた宝石箱の中では、つるりとしたオパールのブローチが広間の明かりに照らされ遊色を放っていた。ヘルメスの淡いブロンドのように乳白色でありながらゴールドのような煌《きら》めきが美しい。派手すぎず、けれど細やかに意匠の凝らされた縁取りのそれはずっと眺めていたい程だった。

「お爺様、とても素敵でどうしたらいいのか……宝物にします」

胸元に付けて貰い、これでベリアルド家の色が全て揃った。ふと、周りに目を向けてみると、懐疑的だった眼差《まなざ》しが綻った笑顔に変わっていた。

ディディエとセルジオに手を取られ、壇上へと登る。サロンには中央にテーブルが設置されていて、たくさんの肉料理と果物がプレートに盛り付けられていた。立食パーティーのような形式らしく、二百人ほどの大人が全員シェリエルに注目している。

セルジオが一歩前に出ると、シン……と微かな衣擦《きぬず》れの音さえも消えた。

「皆、よく集まってくれました。今日は我がベリアルド家に新しい家族が増えた日です。身内だけのお披露目ですから、堅苦しいのは抜きにしましょう――」

ヘルメスが眉を顰めてセルジオを睨んでいるが、当の本人は全く気付いていない様子で軽快に言葉を続けている。

シェリエルとしては少しでも気が楽になるのでありがたいのだが。と思っていると、締めに入ったセルジオがこちらを振り返った。

「さ、シェリエル皆に挨拶を」

……そうなりますよね。

だがこれほどの大人数とは聞いていないので何も考えていない。

ディディエに軽く背を押され、一歩前に出る。

シェリエルは全ての感情を捨て社交の授業を思い出すことに専念した。

「お初にお目にかかります。ベリアルド侯爵家次子、シェリエル・ベリアルドと申します。こうして皆様にご挨拶できる喜びを神々に感謝致します。以後お見知りおきを――」

指先まで神経を研ぎ澄ませ、貴族式の挨拶をする。重心がブレないよう体幹を固定し、軽くスカートを摘《つま》むと、左足は少し開き右足の爪先を滑らせるように後ろへと回す。

カクッと膝を折ることは許されず、所作としてはバレエのお辞儀に近い。今日は略式なので少し腰を落とすだけだ。

教師陣と使用人、あとは数人の補佐官しか居ないと思っていたのでもっと練習しておけば良かったと後悔するが、時すでに遅しである。

「……」

パラパラと始まった拍手が会場全体に広がると、やっと肩の力が抜けた。

一息吐《つ》く間もなく壇上に用意された椅子に座ると、次々にやってくる貴族たちの挨拶を受けた。

セルジオの補佐官やディオールの護衛騎士、それにヘルメスの護衛騎士までもが参加してくれたようだ。それでも全員ではないという。

皆一様にシェリエルの髪へと視線が移り、露骨な態度には出さないものの困惑している様子が伝わってきた。

下位貴族である使用人たちも宴《うたげ》には参加しているが、彼らはシェリエルの顔を覚えるのが目的のようで、直接話すことはできなかった。

そのなかで、サロンの端に固まっている集団が目に留まった。ジルケと、使用人の休憩室で顔を合わせるメイドたちだ。彼女たちは顔を真っ赤にして涙を流し、控えめにハンカチを振っていた。

それにシェリエルもふわりと心臓が温まるような安堵《あんど》感《かん》に包まれる。

「シェリエル、疲れたかい？　少し食べ物を持って来させよう」

「ありがとうございます、お兄様。果物を少しだけ……」

深刻な糖度不足だ。少しだけと言いながらアレコレ注文をつけていると、ふと聞き慣れた声がした。

「シェリエル様、御生誕のお祝い申し上げます」

慌てて顔を正面に向けると、落ち着いた深緑のドレスを着たマルゴットが最上級のお辞儀をしていた。

エトワールの優雅さはそこを舞台かと見紛《みまが》うほどである。つま先を綺麗に伸ばし膝を床まで付けているはずだが、スカートから足先は少しも出ていない。スッと淀《よど》みなく姿勢を戻すその姿はまさに彼女が目指すべき淑女だった。

「マルゴット先生！」

ついうっかり口に出した瞬間、マルゴットの鋭い視線に射抜かれる。

……いけない、何を油断しているんだわたしは。

「マルゴット様、よくおいでくださいました。祝いの言葉、ありがたく頂戴いたします」

「マルゴット、今日くらいいいじゃないか。せっかくのお祝いなのに」

「今日だからこそです、ディディエ様。貴重な練習の場なのですから。ですがシェリエル様、先程のご挨拶はとても美しく優雅でしたわ」

にっこりと笑うマルゴットの言葉に、思わず走り出して抱きつきたい衝動に駆られる。もちろんそんなことをすれば二時間はお説教確定だが。

「マルゴット先生……一番嬉しい祝いの言葉です」

うるうると感動の涙を堪えていると史学と語学の教師ジーモンもやって来た。同じく挨拶や振舞いを褒めちぎって貰い、シェリエルはどんどんと元気を取り戻して行く。

いまだに会場からは会話や食事をしながらチラチラと視線が向けられている。

こうなることを予測して、見知った補佐官や教師たちは他の人の挨拶が終わるまで待っていたのだろう。

挨拶が終わる頃にはマルセルやリヒトとも喋《しゃべ》ることができたのでずいぶんと気持ちが楽になっていた。

それぞれが食事やお酒を楽しむ中、第二のお披露目の時間がやって来る。

「さ、シェリエル、この杯に水を」

お披露目会はシェリエル自身のお披露目、そして、祝福を得たことを披露する場でもある。初歩の水魔法で大きな杯に水を入れ、魔法が使えることを証明するのだ。

そのため、儀式に失敗した本当の誕生日に無理やり生誕祭を決行することができなかった。延期になったことも皆の不信感を集める一因となったのだろう。

つまり、これはまたとない絶好のチャンスである。

本来は滴程度でも良いのだが、今日練習したばかりの綺麗な水球を出してやろうとシェリエルは密《ひそ》かに目論《もくろ》んでいた。

「シェリエル、寝台で出したような大洪水はやめてよ？　多少狙いが外れても、あの大きな杯なら大丈夫だから」

「お兄様、今日たくさん練習したので大丈夫ですよ」

シェリエルはまぁ見てなさいよという高飛車な

顔で言ってから、皆の注目が集まるなか杯に手のひらを向けた。

一度昼寝を挟んだけれど、感覚は忘れてない。

そのまま盃《さかずき》の真上に綺麗な水球を作り出すと、形を維持する為もう一度魔力を調整する。

「ふふ、どうです？　綺麗にできたでしょう？」

自信満々に振り返ると、皆が目を見開いて固まっていた。

――そんなに驚くほど綺麗にできてしまったのか……照れるな。

シェリエルはへへと小さく笑ったが、あのセルジオがこめかみに冷や汗を垂らしている。

「待ってください、これは流石《さすが》にベリアルドでもちょっとどうかと……」

「いやいやいやおかしいでしょ、何で詠唱しないわけ？　どうなってるのさ！」

おや？

と思った瞬間、近くで見ていたマルセルが落雷のような雄叫《おたけ》びをあげた。

「シェリエル嬢ぉおお！」

え、怖い。

マルセルの絶叫を皮切りに会場内が大混乱に陥った。もちろん「わたし何かやっちゃいました？」と言える雰囲気でもなく、シェリエルは仕方なく水球を杯へ落とすと、おずおずと皆の横に整列する。

「だから何シレッと戻ってきてるのさ！」

「ハイハイハイ！　ベリアルド家は一時撤退しますよ！　ザリスはマルセルを止めておいてください。あ、皆は宴を続けてくださいね。はい、ではまた明日の執務でごきげんよう！」

見たこともない程セルジオが素早く指示を出し、マルセルから逃げるように慌ただしく会場から出るベリアルド。

もちろんシェリエルもセルジオの小脇に抱えられ、即座に退場となったのだった。

†

「わたくしはここで失礼します。今夜も湯に浸《つ》からなければならないもの。シェリエル、良くやったわ、美しい水球でした。ではお休みなさいね」

「お母様、本日は素敵なお披露目会ありがとうございました。おやすみなさいませ！」

てんやわんやで廊下を移動している最中に、突然ディオールが戦線離脱した。シェリエルのことは気にかけているが、本当に美にしか興味がないので。

まだサロンからマルセルの声が聞こえる気がするがきっと幻聴だろう。なだれ込むようにセルジオの執務室へ入ると、鍵と防音の魔導具で厳重に施錠される。

「はい、という訳で！　シェリエル、貴女《あなた》さっき何をしたんです？」

「その、何と言われても……今日ノア先生に教わったのですよ」

「はぁ……ということは、彼も詠唱が必要ないと？」

「はい」

やはりノアはちょっと変わった猫ちゃんだったらしい。

だいたい誰も原因が分からなかったわたしの洗礼を成功させるし人に変化《へんげ》できるし、教師が普通でないのだからわたしを問い詰めても仕方がないのに。

と、シェリエルは口を尖《とが》らせている。

「全然事の重大さが分かっていないようですけど、これは大変なことですよ」

「そうなのですか？　先生は慣れればできると仰《おつしや》ってましたよ。現にわたしもできるようになりました」

「あのですね、魔法というのは神から賜った言わば神具のようなものです。祝詞、呪文、スペル、魔法陣、それぞれ改変することはできません。それを、あなたがたは根本から変えてしまったのですよ。分かります？　仕組み自体を変えてしまったんです！」

そう言われると大変なことのように思うが、仕組みを知ってしまえば大したことではないはずだ。

それに何かがおかしい。

シェリエルは皆がこうして驚いている理由がよく分からないし、何故《なぜ》認識がズレているのかも分からない。この妙な違和感の正体が分からない以上、シェリエルも彼らを納得させるような説明ができずにいる。

もしかして神を冒瀆《ぼうとく》する異端だと怒られているのだろうか。若干自信がなくなって来て、語気が尻すぼんで行った。

「仕組み自体は変えてませんよ……ちょっとだけやり方を変えただけです、たぶん」

「どうやってやるんです？」

なんだ、興味あるんじゃない。やはりベリアルド家の者は執着以外のものでも好奇心は強いのかもしれない。と、シェリエルは優しい気持ちになって今日習ったことを説明しはじめた。

「ええと、魔法が来る次元から直接現象を召喚する為に、自分の内に次元をもうひとつ作ってそこで魔法陣を生成するんですけど、次元の感覚さえ摑めばピャッとできるようになります」

「んー、さっぱりですね。最後かなり雑になってますし」

「シェリエル、あいつに何かされた？」

何か……何か……？

ノアにされたことと言えば魔法に関わること全てな気がする。正直に話してもいいのか悩む暇もなく、無言のヘルメスと目が合い降参した。

「祝福を降ろしてもらって、魔力の入口を広げられて、思考を共有されて、魔力を調整してもらった、くらいです」

「祝福を降ろした、までしか理解できないんだけど。というか、僕たちどうやって祝福を降ろしたのかも聞いてないよね？　ノアとか余命とかですっかり忘れてたけどさ」

「あ、僕は聞きましたよ。良く分かりませんでしたけど。そういえばアレも魔術の改変と言えば改変ですね」

あっけらかんとセルジオが言うものだから、ディディエは肩を震わせ、握った拳を必死に抑えていた。

「そうですか、良く分かりました父上。ええと、一度ノアにきちんと説明をさせた方が良いのでは？　もちろん、僕も立ち合わせて貰います。これ以上父上に任せておけば知らない間にシェリエルが大変なことになっていそうですからね。だいたいお爺様もこれまで何をしていたんです」

「私はこの件に関しては干渉しないと決めている」

ベリアルド家の男性陣が仲間割れをはじめてしまった。ノアに聞いて貰えるのならシェリエルとしては万々歳だ。

何かを説明しようにもこの世界で何が普通なのかがまだ分かっていないため、説明すべき差異というものが見えてこない。シェリエルからすれば呪文を唱えて水が出るなんてこと自体、説明し難《にく》い不思議議現象なのだから。

「まったく！　こんなことでは僕は安心して学院に戻ることができません」

「それより、マルセルをどうするかですね。厄介なことになりましたよ。もういっそここで始末しますか」

「お父様、マルセル様はご友人なのでしょう？一度殺してしまうと後悔しても元には戻せませんよ」

「友人ではないんですけどね。まあ、たしかに後で更に厄介なことになりそうな予感がしないでもないですね」

さすがに自分のせいで人ひとり死んでしまうとなると、夜毎夢に見そうである。もうすでに何人かは死んでいるが。

洗礼の儀で派遣された術士は、お披露目会に出席して一泊して帰るのが慣例である。よってマルセルは明日帰ることになっていた。

「記憶を消す魔法はないのですか？」

「うーん、記憶を読むギフトは魔導具化されていますけど、消すとなるとあったとしても王宮管理でしょうね」

……いっそ何度か殴ってみるか。

しかしマルセルの巨体を思い出し、物理攻撃は即座に却下する。

「どうしても帰らざるを得ない理由でも作りますか」

「何？　王都でも燃やす？」

「いえ、マルセルが生きてる限りあちらの団長に話が行き、結局面倒なことになります。何か弱みでも握って口を封じるしかなさそうですね」

全部ダメに決まっている。二人の話を聞いていると、無詠唱自体が問題というよりも、各方面から追及されることを面倒に思っているようだった。

ここに居る全員、面倒事が嫌いなのだ。こんなところで家族の絆《きずな》を感じられるとは。

「お父様、もうこの際、気のせいで済ませましょう。城の者の口裏を合わせるようお父様なら命令できるのでしょう？」

なるべく平和な案を出してみたが、ここでヘルメスが軽く咳払《せきばら》いをする。

「シェリエル、それは少しマルセルの精神が心配だな。疑心暗鬼に陥り穢《けが》れを溜めるやもしれん。頭が単調故に、思い込むとどこまでも堕《お》ちるぞ」

なるほど、たしかに。結局良い案は浮かばず、黙秘でやり過ごすことになった。

マルセルはどうせ事の真相を確かめるまで帰らないだろうし、ノアに話を聞いてから考えようという結論だ。正直、全員面倒になってマルセルに関しては思考を放棄した。

自室に戻ると一気に気が緩んだのか、グゥとお腹が鳴る。そういえば、ほとんど何も食べていない。

「シェリエル様、お食事の準備ができております。

こちらにお持ちしますね」

「ありがとう。メアリも一緒に食べよ」

「ありがたいお誘いなのですが、主人と食事をご一緒するのは使用人として許されませんので、お寂しいかとは思いますがわたくしは後でいただきますね」

誰も見ていないのだしそれくらい良いじゃない……とも思うが、洗礼を終えると正式な貴族として振る舞わなくてはならない。見えないところでもコツコツとだ。宴で出されていたような色々な肉料理が少しずつ、あとはパンと野菜スープがすぐに用意された。

コルクたちはシェリエルがお腹を空かせると分かっていて待っていてくれたのだ。どれも出来立てで湯気が立っている。

「コルクは野菜の扱いを完全にマスターしたみたい」

野菜の甘味とお肉の出汁《だし》、ハーブの香り付けまで完璧な仕上がりだ。独りごちながら食事をしていると、窓がカリカリと音を立てる。

「ニァーォ」

「あら、ノア先生！」

メアリがいる時間に猫の姿でやって来るのは初めてだった。昼間に人型で会っているので警戒が薄れたのだろう。

「ヒッ……黒い、猫……」

「可愛いでしょ？　魔術教師のノア先生だよ。本当は猫ちゃんなの」

窓を開けノアを迎え入れると、ノアは空いている椅子に飛び乗りお行儀良く座った。メアリはまだ黒い生き物に慣れないようで、若干距離を取っている。

「シェリエル様、魔獣が人になることはないかと……」

「ノア先生は魔法が得意な猫ちゃんなの。猫は長く生きると人に変化できるようになるんだよ」

「そのようなお話は初めて聞きました」

「ふふ、でもこの姿だととても可愛いでしょ？

艶々で魔法も使えるなんて凄いと思わない？」

メアリは戸惑いながらも一応形だけでもという風に頷《うなず》いて、スッとテーブルから離れていく。

「先生、聞いてください！　今日お披露目会で水球を出したのですけど、スペルを使わなかったせいで大変なことになりました」

ノアは聞いているのかいないのか、クンクンとテーブルの上に並ぶお肉に鼻を寄せている。

「そうだ、お肉の用意忘れてました。メアリ、お肉が余ってたら塩と油を使わないで調理して貰って欲しいのだけど、大丈夫かな？」

「ええ、これから使用人たちの食事ですのでまだ調理場は動いていますよ。行って来ますね」

そそくさとメアリは退室し、彼の食事が来るまでお喋りをする。猫の姿では喋れないのか、一方的にシェリエルが喋るだけになるのだが。

「先生、少しお待ちくださいね。そう、それで、無詠唱と言うのでしたっけ？　お父様やお兄様に説明していただけませんか？」

「ンァ〜」

「良いのです？　ごめんなさい、わたし上手く説明できなくて。明日またお昼に来て頂けると嬉しいのですが」

ノアは一度席から下りると、シェリエルの膝に飛び乗った。頭から背中にかけ手を滑らせるとベルベットのような滑らかさが癒しを与えてくれる。

「ふふ、そのお姿だと甘えん坊なのですね。まあ、猫は気まぐれというやつですか。先生は今夜もつやつやですね〜」

少ししてメアリが持ってきてくれたお肉たちがテーブルに並ぶと、ノアはお肉とシェリエルを交互に見ながら食べて良いのかと様子を窺《うかが》っているようだった。

「先生どうぞ。お塩は使ってないので猫ちゃんでも大丈夫なはずですよ。少し冷ましてからお召し上がりくださいね」

ノアはクンクンと鼻を近づけ、湯気に驚いたのかぶわりと風を起こし一気に冷ましている。

「ほら、メアリ見た？　猫ちゃんなのに魔法を使われたでしょ？」

「は、はい。ですが魔法を使うのと人になるのでは話が違うかと……」

そんなふたりの様子を気にも留めず、ノアははぐはぐと肉を食べている。シェリエルも一度手を洗って貰い食事を再開した。

「先生、そういえば、魔獣は詠唱なんてしないですよね。だから先生は詠唱しない方法を知っていたのですか？」

彼はタンタンと尻尾をテーブルに叩きつけながらいまだお肉に夢中である。

シェリエルは先ほど感じていた違和感の正体にやっと気付いた。

――そうだ、わたしは先生が猫の姿で光を降らせるところを見ている。それにグリちゃんだってクルミだって魔法を使うけれど詠唱などしていない。

そう。だから彼女は魔法に詠唱が必要だという感覚がなかったのだ。

「なるほど～、スッキリしました。やっぱりみんな、できないと思い込んでいるだけなのですね。先生、明日よろしくお願いしますね？　わたしだけだと説明が難しいので」

ンァ、とまた小さく鳴いたノアはメアリの持ってきてくれたホットミルクに興味を示す。

「もう、先生聞いてます？　お昼はミルクは要らないって言ってたのに。お皿に分けますから、冷まして飲んでくださいね」

小皿に半分ミルクを注ぎ、ノアの前に差し出すと、ノアはまたぶわりと風を起こしチロチロと舐《な》め始めた。

――本当に気まぐれなんだから。そこが猫の良いところなんだけど。

そして翌日、ノアは昼を過ぎても現れなかった。

これだから猫というやつは……

†

お披露目会から三日が経《た》っていた。

昨日もノアは現れず、この日はディディエも一緒に彼を待っている。

授業の時間になればすぐに扉がノックされ、メアリがなるべく視線を上げないように恐々《こわごわ》とノアを案内した。

「ノア先生、ごきげんよう」

「失礼するよ、シェリエル。おや、ディディエも居たのか」

「少し聞きたいことがあるんだけどいいかな」

少しも驚いた様子のないノアに、ディディエは挑発的な笑みを向ける。ノアは気にもしていないのか「ああ」と軽く言って空いた席に腰掛けた。

「そうだ、どうして昨日も一昨日も来てくださらなかったのですか？　了承してくれたと思っていたのですけど」


実際はシェリエルが勝手にそう思っていただけだ。グリフォンと同じく猫のノアとは意思疎通ができないのだから。

「ん？　あの日の夜か。すまない、ちょうど聞いていなかったようだね」

「ご飯に夢中でしたものね」

「？」

「いえ、こちらが勝手にお願いしただけなので良いんです。それで、無詠唱のことが少し問題になってしまったので、兄に説明して欲しいのです。わたしでは上手く説明ができなかったので」

ノアは少し考えるようにディディエを見つめ、コテっと首を傾げた。シェリエルはまた猫ちゃんしてる……とノアを可愛らしく思っているが、ディディエにしてみれば挑発行為である。

「は？　なに？」

「何が問題なんだ？」

「あ？　なんで無詠唱で魔術が発動するんだよ」

「できないのかい？」

「お前、喧嘩《けんか》売ってる？　普通できないから聞いてるんだよバカなの？」

「慣れではないかな。シェリエルもできただろう？」

「だから、なんで！」

「あああぁ……」

ノアは本当にあの夜のことを聞いていなかったらしい。ディディエは今にも摑み掛かりそうなくらい青筋を立てているし、シェリエルはこれはマズイことになったと慌ててふたりに割り込んだ。

「あ、あの、お兄様、落ち着いてください。わたし、少し思い当たることがあるのです」

「何さ？　こないだは訳の分からない説明しかしなかったじゃないか」

「いえ、あの後思い出したんです。ノアは猫ちゃんなので詠唱しないのが普通なのです。グリちゃんもクルミも詠唱しないでしょう？」

——きっとノアも人間が詠唱しないと魔術を発動できないなんて知らないんだ。だからこんな悲しいすれ違いが……

「……」

「……？」

なぜかふたりはキョトンとシェリエルを見つめている。シェリエルはふたりを交互に見てから、「アレ？」と思って同じように首を傾けた。

「私は猫ではないよ？」

「え？」

「ん？」

シェリエルはマヌケの顔で固まっていた。

——猫ではない……とは？　魔獣だとか猫又だとかそういう意味って……こと？

と、何を言われているのかさっぱり分からないのだ。

「え、シェリエルまだノアのことを猫だと思ってたの？　とっくに気づいてると思ってたんだけど。アハハハハッ！　本当に？」

「ふむ、君は私が猫だと思っていたのか。どうりで少しおかしな子だと思ったんだ」

「は？」

……なにこの人たち。さっきまでピリピリしていたくせにふたり揃ってわたしのことを……いや待って。分かっている。分かりかけてきた。わたしはとんでもない勘違いをしていたんだッ！

「そんな……じゃあノアは猫ちゃんじゃなく、人が猫に化けていたのですか？　お喋りしたり、寝台でゴロゴロしたり、お腹を吸ったりしていたのも、すべて、人……男の子だったと」

「いや？　わたしとあの猫は別物だよ。だから先日の夜に君のところへ行ったのも私じゃない」

「バッ……アッハッハッハッハッ！　もしかして、シェリエル、ね、猫相手に先生って話しかけたりしてた？　ンハハハッそりゃ翌日来るはずないよね、うわっ、かわいー！　脳みそ標本にして展示すべきだアハハハハハ！」

「貴様《キサマ》……ッ」

シェリエルは首まで真っ赤にして目に涙を溜めていた。彼女はディディエをキッと睨んでから、今度は詰《なじ》るように唇を尖らせてノアを見る。

「じゃあ……なんでお爺様やみんなと鉢合わせた時に言ってくれなかったのですか」

「子どもは突飛な言い訳を考えるのだなと思って感心していたんだよ。まさか本気で猫だと思っていたとはね」

「でも猫ちゃんに話したこと、先生知っていたでしょう！」

「それは、感覚を繋いでいたからね。こないだ君にやったのと逆だよ。猫の視覚と聴覚を自分の思考へと繋いでいたんだ。ああ、触覚や嗅覚なんかは繋いでないから安心して？」

あー、もう……訳が分からない。なんでこんなことに。待って、落ち着こう。先生は人で、猫は猫ちゃん。あああ、そんなの当たり前だバカ。

「じゃ、じゃあ、ノア先生はちゃんと人の名前があるのですね。どうして教えてくれなかったのですか」

「あの時は誰にも会うつもりがなかったからね。

君が口を滑らせると面倒だなと思っていたんだ。

結局すぐに知られてしまったんだけど」

「え、じゃあもしかして、お父様やお母様は先生のこと……」

コクンと頷くノアを見て悟った。猫だと思っていたのは自分だけだったと。

ディディエはついさっきまでノアに火花を散らしていたことなどすっかり忘れてしまったらしく、まだ腹を抱えて笑っているし、「すごくない？ あれ僕の妹なんだけど」とか「可愛らしいね、人の子は」とかふたり仲良くシェリエルをバカにしている。

「はいはいはいはい、分かりました！ わたしはとても失礼な勘違いをしていたようです。申し訳ありませんでしたッ、ノア先生」

「……ユリウス」

「？」

「私の名だよ、ユリウスと呼んで」

彼は細い三日月のように、穏やかな微笑みを傾けて言った。諭すようでいて、誑《たぶら》かすような唇で。

シェリエルはいまだに彼が人であるとは信じられない。それくらい人から離れた美しさがあったのだ。

「ユリウス……先生」

「ふふ、それにしても猫だと思われていたのか。初めての体験だ」

「フハハッ！ たしかに人と猫を間違うような奴《やつ》はいないから。あ、僕もユリウスと呼ぶよ、いいよね」

「ああ。ノアはあの猫に譲るよ。彼を思って付けたようだしね」

「ハァーぁ、で、結局どういうこと？ ユリウスは猫、というか魔獣かな？ それと思考を共有できるから、無詠唱で魔法が使えるって？」

「ふむ、たしかにそれはあるかもしれないね。気付いた時には勝手に繋がっていたから、あまり意識したことがなかったんだけど」

彼らは小さな女の子を笑いものにしてやっとま

ともな議論に辿り着いたらしい。

シェリエルが思っていたのとは少し違ったが、どちらにせよ魔獣が詠唱しないことが鍵になりそうだった。

「それは、ギフトですか？」

「たぶんね」

ギフトを持つ者は国内でもかなり数が少ないという。

素直に感動するシェリエルを他所《よそ》に、ディディエとユリウスはサクサクと認識を擦り合わせ、仮説を立てて行った。

「ふーん、なるほどね。じゃあさ、僕にもシェリエルにやったやつ試してよ」

「いいよ。私としてももう少し検証したかったんだ」

「それいいですね！　お兄様もできるのなら、べリアルドだからで説明が付きますし。折角なのでお父様も呼びますか」

こうして執務で忙しいはずのセルジオを呼び出すことになった。ザリスには渋い顔をされるだろうが、セルジオは大喜びで飛んでくるだろう。

†

一同は魔法を試すために塔のすぐそばの裏庭に集まっていた。そして。

「はいはい、何でしょう。これでも僕結構忙しいんですよ？　もう、本当に困った子たちですよ。ねぇザリス」

セルジオは少年のように目をキラキラさせ、全身で喜びを表現しながらやってきた。大はしゃぎである。

「父上、ユリウスは魔獣と感覚を共有できるので無詠唱で魔術が使えるのではという話になったんですよ。それで、その方法とやらをシェリエルにやったように他人にも共有できるそうなので、これから試してみようかと」

「おや、もう名を明かしてしまったんですか。早かったですね」

ディディエが簡潔に説明している間、シェリエルはススとユリウスのうしろに隠れていた。ユリウスを猫だと思っていたことが恥ずかしくて仕方ないのだ。

「あの二人に感覚を共有する前に、説明だけでできないか試してみたい。君、教えられるかい？」

シェリエルは一度説明に失敗しているが、少し悔しかったのでリベンジするつもりでコクリと頷いた。

「ええと、魔術を発動するとき、スペルや呪文を詠唱すると魔法陣が見えますよね」

「いや。見えないよ？」

ディディエはまたおかしなことを……と言いたげに眉を寄せたが、すぐ隣でセルジオが「あ〜、陣目を強化すると見えますよね。戦場ではたまに陣が見えてましたから」と言うのでパッと目を見開いて二度見していた。

どうやら普通は魔法陣が見えないらしい。けれどもディディエは自分だけ見たことがないというのが気に入らないのか、視力を強化しながら初級魔法を試していた。

「あ、本当だ。見えますね」

「良かったです！　魔法はどこか別次元から現象を召喚しているらしいのですけど、その召喚を行うのがこの魔法陣なのです」

「召喚？」

「はい。その召喚のときに次元を繋ぐのが魔力なのではないかなと。魔力は対価であり結合剤でもあるのです。たぶん」

洗礼のとき、神々と繋がったような感覚があった。世界が交わるというか、疎通するというか。

まったくの別次元なのか内包しているのかは分からない。けれどあちらとこちらで共通するものがひとつ——それが魔力である。

だからシェリエルは魔力が次元を貫通し、こちらの世界に物質を移動させるのではと考えたのだ。

「……わたし、洗礼の翌朝にマルセル様に教わったスペルを唱えたとき、とくに水を出すイメージなんてしていなかったんです」

「！」

「だから、その。水球の形を保ったり、動かしたりするのにイメージ力が必要なだけで、生成自体は魔法陣で完結しているのではないでしょうか」

「あぁ〜、転移みたいなものか。呪文やスペルはその魔法陣を生成するためのものってことね？」

「そうです！　だから自分のなかにもうひとつ次元を作ることで詠唱が不要になるんです」

「？　待って、自分のなかってなに？」

「そのイメージというのは結局は脳で行う思考のことですよね？　夢をひとつの世界だと認識するみたいに、思考をひとつの次元と考えるんです。そこで魔法陣を生成するなら……」

「言葉はいらない」

「はい」

ディディエはこれだけで大枠を掴みつつあった。そもそも、彼の知る魔法はもっと別のものである。魔法は神々への祈りであり、祈りが強ければ強いほど魔法の精度も上がっていく。

だからディディエは魔法があまり好きではなかった。神に対する感情は至ってフラットで、単純に思った通りになれば良いなと思いながらスペルを唱えている。

だが、それがよかったのだろう。シェリエルの話す魔術理論はディディエ好みだったのだ。

「でも、それだとその自分のなか？　に召喚されない？」

「正確には魔法陣から現象が発生するわけではないみたいです。どこに出現させるかは術者の操作次第と言いますか……たとえばお披露目会のように遠くの盃に水球を入れるとき、魔法陣は手元に出来上がり、水球自体は盃の上に現れますから」

「ああ、魔法陣は内側で、発生場所を外に指定するってことか。たしかに母上も人を燃やすときは火球を飛ばすんじゃなくて直接頭を燃え上がらせたりするし」

「え」

「いや、でも結界とか転移はどうなわけ？　治癒は？」

「わたしもそこまでは習ってません」

シェリエルがチョンと唇を尖らせてユリウスを見ると、ディディエも真似《まね》をして彼の方を見た。

するとユリウスは「結界や転移は次元の生成と変質で説明がつく。治癒は操作に近いかな」とその場で考えるように瞳を斜め上へやる。

これにシェリエルは「やっぱり先生はすごいんだ……」と胸をドキドキさせた。彼はなんでも知っていて、ものすごく大人に思えたのだ。

「ん～、マァなんとなく分かったけど、自己の次元を認識するのが難しそうだね。その説明だと、新しく作る以前に自分の次元があるはずだ。まずそれを摑めないと中に新しく次元を作ることはできなそう」

さすがディディエお兄様である。彼はシェリエルが何度も捏《こ》ねくり回した概念を一発で理解したらしい。

一方セルジオは途中から考えることを放棄したのか、何もわかっていない顔でニコニコしていた。

「ふむ、これくらいは理解できるものなんだね。他の人もそうなのか、君たちだからか分からないけど興味深い」

「でも次元の感覚が難しいのですよ。概念として自分の中にないものですから」

「では、感覚を繋いでみようか。次元を作る過程も踏んだ方が良さそうだね」

まずはディディエから試してみることになった。ユリウスがディディエの頭に手を当て、無言で手元に一つの次元を生成した。

「うわ、変な感じ。ん？　あぁ、なるほどね。もう一回、今度は無詠唱の水魔法やってみて」

「どう？」

「ん、分かったかも」

ユリウスが共有を切ると、ディディエは目を瞑り、ぶつぶつと呟きながら集中し始めた。何度か手のひらに小さな次元を作っては消しを繰り返す。そして何回目かの詠唱をしたディディエの手には、次元が生まれていなかった。

彼の内側にその次元ができたのだ。

「できたみたい。この中でスペルを唱えたらいいんだよね？」

そう呟くと、ディディエはフッと手のひらに水球を乗せる。もちろん彼の唇は動いていない。

「わ！　すごいです、お兄様！　できましたね！」

「これ面白いね。あまり魔術って興味なかったけど楽しくなってきたかも」

「分かります！　凄いですよね！　楽しいですよね！」

キャッキャとはしゃぐシェリエルたちは完全にセルジオの存在を忘れていた。セルジオは拗《す》ねたようにユリウスの腕を引っ張り、子どもたちを指差している。

「あの子たち、また僕だけ仲間外れにするつもりですよ。ユリウス、僕も試してみます」

「父上はどうせ途中から話を聞いてなかったのでしょう？」

「まあまあ！　さあさあ！　やってみないと分からないでしょう」

ユリウスは最初の頃のように整った無機質な笑みを浮かべていた。よく分からない事態になった時、笑顔で乗り切るタイプらしい。

セルジオの頭に手を当て、ディディエにやったようにいくつかの魔法感覚を共有する。するとすぐにセルジオが片手を上げた。

「うん、分かりました。そういう感じですね」

「え？」

セルジオが黙って腕を伸ばすと、ぷつりと手首から先が消えた。それからスッと引き抜いた手には剣が握られていた。

彼は戦場で何度も詠唱を繰り返しながらそのたび剣を取り出しては数多《あまた》の人間を斬ってきた。次元の生成は剣を振るのと同じくらい身体に馴染んでいて、そのうえ彼は空の加護を持っている。

勘だけで生きていると言われるのも伊達《だて》じゃない。彼は一発で自己の内側に次元を作り、そして長年使ってきた収納用の次元を手元に生成したのだ。

「はぁ……これだから嫌なんだ。父上は感覚だけで生きている本物の天才ですからね。あれこれ考えなくても感覚だけで何でも成功させてしまう」

やれやれと首を振るディディエと、嬉しそうに剣を仕舞うセルジオ。

「みんなできましたね！　先生、ありがとうございました」

「ベリアルドだからというのもあるかもしれないね。私としても良い検証ができたよ」

無詠唱でポコポコと魔法を連発しているふたりを置いて、シェリエルはユリウスと木陰で休むことにした。

「先生は一人で魔術を研究していたのですか？」

「そうだよ。書はたくさんあったし、私は人に教わることができなかったからね」

どこか遠くを見るような目に、それ以上聞いてはいけないような気がして次の言葉が出て来なかった。

——存在しない色のわたしたちは、どうしても普通には生きられないのかもしれない……

死の夢ではシェリエルも魔術を習えなかった。それなのに彼はたった一人で魔術を学び、こうして誰にもできなかったことまでできるようになったのだ。

自分はこれまで自分の力で何かをして来たわけじゃない。商会も、リヒトの件も、そして洗礼も、全部誰かが助けてくれた。

ユリウスの年頃まで生き延びるには、シェリエル自身の力が必要だろう。彼女がユリウスに尊敬の念と憧れを抱くようになるのは必然だった。

「先生、わたしは先生のようになりたいです」

「そう？　オススメしないよ。まあ、まずは石化を防がないとね」

「！」

シェリエルは自分の余命問題を忘れていたことにびっくりして声も出なかった。そこにディディエがヒョコと現れて会話に交ざった。

「シェリエルが死ぬって話、ユリウスなら何とかできるんだよね？」

「方法には当てがあったから教えたけど、やるのはシェリエルだよ」

「そうなんです。精霊と契約すれば良いらしいのですけど、そんな簡単に見つかるものですかね」

精霊の巣とかあるのだろうか。見つけたとしても契約してくれなかったらどうしよう。

と、シェリエルは真面目に不安がっていた。しかしこれまたヒョコと現れたセルジオが軽い調子で割り込んでくる。

「精霊ですか？　ベリアルド一族は精霊と相性が良いですから、大丈夫じゃないですかね」

「ベリアルドと精霊が!?」

「ベリアルドは性質的に精霊に近いらしいですよ。ほら、精霊って人に共感しないでしょう。良心とかないですからね、波長が合うんじゃないですか」

「そんな理由で？　各方面に失礼じゃありません？」

「ま、代わりに妖精には嫌われますけどね」

「精霊も色々だから大丈夫じゃない？　菓子の好きな精霊も居るかもしれないしさ」

ディディエに頭を撫《な》でられ少し安心できたが、見上げると必死に笑いを堪える兄の姿が目に入り、シェリエルはバシっと手を払いのけた。

「シェリエル、精霊と契約できたら私にも見せて欲しい。まだ直接見たことがないんだ」

「先生に一番に紹介します」

「僕が一番だろ常識的に考えて」

「え、お兄様よく常識なんて言葉を知っていましたね。次は言葉だけではなく中身も覚えましょう」

「猫が人にならない程度の常識は知ってるけど？」

セルジオは些細《ささい》な兄妹喧嘩を止めるでもなく、何やら考えたあと突然声をあげた。

「そうです！　シェリエルの洗礼祝いに旅行にでも行きましょうか。父上の屋敷がある北部の森なら精霊も居るかもしれませんよ」

「良いのですか！　行ってみたいです！」

呑気《のんき》なベリアルドの旅行計画をユリウスは呆れた顔で眺めていた。

そんなところで見つかるはずがないのにと思って。

†

「セルジオ！　頼む、シェリエル嬢に会わせてくれ」

「なんです、マルセル。ついさっきまで一緒に食事をしていたでしょう」

「一番遠い席ではないか！」

シェリエルが食堂から出てすぐ、部屋の中からはセルジオに詰め寄るマルセルの声が聞こえてきた。セルジオの胸ぐらを今にも掴みそうな勢いで顔をズイッと近づけるマルセルの姿が目に浮かぶ。

「メアリ、少し待っててね」

先ほど出てきたばかりの扉をもう一度開け、顔だけひょこっと食堂に入れると、思ったとおりの光景が目に入った。マルセルは本来ならもう帰る頃合いだが、魔術士団には無理を言って延泊を続けている。

「このまま帰ればありのまま見たまま団長に話すことになるぞ？　いいのか？　団長なら聞いた途端ここまで来るぞ」

「ベリアルドを脅迫ですか？　感心しませんねぇ、たしかにアレに来られては厄介ですが、教えたところでどうせ喋るのでしょう」

ぐぬぬ、と唇を噛《か》むマルセルと飄々《ひょうひょう》と笑顔で対応するセルジオ。昨日までのシェリエルであれば、オロオロと自分のやってしまったことを悔いていただろう。けれど今日の彼女は一味違う。

「お父様、もうお話しになっても良いのではないですか？」

いかにもマルセルの情熱に絆《ほだ》され、助け船を出す少女のようなセリフだが、これは全て計画だった。

「おや、シェリエル、まだ居たのですか。まあ仕方ないですねぇ、シェリエルがそこまで言うのなら、条件付きにはなりますが、無詠唱の秘密を教えましょう」

「なんだ！　団長に黙っていろという話でなければ可能な限り条件を飲むぞ！」

ここまでは想定通りだ。マルセルは魔術士団長の追及から逃れることはできないとセルジオは判断した。性格的なものもあるが、黙秘できるならばここまで粘っていないだろう、と。

「ほら、貴方《あなた》と一緒に派遣された神官いるでしょう？　彼の身の上は少し話しましたよね？　それで彼、シェリエルが殺したことになったんですよ。新しい名も与えて心機一転ここで生まれ変わったので、貴方も話を合わせて欲しいんです」

「な、なんと！　貴様、シェリエル嬢にその汚名を着せたのか！　殺生となると将来どれほどの枷《かせ》になるか！」

「シェリエルが言い出したのですよ。自分がきっかけを与えたのだから自分で責任を持つと。シェリエルはこの年で全てを理解し、彼の人生を背負ったのです。その気持ちを汲《く》んでやってはくれませんか」

目の前でそのように説明されると、恥ずかしさのあまりどういう顔をすれば良いのか分からない。

――そんな大げさなものでは……いや、リヒトの人生に責任を持ちたいと思ったのは本心だけれど、何だか居心地が悪い。

マルセルはグッと拳を握り締め、大きく息を吐き出したかと思ったら、今度はシェリエルの肩にふわりと優しく手を置いた。

「シェリエル嬢、神殿のことは聞いた。大人が何もしなかったばっかりに、君に辛《つら》い思いをさせてすまない。私も今後は神殿に注意を払うし、君がそのことで何か困るようなことがあれば、一貴族として力になろう。神官のこと、承知した」

「ありがとうございます、マルセル様。でもあまり気に病まないでくださいね。ベリアルド家としては問題ないようなので」

むしろ箔《はく》が付いたとディディエなんかは笑っていた。実際には誰も穢れに堕《お》ちていないし死んでもいないのだから、シェリエル自身功績を捏造《ねつぞう》したような申し訳なさがあるくらいだ。

「うむ、君は強いな！　ではセルジオ教えてもらおうか！　シェリエル嬢はなぜ無詠唱で魔法を使った！」

「ベリアルドだからですよ。それ以外に何と説明していいやら」

力強くセルジオを振り返ったマルセルが、あまりに単純な答えを聞き固まってしまった。これだけ焦《じ》らされて「ベリアルドですから」で済まされては肩透かしも良いところだろう。そんなマルセルを他所に、セルジオはスラスラと言葉を紡ぐ。

「ほら、ベリアルドって天才でしょう？　訓練すれば無詠唱で初級魔法くらいは扱えるんですけど、まさか洗礼が終わってすぐにシェリエルが習得するとは思ってなかったので僕たちも驚いたんですよ。お披露目会で皆に披露してしまうなんて、ねぇ？　それはもう驚きました」

マルセルはまだ納得できないと言わんばかりにセルジオを睨み付けている。

……本当にごめんなさい、マルセル様。わたしが余計なことをしてしまったばっかりに。

「で、ではセルジオもディディエも無詠唱で魔法が使えると？」

「ええ、まあ一応。……ほら」

そう言って、軽く上げた右手に目線をやり、手元に小さな次元を発生させる。スッと剣を引き出し、剣の刀身が全て出てくると、セルジオは慣れた様子でブンッと一度振った。

マルセルは目をパチパチと瞬かせ、小刻みに首を横に振っている。冷静に考えれば、これまで一緒に戦って来て無詠唱に気付かないというのは無理があるが、目の前の光景に過去の記憶が引っ張られたのか、声を震わせながら答え合わせを始めた。

「なら、お前があれほど長く淀みなく戦場で人を斬っていられるのも」

「ええ、剣の替えならすぐに出てきますから」

「じゃあ、奇襲にいち早く対応できるのも」

「詠唱が必要ないですからね、不意打ちでもすぐに斬れますよ」

これまでセルジオには詠唱が必要だった。何本もの剣を入れておくにはそれなりの空間が必要で、詠唱もスペルではなく呪文くらいの長さが必要なはず。それでもマルセルが納得してしまうくらい人並み外れた戦い方をして来たのだろう。

「なぜ、そんな大事なことを今まで黙っていたんだ！　魔術が根底からひっくり返るのだぞ！」

「手の内は隠しておかなければ策にならないでしょう？　それに、僕たちベリアルドですからね」

行き当たりばったりでここまで来たが、結局「ベリアルドだから」で終わらせてしまった。

放心状態で客室に戻るマルセルを見送ると、セルジオがパチッと片目を瞑って星を飛ばした。

「ね、上手くいったでしょう？　困ったらベリアルドだからと言っておけば良いんですよ。シェリエルが僕たちにも無詠唱を習得させようとしたお陰ですけどね」

「お父様、今回は申し訳ありませんでした。わたしが何も分かってないばかりにご面倒を」

「いいんですよ、僕も直《す》ぐに武器を取り出せるようになりましたし、これなら呪文を封じられた場所でも戦えます」

セルジオはウキウキと剣を眺め、また剣を元の空間に戻して行く。

「呪文を、封じ……？」

「ああ、貴族は夜会や王族との謁見では騎士以外、武器の所持が認められていないので、呪文やスペルが発動しないように結界が張られているんです。だから何かの時は体術で仕留めるしかないんですよ、困りますよね」

――何かの時って何だろう。

シェリエルは怖くて聞けないが、王族の暗殺とかやめてほしいなと思った。今一族でセルジオを討てる人など居ないのだから。

……でも結界か。そういえばその結界は内側にも有効なのだろうか。

「結界の仕組みが気になりますね。詠唱自体を封じるのか魔術の発動を封じるのかで変わってきますし、内側の次元にまで及ぶのかも……」

「たしかに！　今度ノア……ではなくてユリウスと検証してみましょう。彼なら結界くらい張れそうですし」

魔術にあまり興味がないと言っていたセルジオでも、戦闘に関することだからかノリノリである。

†

翌日には無事にマルセルを見送ることができた。

リヒトもお見送りには顔を出し、バシバシと肩を叩かれ激励を受けていたが少し気恥ずかしそうに頬を染める姿は数日前とは全くの別人に見えた。

派遣された術士が帰り、これでやっと長い洗礼の儀が終わる。

ディディエも明日学院に帰ることになっているので今日は一日のんびり過ごす予定だ。

「シェリエル、今日は特別な菓子を用意したんだ。一緒に食べよう」

「はい、楽しみです。そうだ、今日こそリヒトを誘いましょう。先ほどお爺さまにもお許しいただいたので」

仕方ない、と首を振りながらもディディエはリヒトに使いを出してくれた。

少しして庭の東屋《あずまや》にリヒトがやって来ると、オドオドと周りを見回しながらも、やはり随分顔色が良くなっている。

「リヒト、こちらへどうぞ。一緒にお茶をしましょう。ディディエお兄様が珍しい菓子を食べさせてくれるのですって」

「は、はい。私なんかがご一緒してよろしいのでしょうか」

「もちろんです。ね、お兄様」

「さっさと座りなよ。紅茶が冷めるだろ」

これでも少しは優しくなったと思う。昔のディディエならば呼んでおいて笑い者にしてそのまま追い払うくらいはするだろうから。

三人が席につくと、ディディエの補佐官がお茶を用意してくれた。初めて会う人だったが、良い意味でシェリエルの存在を完全に無視している。

一度も彼女の髪に視線が行くこともなく、テーブルの状況把握だけに注力しているようだった。

下位貴族である使用人とは違い、補佐官や侍女は中位貴族が務めることになる。お披露目が終わったのでやっとディディエも補佐官を連れてお茶ができるようになったらしい。

「何？　ディルクが気になる？」

「申し訳ありません、初めてお会いする方だったので。それに、その、あまりわたしの色を気にされてないようで嬉しくて」

「ああ、ディルクっていうんだ。僕の二つ上で学院にも通ってるよ。お披露目会でシェリエルの髪を気にして居なかったのはディルクだけだったから、そのまま筆頭補佐官にしちゃった」

「ん？」

ディディエはあの会場にいた補佐官や護衛騎士全員の様子を全て把握していたということだ。

しかもそんな理由で筆頭補佐官を決めてしまうなんてとシェリエルはしばし目を丸めていた。

「あの、わたしの髪に戸惑うのは仕方ないと思うのですけど」

「仕方ないにしても、ベリアルドの当主が一族としてお披露目したんだよ？　表情すら取り繕えないなんて、社交の場に出せるわけないじゃないか。逆に何人か好意的に見てた奴もいるけどね」

間接的に誉《ほ》められているディルクはそれでも全く表情を変えず、全体を俯瞰《ふかん》するようにディディエの少し後ろで直立していた。

まだ十六歳だというのに既にできる補佐官のオーラを放っている。この世界では十六で成人だが、学院はあと二年残っているのでシェリエルとしては学生という認識が強かった。

ちなみにディルクはディディエとは長い付き合いであるため、ディディエの言うことはだいたい無視している。

「さ、シェリエルこれ食べてみて」

銀皿に被《かぶ》せられた蓋をディディエがパッと開く。そこには前世で見慣れた茶色いタイル状の菓子が並んでいた。

「チョコレートですか！　やっと食べられるのですね、嬉しいです」

「うん、蜂蜜はどこぞのメイドに取られたからね。チョコレートは絶対に僕が食べさせるって決めてたんだ」

ワクワクする様子を隠すでもなく、ディディエがシェリエルにチョコを勧めた。シェリエルは一粒摘むと、躊躇《ためら》わずに口に運ぶ。

が、何かがおかしい。甘みが微かにあるけれど、体温で溶け始めると同時に口いっぱいに伝わる痺れのような苦味。そして、ジャリジャリと不快な食感が舌の上に残る。

「リヒト、食べてはいけません！　お兄様これは何です！」

「シェリエル様、大丈夫ですか！　治癒を！　さすが私は魔法が！」

「アッハ！　アハハハハハ！　ひと口で行ったね！　さすがにつらいんじゃないの」

叫ぶシェリエルに、驚くリヒト。それを見てまたも呼吸を乱し笑うディディエ。一瞬本当に毒を疑った。

けれど、以前薬に近い嗜好品《しこうひん》だと言っていた記憶が薄《う》っすら蘇《よみがえ》り、これがこの世界のチョコだと悟る。たぶん、きっと、ディディエが毒を盛ったわけではないのだ。

「苦いです……これ、ミルクが入っていないのですね。カカオと砂糖だけを混ぜ合わせたような、そんな感じです……」

「へぇ、材料まで分かるんだ。さすが食に執着があるシェリエルだね。美味《おい》しくできるならまた実験してみれば？　最近調理場の奴らも暇してるんじゃないかな」

リヒトはオロオロとディディエとシェリエルを交互に見つめ、言葉を失っている。ディディエによると、この苦いチョコでも貴族は少しずつ齧《かじ》りながらお酒を飲んだりするらしい。

そういうことならとリヒトには一応忠告して、改めて勧めてみた。

リヒトは躊躇いながらも一粒摘むと、チビチビと少しずつ齧り、舌の上で味わっているようだ。

「に、苦いですけど、甘いです」

「やはり苦いですよね。健康には良さそうなのですけどこれは食べられたものでは……少し手を加えましょうか、お兄様が学院に戻られた後にでも」

「え、酷いじゃないか、シェリエル」

「散々笑ったお返しです」

そうは言ったものの、実際ディディエは明日に戻る予定なので時間がないのだ。

チョコの実験をするときはリヒトを誘ってみよう。まだここで何をするか決まっていないリヒトには、色々体験してもらって自分に合うものを職にしてほしい。

そんなことを考えながら、シェリエルはリヒトにメレンゲや砂糖菓子、スイートポテトなど次々に食べさせ、驚き感涙する姿を眺めて楽しんだ。

†

十日間の休暇が終わりいつも通りの授業が始ま

ると、やっと日常へと戻って来た気がする。

　これからは剣術と魔術の授業も加わるため以前よりは忙しくなるが、誕生日から始まった怒濤《どとう》の日々を思えば平和なものになるだろう。

　ディディエは最後まで文句を言いながら学院に戻り、ヘルメスはリヒトの診察があるのでしばらくこちらに残ることとなった。

「シェリエル様、改めまして祝福を降ろされたことお祝い申し上げます」

「マルゴット先生、ありがとうございます」

「では、早速ですが。シェリエル様も七歳になられたので、上位貴族としての振る舞いをしていただかなくてはなりません。まずは使用人への態度を改めるところからですわね」

「先生、お父様は良いのですか」

　ずっと気になっていたのだ。セルジオは誰に対しても同じ口調だった。メイドに直接話しかけているところは見たことがないが、ザリスに対してもシェリエルに対してもマルセルに対しても同じ喋り方をしている。

「セルジオ様は特別ですわ。理由はわたくしから申し上げるわけにはいきませんから、ご本人にお尋ねくださいませ。とにかく、シェリエル様はその容姿から侮られる可能性があるのです。しっかりと上位貴族の意識を持っていただかなくては」

　マルゴットが話せない理由というのが余計に気になってしまう。

　彼女の授業は厳しくはあるが、理由を明確に説明してくれるので分かりやすい。自分に仕える者たちは確実に階位が下の者になるので敬ってはいけない。他貴族の前で使用人に遜《へりくだ》ろうものなら、自分が使用人より身分が下だと宣言していることになるらしい。

「けれど、品のない言葉はいけません。そして一から十まで命令しなければ動けない使用人も困るのです。上品に、かつ威厳のある淑女になるため、声色や表情で貴族らしさを出すのです」

「難しいですね、子どものわたしがお母様の真似をするわけにはいきませんし」

「いいえ、ディオール様をお手本になさってください。洗礼の儀を終えた貴族はその振る舞いが許されるのですよ」

どうりであの夢の記憶がありながら、慣れないわけである。夢のシェリエルは洗礼の儀が失敗に終わったので上位貴族としての認識が薄かったのだろう。

それに、こうした教育を受けていたかも怪しいところだ。

その後も、貴族相手の対応の分け方、貴族独特の言い回しなど、社交術を口頭でどんどん詰め込まれる。お茶会が一ヶ月後に迫っているので、最後の詰め込み教育というわけだ。

幸い、ベリアルドより高位の家門は公爵家と王族だけ。しかも現在公爵家は四家門しかないので実際に会うことは殆どないという。

「次のお茶会は他家へのお披露目となります。くれぐれも他家に侮られることなどないように」

「女の子だけではないのですよね？　お茶をしてお喋りするだけで良いのですか？」

「ええ、御令息もいらっしゃいますが、彼らは最初に顔を合わせた後は大人の茶会に参加することになります。お茶会自体は御令嬢のみで行われるので、しっかりと気を引き締めませんとね」

ならば何故御令息も招くのだろう。今回は行ってみたら大人数でした、みたいなことがない様に事前にどういった子がどれだけ来るのかマルゴットに確認しておく。

次の授業からは使用人を交えて模擬茶会をしながらの授業になるそうだ。彼女たちもこういった茶会に参加しながら育って来たので、練習相手にはちょうど良いのである。

†

つい先日洗礼の儀を終えたばかりだというのに、気付けばお茶会の日になっていた。

シェリエルはこの日、淡い藤色のドレスに身を包み、真っ直ぐに伸びた髪をハーフアップに編み込んでいた。

髪飾りは青のリボンのみだが、年相応に可愛らしい衣装が彩度の低いシェリエルの容姿を彩っている。

彼女は今、会場である温室のエントランスで、頬が攣《つ》りそうな程に笑顔を作っている。隣には艶《つや》やかな深紅の髪を纏め上げ、上機嫌なディオールが立っていた。

「…………！」

お茶会に招待した貴族たちを出迎えるためだ。

だいたいの親子がまず一度入り口で固まる。そして、何事もなかったかのように動き出し、シェリエルの前まで進んで来るのだ。

「今日の佳《よ》き日、シェリエル様の御生誕お喜び申し上げます。初茶会にご招待頂けたこと、我が地の神と美の女神ディオール様に感謝致します――」

「良く来てくれました。この子がわたくしの娘、シェリエルよ」

同じような定形の挨拶を受けるとディオールが招待客と言葉を交わし、シェリエルを紹介する。基本はこれの繰り返しだ。

この日招待したのは全員がシェリエルと歳の近い子を持つ母（とその子ども）だった。ディオールと挨拶を交わす親の隣でお行儀良く並んで立つ子どもたちが、シェリエルのお友達候補ということになる。

大人たちはある程度表情を取り繕い、似たような反応ではあったが、逆に子どもたちの方が人によってシェリエルを見る目が違っていた。

「ジゼルと申します。こんな素敵な温室は初めてです！　仲良くしていただけると嬉しいです」

「こちらこそよろしくお願いします、ジゼル様」

シェリエルより少し早く洗礼の儀を終えたという中位貴族のジゼルは、特に髪色を気にすることなく満面の笑みで可愛らしく挨拶した。

年齢が高ければ高いほど彼女の色に戸惑うよう

だった。その後も次々と挨拶を交わし、シェリエルは階位や爵位、そして家門としての関係を頭に叩き込む。

全員が会場に入ったところで、主催者であるシェリエルたちも会場入りすることとなった。

こちらの世界でも四季があり、今はちょうど外の景色が寂しくなる冬の始めごろだ。

温室を持てる貴族は少なく、この季節に色鮮やかな花々に囲まれながらのお茶会は、ある意味最上の贅沢《ぜいたく》とも言える。温室の中央には大きな長机が設けられ、さながらガーデンウェディングのような華やかさとなっていた。

ディオールと共に入場すると、ピタリと騒めきが止んだ。着席の前にディオールが簡単な挨拶をする。ここからやっと本格的にお茶会が始まるのだった。

「ディオール様、わたくし本当に驚きましたのよ、その髪艶、そのシュウラのようなお肌は一体どんな美容法をお試しになられたのです」

「そうですわ、本当に驚いて言葉を失ってしまいましたもの。六神の他に美の女神がいるなどと仰いませんわよね」

ディオールが上機嫌だったのは、単にお茶会が好きな訳ではなかったらしい。上品に口角を上げ、自らに賛辞を送った貴族に笑みを返した。

「美の女神がいるとすれば、それはシェリエルのことでしょう。わたくしの髪や肌は全てこの子が管理しているの。食事も香油も全てよ」

「まぁ！　もしや、ディオール様が運営されている商会のお品はシェリエル様が？」

シェリエルは一斉に集まる視線を笑顔で受け止める。商会では精油を使った質の良い香油や化粧水、あと最近少しだけ改良した香りの良い石鹸《せっけん》などを販売している。

だが、入浴の文化がないのでディオールが行なっているような半身浴や洗髪はまだ広めていなかった。

月に二度ほどは湯桶《ゆおけ》で髪を洗うと言っていたの

で、洗髪剤くらいは売り出して良いかと思っていたが、石鹸の生産が追いつかないので自分たちだけで使っている。

「あの商会はわたくしの運営ではなくてよ。この子が二年前に始めたの。まだ商会には出していない品もあるのだけど、そのうち……」

ディオールは意味ありげに笑みを深め、シェリエルの発言を促すように「ねぇ」と彼女に視線を向けた。

「はい、まだ少し時間はかかりますが、皆様に使っていただけると嬉しいです」

細々とやっているので今のところ常に品薄だが、生産の目処《めど》が立てば大々的に売り出すのもありだろう。

ディオールの美にあやかろうと興味津々で身を乗り出す者、冷静に周りの様子を窺う者など、反応は様々だった。招待した子どもたちは男の子も数人交ざっており、美容の話には全く興味なさげに目の前の菓子を眺めている。

「今日は新しい菓子も用意してあるのよ。遠慮せずどうぞ召し上がって」

小さめに作ったクッキーをディオールが品良く口に入れる。クッキーは最近完成したので、まだディオールもお茶会には出していないはずだった。レシピ自体は記憶を辿っていけば正確な分量を思い出すことはできたが、小麦粉の質やオーブンの温度が違うのか、なかなか思ったように焼き上がらず、しばらくコルクに研究して貰っていた。

メレンゲクッキーや他の菓子を食べたことのあるらしい何人かの大人たちが、待ってましたと言わんばかりにクッキーに手を付ける。

「メレンゲクッキーよりも甘さが控えめですわね。パンに似た香りですが、ほろほろと解けてとても美味しいですわ」

「このところディオール様のお茶会に参加することだけが楽しみでしたのよ。またこのような新しい菓子を食べることができるなんて」

評判は上々のようで一安心である。男の子たちも親に習って菓子を頬張り、キラキラと目を輝かせている。どちらかというとやはり子どもの方が反応が良かった。

場が少し盛り上がったところで、長机から少し離れた場所にある円卓へと女の子たちが移された。目は届くけれど、詳細な会話までは聞こえないくらいの良い距離感だ。

ここからはシェリエルがホストとなるので、子どもだけと言っても油断ならない。彼女の右隣には他領から招いた上位貴族の令嬢が案内される。反対には自領の上位貴族が座り、十二人の女の子が集まった。

「シェリエル嬢は様々な才能がおありなのね。我が領では未就学の貴族が商会を運営するなど考えられませんわ」

鮮やかな水色の髪を緩くウェーブさせたアリシアが先陣を切る。

比較的友好的な領地ロランスの上位貴族であり、領主の御令嬢である。立場的にはシェリエルと同じで、年齢も一つ年上ということで招いたのだろう。

自分より下位、あるいは洗礼を終えていない子に対し「嬢」と付けるが、階位も同じで年齢も近いシェリエルを「シェリエル嬢」と呼ぶのは、明らかに下に見ているという宣言だった。

つまり先の発言は「子どもが仕事をするなんて領地の経営が苦しいのかしらと」言っているのだ。

だからシェリエルは「ベリアルドですから」と初《しょ》っ端《ぱな》から切り札を出した。出し惜しみなどしない。困ったときのベリアルドなので。

すると上位の者に口火を切られたからか、領内外問わず次々にお喋りをはじめた。

「シェリエル様は商人になるのですか？　せっかく領主の家に生まれたのにもったいないですよ」

「そう？　良家に嫁げなければ仕事をするしかないじゃない。でも女子が事業なんてたしかに聞いたことないですよね」

「アルフォンス殿下の公妾《こうしょう》であれば可能性もあるんじゃない？　ねぇ、アリシア様？」

「アリシア様はアルフォンス殿下のお妃様《きさきさま》の座を狙っているのでしょう？」

　おいおい正気か、と言いたくなる会話に目眩がした。

　アリシアはたしかにアルフォンスの婚約者候補として申し分ない。シェリエルの死に関わるアルフォンスの名が出て来たことにも肩が跳ねそうになったが、明け透けにものを言い過ぎだし子どもにしては内容が昼ドラめいている。貴族として何が正解なのか一瞬で分からなくなった。

「わたくしが殿下の婚約者候補に上がっているのは事実です。けれど、それはシェリエル嬢も同じことでしょう」

「いえ、わたしにはそのようなお話一切ありませんので大丈夫です」

　むしろあったら困る。

　……だいたい、何故これほど優秀そうな御令嬢がいるのにあの夢ではわたしが婚約していたのか。意味がわからないし本当に迷惑すぎる。

　アリシア本人もその気のようであるし、いずれマリアという恋人が現れるにせよアリシアなら何とかしてしまいそうだ。

「シェリエル様！　アリシア様にお願いすれば少しは望みもあると思いますよ。諦めてはいけません」

「そうよね、わたしたちにだって可能性があるくらいなんだもの」

　アリシアはツンとした目元に凛《りん》とした雰囲気の美人さんだが、こぞって皆がゴマをするのはどうやら憧れ以外にも公妾への道筋としてお近づきになりたいという願望があるようだった。

　オラステリア王国では公妾という制度が設けられている。国が認めた役職としての妾《めかけ》である。これは王と言えど勝手に側室など迎えれば、嫉妬や権力争いで穢れが溜まるのが目に見えているからだった。

よってその地位に就く為には、本妻に気に入られる必要がある。だからこそ今から王妃になりそうな令嬢に取り入るのだろう。

「皆さん、少し勘違いしているようですけれど、シェリエル嬢は加護を得ているのよ。わたくしと同じ水の属性だったかしら？」

「ええ……その通りです」

その通りではない。

しかしこれまでシェリエルの髪色から属性や魔力がないと判断したらしい令嬢たちは、アリシアの一言でシュンと分かりやすく勢いを失《な》くしたのだった。

「わたしはシェリエル様の髪はとても美しいと思います」

これまで黙っていたジゼルが、頬を染めながら胸の前で手を組みシェリエルを見つめていた。

忌避感のなさそうな最初の挨拶からも、彼女はシェリエルの色を気にしていないようだった。これまで直接色の話題には触れなかった令嬢たちが、驚きに目を丸くしていた。

「ありがとうございます。ジゼル様の若葉色の髪も素敵です。瞳の色と相まって春の妖精のようですもの」

ジゼルは「はわわ」と可愛らしく声を漏らし、真っ赤になった顔を両手で煽《あお》いでいた。

本当に可愛らしい。まだ妖精にはお目にかかったことはないが、きっとジゼルを小さくして羽を生やしたような感じだろう。と思うくらい。

周りの子たちもジゼルにつられたのか少し頬が赤くなっている。

「そ、そうですよ。シェリエル様はベリアルド侯爵領の姫君です。嫁ぎ先などきっと選ぶのが大変なくらいですよ。わ、わたしもシェリエル様はお美しいと思いますから……」

随分大人しいなと思っていた数名が、次々に声をあげていた。

シェリエルに気を遣って話題に乗れなかっただけのようだ。それは彼女たちにとっては大変勇気のいることだったのだろう。ジゼルと同じく中位貴族であるシャマルも頬を染め、だんだんと声が細くなって行く。

「シャマル様のような可憐《かれん》な方に褒められると照れてしまいますね」

シャマルは「か、かれん……」と一言残し、下を向いて黙ってしまった。少し場の空気が変わったかと思い、シェリエルも思い切って聞いてみる。

「皆様は公妾を目指していらっしゃるのですか？　王国では恋愛結婚が推奨されていると習ったのですけど」

「もちろん、お慕いする方に嫁ぐのも素敵ですけど、やはり目指せるなら目指したいじゃないですか」

「そうよね。家門の為にもなるし、国母になれるという可能性も……あ、わたしはそのようなこと望んでいませんよ？」

そう慌ててアリシアに弁解するのは、既にアリシアを未来の王妃と定めているからだろう。皆がこう熱意を燃やすのはアルフォンスの存在が大きいのだと思う。彼の母は王妃ではなく公妾だった。本来なら王位継承権がなく、生まれたときから家臣となるべく育てられるはずだったのだが、生まれて間もなく王妃の産んだ第一王子が不治の病で表舞台から消えた為、特例として第二王子として継承権を得たのだ。

「そうでなくても、一度は夢見る地位ですわ」

「ええ、本当に。わたしも王宮で暮らしてみたいです」

「アリシア様はアルフォンス殿下にお会いになったことがあるのですか？」

これを機に子どもの頃のアルフォンスがどういった感じなのか探ってみようと思う。今のシェリエルには関係ないのだが、危険度くらいは知っておきたいというのが本音である。

「何度かお目にかかってますわ。わたくし、王宮でのお茶会にも呼ばれますから」

「どのようなお方なのです？」

「あら、やはりシェリエル嬢も興味があるのですね。殿下は、それはもう黄金のような髪にとても整ったお顔立ちで……、活発でいらっしゃいますわね」

「？」

恋する乙女の恥じらいというよりも、少し歯切れの悪い言葉を選んだ返答だ。嫌な予感がしてシェリエルはそれ以上聞くのをやめておいた。藪《やぶ》を突いて何とやら。噂《うわさ》をすれば、は一度経験済みだ。

けれど既に遅かったらしい。大人たちのテーブルが少し騒ついたように思いメアリを見ると、ディオールのメイドが何やら耳打ちしていた。メアリがパァっと顔を輝かせ、すぐにシェリエルにも耳打ちする。

「アルフォンス殿下がいらっしゃいました」

――嘘でしょ、勘弁してほしい。

†

「ディオール様ご機嫌よう。お邪魔してもよろしいかしら？」

「ライア様、ご機嫌よう。アルフォンス殿下、ようこそおいで下さいました」

アルフォンスの母ライアがディオールの元へとやって来た。王妃はずいぶん前に亡くなっているが、公妾となった者が繰り上がりで王妃になることはない。

国王が新しい王妃を迎えていない今、王太子アルフォンスが妃を迎えるまで王妃の座は空席となる。その為、ディオールは中位貴族であるライアに対し、一応敬意を払う素振りは見せつつも、アルフォンスにのみ笑顔を向けた。

子どもの前でそんな対応をしてアルフォンスの性格が歪んでしまわないだろうかと心配になるが、座を勧められたアルフォンスは、ディオールを睨むでもなく、上機嫌で席についていた。

「アルフォンス殿下、わざわざこのような場所へとお越しくださり、光栄の極みにございます。ご紹介させていただきます、こちらわたくしの娘のシェリエルでございます。以後、お見知りおきのほどをお願い致します」

「シェリエルと申します。今日の佳き日、アルフォンス殿下にお目にかかれたこと感謝致します」

口上を終えるとディオールに倣って最上の礼をする。腰を軽く落とすだけではなく、後ろに回した足をそのまま滑らせ、膝を床に付けるのだ。ガクッと腰が落ちないよう、そして上半身を倒し過ぎないよう神経を集中させ、流れるようにまた元の高さまで戻す。

「ああ、白髪《はくはつ》というのは本当だったんだな。見せてみろよ」

グイッと髪を引っ張られ、アルフォンスの方へと倒れ込みそうになる。堪えようとしてもアルフォンスは髪を強く握ったままでブチブチと髪が抜けていた。咄嗟《とっさ》に、シェリエルは剣を収めた空間を出しそうになる。だがその時、ディオールの声が耳に入り、ハッと我に返った。

「アルフォンス殿下、僭越《せんえつ》ながらこの子の髪を御所望でしたらわたくしが一房切り取りましょう。そのように引っ張られては、アルフォンス殿下の御身に障りますわ」

ディオールが穏やかにそう諭すと、アルフォンスはパッと手を離し、「さっさとしろ」と吐き捨てる。

反動で少し仰《の》け反ったシェリエルの背をディオールが優しく受け止め、一切感情の読み取れない整った笑顔で言った。

「構わないわね？」

「ええ、もちろんです、お母様」

……び、ビックリした。もう少しで殿下の手首を切り落とすところだった。

シェリエルはナイフで内側の髪を一房切り取ら

れ、ディオールはそれをアルフォンスに献上した。

「はッ！　本当に色がないんだな。光に当てても透けるような白さだ！　お前、魔力はあるのか」

「はい」

「もういいぞ、下がれ」

アルフォンスが地面に髪を投げ捨て、その手でシッシと追い払うように手振りする。シェリエルは速やかに元の円卓へと戻り、傷んだ毛根をこっそり撫でた。禿《は》げてはないようでホッとしたが、そのまま溜息《ためいき》が漏れてしまう。

中央の長机に集まっていた令嬢たちは皆一様にアルフォンスへの挨拶へと並び、この機会を逃すまいと顔を売っていた。

一番に挨拶を終えたアリシアが戻ってくると、何故か浮かない表情でシェリエルの様子を窺っている。

「アリシア様、どうかされました？」

「いえ、その。髪は貴族の誇りですのに……お怪《け》我《が》はありませんか」

「大丈夫です、すぐに離してくださいましたし、髪はまた伸びますから。それより、殿下ともう少しお話しされなくて良かったのですか」

「ええ、殿下はわたくしのことをあまり好ましく思っていないようなので」

彼女は眉を寄せ、潤んだ目を隠すよう下を向いて、理知的な微笑みに一層影を落とした。

「アリシア様はアルフォンス殿下を慕っていらっしゃるのですか？」

この発言にシェリエル自身驚いた。前世でもしたことがない恋話のようで、自分で言っておきながら恥ずかしくなる。

一方アリシアも直球の質問に驚いたのか、涙も溜まる前に引っ込んだようで、キョトンと首を傾げている。

「まさか……恋心などではありませんわ。殿下はああいった方なので、少しでも心が通えばとは思いますけれど。王妃など恋心でなれるものではないでしょう？」

「はい、その通りです。大変申し訳ございませんでした」

一応成人の経験もあるシェリエルはどれだけマヌケな質問をしてしまったのかと頭を抱えたくなった。

――でも、アリシアが本当に悲しそうにしていたから……

「ですが、先ほどはさすがベリアルド家の御令嬢だと感心しました。声もあげず、あのように見事に対応するなんて。わたくしなら震えて涙を堪えるのが精一杯だったと思います」

「母の助力があったからですよ」

本当にお母様のお陰なのだ。そうでなければ今頃あのテーブルは血に染まっていたのだから。シェリエルは若干、剣術を学び始めたことを後悔していた。

「シェリエル様。もし、本当に王妃の座を狙っていないのならば……お、お友達に、なってくださる？」

「わたしでよろしいのですか？　仲良くしていただけるととても嬉しいです」

先ほどまでの態度を気に病んでいるのか、アリシアは躊躇いがちに声を絞った。凛とした空気を残しながらも可愛らしい普通の女の子に見えた。

髪の一房や頭皮と引き換えにこのアリシアという友人を得たと考えれば安いものだろう。実際、蔑まれることは慣れているというか、想定内なのでさほど気にしていない。

少しばかり打ち解けたふたりが普段どんな授業を受けているか、どのようなお茶会に参加したかなどを話していると、他の子たちも戻ってきた。

「シェリエル様、ご立派でしたわ」

「シェリエル様、お髪《ぐし》は残念でしたね、痛みませんか」

先ほどシェリエルの嫁ぎ先を心配していた女の子たちが、口々に労《ねぎら》っている。彼女たちも根は悪い子ではないのだ。まだ少し、シェリエルとは違った方向で貴族としての勉強が足りておらず、そして素直な子たちなのだろう。

そして、どことなくみんな元気がなかった。普段あまり見ることのない暴力に怯えているのだ。

「本当に美味しいですわね。リアン様たちが目を輝かせていた理由がわかりました」

アリシアが目を丸めて驚いている様子に、それまで全く菓子に手を付けなかった他の令嬢たちも、すぐに菓子に手を伸ばし始めた。

「このメレンゲクッキーという菓子は聞いていたよりずっと美味しいです」

「お口に合って良かったです、サクサクしたものがお好みでしたら、こちらのクッキーもぜひ」

「わたくしはこのスイートポテトというものがとても気に入りました」

菓子で打ち解けたことで今度は普通にちょっとした噂話や、「男子って乱暴よね～」という女の子らしい会話が弾む。

初めはどうなることかと思ったお茶会も、いつの間にか和気藹々《わきあいあい》とした楽しい女子会になっていた。どうやらこれくらいの年齢であれば、色に対する偏見が弱いらしい。

「わたくしたち、学院も同じ時期に通うことになりますよね？　領地は違いますけど、たまにこうしてお茶会がしたいです」

「では次回はわたくしが主宰しましょう。ぜひロランスにも来てほしいもの」

アリシアがそう宣言すると、ベリアルド領の少女たちが「ワッ！」と声をあげ喜んだ。ベリアルド領は領主の性質上あまり他領と関係が良くない。中位貴族となると領内でしか交流が持てないため、憧れの土地にお呼ばれしちゃうかもと思って頬を染めるのである。

予期せぬ来客があったものの、初めてのお茶会はシェリエルにも大きな収穫があった。同年代の友人になれそうな子たちとの出会いもだが、年の近い子たちが貴族として将来を考え行動していると知ることができたのは大きな学びとなった。

招待客を見送った後、シェリエルはディオールと共に一度サロンに戻る。反省会も兼ねて母娘水入らずでお茶をすることになった。

「シェリエル、よく我慢したわ」

「はい、危ないところでした」

「疲れたでしょう、今日は楽にしなさい。靴も脱いで足を上げてもいいわ。特別よ」

「剣術の授業より背筋を使った気がします」

長椅子で寛《くつろ》ぐディオールはメイドに脚を揉《も》ませながら、難しい顔をしていた。

「あの小僧め、良くもシェリエルの美しい髪を……」

「お母様？　いけませんよ、お母様？」

「分かってるわよ。だから、貴女もディディエには黙っていなさい」

「もちろんです」

ディディエに知られたら何が起こるか分からない。

彼は自分以外がシェリエルを傷付けることを許さないから。ディオールも王子とその母が来ることは想定外だったようで、大人たちの席は酷い有様だったと言う。

「貴女は上手くやったようね。領内のお嬢さん方もそうだけれど、ロランスの子と縁ができたのは良いことだわ。アリシア嬢は貴族意識が強い子ですから、学べることは学びなさい」

「はい、お母様」

こんなふうにディオールと話すのは初めてだった。

疲労感でぼんやりするシェリエルの頭には、どれも子の将来を思いやる母の言葉のように響いている。

悪魔の祝福

空白の祝祭を明日に控え、リヒトは生まれてはじめてあたたかな場所で一年の最後の日を迎えていた。

「リヒトはもう城に慣れましたか？」

「はい、皆さん良くしてくださいます」

リヒトはゴリゴリと石臼を回しながら、チラと目の前の男を見た。人の良さそうな顔でニカッと笑う彼は、最近顔見知りになった料理長のコルクである。

初めて会ったのはシェリエル御用達《ごようたし》の使用人室だった。日に日に食欲が増し、どんどん出されるに食事を平らげながら申し訳なく思っているところに料理長から呼び出しがあったのだ。

リヒトは食べ過ぎだと叱られると思っていたのだが、当のコルクは顔を合わせるなり「お、期待の超大型新人！」と叫んで顔を輝かせていた。

というのも、コルクは試作の際スープひとつとっても途中で鍋を分けハーブの種類を変えたり煮込み時間を変えたりと何パターンも作るため、それらすべてを食べ比べる必要がある。

そして彼の試作品を食べられる人間は秘密保持の関係からシェリエルと顔馴染《かおなじ》みのメイドに限られているが、彼女たちはそれほどたくさん食べられない。仕事もあるためいつでも全員が集まれるわけではなかった。

そんな折にやってきたのがこのリヒトである。彼は土壁を食べていたこともあるくらいなので好き嫌いがなく、硬いパンしか知らなかったので料理に対する固定観念もない。命の加護があるので腹も丈夫で、おまけに使用人でありながら療養中で暇をしている。

そんなわけで、それらを聞いたコルクが「逸材だ……」と彼を試食係に任命したのだ。

それからリヒトは度々休憩室に呼ばれてはテーブルいっぱいに並べられた食事をキラキラした目

で端から順に食べ、毎度「せんぶ、美味《おい》しいです」と言って試食係をクビになった。

現在は彼のたくさん食べる姿を眺めるためだけに呼ばれている。


そんなリヒトも調理場に入るのはこの日が初めてだった。シェリエルが久しぶりに菓子の試作をするというので連れて来られたのだ。

リヒトがひたすら回し続けている石臼は小麦を挽《ひ》く臼とは少し作りが違っており、ペースト状のカカオを集められるように受け皿と注ぎ口が付いている。

シェリエルは小さなスプーンの先にそれをちびりと掬《すく》い、口に入れて顔をしわくちゃにした。

「ウッ、酸っぱ……さすがに苦いわね」

リヒトも新しいスプーンを差し出され、それを躊躇《ちゅうちょ》なく舐《な》めた。どろっとしたそれは酸味が強く砂を混ぜたようにジャリジャリしていて、舌の上にいつまでも強烈な苦味が残る。


「わはは、リヒトでもダメか」

「コルク、これは人の食べられる物ではないわ……」

「昔はこれに他の薬草混ぜて丸薬にしていたのでさらに酷《ひど》く、飲み込んだ後もしばらく気分が悪くなるほどでした」

コルクはそう言って笑うと、リヒトの代わりにハンドルを回し始めた。彼は腕がリヒトの何倍も太く、澱《よど》みなく石臼を回している。それがものすごくかっこいいのである。

対してシェリエルは何やら難しい顔で考え込んでいた。

「別のものを加えて酸味を和らげようとしたのかしら？　むしろ味は捨ててこれ一つでいろんな効能が得られるようにしたとか？」

「？」

「味はミルクと砂糖でなんとかなりそうだけど、雑味やザラ付きが気になるのよね。砂糖じゃなくてカカオの粒だったのね……石臼を少し改良して、あとはたしか長時間練ればいいはずなのだけど」

「小麦粉はふるいにかけて粒度を分けるので、こちらも網で濾《こ》してみますか？」

「最終的には濾すとしても、臼を変えて二度挽くようにした方がロスがなくて良いかもしれない……臼の改良も頼める？」

「はい、もちろんです」

リヒトにはよく分からなかったが改良の目処《めど》は立ったようだ。

とりあえず今回は一通り挽き終わったものを大きめのボウルで練っていく。普段はこのまま砂糖と混ぜて固めるため、ザラつきやエグ味が残るのだろう。

「ここから更に練るのですか？」

「練ることで酸味が飛ぶはずなの。三つに分けて実験してみてもらえる？　ひとつはこのまましばらく練って。ひとつは半日、ひとつは二日間交代で練り続けて欲しいのだけど。人手が足りなければ別途手当を出すからメイドや下男を雇ってもいいわ」

「それでしたらきっと応募者が殺到して大変なことになりますね。こちらで数名声をかけてみましょう」

「助かるわ、ありがとう」

少し粘度のあるペーストをコルクがヘラで練り、砂糖と人肌に温めたミルクを入れてさらに練り続ける。何度も味見しながらどの工程でどうなるかを確かめるのが料理研究の基本だという。

「おお、これは随分とまろやかになりましたね！とても食べやすいです！」

「本当ですね！　出来上がりが楽しみです！」

コルクとジルケは大感激だったが、シェリエルはまだ渋い顔だ。とりあえず型に流し込んで、固まるまで休憩室で待つことになった。

「リヒトは何か興味のあるものは見つかった？」

「いえ、その……職を選べるなど考えたこともなかったので自分に何ができるのか……」

「魔法はあまり使えないのよね？　そしたら料理

人か、庭師、あとは騎士と、文官かしら」

「こいつは料理人には向いていません。なんでも美味しいとしか言わないので味覚がバカなんだと思います」

リヒトは初級のスペルならば使えるが、名乗りが必要な魔法が使えなくなっていた。元の名を口にしようとするとパニックになり最後まで詠唱できないのだ。

「リヒトは文官が良いのではありませんか？　物静かだし文官なら中級以上の魔法を使うことは滅多にありませんよ」

「ジルケは文官室に行ったことがないのか？　あそこはいつも闘技場くらいうるさいぞ？」

「どう？　リヒトは興味ありそう？」

「わ、私は。頭が悪いので、文官は……」

「嫌いなものを職にすると後々辛《つら》いものね。せっかくだからこの後の剣術の授業、リヒトも一緒にどうかしら」

「セ、セセセルジオ様に直接教えを請うなど！　畏れ多いです！」

リヒトはひっくり返りそうなほど仰《の》け反《ぞ》り首をブンブンと振った。

世間知らずのリヒトとて、オラステリア王国騎士団の元団長がどれだけすごいかは知っている。その経歴以上に彼自身が伝説みたいな存在だというのもいろんな人から聞いていた。

そのような人物から剣を教わるなど、天地がひっくり返ってもあり得ないことだ。

「いきなり騎士の訓練に交ざるよりは気が楽じゃないかしら。お父様は元気が有り余っているから大丈夫よ、きっと」

「リヒトッ！　すごいじゃないか、こんな機会滅多にないぞ！　シェリエル様のご厚意なのだから有り難く頂戴するのが家臣というものだ！　骨は拾ってやる」

「そうですよリヒト！　シェリエル様の下僕が首のひとつやふたつ差し出せなくてどうすんですか！」

「で……では見学だけ……お邪魔させていただきます」

コルクやジルケの後押しもあり、リヒトは覚悟を決めた。一度ご一緒させていただき、向いてなければそのまま首を刎《は》ねてもらおうと思って。


お茶をしている間に出来上がったチョコレートというものは、最初に味見をしたペーストよりはとても食べやすくなっていた。

「やっぱり練ると酸味が飛ぶみたい。まだまだ改良の余地があるってことね」

「私はこれでも充分美味しいと感じますが、紅茶には合わないでしょうね。油脂を加えると仰《おっしゃ》っていましたが、バターを入れるのはどうです？」

「そのあたりは基本のチョコレートが完成してからよ。今の材料でももっと美味しくなるはずだから」

リヒトはこれで完成ではないのだと知って心底驚いた。仕事とはこのような探究心で臨むものだと、義務や罰ではない労働が存在するのだと初めて知ったのだ。

それで、自分にもそんな仕事が見つかれば良いのにと思って、シェリエルがなぜ自分に〝何がしたいか〟を聞いてくれるのか理解して、泣きたくなるほど胸が苦しくなった。

†

「――というわけで、今日はリヒトも一緒に稽古を付けていただきたいのです」

「構いませんよ。いずれシェリエルにも護衛が必要になりますしね」

セルジオは簡単に言ってリヒトをちょいちょいと手招きした。手渡されたのは歯を潰した鉄の剣だ。手にずっしりと来て、こんなに重かったのかと内心ゾッとした。

シェリエルが心配そうに見ていることに気づいたリヒトは剣を握る手にグッと力を込め、いつもの訓練や折檻《せっかん》のことを頭から追い払う。

「では、とりあえずリヒトはシェリエルの真似《まね》をしてください。慣れてきたら僕に打ち込んでもらいますからね」

言われた通りにした。シェリエルが右足を引けば同じだけ引き、シェリエルが腕を振り上げれば同じように上げる。しばらく素振りをしてから決まった動作を繰り返し、彼女は本格的にセルジオと剣を交えはじめた。

リヒトは息を整えながら瞬《まばた》きも惜しんでジッと見つめている。これまでこんなに真《ま》っ直《す》ぐ誰かを見るなんてことは許されなかったから。

それに見ているだけでも心臓がソワソワとざわめいて、全身が熱くなってくる。彼女はあの小さな身体《からだ》でどうしてそんなことができるのかと思うくらい、剣の扱いを熟知しているように見えた。

軽々と飛んで頭上から剣を振り下ろせば鉄の交わる重たい音が響き、かと思えば滑り込むようにセルジオの足元をズサッと薙《な》ぎ払う。

セルジオはそれをヒョイと飛び越えピタと同じところに着地していた。自分の知っている訓練とはまるで違う。

「おや、今日はリヒトに気を遣いましたか？　まあいいでしょう。次はリヒトの番です」

リヒトはシェリエルの真似をして「お願いします」と頭を下げ、そのまま先ほど見た通りに身体を動かした。セルジオが一瞬目を丸めたことも、それからニコニコとスピードを上げていくことも気に留めない。無心で、シェリエルの真似をした。

それは息を吸うタイミングまでも彼女に合わせた、完璧な模倣だった。

「神殿では剣術も習っていたのですか？」

「い、いえ。神殿では……練習台になっていただけで」

「男の子はやっぱり剣術に憧れるものですよね」

「？」

甲高い金属音の合間に交わされる会話は難しかった。自分で考えて言葉を発するのは難しいし、余計なことを考えてしまうから。

神官たちに動くなと言われて丸太の代わりに剣で斬り付けられたり、逆に避けろと言われて神官たちの剣を避け続けたり――あれが罰だったのか仕事だったのか、それとも訓練だったのか今ではよく分からない。

そんなことを考えていると、セルジオが一瞬剣速を上げ頬ギリギリを掠《かす》めるように突いた。リヒトが知らない動きだ。

「危ない！」

けれどリヒトは身を引くどころかギュンと更に一歩踏み込み、ガラ空きの首元を狙う。セルジオは体勢を崩しそうになったが器用に手首を返し、カンッとリヒトの剣を弾《はじ》き飛ばした。

その動きだけシェリエルと違っていた。けれどなぜかそうするべきだと思ったのだ。

「お父様！　危ないではありませんか！　リヒトも無茶し過ぎよ！　頬が切れて」

リヒトはスッと頬を撫《な》でて赤く塗れた指先を眺めていた。もう血は止まっていて痛みもない。心臓がバクバクしていてそれどころではなかった。

「ふむふむ、リヒトは死や痛みに対する恐怖心がないようですね。命の加護があるからか治癒力も高い。あと、模倣が得意なのですかね？　ギフトでしょうか？」

「私は、ッと、……神殿では。私に、何かを教えてくださる人は居なかったので。真似るしか能がないのです」

仕事も勉強もできなければ罰を受ける。だからチラチラと覗《のぞ》き見るように観察して真似をするしかなかった。死ぬことよりも罪の方が怖かった。自分が家畜以下の存在だと理解していたし、恥じていた。

けれど目の前の当主様はアハアハ笑いながら肩を叩《たた》いて「貴方《あなた》、騎士になるといいですよ。向いてます」となんともご機嫌に言う。何を言われているのか分からなかった。

すると今度は世間知らずを唆すみたいに「シェ

リエルを守れる力、欲しくないです？」と妖しい笑みで囁《ささや》くのだ。

「欲しいです……！」

思わず言ってしまった。もし、自分がこの尊きお方を守ることができたらどんなに素晴らしいだろう。役立たずの自分でも最悪盾になるくらいはできるかもしれない。少しでも強くなればそれだけ彼女の役に立てるかもしれない。

一度そんなことを考えてしまうとこれ以上に意味のある命の使い道はないように思う。ドキドキしていた。この胸の異常が高揚であり、期待や希望なのだと初めて知った。

「うんうん、そうですよね。身体能力が追いついていませんが、成長途中なので訓練していれば何とかなりますよ。ここには僕もいますし、どんどん強くなれます」

「わ、わたしの方が先に習い始めたのに……前々世だって……」

「ふふふ、良いライバルができましたね。今日みたいに出し惜しみしているとすぐにリヒトに追い越されますよ」

「簡単には負けません」

「そう来なくては。ディディエが帰って来たらどんな顔をするか楽しみですね」

なぜか彼女は不満そうで、少し不機嫌そうだった。

——私はまた何かやってしまったのだろうか……。

シェリエルを怒らせてしまったと不安になるリヒトであったが、この後とんでもない形で理由を知ることになる。

†

シェリエルは一度屋敷の食堂へと戻ってきていた。あれから何度か屋敷を往復することになったが、リヒトはユリウスに預けている。

空白の祝祭前日ということもあり、午後にはディディエが学院から戻ってくるし、夕方にはヘルメスが北部からやってくることになっている。

と、思いきや。

「ただいま戻りました」

「わ、お兄様早かったですね。学院の朝食は早いのですか？」

「いや、シェリエルと一緒に食べようと思って、食べずに出て来たんだ」

ディディエがいつもの席に座ると、すぐに食事が用意された。二月ほど会っていないだけで、また少し大きくなっているような気がする。

「なんだか、どんどん背が伸びますね」

「上位貴族はこの時期から三年ほどで一気に成長するんだよ。聞いてはいたけど脚や背骨がミシミシ鳴って本当に最悪」

「魔力の助けがあっても成長痛はあるんですね」

「鎮痛効果はないからなぁ。あ、そうだ。シェリエルにお土産があるんだ」

ディディエがそう言うと、すぐに補佐官ディルクがちょうど頭の大きさくらいの木箱をテーブルへと置いた。ニコニコと「開けてみてよ」と促され、そっと蓋を開けると。

「わ、かわいい」

中には大木をそのままミニチュアサイズにしたような鉢植えが入っていた。

「アルフォンス殿下の首でも土産にしようかと思っていたけど、一応聞いてからにしようと思って。授業で育てた魔花なんだ。上手《うま》く育つと妖精を呼ぶみたいだからシェリエルにあげるよ」

「えっと……？　あの、殿下の首というのは……」

「お茶会での話聞いたよ。友人の妹君が茶会に参加していたらしくてね。それはもう立派な姿だったらしいと褒めてくれたんだけど、そういう問題じゃないよね。その足で王宮に乗り込もうかと思ったんだけど、さすがに今の僕じゃ根回しが足りないからちゃんと計画を立ててたんだ。そしたらディルクが女の子は生首じゃ喜ばないって言うものだから」

「お兄様……お気持ちだけで嬉《うれ》しいです。生首はちょっと……」

シェリエルはディルクに心から感謝し、彼に熱い視線を送る。ディルクは軽く会釈してディディエの元へと戻って行った。どこまでもドライな補佐官である。

「やっぱそうか。嫌な奴《やつ》の顔なんて見たくないよね、ディルクの忠告を聞いておいて良かったよ。でもどうしようかな、シェリエルの大事な髪をさぁー」

特に怒っているだとか苛立《いらだ》っているだとかそういう空気は一切感じないのだが、ディディエがぶつぶつと物騒な話を続けていた。

「あ、そうです！　アルフォンス殿下といえば、婚約の打診が来てましたけど、シェリエルどうします？」

「は？」

間の抜けた返事が重なり、「仲が良いですね」と笑うセルジオに視線が集中する。ディオールは知っていたのか、少し不機嫌そうに眉を顰《ひそ》めていた。

「あの、それはわたしの意見が通るのですか？」

「アレと婚約なんて僕は認めないよ」

「ベリアルド家としてはどちらでも良いんですけどね。ディオールは反対みたいですし、シェリエルが決めていいですよ」

「では、絶対にお断りしてください」

髪を切られた云々《うんぬん》は置いておいても、このまま婚約してしまえば夢の通りになってしまいそうで怖い。うんうんと頷《うなず》くディディエとディオールの様子からも、王族からの打診だから断れないということもなさそうだ。ベリアルド家でよかった。

これで一つ危機を回避できた気がする。

「でもどうしてわたしなんでしょうか？　アリシア様だっているのに、こんな髪のわたしと婚約だなんて」

「元老院はアリシア嬢を推しているはずよ。貴女《あなた》を推したのはライアでしょうね。彼女、力を持った頭の良い子が王宮に入るのが嫌なんじゃないかしら」

「シェリエルはベリアルドですよ？」

「だからこそよ。ベリアルドでありながら従順で魔力も殆《ほとん》どない無能だと思っているのよ。元老院もベリアルドに新しい枷《かせ》を付けられるならと承諾したんでしょう」

――なるほど、それで夢のわたしが婚約者に……

菓子や事業の話が出たのは彼らが来る前だった。他の貴族たちも敢《あ》えて他家の令嬢を推すような真似はしなかったのだろう。

「ならお断りの手紙でも出しておきますか。どうせ空白の祝祭が終わったら城を出ますし、うるさいことは言われないでしょう」

この世界では年末と年始の間に空白の五日間という祝祭がある。それが終わるとまた新年が始まるのだ。シェリエルは、年明けから北部へ向けて旅行に出ることになっていた。

ディオールは領主代行としてお留守番をすることになっているが、初めての家族旅行というわけだ。

「そういえば、旅行の間の授業はお休みで良いのですか？」

「ああ、剣術は旅の合間も訓練しますよ。あと座学はお休みでも構いませんが、できればユリウスも連れて行きたいですね。精霊と契約など僕もしたことないですし」

セルジオ曰《いわ》く、精霊というのは〝たまたま出会ってビックリしていたらなぜか契約できた〟というような、ふんわりした情報しかないらしい。先祖代々精霊を引き継ぐ家門もあるが、出会いから継承に至るまで完璧に情報を秘匿されるという。

ただ、精霊というのは会えばすぐに感覚で分かるそうだ。

「ではユリウス先生に頼んでみます。お兄様も一緒に行きませんか？」

「は？　僕があいつのところに？　というかまだ

いるの？　もう最後の授業は終わったんでしょ？」

　ディディエが心底面倒くさそうに言うと、セルジオが「ンフフ、それが聞いてくださいよ」とシェリエルに代わって答えた。

「この子ね、今彼に魔法陣を描かせてるんです」

「アッハッハッハッ！　祝祭前に!?　血も涙もない！　ワハハハハハハハ」

「そ、そんなに酷いことだったのですか？　え、どうしましょう。詫《わ》び金貨とか必要です？」

「いや、大丈夫じゃない？　ッアハハ、僕も行く絶対見たい」

　そんなわけで食後のティータイムはユリウスの作業を見学しながらという話になった。

　本日の大戦犯シェリエルはすぐに朝食にサンドイッチなどの軽食を用意してもらい、バカにする気満々のふたりのうしろをトボトボと歩くのだった。

†

　一方、リヒトはというと。

　魔法陣を描くユリウスの側《そば》で、「と、とんでもないことになってしまった……」とずっとオロオロソワソワとしていた。

　というのも、シェリエルが魔術の授業を受けているあいだ、休憩室で試作品のチョコをパリパリ食べていると、シェリエルに呼び出されてこんなことを言われたのだ。

「リヒト、もう一度洗礼を受けてみない？」

　もちろんリヒトは何を言われているのか分からなかった。

　洗礼とは人生に一度きりの特別な体験だ。シェリエルのように失敗した儀式をやり直すのならまだしも、リヒトはすでに祝福を受けている。それをもう一度というのは生まれ直すと同義であった。

「シェリエル様、その洗礼の儀というのは……」

「もう一度洗礼の儀をすれば、新しい名で上書きできるらしいの。リヒトも通名だとなにかと不便でしょう？」

「そんなことが可能なのですか。ですが、私などの為《ため》に術士を呼び寄せるなど」

「ふふ、わたしの先生はすごいのよ。わたしも手伝うから大丈夫」

新しい名で上書き……そんなことができるなど聞いたこともない。

彼女は打って変わって上機嫌で、先ほど怒らせたことを考えると余計なことを言うのも憚《はばか》られた。

そして気づいたら祭壇に来ていて、気づいたら目の前に悪魔がいた。

悪魔は真っ黒な髪で薄い微笑《ほほえ》みを浮かべており、リヒトは真っ白になった頭で「ああ、シェリエル様を怒らせたから魔物にされてしまうんだ……」とだけ思った。

彼はおとぎ話に出てくる悪魔そのものに見えたから。そしてこの城で経験したどんなことより自分に相応《ふさわ》しいと思えて、素直にこれを受け入れた。

しかしその悪魔に「君がリヒトか。元神官かな？　年は？」と至って普通の質問をされ、やっとシェリエルに〝先生〟だと紹介されたことを思い出す。

「お初にお目にかかります、リヒトと申します。年は、十三になりました」

いまだに名前を名乗るのは気恥ずかしい。口にするたびに心臓がキュッと鳴って、これが〝喜び〟なのだと最近知った。

「君、この後の予定は？　手が空いているなら手伝って貰《もら》おうかな。陣を描きながら君の話を聞かせてくれるなら、それを儀式の対価にしよう」

「私の話……などで良いのですか？」

本当に信じられないが、そんなことで儀式をしてもらえるという。

「なぜ……私にこのような」

「リヒト？」

「と……先ほど、シェリエル様を怒らせてしまったのだとばかり……」

「？　あ、あれは違うの。剣術のことでしょう？　少し悔しかっただけだから気にしないで」

「くやし……え？」

「だからもったいないとも思って。洗礼で新しい名を使えるようになったらもっといろんなことができるようになるし、もう前の名は必要ないでしょう？」

彼女はいつも簡単に言う。そんな人生をやり直すみたいなことを――とんでもないことをさらりと言うのだ。

だからリヒトはシェリエル様がそう仰るのなら……と、すべてを彼女に委ねるのである。

それからシェリエルが屋敷に戻ると、ユリウスは黙々と祭壇に魔法陣を描き始めた。

背は自分より少し高いくらいで、よく見ると顔には幼さが残る。彼は話を聞かせてくれと言ったわりに、あまり多くを質問しなかった。

たとえば神殿のどこにいただとか。どこで生まれただとか。父がどんな罪で投獄されただとか。分からないこともあったが、すべて正直に話した。

彼は「ふーん」とか「へぇ」とかさほど興味もなさそうに聞き、あっという間に魔法陣を描き上げていく。

模倣することに長《た》けているリヒトであっても、彼がどうやって描いているのかはまったく分からなかった。それは小さな文字や記号、線の入り組んだ精巧な陣であったから。

「すべて、覚えているのですか」

「うん」

「…………」

「ああ、でもこれはただの鍵だよ。この鍵で本体の陣を展開するんだ。だからこうして人にも描ける」

「……？」

彼との会話は難しかった。何を言っているのか意味不明で、けれどあまりにも耳に心地良いので分かった気になってしまう。

そうしている間にも魔法陣が出来上がってきた。

これがほんの一時間ちょっとの出来事である。

リヒトはいまだに何もかもが信じられなくて、オロオロソワソワしているのである。

シェリエルは自身のやらかしを一瞬で忘れてルンルンと上機嫌だった。どんなふうに描くのか想像もつかないあの魔法陣を描いているところを見られるのだ。

だから早く早くとふたりを急《せ》かし、祭壇までやってきたのだが。

「ユリウス先生、魔法陣の方は……えッ」

「おやおやおや、なんと！　僕なんてディオールに手伝ってもらっても一晩かかったのに、早すぎませんか？」

「やあ、君たちも早かったね。後少しで終わるよ」

ディディエが指を差して「うわ、本当に仕事させられてる！」と笑っているが、ユリウスはまったく気にしていないのか、大きな杖《つえ》で外側を縁取りながら歩き始めた。

セルジオとディディエは後を追いかけるように陣の周りを歩きながらじっくりと観察している。

シェリエルは小さいので全体がよく見えず、やっぱり最初から見ていたかったなと唇を尖《とが》らせた。

が、リヒトがまた大量の汗をかいてオロオロしていたのですぐに唇をしまってニコと笑う。

「朝食は召し上がられたのですか？　よかったら一緒にお茶でもいかがです？」

ユリウスは少し考えたあと「後でいただこうかな」とだけ言い、グラウンドに白線を引くように長い杖で円を描いていた。

祭壇のほど近くにテーブルが運び込まれ、ティーセットが準備されて行く。パンにお肉や卵を挟んだサンドイッチなど軽食が並べば、真冬のピクニックの始まりだ。

魔法で温めたお湯がポットに注がれた頃、魔法陣を描き終えたらしいユリウスが降りてきた。

「先生、嫌いな食べ物はありますか？　軽食と菓子を用意したので食べられそうな物を召し上がってください。リヒトもね」

「変わった食べ物ばかりだね」

　リヒトが皿に取り分けたサンドイッチを口に頬張ったのを見て、ユリウスも躊躇《ためら》いがちに蒸《む》し鶏《どり》と卵のサンドイッチを小さく齧《かじ》った。一瞬目を丸くさせたかと思うと、今度は目を細めてゆっくりと咀嚼《そしやく》している。

「お口に合いますか？」

「ん、初めて食べたけれど、美味しい、と思う」

　シチューなどの野菜を使った料理や菓子はシェリエルが前世の記憶から再現したものだが、サンドイッチは普通にこちらの世界にあったものだ。中身は少し変わっているかもしれないが……

「先生はいつもどういったお食事を？」

「パンと干し肉だよ」

「それだけ……ですか？」

「ああ、たまに果実も食べるけれど、干し肉は保存も利くし食事の時間が短くて済む」

　――仙人かな？

　よくその食生活でここまで立派にお育ちになったと感心する反面、さすがに栄養面が心配だ。リヒトは「自分も同じような食事でした」と頷いているが、彼は完全に栄養失調だった。

「お父様、先生をこれから食事にお招きしてはどうですか？」

「もちろん構いませんよ。授業料がシェリエルの研究ということになっていますから、それでは足りないかなと思っていたんです」

「あれ？　聞いてませんが」

「そうでしたっけ？」

　マルセルから提案された条件をそのままユリウスにも使ったらしい。けれどたしかにそれでは報酬としては不十分だ。

「先生、そういうことなので是非明日から」

「わたしはこの姿だからね。他家の晩餐《ばんさん》にお邪魔するわけにはいかないよ」

「大丈夫ですよ、わたしもこの姿なので。白も黒も変わらないではないですか」

「ククッ……ふふふ……いや、まあ……そうか」

なぜかユリウスは堪《こら》えるように喉を鳴らしながら一応納得の色を見せる。ディディエの「いいんじゃない？」という軽い後押しもあり、今夜からユリウスと食事を共にすることになった。

いっそのことノアも一緒にと思ったが、ノアは最近遊びにくる頻度が減ってしまいここ数週間会っていない。

「食事もですけど、ユリウスには年明けからの旅行に同伴して貰いたいのですよ。お時間ありません？」

「わたしは長時間出歩くことができないからノアを連れて行くといい。何かあればそちらへ転移するよ」

全員話を飲み込めず、「ノア？」「なぜ？」と首を傾《かし》げている。ユリウスもそれを察したのか食事を中断し一度席を立った。

「私はノアと自分の位置を入れ替えることができるんだよ。今はどこにいるのかな？　ああ、森に居るね。少し替わってみようか」

瞬間、ユリウスの姿にノイズが入る。

――あ、これ前にも見たことがある。

目を凝らすと足元に浮き上がった魔法陣の縁から、文字のような記号が柱のようにユリウスを覆っていた。ほんの一瞬だったがなんとなくその光景がユリウスをスキャンしているように見えて、転移という魔術の仕組みが気になってくる。

そして……

「ね、お父様、お兄様！　これを見れば変化したように思っても仕方ないでしょう？」

「ん～、確かにそう見えなくもないけど。変化の魔法はギフトでも存在しないからね。ていうかさ――」

ユリウスがいた場所にはぽつんと黒猫が座っている。久しぶりに会うノアはこの場に特に驚いた様子もなく、タッとシェリエルの膝に乗ったのだ。

――わ、このままた入れ替わると先生がわたしの膝の上に……

シェリエルが愛らしい黒猫を退《ど》けることもできずあわあわしていると、ユリウスが元の場所に戻ってきた。

「！　入れ替わるんじゃなかったんですか!?」

「転移の前に座標を残しておいたんだよ。本来、自分が直接行って座標を残さなければ転移できないところを、ノアと位置を入れ替わることである程度自由に移動ができる、というだけだね」

シェリエルは知っている場所を思い浮かべるだけで瞬間移動ができるのだと思っていたが、座標の指定が必要だという。転移は上級魔法なので彼女はまだ習っていなかった。

予習がてら、転移について話込んでいると、ディディエが珍しく遠慮がちに話に入ってくる。

「あのさ、取り込み中悪いんだけど……それが、例の猫？」

「あ、お兄様はノアに会ったことありませんでしたか？　こちらがノアですよ、わたしのお友達です」

ノアはやはり言葉が分かるのか、瞑《つぶ》っていた瞳をパチリと開け、一度ディディエを横目で見る。

ディディエも黒い動物に驚いているようで、メアリほどではないが困惑していた。

「いや、それさ。精霊じゃない？」

「？」

「！」

「ごめん、もう一回言うけど。それ精霊じゃない？」

「え？　そんなまさか」

シェリエルは確認するようにユリウスに視線を向けるが、ユリウスも「ん？」と首を傾げている。

そこに、あのセルジオが「その子、たぶん精霊ですよ。かなり力が弱まっていますけど、魔獣のそれとは違いますからね」と当たり前みたいに言った。

「父上もそう思いますよね？　というか、ユリウスも気づかなかったの？」

全員の視線がまたもユリウスに集まる。絵画のように整った笑みを浮かべ、今度は反対に首を傾けた。

「ふむ、君、精霊だったのか。全然気づかなかった」

「そんなことあります!?」

物珍しそうにノアを見つめるユリウスがあどけなく、普通の十五歳の男の子に見えた。

ディディエなどテーブルに額を付け、足を踏み鳴らしながら大爆笑している。シェリエル以外のことでこれほど笑うディディエは初めてだった。

ユリウスはノアに「いつから精霊なの？」と話しかけているが、それを聞いたディディエが更に過呼吸になるほど笑い、セルジオは傍観し、リヒトは困惑し、シェリエルは考えるのをやめた。

「ユ、ユリウス……勘弁してよ、クッ……なんで気付かないのさ、アッハッハッひぃ、ゲホッ、ワッハッハッハッ」

「物心付いた頃には側に居たからね。たしかに少し気配が違うなとは思っていたけど、私と同調しているからかと思っていたよ」

ユリウスは自由に出歩けない子どもの頃からノアと同調し、外の景色を眺めていたらしい。それほど長く一緒にいて魔獣より先にノアを知ったのなら、分からないのも仕方ない。と思うシェリエルである。

「ノアと契約できるか試してみるかい？」

「良いのですか？　ノアはずっと先生を守っていた精霊なのでしょう？　なんだか横取りするみたいで申し訳ないです」

「別に構わないよ。今まで契約していないんだからね」

ユリウスに促され、ノアに一応聞いてみる。契約の方法などわからないので、ただそのまま「契約してくれる？」と声をかけた。しかし、ノアは尻尾をブンブンと振るだけだった。

「ふむ、何か違うようだね。自分ではないと思っているみたいだ」

「先生はノアとお話しできるのですか？」

「思考を共有すると大まかな考えや感情が伝わるだけだよ。君が泣いていた夜も、何とかしろと私に怒っていたから、君のことは気に入っているようだけど」

「わぁ、じゃあやっぱりノアが助けてくれたのね。ありがとう」

シェリエルが頭を撫でると、ノアはまた気持ち良さそうに膝の上で丸くなる。嫌われているわけではないが契約できない。結局旅行は必要なようだ。

「先生はノアと契約しないのですか？　あの、気になっていたのですけど、先生も魔力が多いのに石化の心配はないんでしょうか？」

「私は洗礼の儀の魔力を殆どノアが肩代わりしてくれたから。君ほど広がっていないんだよ」

ユリウスは少し考えるようにノアを見つめながら仮説を立て始めた。

「洗礼の儀で私がノアの魔力を殆ど奪ってしまったから精霊としての力が弱っているのかな？」

精霊というのは精霊界で魔力を補充するため、本来なら人と同じように自然と魔力が回復するらしい。けれどノアは四六時中こちらの世界にいるので、魔力を回復できていないのでは、という話だった。きっと自分の洗礼でも無茶をしたのだろう。

「ユリウス、やっぱ試しに契約してみてよ。どうやって契約するのか分かれば、シェリエルの時も安心じゃない？」

「だそうだけど、私と契約するかい？」

ぴるぴると動いていたノアの耳がユリウスの方向で固まったかと思うと、むくりと立ち上がりユリウスの膝の上へと飛び乗った。

ユリウスは何かが聞こえたのか、それともさっき言っていたように、何かを感じとったのか、ノアに応えるように頬を寄せる。

そして、ノアが軽くユリウスの頬に口づけしたかと思うと、シュタッと膝から飛び降りた。

「ん？　これで契約できたのかな？」

特に何かが変わった様子もない。シェリエルたちからも魔法陣だとか光だとかそれらしい現象は確認できなかった。

けれど、ズズッとノアの気配が大きくなったかと思うと、ノアの身体が巨大に変化する。

「大《お》っきい猫ちゃん……！」

大型の猫、いや骨格や顔つきが逞《たくま》しく、猫というより黒豹《くろひょう》のような姿に変わる。しかし黒豹というのはこれほど大きい動物だっただろうか。大人が余裕で乗れそうな、馬より大きな神々しい姿は、まさに精霊という風格だった。

「ああ、たしかに精霊だね。私の魔力を結構持って行ったな。それに今までよりずっと鮮明に思考が伝わってくる」

「契約できたのですね。どうやってやったのです？」

「よく分からない。ノアが何かしたみたいだ。契約は精霊に任せるしかないようだね」

精霊の契約に関する情報があやふやなのもこのためだろう。特に儀式めいたこともなく、人間がやるべきことは特にないらしい。

「ノア、少し精霊界で休んでおいで。私の魔力を喰《く》いすぎだよ」

「グルルルァ〜」

ノアが大型肉食獣らしい返事をすると、しゅるると元の猫ちゃんに戻っていった。そして、そのまま霞《かすみ》のように姿を消す。

「おや、魔力が戻ってきた。共有というのは本当のようだね」

「先生はいつもそうやって実験と考察を重ねて魔術を研究しているのですね」

凄《すご》いですよね、と皆を振り返れば、リヒトだけでなくセルジオやディディエも固まっていた。身体は硬直しているが、表情は放心しているように何の感情も読み取れない。

「どうしました？」

「い、いや、シェリエルはよく平気ですね……少し魔力に当てられてしまいました」

「でも魔力自体は先生のものでしょう？」

「ノアの様子からすると、精霊は魔力が剝《む》き出《だ》しの状態みたいだね」

どうやら人と精霊では魔力の持ち方が違うらしい。人は魔力の湧き出る泉から一度器に移して使う。シェリエルはその入り口が広がってしまい器が耐えきれない状態らしいが、精霊は存在そのものが魔力の泉なのだという。

だからノアは身体を小さくしたり大きくしたりできるのだろう。セルジオやディディエでさえ当てられたということは……

「リヒト！」

リヒトを床にひっくり返り、目を開いたまま気絶していた。

†

とんだ大騒ぎとなったティータイムであったが、なんとかリヒトの洗礼の準備はできた。

シェリエルも中級魔法程度なら魔力を使って良いと言われ、張り切って祭壇へと続く階段を上る。

改めて見るととても細かい魔法陣で一つの芸術作品のようだった。けれど一箇所、なにか違和感がある。

「あれ？　ここの記号、わたしの儀式の時と違いますね」

「描き間違い？　そんな澄ました面して魔法陣もまともに描けないのか」

「そんなことはないはずだよ。この陣で以前儀式をしたことがあるからね」

ユリウスがそう言うならば、この陣が間違っているというわけではないのだろう。ちなみに洗礼の魔法陣はきちんと学院を卒業した両親が何日もかけて描くものであり、ディディエは習ってすらいない。

そして自然とセルジオへと視線が注がれること

になり。

「え、僕が間違っていたってことですか？　でもあの陣でシェリエルは儀式が成功したのでしょう？　マルセルも間違っていれば陣が作動しないと言っていましたし」

「というか、シェリエルはこの陣を覚えてるってこと？　僕らベリアルドでもこの規模の陣は魔導書を見ながら描くものだよ。気のせいじゃない？」

「ちゃんと覚えてます！　わたし見たもの！」

特に初めて見た魔法陣だったので隅々までよく観察したのだ。内容や仕組みを理解していないので自信がないが、今でもはっきり目に焼き付いている。

「本当かなぁ？　まあこの年頃には良くあることだよ。気にしないで」

「でも、ここ、線があと二本引いてありませんでした？」

「おや、確かにそう言われてみると。まあ一度やってみましょう。作動しなければユリウスがうっかりさんだったということになりますね」

ユリウスは心外だと言わんばかりにセルジオを睨《にら》んでいるが、このまま試すことには賛成らしい。

セルジオが空、ディディエが命の位置につき、そしてシェリエルとユリウスがリヒトを両サイドを挟むように儀式に参加する。

本来周りにいるはずの六人が二人になり、リヒトは本当にこれで大丈夫かと心配そうにしていた。

「シェリエル、私が君にやったように、リヒトの背に手を当て、魔力を送り込むんだ」

「あの、リヒトもわたしと同じように魔力の出口が開いてしまいませんか？」

「それは問題ない。彼は元の魔力が多くないからね。むしろ以前より効率良く魔力を扱えるようになるはずだよ」

リヒトは潜在的な魔力総量と身体の魔力耐性が釣り合っているため、いくら出口が広がっても問題ないのである。

シェリエルは不安がるリヒトの背中にゆっくり

と手を置き、「大丈夫」と声をかけた。するとリヒトがスッと落ち着いていく。

儀式が始まる。

「我、空の加護賜《たま》いしセルジオ・ベリアルド」

「我、命の加護賜いしディディエ・ベリアルド」

シェリエルとユリウスは魔力の補塡《ほてん》だけなので詠唱には参加しない。リヒトが命の属性なので一応ディディエには命を担当して貰ったが、本当に成功するのか未《いま》だ半信半疑である。

ユリウスが魔力を込め始めたのか、手に集めた魔力がズズッと引っ張られるような感覚があり、その流れに任せ魔力を流すとリヒトが手を付いたところから魔法陣が光り始める。セルジオとディディエの方からも光が伸び、足りない箇所は中央から埋めるように光が伸びていく。

リヒトという新しい名を宣言し、シェリエルは三度目になる洗礼の儀の祝詞を聞きながら、魔力を使いすぎないよう調整していた。

陣の隅々まで光が行き届いた頃、静かにユリウスが立ち上がり、シェリエルにも陣から出るようにと目線で合図する。リヒトの集中を切らさないよう、ゆっくりと気配を消して外に出ると、魔法陣を縁取っていた淡い光がそのまま天へと昇るように揺らめいていた。

詠唱が終わったその瞬間、昇る光の粒子に呼応するように空から光の柱が降りてきた。淡い光のベールのようなそれは、美しくて優しい温かみがある。

リヒトは光のなかでボーッと天を見つめていた。それから顔をクシャとさせてから、肩を大きく揺らしながらしゃくりあげるように嗚咽《おえつ》を漏らす。

「……ッ、……、……」

二度目の洗礼。彼は何を思うのだろう。

「成功ですね」

「私の陣は間違ってなどいなかっただろう？」

ユリウスはどこか勝ち誇ったように光の柱を眺めていた。徐々に光が弱まり、それが完全に消えた頃、リヒトは陣に崩れ落ち自身の肩を抱いていた。

「リヒト、おめでとう。ちゃんと神々にも祝福されたでしょう？」

「は、はい……はい。この名で……私はリヒトと認められました。これが、どんなに幸福なことか……シェリエル様、皆様、ありがとうございました」

リヒトはツーっと一筋涙を流していた。これまで色々なことがあったのだ。リヒトとして認められることは、儀式以上の意味があったのだろう。

「ささ、リヒト！　魔法を試してみてください」

「ディルク来い！　腕を切らせろ、こいつにくっ付けてもらうから」

「待って待って待って！」

彼らには情緒というものがないのでいつでもどこでもこうなのだ。しかもディディエは筆頭補佐官であるディルクの腕を治癒させることで魔法を試すつもりらしい。

リヒトは感傷に浸る間もなく、グシグシと腕で目元を拭って「はい！」と良い返事をした。彼は素直なので。

「だから待って！　ディルクだって治るとは言っても痛いでしょう！　その方法で試したいのならディディエお兄様が自分の腕をお切りください」

「だって僕、命の属性持ってるから自分の魔力でくっ付いちゃうし」

「じゃあ僕の腕切ります？　リヒトが失敗してもディディエが治してくれるでしょう？」

誰の腕を切るかの話し合いをしていると、リヒトが自分の腕でも切られたかのように血の気を失い目を回している。

一向に話が進まないベリアルドを見かねたのか、ユリウスが呆《あき》れたように溜息《ためいき》を吐《つ》いて言った。

「ベリアルドは血が好きだね。別に木でもいいだろう？」

「木も治癒できるのですか？」

「え？　木って戻るんです？　それを早く言ってくださいよ。僕がディオールに何度叱られたと思っているんですか！」

「いや、それは知らないけど」

「もうお父様は少し静かに。木で良いならそうしましょう」

そこそこ太さのある木をセルジオが切り、リヒトが両手で幹を支えながらそのまま祝詞を詠み始めた。これは命の加護があるリヒトであればギリギリ成功するかという治癒魔法である。

「我命の加護賜いしリヒト奏上す天元に坐《ざ》す皇神等の前に命の御言《みこと》申し受く乞い願わくは命の女神我がため不二術示し給へ――」

ジジッと魔法陣が浮かび上がると、切り離された木の幹が引き合うように桃色の光が切断面から伸びて行く。

そして光の消失と同時に木が元通り真っ直ぐ立っていた。リヒトは自分の手をグッと握りながら信じられないと言いたげに見つめている。

「リヒトすごいわ！」

「ほ、本当にできた……！」

「おや、本当に名前を上書きできるのですね。魔法陣に間違いはなかったということですか」

「お父様、もし良かったらわたしの儀式に使った魔法陣を見せていただけませんか？　ユリウス先生と調べてみたいと思います」

「いいでしょう、旅中の良い暇つぶしになりそうですしね」

日が陰りはじめ、一日が終わろうとしている。

それは一年の終わりを意味しており、ほんの数ヶ月前までベリアルドしか知らなかったシェリエルはなんだか不思議な気持ちでいる。

すると、ディディエがコソッとシェリエルに耳打ちした。

「晩餐の前に良いもの見せてあげる」

「？」

「みんなには内緒だよ？」

秘密めいた約束に少しドキドキした。普段なら警戒するのに。

それはきっと、彼が人を誑《たぶら》かす特別甘い微笑みを浮かべていたからだろう。

†

ディディエに連れられてやってきたのは、シェリエルの過ごす塔からずいぶん離れた城の反対側だった。

庭園は広くここまでずいぶん歩いた気がする。立ち入りが制限されなくてもこんなところまでは来ないというくらい、初めて来る場所だった。

「どこまで行くんですか?」

「さぁね。着いてからのお楽しみ」

「え、もしかして売り飛ばされる……?」

「アハハハハ、そうかもね。魔法も使えるようになったし、高く売れるかも」

「今ならいくらくらいでしょうね」

「うーん……」

「買い値より上がってると良いのですが」

「世界かな?」

「はい?」

何の話かと思いディディエを見上げると、彼は立ち止まり、満月を背にしてニコリと笑った。

「僕がお前を売るときは世界と交換だよ。そしたらシェリエルの住むこの世界ごと僕のものだから」

そう言って彼はひとつの鍵を差し出すのだ。

「? これは?」

「シェリエルにこの温室の鍵をあげる。洗礼のお祝い。遅くなっちゃったけど」

「い、良いのですか?」

「うん」

ふと横を見るとなんの変哲もないガラス張りの温室があった。ディディエが自分の温室を持っているのは知っていたが、本当に数名しか出入りできない特別な温室だと聞いていた。

そこを自由に使って良いと言われたのだ。かなり遠いが……

「ありがとうございます」

「中見てみる？」

「はい」

正直シェリエルは温室そのものにはそこまで興味がなかった。ただ、ディディエの秘密基地を教えて貰えたことが嬉しくて、どんな顔をして良いか分からない。


ディディエに手を引かれて温室に入ると、そこは鬱蒼《うっそう》とした夜のジャングルだった。

冬だというのにムワッとした熱気に包まれ、キイキイと遠くで鳥が鳴いている。

ガラス張りのドームであるのに外からは音も匂いもその温度もまったく分からなかった。ドーム全体に認識阻害の魔法がかかっているのだ。

「す、すごい……」

「待ってね、灯《あか》りをつけるから」

彼が短い杖を取り出して一振りする。

すると、足元に点々と小さな灯りが伸びていき、獣道のように道ができあがった。

え、と思ってふたたびディディエを見ると、彼から桃色の光の粒子が立ち昇っていた。

「お兄様、それ……」

「見てて」

彼の、命の魔力がジャングルに光を灯《とも》していく。木々にキラキラと星屑《ほしくず》が降り、木の根本ではキノコが淡く発光している。流れ星のような鳥が横切り、奥の方で巨大な花が口を開けてこちらを見ていた。

「わ、すごい……」

「おいで。案内してあげる」

「わ……わぁ！」

「アハハ、壊れちゃった」

どこを見ても不思議なもので溢《あふ》れていた。この温室には四季があり、冬でも暖かいのはここが夏のエリアだからだという。

「よ、妖精もいますか？」

「妖精はいないかな」

「ドラゴンは……」

「いないよ」

「じゃあ、じゃあ！　この葉っぱ！　叫ぶやつでは！」

「あ、待って。全部覚えるまでここの植物に触っちゃダメだよ。全部毒だから」

「え？」

「ん？」

全部毒とはどういうことか。シェリエルはうんうん唸《うな》ってそういえばと思い出した。

ディディエは薬や毒の調合を自分でするし、彼は以前から毒草などに詳しかった。自分専用の温室で毒草や毒虫を育てているのだと思えば、すっかり辻褄《つじつま》が合ってしまう。

「えと、これをわたしにも、共有してくださると……？」

「そうだよ。便利だし面白いから」

「あ、はい。とても素敵で……また、連れてきて欲しいと思いました」

「アハハ、棒読みだ」

ディディエは以前蒸した芋を持ってきた時とは違い、至極楽しそうにしている。

アレは現存する種で最も古いとされる太古の魔木だとか、コレは痕跡を残さず心臓麻痺《まひ》に似た症状で人を殺す魔花だとか、いろんなことを教えてくれた。

そして、ジャングルの奥深くまで来たかというころ、滝のように煌《きら》めく巨大な壁が目に入った。

「行き止まり？」

しかしよく見ると、それは巨大な柳であるらしい。地面まで垂れ下がった濃いブルーの枝は、イルミネーションみたいに青白く光っている。まるで細氷を纏《まと》う蜘蛛《くも》の糸のようだった。

「ここは正しい手順を踏まないと即死だからシェリエルも覚えて」

「え？　待って、え？」

「いい？　まずこの半透明のキノコを踏む。それから垂れ下がってくるグリーンのクラゲを捕まえて……あ、出てきた。このスズランが生えたところから三歩左にズレて枝を分けるんだ。それから――」

あまりにも複雑で摩訶不思議《まかふしぎ》な手順である。

シェリエルは一生懸命覚えたが、そもそもクラゲに手が届かないことに気がついた。それで、ジトと目を半目にしながらも怖々ディディエのあとに付いて行き、星屑が降るような柳のトンネルを抜けたとき。

「ワ!」

「驚いた? これが僕の秘密基地」

そこにはあるはずの木の幹がなく、木々に囲まれた吹き抜けの空間が広がっていた。

「え? どうなって……あれは木ですよね? 木の幹は」

「そういう魔木なんだ。確認されているなかでは最も神樹に近いとされている。でも魔木だから広さは本来の木の幹と同じ大きさで手狭だけどね」

そうは言ってもかなりの広さである。棚にはびっしりと薬瓶が並んでいるし、作業台もソファーもある。昼間はなぜか直射日光が入らず、ちょうど良い明るさになると言う。

「なんで……お兄様何者なんです! こんな、いつの間に……」

「あは、違うよシェリエル。僕はここを譲り受けただけ。ここは元々クロードの温室なんだ」

「……! 私の、お父さん……?」

その意味を理解したとき、ぶわりと何かが溢れて。――どうしようもなく泣きたくなった。

「シェリエルはね、ちゃんとベリアルドの子だよ。お前の父親はここで育って、僕にこの温室をくれたんだ」

「ッ、なんで、急に……」

「シェリエル、おかえり」

あまりにも優しい声だった。それだけで充分だった。

だからシェリエルは柄にもなく声をあげて泣いてしまう。わあわあと赤ちゃんみたいに、ディディエの胸のなかで泣いていた。

ずっと、自分が何者なのか曖昧だった。彼らを家族だと思えるようになっても、異物感を拭えなかった。

だから彼はシェリエルにルーツを示したのだ。ここが彼女の生まれるべき場所だったと。このべリアルドこそが彼女の居場所なのだと。

「あ、ありがと……おにいさま」

「うん」

「……なにも返せない、です。わたし」

「僕との約束守ってくれればそれでいいよ」

「……し、死なない、壊れない？」

「そ。僕はさ、本当はシェリエルには何も強制したくないし、禁止もしたくないんだ。あんなふうになりたくないから」

雫《しずく》を落とすように呟《つぶや》いたディディエの目は、ここではないどこか別の世界を見ているようだった。

「お兄様も気にしてたんですね。あの夢」

「そりゃあね。もう大丈夫だって思ってるけど、そうじゃなくて。その夢の僕と何ひとつ同じことはしたくないんだ。シェリエルに同じ思いをさせたくない」

「……はい」

「だからやりたいことは何でもしてほしいよ。リヒトとかユリウスみたいなのをホイホイ拾ってもいい。でも、少し不用心過ぎじゃないかなって。僕にはあんなに警戒してたのに」

「でも、お兄様が守ってくれるんでしょう？」

「そうだけど」

ディディエは満更でもないように言って、濡《ぬ》れたシェリエルの頬をムニと摘《つま》んだ。

「ヴ……」

「ベリアルドは家族を失うと狂うんだ。気をつけてくれよ、僕の妹」

シェリエルはプルプルと首を振ってから片手でほっぺを擦《さす》ると、ふうと呼吸を整えて兄を見上げる。

「あのねお兄様。わたし、もう何度も死んだのです」

「？」

前世で死に、前々世で死に、未来の夢で何度も死んだ。

「そのうえベリアルドに生まれたのよ？　誰かに殺されるほどヤワな女に育つつもりはないわ」

彼女はスンと澄まして言うのである。

わたしはシェリエル・ベリアルド……

倫理欠落天才一族に生まれながら真っ当な良心を持つ、ちょっと変わったベリアルドであると。

エピローグ

一年最後の日の夜を、王国の民は酒を飲み御馳走《ごちそう》を食べ歌い踊り楽しんでいた。

ここオラステリア王国では、年の終わりから新年が始まるまでの五日間を「空白の祝祭」と呼ぶ。

その五日間はどちらの年でもなく、身分にかかわらず休みとなり、王宮で働く役人も田畑を耕す平民も金で買われた奴隷でさえも皆等しく休暇を楽しむのだ。

けれど、そんなお祭り騒ぎの気配を一切感じさせない場所が、ここにはあった。

王宮から少し離れたある高い塔の独房では、薄く差し込む月明かりの下で一人の男が一心不乱に身体《からだ》を鍛えている。

彼は恨み言を言葉にしない。ひとたび口にしてしまうと恨みが増幅され、己を支配されてしまうから。

だが、確かに腹の底から湧き上がる怒りがあった。だから、ひたすら身体を鍛えている。

「……」

唐突にあたりが本当の暗闇になった。男は月が雲に隠れてしまったのだと思って、明かりとりの細い窓を見上げ。

「？」

ただの隙間のような細い窓が、真っ黒に塗り潰されていた。そこに、ガラス玉のような目がふたつ並んでいる。

自分もそろそろ気を保つのが限界に来たのかと乾いた笑いが漏れたが、一方では自分の笑い声など何年ぶりに聞いただろうと冷静に考えている。

薄明かりが戻ると同時。細い月明かりに照らされるように、真っ黒な……それでいて小さな獣が堂々と座っていた。

——なるほど、これが窓を塞いでいたのか。

小さな身体に不釣り合いな神々しい魔力を感じ、自然と膝をついていた。コトと目の前に見慣れない魔導具が現れ、獣はそれを手に取れと言いたげに見つめている。

男は静かに受け入れた。この夜の出来事を、すべて。

そっと魔導具の蓋を開けるとそこには小さな紙が添えられている。

ゴツゴツとした大きな手でその紙を握り締め、一体誰が……と思って視線を上げると、獣は既に姿を消していた。

「悪魔の遣いか……」

男はとうに神に祈るのをやめている。神々は人を救いなどしないのだと身を以《もっ》て知ったから。

そんな自分に微笑《ほほえ》むのは、きっと神ではなく悪魔だろうと、黒き訪問者に頭を下げるのである。

眠れる森の悪魔 1
転生少女×倫理欠落天才一族

発行 2024年6月25日 初版第一刷発行

著者 鹿条シキ

イラスト 呉々

発行者 永田勝治

発行所 株式会社オーバーラップ
〒141-0031 東京都品川区西五反田8-1-5

校正・DTP 株式会社鷗来堂

印刷・製本 大日本印刷株式会社

ISBN 978-4-8240-0860-2 C0093

【オーバーラップ カスタマーサポート】
電話 03-6219-0850
受付時間 10時～18時(土日祝日をのぞく)

作品のご感想、ファンレターをお待ちしています

あて先:〒141-0031 東京都品川区西五反田8-1-5 五反田光和ビル4階 ライトノベル編集部
「鹿条シキ」先生係／「呉々」先生係